经·典·新·读

专家音频解读

以猫眼看世界,描绘出明治时代知识分子的暗黑浮世绘

整部作品闪耀着丰富的学识和令人眼花缭乱的才智

——解读者 赵凯

吾輩は猫である

我是猫

［日］夏目漱石／著　罗明辉／译

名家全译本
国际大师插图

中央编译出版社
CCTP　Central Compilation & Translation Press

图书在版编目(CIP)数据

我是猫 / (日)夏目漱石著；罗明辉译. -- 北京：中央编译出版社, 2020.6（2024.4重印）

ISBN 978-7-5117-2941-5

Ⅰ.①我… Ⅱ.①夏… ②罗… Ⅲ.①长篇小说-日本-近代 Ⅳ.① I313.44

中国版本图书馆 CIP 数据核字 (2020) 第 069586 号

我是猫

策划编辑：	苗永姝
责任编辑：	景淑娥
特约编辑：	陈万亭　刘晟男　孙敬艳
责任印制：	李　颖
出版发行：	中央编译出版社
地　　址：	北京市海淀区北四环西路69号（100080）
电　　话：	（010）55627391（总编室）　　（010）55625179（编辑室）
	（010）55627320（发行部）　　（010）55627377（新技术部）
经　　销：	全国新华书店
印　　刷：	北京盛通印刷股份有限公司
开　　本：	880毫米×1230毫米　1/32
字　　数：	445千字
印　　张：	13
版　　次：	2020年6月第1版
印　　次：	2024年4月第3次印刷
定　　价：	39.80元

新浪微博：@中央编译出版社　　　微　信：中央编译出版社（ID：cctphome）
淘宝店铺：中央编译出版社直销店(http://shop108367160.taobao.com)（010）55627331

本社常年法律顾问：北京市吴栾赵阎律师事务所律师　闫军　梁勤
凡有印装质量问题，本社负责调换，电话：（010）55627320

夏目漱石

译　序

当我在大学时代因为自己没能进入理想中的中文系而导致自己的文学之梦破灭心灰意冷之时，当我读完图书馆里差不多可以找到的中外文学名著藏书的时候，我的视点开始转向自己的专业——日本语言文学。也由于与文学的难以割舍的关系，便开始特别关注起日本文学来。大学时代，完全是因为专业的关系，自己才不得不硬着头皮去阅读了一些日本文学作品。而真正接触和理解日本文学作品，是在有一天，当我突然发现自己能够直接用日文阅读日文作品之时，而与此同时，也萌发了要做日本文学翻译的念头。

幸而上天眷顾我，让我做了大学教员，而且是直接担任翻译课程的教学。虽然自己才疏学浅，难逃误人子弟之嫌，但对于自己而言，十几年的日汉互译教学，无疑使自己无论在翻译理论还是在翻译实践方面都得到了很大的锻炼和提高。正由于我的各位师长的悉心培养和我的学生们的宽容大度，才有了摆在各位读者面前的这部译稿。

夏目漱石是我极喜爱的作家，而能够通过出版社的努力，将他的这部成名之作《我是猫》奉献给各位读者，于我本人则是至为荣耀的事情。

当我动笔开始翻译之时，正值国内日语学界对《我輩は猫である》这一书名的翻译问题展开激烈讨论之时。所谓"万事开头难"，一动笔便碰上了一个非常棘手的问题。而且这中间的"我輩"还直接牵涉到后边正文的翻译，因而便不敢小觑。但因为中文里无法找到一个完全与之对应的表达，几经斟酌之后，只好决定放弃在这上边兜圈子，转而采取"曲线救国"的方针。幸而翻译标准之中有"信达雅"之类，更有"意译"等托辞，便大胆使用了"我"的译法。将书名按传统提法就叫《我是猫》，在正文里则通过上下文或句子等变通手段来将原意表达出来。那么，如果读者真能从译文之中读出猫公心态，则译者的目的便已达到。从内心里希望自己能够做到这一点，尽管现实往往事与愿违。在翻译过程中，我一直觉得，如果强行采取一个并不完全对等的词去译，有时反倒会落得个"画虎不成反类犬"的悲惨结局。因此，暂时还是将这一问题留给学界讨论去吧。

细心的读者也许会注意到，该译本的注解颇多。在某种意义上而言，这也是无奈之举。夏目漱石学识渊博，作品之中不乏引经据典，更兼有不少文字游戏之处，有时简直就是不加注便无法明了其义。所以，译者在翻译过程之中，便只好采取了加注的办法，实属无奈。但也考虑到了读者的方便，万不得已之时才加了注。而其中牵涉到中国的人或事物时，除生僻者外，一般没有加注。外国事物中比较明了之处也没有加注。

关于这部作品以及夏目漱石的其他作品，关于夏目漱石其人，译者不想在这里多作赘述。考虑到篇幅的问题，更考虑到读者的问题，我以为，将一切交给读者自己去考虑、去评价，这样会更好一些。

最后，我要感谢出版社的宽宏大量，因为这部翻译作品的完成，让我整整拖延了一年的时光，值此商品经济大潮的冲击之下，出版社方面能倾注如此大的热情于严肃文学，令人钦敬不已。在此同时，我还要感谢我的学生——湖南师范大学日语系的向卿先生，他目前留学于日本鹿儿岛大学，在我的译作行将完成之际，是他挤出了宝贵的学习时间，义务为我通读和校对了整部译作的原稿。另外还要感谢我的家人以及在整个翻译过程中所有曾经给过我帮助和关怀的各位师长和朋友。

由于译者的日文理解能力、文学功底以及中文表达能力等诸方面的局限性,虽然译者希望敬献给各位读者一部十全十美的译作,并且为此付出了巨大的努力,但整部译作当中总会存在这样或那样的缺点甚至错误,衷心希望广大读者批评指正。

一九九九年六月三十日
于日本·鹿儿岛大学
罗明辉

目 录

一	1
二	15
三	67
四	111
五	139
六	167
七	199
八	229
九	262
十	293
十一	337
《我是猫》画者后记	399

一

　　我是一只猫。名字嘛，还没取。

　　哪里出生？根本闹不清。只记得自己曾经在一个幽暗而潮湿的地方喵呜喵呜地哭叫过。在那里，平生头一遭遇见了所谓的人。而且后来才知道，这人乃是一介书生，属于人类之中最为穷凶极恶的一类。我还听说，书生会逮了我们，煮而食之。而在当时，本猫尚且世事未谙，未存所谓恐惧之心。只在被这书生托于掌心忽然一下高高举起之时，有过一丝飘忽不定的感觉。置身其掌心之上，稍事镇定之下，本猫方才第一眼看清这所谓人的模样。当时觉得真是奇妙之极，故而时至今日依然记忆犹新。先就那幅尊容来看，那本该如本猫一般以毛发饰之，却全然光溜溜的，俨然一把沏茶用的壶。虽其后也曾阅猫无数，但却从未碰见如此残障模样。非但如此，那脸的正中央也太过凸起，从那凸起的下部孔眼中还时不时呼呼地冒出烟来，熏得本猫很是难受，真是受不了。最近我才闹明白，这是他们人类在抽烟呢。

　　安坐书生掌心，猫心大悦。不一会儿，却被急速旋转起来，一时竟不知是书生在动，还是本猫在转，只觉头昏眼花，恶心难受。心想这下彻底完了！却只听到扑通一声，顿时眼冒金星。我所记得的只有这些，后来发生了什么，则无论如何也想不起来。

　　猛然醒来，书生早已无影无踪。我的那些猫兄猫弟们也不在眼前，就连最为重要的猫妈妈也不知去了哪里。而且这里明亮吓人，连眼睛都快要睁不开,和先前的地方相比,简直有天壤之别。我慢慢往外爬出来,只觉痛不欲生。活见鬼!这里一切都是那么稀奇古怪。原来我是让人从稻草上突然一下子扔到竹丛里来了。

  我勉强挣扎着爬出竹丛,对面是一个大的池塘。坐立池前,我思忖着下一步该怎么办。但也没有想出什么好的主意。过了一会儿,心想:要是大哭一场,那书生兴许会出来迎接吧。于是便喵呜喵呜地试了一下,结果却不见一个人来。此时,有微风拂过池面,夜幕即将降临。我肚饿难熬,欲哭无声。没办法,不管三七二十一,还是去找一找有食物的地方。决心一下,便静悄悄地朝池塘右侧转去。真是苦不堪言。咬牙挣扎着爬将过去,好不容易来到有人家的地方。心想若是从这里爬将进去,总会得救的。这么想着,便从一处坏掉的竹篱墙洞钻进了一户人家的院里。缘分真是一件不可思议的东西。若是这竹篱没有坏掉,本猫只怕早已饿死路边。常言道:一树之荫,一河之流,皆为前世因缘所促成之果。时至今日,这竹篱下的破洞依然是我去隔壁花猫家的门洞。

  话说,本猫虽然溜进了这户人家的院子,可接下来该如何行动,心里却没有底。天慢慢黑下来。形势已经不能再容我犹豫踌躇,饥寒交迫,还有可能会下起雨来。没办法,只得往前朝明亮而温暖的方向走去。现在想来,当时我应该是已经进到人家的家里了呢。在这儿,我有了与那书生之外的人类谋面的机会。最先碰到的便是这家的女厨子。她比那书生更加粗暴蛮横,一见本猫,便立刻揪住脖子,一把扔到门外去。心想这下死定了,于是只得双眼一闭,悉听天命已。然而终究难耐饥饿寒冷,于是乘那女厨子不备,再次爬进厨房。而转眼间又被扔了出来。就这样被扔出来又爬进去,爬进去又被扔出来,我记得好像经历了有四五个回合。从那时起,我便对那女厨子这种人生出刻骨仇恨来。前几日去偷了她的秋刀鱼,报了仇,才出了胸中这口闷气。最后一次正当我被抓住又差点被扔出去的时候,随着一声"吵什么",这家的主人走出来了。女厨子将我倒提了,冲着主人说:"这

只野猫崽子,我一次次把它丢出去,它又一次次跑到厨房来,真伤脑筋!"主人手捻鼻下那撮黑的胡须,对着我的脸,观察良久,然后说声"那就留下吧",便回房去了。看来,主人是那种少言寡语之人。女厨子愤愤不平,把我往厨房里一扔。从此,我把这家当成了自己的寄居之所。

我家主人极少与我碰面。他的职业好像是做教师的。从学校回到家里,便一头扎进书房,再不跨出房门一步。家里上上下下都认为他刻苦用功,他自己也摆出一副刻苦用功的样子来。俨然读书人一般。但实际上他并非如他的家人所说的那般勤奋好学。我常常蹑手蹑脚地溜进他的书房偷看,才发现他老喜欢睡午觉,时常还把口水流到刚刚打开的书页之上。他的胃不好,皮肤呈淡黄色,现出一副毫无弹性、缺乏活力的病态。尽管如此,他却又偏偏十分贪吃。暴食之余,便要大把大把地吞食消化药品,吃完药品,重又翻开书本。才看两三页,便又要闭目养神了,口水再次滴向书页,夜夜如此,周而复始。我等虽然是猫,却也时常开动脑筋。做教师确实舒适逍遥,若生而为人,一定要做教师。如此昏睡便能胜任,则猫亦无所不能矣!尽管如此,按主人的说法,似乎再没有比做教师更辛苦的了。朋友来访,他也要怨天尤人、大鸣不平一番。

当初住进这家之时,主人之外,大家对我都甚是厌恶。无论去哪儿,都会被一脚踹开,没人愿意搭理我。我是何等不受重视!直至今日,连个名字都没给我取,可见我在这个家中的地位。万般无奈,只得尽力陪在还肯收留本猫的主人身旁。清晨,主人读报之时,我必定在他的膝上。主人午睡之时,我一定趴在他的后背。并非主人喜欢如此,而是无人理我,不得已而为之。其后,经过多次尝试体验,我决定早上睡在饭桶盖儿上,夜里睡在被炉之上,天气晴好的日子就睡在走廊里。不过最让人开心的事莫过于入夜之后钻到这家俩孩子的被窝里去与他们共眠了。两个孩子,大的五岁,小的三岁。到了晚上,他们会共入一室,同睡一铺。本猫总能随时在他们中间找到自己的容身之所，勉勉强强挤将进去。只不过碰上运气不好，不小心弄醒了其中一个的时候，事态会变得一发不可收拾。两个孩子里尤其是那个小一点的，心眼最坏，才不管是不是深更半夜呢，只自顾自地放声大哭："猫来了！猫来了呀！"于是我那患神经性胃炎的主人必定会马上睁开眼睛，从隔壁跑来。实际上，前些日子我的屁股还被他用尺子狠揍过一顿呢！

我与人类共居共处，观察越久便越不得不断言：人类乃任性恣肆之辈。至于我时常与之同床共枕的孩童之辈则尤其甚之！动不动便把我倒提在手，或者把口袋套到本猫头上，时而将我抛出，时而又将我塞进灶膛。而且，只要本猫稍欲出手，他们便要举家出动，四处追击，横加迫害。前不久，本猫只不过在榻榻米上磨了磨爪，便遭到主人老婆好一顿雷霆大发，从此，轻易不得进屋。我在厨房里冰冷的地板上冻得瑟瑟发抖，他们却全然不顾、无动于衷。

我所尊敬的斜对面的白猫女士，每每见面，都要说上一句："再没有比人类更冷酷无情的了！"她在不久前产下四只冰清玉洁的猫崽儿，然而，听说那家的书生却在第三天将那四只猫崽儿拎到房后的池塘边，一股脑儿全扔了进去。白猫流着泪诉说着这一切，然后表示："为了捍卫亲子之爱，过上美满的家庭生活，我等猫民必须与人类战斗，并歼灭之！"真可谓字字真切，句句在理。隔壁的花猫也极其愤愤不平："人类对什么是所有权简直一无所知！"

本来，在我们同类之中，不论是干沙丁鱼头还是鲻鱼肚脐，谁先发现，谁便享有取而食之的权利。如果同伙中有不守规矩的，诉诸武力即可迎刃而解。然而在人类，则全无此类观念，我们发现的美食，往往被他们掠夺了去。他们凭自己的强力，心安理得地从我们手中抢走本该我们自己享用的美味。白猫住在一个军人家里，花猫的主人则是一个律师。本猫因为寄居教师之家，所以遇及此类情况，比起他们两个来要乐观一些，只须勉勉强强地打发走每一个日子就行。尽管他们是人类，总不至于永远显荣于世吧。我还是耐心等待猫的时代到来吧。

由于是任情而思，所以这里谈谈我家主人由于任情而动的一些失败经历。我家主人原本没有高出别人多少本领，却总想事事插手。有时写写俳句①投给《杜鹃》②杂志啦，有时又胡编几句新诗寄给《明星》③杂志。或者写写错误百出的英文，或者迷恋于弓道④、练练谣曲⑤，还吱吱呀呀地拉过小提琴什么的。然而让人觉得可怜的是，他没有一样精通的，一切全都枉费心机。尽管如此，虽然他患有消化不良症，可只要一干起这些来，却又异乎寻常地着迷。虽然他在茅房里一展歌喉、大唱谣曲，引得近邻们给他安了个"茅房先生"的名号，他依然满不在乎，依旧反复吟唱："我乃平宗盛⑥是也。"惹得人人无不捧腹："瞧呀！原来是宗盛将军呢！"

本猫住进这主人家一个月以后，某个月发薪水的那天，不知怎么回事，主人提了个大大的包，慌慌张张跑回家来。我还以为他买了什么东西回来，原来却是一堆水彩画具、毛笔和一种叫瓦特曼的高级绘画纸，看来他已下定决心要放弃谣曲与作俳，从此改学画画了。果然，从第二天开始，很长一段时期，他都整日整日待在书房里专心画画，不再午睡。然而，看那画出的画儿，谁也判断不出上面究竟画的是啥。也许他本人也觉得画得不怎么样吧，有一天，他的一个大概是搞美学的朋友来访时，本猫听见他讲过这样一番话："怎么画也画不好呢。看别人画的，觉得就那么回事。可等到自己拿起画笔，方知此

---

① 俳句：日本的一种短诗，十七个音为一首，首句五个音，中句七个音，末句五个音。

② 杜鹃：为了鼓吹子规派的俳句，明治三十年（1897）由正冈子规主编，柳原极堂编辑，于松山发行的俳句杂志。

③ 明星：明治三十三年（1900）与谢野铁干等人为成员的东京新诗社发行的诗歌杂志。明治四十一年（1908）停刊。

④ 弓道：日本射箭术。

⑤ 谣曲：日本"能乐"唱词。

⑥ 平宗盛（1147—1185），日本平安时代末期"源平相争"中的平家首脑平清盛的次子，当朝天皇（幼帝安德）的舅父，官为从一位大臣。在坛浦之战中被俘，满门被杀。"我乃平宗盛是也"系谣曲《熊野》开头配角宗盛"通名"时的一句。

道艰难哪!"

此番感慨的确不假。他那朋友隔了金边眼镜望着他:"是的,哪有一开始就能一蹴而就画得好的。至少,只是靠着闭门造车,是全然画不出的。过去,意大利画家安德利亚①就曾经讲过:'若作画,须描绘自然本身。天有星辰,地有露华;飞有禽,走有兽;池中金鱼,枯木寒鸦。大自然,活生生一幅大画卷也!'如何?若要画出像样的画来,去写写生吧。"

"什么?安德利亚讲过这样的话?我竟然全然不知!言之有理!言之有理!"主人胡乱赞叹着。金边眼镜里掠过一丝嘲笑。

第二日,我照例来到走廊美美地睡了个午觉,主人则破例走出他的书斋,来到本猫的身后,不知道他一个劲地在忙活着什么。我突然醒来,便想知道他在干些什么。于是,将眼睛睁开一道细细的缝,观察之下,原来主人正在那里专心致志,一心把他自己当成安德利亚呢。见此情景,我不禁失笑。遭那朋友一番奚落之后,他竟先抓住我写起生来。本猫已经睡够,真想打一下呵欠。然而,难得主人如此热心挥毫,怎可忍心打断?念及于此,只得忍下。眼下刚刚画完我的轮廓,正往脸部着色。坦率而言,作为猫类,本猫绝非仪表堂堂。无论身材、毛色,还是五官,都绝不敢奢望出类拔萃。但是,即便本猫如何丑陋难看,也不至于是我主人画笔下的那副奇妙之容。最起码毛色就不对。本猫肌肤自带斑纹,如波斯猫一般,淡灰色中透出黄来,油光闪亮。仅此事实,任谁都毋庸置疑。可是看一看主人涂抹的颜色,却非黄非黑,既非灰色,亦非褐色。那么,是这些颜色的混合色吗?当然不是。它只不过是一种颜色!只是一种你无法给出评价的颜色而已。而且更加让人感到匪夷所思的,是那画儿上竟然还没有画眼睛!诚然,这是一幅本猫的睡态写生画,但连猫眼在哪里都看不出来,便闹不清这是只睡猫还是只瞎猫了。我暗自思忖:就算是安德利亚画成

---

① 安德利亚(1486—1531),意大利佛罗伦萨画派主要画家。

这副德行，也是不敢恭维的。然而，我却不得不佩服主人的那股热心劲儿。我本想做到一动不动，但却尿意难忍，全身肌肉痒痒的，已经不能再犹豫了，不得已，只好失陪。于是，我双爪朝前一伸，一低头，"啊、啊"地连打几声呵欠。这样一来，便无法再规规矩矩的了。反正已经打乱主人的构思，干脆顺势去房后方便方便吧。于是便慢条斯理地爬了出去，气得主人在屋里大骂："混账猫！"声音里充满了失望与愤怒。主人骂人时，必得骂声"混账！"。除此之外，他对骂人的话知之甚少，真没办法。他全然不知我忍了如此之久，竟信口大骂"混账"，太不像话了。若是平日趴在他后背上时，对我有一副好脸子，我也甘愿忍受这份辱骂。他从未痛痛快快做过一件于我方便的事情。出去撒尿竟遭此辱骂，真太过分！本来，凡人皆傲气冲天，对于自身能力往往自视过高。如果没有比人类稍强的动物出现，好好收拾收拾他们，真不知他们以后会骄横傲气到何等地步！

任性恣意至此，尚可忍受。我所耳闻的有关人的缺德事之中，还有不少不知要比这凄惨多少倍。

我这家的房后，有块十坪①见方的茶园。虽然不大，却是个爽心怡人的向阳之处。这家孩子吵闹得我无法安然午睡时，或是百无聊赖、心情不好时，我常常来到这里，养我浩然之气。在十月小阳春一个风和日丽的日子，这天下午两点钟左右，我用完午餐，舒舒服服地睡过一觉之后，出去运动运动，顺便来到了茶园。嗅着棵棵茶树树根，来到西侧杉树篱墙旁边，这时，只见一只大猫躺在压倒的枯菊之上，正呼呼大睡呢。对于我的靠近，他似乎浑然不觉，又似乎有所察觉而又满不在乎似的，只管自顾自地发出粗重的鼾声，大大咧咧地酣然沉睡。擅自闯入别人庭院，竟能如此安然入睡，我不禁暗暗吃惊于他的非凡气度。他是一只纯种的黑猫。刚刚过午的太阳，将那透明的光洒向他的肌肤。晶莹的茸毛之间，似乎要燃起肉眼所不能见的火焰

---

① 坪：日本面积单位，1坪约合3.3平方米。

一般。他有一副堪称猫中之王的伟岸体魄，块头足足大出我一倍。我怀着几分赞叹与好奇之心，忘乎所以地站在他的面前，细细打量起来。此时，十月的清风轻轻摇起伸出杉树篱墙的梧桐树枝，两三片树叶飘晃到了枯菊丛中。猫王突然圆睁双眼。我至今还记得，那双眼睛远比人类视若珍宝的琥珀更加美丽耀眼。他一动不动，把发自双眸深处的目光全都集中到我这矮猫的额头之上，说："你他妈的什么东西！"作为猫中之王，竟如此出言不逊。不过，那声音里毕竟充满了一种力量，连狗听了都会闻风丧胆。我感到有些恐惧害怕。但连声招呼都不打，恐怕会性命难保，于是只得尽力故作镇定，冷冷地答道："我是猫。名字呢，还没有。"不过，此时我的心跳要比平日剧烈多了。他却对我大加蔑视："你说什么？你是猫？真的猫听到了，会晕倒的！我先问你，你住哪儿？"

"住这儿一位教师家。"

"料你也不过如此，看你瘦的！"

身为大王，自然会如此气焰嚣张。观其言语，似非良家之猫。看那肥头大耳，倒像是日日美食，生活美满。我不由得问一声：

"如此说来，那你到底是谁呀？"

他一昂首："俺是车夫家阿黑！"

车夫家的阿黑是这一带家喻户晓的凶猫。不过，正因为住在车夫家里，虽有浑身蛮力却毫无修养，所以谁都不愿与之交往。大家联合起来，对其敬而远之。听到他的名字，我都有点替他难为情，而另一方面却又萌发出一丝轻蔑之意。我想试探一下他的无知程度，便有了如下的对话：

"车夫与教师，哪个了不起？"

"当然是车夫嘛！看看你家主人，整个一个皮包骨！"

"你也不过是待在车夫家里，才这般身强体壮。看来，待在车夫家里，口福不错哇！"

"哪里，俺嘛，甭管上哪儿，吃吃喝喝不用愁！你呀，别只围着这茶园子转来转去的,跟着俺阿黑,四处这么转上一圈,不出一月,保你胖乎乎的,谁都认不出来!"

"那以后就全指靠您啦。不过,好像教师家要比车夫家宽敞呢。"

"混账!房子再大,能当饭吃吗?!"

他顿时大动肝火,如紫竹削就的双耳不停地颤动。他咬牙切齿,恨恨离去。而从此我却与车夫家的阿黑成了知心好友。

之后,我便常常与那阿黑不期而遇。每每邂逅,他必定要狐假虎威地大肆吹嘘一番。前边提到的关于人类的"缺德事",实际上便是从阿黑那里听来的。

一日,我与阿黑照例躺在暖融融的茶园之中海阔天空地闲聊。在重温了一遍过去卖的狗皮膏药之后,他向我提出了这样的问题:"时至今日,你小子逮了几只老鼠?"我自以为自己的知识远高于阿黑,至于力气与勇气,我是比不过他的。对此,我早有思想准备。但经他如此一问,倒真叫我有些无地自容了。不过,事实归事实,来不得半点虚假。于是,我便回答:"说实话,我一直想逮来着,可就是没下手呢。"阿黑哈哈大笑起来,那鼻尖上长须翘起,微微抖动。原来,毕竟阿黑喜欢自吹自擂,所以难免就有不足之处。只须面对他的威风做五体投地状,喉咙里咕咕作响地洗耳恭听,他便任你摆布了。自与他熟识以来,我便掌握了这一诀窍。此时若是一味自我辩解,形势将愈趋恶化,这么做太愚蠢了。莫若索性让他自己大谈特谈自己的"丰功伟绩",敷衍敷衍他。主意已定,便佯作老实状,拿话套他:"您德高望重,逮住的老鼠该不计其数吧!"果然,他大声叫着直奔围墙破洞而来——

"多啥呢,就三四十只吧!"语气得意非凡。

他一发不可收拾:"一两百只老鼠嘛,凭俺阿黑单枪匹马,随时奉陪!不过,黄鼠狼那玩意儿,可不大好对付。俺曾一度与黄鼠狼交过手,吃亏不小。"

"哦？是吗？"我随声附和着。

阿黑眨巴着他那双大眼睛，说："去年大扫除的时候，俺家主人拿着装石灰的袋子，爬进走廊的地板下边，你猜这时怎么着？好大一只黄鼠狼惊得一下子蹿了出来！"

"噢？"我一副吃惊不小的样子。

"黄鼠狼嘛，其实比老鼠也大不到哪里去。这个畜生！俺心里骂着，于是一路追过去，终于把它赶到一条臭水沟里去了。"

"真精彩！"我为他喝着彩。

"不过，俺可告诉你，一到紧要关头，它就放臭屁！你问臭不臭？俺这么跟你说吧，打那以后，俺是一见那黄鼠狼就恶心哩。"说到这里，仿佛又闻到了去年的那股臭气似的，他抬起前爪，摸了几下鼻尖。我稍稍生出些恻隐之心来，便想安慰安慰他："可是，老鼠呢，只要你一盯上，它就会一命归天呢。您是逮老鼠的专家，净吃些鼠肉，所以才这般壮实，气色又这么好吧？"

本想拍拍马屁的这句问话，结果却适得其反。他喟然叹息一声。"想想真没劲！再怎么拼命去抓老鼠也没用。说起来，卑鄙如人者，世上少有。他们把咱们抓到的老鼠全数拿走再交到警察那里，警察可不知道到底是谁抓的，所以呢，不是每次都给五分钱一只吗？俺家主人靠了俺都赚了一块五毛呢！可从未给我改善改善过。我说，人哪，全他妈是些斯文体面的小偷！"不学无术的阿黑竟懂得如此高深的道理。只见他怒容满面，背上毛发倒竖。我稍稍感到有些不快，便随便敷衍他几句，回家去了。从此以后，我决心不抓老鼠。但也未做阿黑的党羽，四处寻觅老鼠之外的猎物。与其日日美食，莫若高枕无忧。久居教师家中，猫的性情亦变得如同教师一般。若是一不小心，早晚也要患上胃病的。

提起教师，一直到最近，我家主人似乎才如梦初醒，自觉在水彩画方面气候难成。他在十二月一日的日记中这样写道：

今日会上，方得见某某。传言此公放荡不羁，果然风月老手气概。与其说品性如此，易招女人喜欢，此公才放荡不羁，莫若说其非放荡不可更妥当些。闻说其妻乃艺妓也，令人羡慕。其实，对浪荡公子横加指责者，大体无浪荡之资格。而自命风流者，亦大体无风流之资格。此类人等，不能风流，却强要风流。恰如我画水彩画，终不得毕业也。尽管如此，却又自作聪明，以为天下之大，唯有自己精于此道。以为饭馆饮酒、女郎作陪，逛逛艺妓酒馆，即成风月高手。此论成立，则本人亦成出类拔萃之水彩画家矣！如我之水彩画，还是弃笔不画为妙，比起愚昧无知的行家来，当个进城伊始的乡下佬要更胜一筹。

此番行家之论，有些难以令人首肯。而艳羡别人的老婆是艺妓云云，作为教师，乃是难以出口的无聊之念。唯有对自己水彩画的批评却一语中的。主人尽管有此自知之明，却依旧陷于自命不凡之中而不能自拔。时隔两日，十二月四日的日记中，又这样写道：

昨夜做一梦，自觉水彩画终无所成，便将画儿弃之一旁，不知谁见了，竟放入画框，悬于楣窗之上。见此情景，顿觉自己突然间高明绝顶。于是万分高兴。如此，真太棒了！孤芳自赏之中，不觉天已破晓。睁开眼来，那画拙劣如初，同那旭日一般，显而易见。

看起来，主人连在梦中都目空一切，流连忘返于水彩画之中。如此一来，别说水彩画家，按其品性，就连其所谓风月高手，也是当不成的。

在主人梦见水彩画的第二天，好久没来的那位金边眼镜美学家再次登门。刚一落座，劈头便问："画得如何？"主人从容不迫："按您的忠告，正在努力写生呢。确实不错！通过写生，过去未曾留心的物体形状、色彩的细微变化等,如今理解颇深。我想,西方社会自古主张写生,才会有今日之发达。好一个安德利亚!"他只不提日记一事,再次赞美着安德利亚。美学家微笑挠头:"老实说,我那是信口开河哩。""什么?"主人尚未觉察到自己受了捉弄。"你说什么?就是你一再推崇的那个安德利亚呀!我随口瞎编的呢,没想到你却信以为真!哈哈哈哈!"美学家喜不自胜。我在走廊里听了这番对话,不由得想象:主人今日日记里又该记些什么呢?这位美学家是那种视信口开河捉弄人为唯一人生乐趣的人。他全然不顾安德利亚事件会给主人的情绪带来什么影响,又得意忘形地说了一通:"我说,有时候,说上几句玩笑话,人们就会信以为真,它能大大激发出一种滑稽的美感,十分有趣。前一阵我对一个学生讲:尼古拉斯·尼克尔贝①曾经劝说吉本②,让他不要用法语写他的毕生巨著《法国革命史》,而用英文出版。偏这学生又记忆超凡,竟在日本文学研讨会上认认真真地和盘托出,真滑稽透顶。而当时去听的约有百人,竟无不洗耳恭听。还有比这更有趣的,前些日子,在一个某某文学家莅临的会上,大家谈起哈里森③的历史小说《奥塞伐洛》,我妄加评论说:'它在历史小说中卓尔不群,尤其女主人公之死一段,真是阴气逼人呢。'坐在我对面的那位无所不知的万能先生随声附和着:'对对对!那一段真是字字珠玑!'由此可见,他跟我一样,根本就没读过这部小说。"

听到这些,患胃病的主人瞪圆了双眼,惊问道:"如此鬼话连篇,若是对方真的读过,看你怎么办!"那副神情,就好像骗骗人无关紧要,原形毕露则不好办似的。美学家却若无其事,哈哈一笑:"嗨!到那时呀,说是跟别的书搞混了什么的不就得了!"美学家虽然架着金边眼镜,但其秉性却与车夫家的阿黑如出一辙。

---

① 尼古拉斯·尼克贝尔:英国小说家C.狄更斯的小说《尼古拉斯·尼克贝尔》中的主人公。
② 吉本(1737—1794),英国历史学家。
③ 哈里森(1831—1923),英国传记作家、评论家。

主人默不作声,叼着"日出"牌香烟,喷出烟圈,满脸上写着:我可没那份勇气。美学家的眼神则流露出:正唯如此,你作画也是不行的!他说:"不过嘛,玩笑归玩笑,实际上,画画儿,并非易事。传说达·芬奇曾让他的门生去画寺院墙上的污痕。的确,走进茅房什么的,专心致志地观察一下那些漏过雨的墙壁,美妙绝伦的图案自然呼之欲出呢。你留心画画看,定会画出妙趣横生的画儿来呢。"

"又在耍我吧?"

"不不!这次可千真万确!精辟之词呢,连达·芬奇也会这么说的。"

"的确是精辟之词。"主人已经服输半分。但他毕竟没有去茅房写生。

车夫家的阿黑,后来成了瘸腿猫。他那富有光泽的毛发渐渐褪色、脱落。我曾经大加赞美的那双比琥珀还美的眼睛里,已经堆满了眼屎。尤其引起我注意的是,他意气消沉、身体弱不禁风。最后一次在那茶园与他见面时,我问:"过得还好吧?"他说:"黄鼠狼的臭屁跟鱼贩子的扁担,俺可真的是受够啦!"

赤松之间,几处鲜红耀眼的红叶散落开来,如往昔的梦一般。洗手盆旁,落英缤纷的红白茶梅花儿,也已尽数飘落。六米多长的朝南走廊上,冬日阳光转瞬即逝。而且寒风不起的日子屈指可数,只觉得我的午睡时间也从此大打折扣。

主人依然每日去学校。回到家里便扎向书斋,闭门不出。一有人来,开口便是"当教师真烦透了,烦死人了!"。水彩画也不大画了。他声称胃药没有功效,从此不再去吃。孩子们还可以,每天去上幼儿园。回到家便唱歌、拍球玩,时不时地揪住我的尾巴,把我倒提起来。

我因为少有美餐,便胖不起来。但却没有成为瘸腿猫,还算健健康康地打发着每一个日子。我绝不去抓老鼠。女仆依旧讨厌。虽然还没有给我取名字,但所谓欲壑难填,我愿做一只无名之猫,终此一生在这教师之家。

二

新年以来,我多少有了些名气。虽然是猫,居然能够高视阔步,难得难得!

元旦一大早,主人收到一张图画明信片。这是他的好友某画家寄来的贺年片。上抹朱红,下涂深绿,彩色蜡笔画就的一只动物蹲踞其中。主人在他的书房里,将那画横看竖瞧一番,口称:"好色调!"既已叹服,该会就此罢休了吧?他却依旧横来竖去地看。只见他时而扭过身去,时而伸出双手,如老翁相面一般。或临窗而立,将那画儿举向鼻尖,细细观赏。他的双膝摇摇晃晃起来,再不就此罢休,情况会万分危急。终于,摇晃不再激烈,却听见他在低语:"到底画的是什么呢?"

看起来,主人虽然对明信片的色调钦佩之至,但对于画中动物为何物却不明其里,所以才一直冥思苦想来着。会那么难懂?我举止优雅地半眯睡眼,镇定自若地一瞧,竟真真确确是鄙猫的画像。画者并非似主人一般以安德利亚自居,却因为是画家,无论形体色彩,无不画得有板有眼。随便谁看,都是一只猫。它画得如此逼真,如果稍有眼力,还会清楚地看出,画中的猫不是别的猫,正是鄙猫也。如此显而易见的事情,却这般难懂,以至于煞费苦心,人类倒有些可怜了。如果可能,我真想告诉他一声,上面画的就是我。即便分辨不出上边的就是我来,至少也要让他明白那是一只猫。但人类毕竟是未受天赐灵犀的动物,不解我们猫类的语言,可惜得很,只好免谈。

这里事先向读者声明一下：原来，人类动辄猫呀猫的，煞有介事、语气轻蔑地对我们品头论足，这种毛病十分不好。人类的渣滓造就了牛和马，而牛粪马粪则产生出猫。这种认识常常出现于那些对自己的无知浑然不觉，而又一副高傲面孔的教师老爷们身上。而在旁观者看来，却并不怎么体面。尽管是猫，也不是那么毛毛糙糙、简简单单就能画成的。冷眼观之，似乎千猫一面，毫无分别，没一只有自己固有的特色。然而，只要深入猫类社会，就会发现真相往往扑朔迷离，人类所谓"千人一面"，这里一样适用。无论眼神、鼻形，还是毛发、步态，皆形神各异，各具千秋。从胡须的长法到耳朵的竖立，乃至尾巴的下垂，无一相同。美丑好恶，风流与否，一切的一切，真可谓千差万别。尽管存在着如此明显的区别，但人们却只顾两眼朝上，望着天空。所以，别说了解我们的性格，就连分辨我等相貌之类区区小事都办不到，真是可怜！古语云："物以类聚"，真是一语中的。卖年糕的了解卖年糕的，猫了解猫，解猫还须猫自己。无论人世何等发达，唯有此事难以尽如人意。何况，说句实话，人类并非如他们所自信的那般卓尔不群。如此一来，便难上加难。又何况，如我家主人之流，毫无同情怜恤之心，连"彻底了解对方是爱的前提"这种简单道理都全然不知，真是无可救药。他就如同性情不好的牡蛎一般，终日缩进他那书斋，从未对外界开过金口，却又摆出一副唯我达观的神情，着实可笑。他的并不达观的证据——本猫的肖像就在眼前，他却全然认不出，仍旧在那里装模作样地胡诌："今年是日俄战争的第二年，大约画的是一只熊吧。"

我趴在主人膝上眯着眼睛，浮想联翩之中，女仆又拿来了第二张明信片。一瞧，竟是铅印的，上有四五只洋猫，或握管，或翻书，或用功，其中一只则已离座，在桌角旁跳起西式的《猫儿呀猫儿》①舞

---

① 《猫儿呀猫儿》：当时的日本俚谣。歌词为：你说猫儿呀猫儿，猫儿能穿上那木屐，拄着那拐杖，披着那白花纹儿的浴衣，朝你走来吗？

来。明信片上端，则用日本墨汁浓笔书上"我是猫"几个大字。右边甚至还有一首俳句："读书与跳舞，猫儿春一日。"这是主人一旧日门生寄来的。其中含义，无论是谁，一望则明。可粗心的主人看来尚未明白。他左思右想，总觉得不可思议。"嗯？今年是猫年么？"他自言自语道。我已经如此名扬天下，而他却似乎浑然不觉。

这时，女仆又拿来了第三张明信片。这回却不是画片。上书"恭贺新年"，旁边是"不揣冒昧，另望代向猫公致意"字样。主人即便再笨，写得如此一清二楚，他也似乎渐渐明白了过来，便哼的一声，望了我一眼。那眼神似乎不同于往日，略含尊敬之意。主人的存在一向为人忽视，这回突然气象一新，全仗了本猫的帮忙。照此说来，那种眼神真是再合适不过。

恰在此时，格子门那里传来丁零零的一阵响，大约有客人来。每至客来，必有女仆出去接待。除鱼贩子梅公登门之外，我一般不出门迎接。于是便不管不顾，依旧安然蹲坐主人膝上。而主人则如临高利贷者登门一般，心神不宁地望向正门。他似乎不大喜欢挽留拜年客把盏对饮。人之乖僻如此，还有什么话可说。既如此，早早出门岂不更好？而他偏又没有那份勇气，越来越显露出他那牡蛎的本性来。一会儿，女仆前来，说是寒月先生光临。据说这位寒月先生，也是主人的旧日门徒，现今已从学校毕业，什么都比主人要出类拔萃几分。不知什么原因，他常到主人家来玩。每次一来，就会发些牢骚之后再回去。诸如似乎有女人钟情于他，又似乎没有啦；人生似乎充满情趣，又似乎百无聊赖啦；似乎美丽动人，又似乎太过妖艳啦，等等。他偏找主人这种行将枯萎之人来倾诉，便有些莫名其妙。而我家那牡蛎主人听了，还时不时地打着帮腔，这就更加有趣。

"久违久违！去年年末以来，就一直忙得团团转，几次想来这边，但终于没有来成。"他摆弄着和服外褂上的带子，神秘兮兮地说。"那么，你去哪边了？"主人一脸严肃，扯着黑色棉和服礼服的袖子。棉礼服袖子短，左右露出半寸里边的丝绸袖子来。

"嘿嘿，嘿嘿，是到别的地方了。"寒月笑着说。

主人望一眼寒月，见他少了一颗门牙，于是话题一转，问："你那牙，怎么回事？"

"啊，那是因为在一个地方吃了点香菇。"

"吃了啥？"

"这个，是吃了一点点，呃，香菇！当时想用门牙去咬断香菇盖儿来着，于是，门牙就没了。"

"吃香菇弄掉了门牙？真像老头儿呢。许能写出一首俳句的，不过，看来，恋爱是谈不成的喽。"主人说着，一边用手掌拍打着我的头。

"啊，还是以前那只猫吧？肥得多了呢。那车夫家的阿黑，可让它给比下去喽。真了不得！"寒月对我大加赞赏。

"近来是长大了不少呢。"主人飘飘然扬扬得意起来，不停地拍打着我的脑袋。受人夸赞，当然舒心惬意，就是脑袋有一点点疼。

"前天晚上还举行过一场演奏会呢！"寒月把话题拽了回来。

"在哪儿？"

"您先别问在哪儿。三把小提琴，再加上钢琴的伴奏，别提多有趣儿啦。有了三把小提琴，拉得再怎么不好，也听得下去呢。有两个女的，我夹在其中，觉得自己也拉得不错呢！"

"噢，那两个女的是做什么的？"主人羡慕不已地问道。

原来，别看主人平日冷若冰霜，其实绝非淡于女色。他曾读过一本西方小说，作者对书中一位人物作了讽刺性的描写：他对差不多所有的女人都会一见钟情。算起来，对于过路女人，有大约百分之七十是他爱得入迷的。主人读过，拍案叫绝："真理也！"如此好色之徒，缘何过起牡蛎式的生活来了呢？在我等猫辈，实难说清。有人认为是因为失恋，有人则说是由于他那胃的毛病，还有人说是因为他手头缺钱而性情怯懦。不管怎么说，他又不是跟明治历史有什么瓜葛的大人物，这一切便都无关紧要。不过，他以艳羡的语气询问寒月女友一事，却是事实。寒月饶有兴致地用筷子夹起一块小拼盘里的鱼糕，用门牙咬下一半。我担心他又会弄掉门牙,但这次却安然无恙。"哪里,两位都是某地的小姐呢,您不认识的。"寒月冷冷地说。"原来——"主人拉了长腔,略去后边的"如此"二字,陷入了沉思。

寒月瞅准时机,催促道:"真是好天气呢。您要是有空,一起出去散散步吧!旅顺攻下来了,街上正狂欢呢!"主人露出一副比起听那旅顺陷落的喜讯来,倒情愿打听寒月女友身世的神情,沉思默想了好一会儿,渐渐地,似乎下定了决心:"那就走吧!"于是,毅然决然地站起身来。依旧是那件黑色棉和服礼服,外加一件穿了二十年的旧结城绸棉袄,据说这是兄长留给他的遗物。结城丝绸虽然结实,但也经不得他这样天长日久穿的。多处已经变薄,经阳光一照,依稀可见从里面补过的处处针脚。主人的服装,既无年末年初之分,亦无便装礼服之别。出门时,他便袖着手信步而去。除此无衣可穿,还是虽有而嫌麻烦不肯换?在我,则无从知晓。但此举与失恋绝无牵扯。

二人出门之后,我稍稍失敬,将那寒月先生吃剩的鱼糕渣一扫而光。现在,我已不再是那寻寻常常的普通之猫了。至少可以与桃川如燕①以后的猫、葛雷②笔下的偷食金鱼的猫之流相提并论。车夫家的阿黑之辈,更不会放在眼里。一块鱼糕而已,人们总不至于说三道四吧,何况背着别人吃点零食的习惯,也并非我等猫类所独有。主人家的女仆就是常常趁女主人不在时,将那点心什么的,偷了吃、吃了偷的。

岂止女仆,现在,就连夫人时时吹嘘受过良好教育熏陶的孩子们身上,也有这种迹象。四五天前,两个孩子早早醒来,趁主人夫妇正在酣睡之际,便在餐桌旁相对而坐了。在平日里,他们每天早晨都要将主人的面包分出几份儿,撒上些糖吃。但在这一天,糖罐正巧就在桌上,并且还有匙儿。因为没有像平常一样有人给他们分糖,不一会儿,大的便从糖罐里舀出一匙来,撒在自己的碟儿里。于是,小的依

---

① 桃川如燕(1832—1898),说书人,尤长于猫类故事,人称"猫如燕"。
② 葛雷(1716—1771),英国诗人,著有《对溺死于金鱼钵的爱猫悼歌》。

样画瓢,学着姐姐,同样将一匙糖撒进自己的碟中。二人怒目相对,良久,大的又拿起匙来,往自己碟里加了一匙。妹妹也不甘示弱,拿起匙来,把糖的分量加到和姐姐一样多。于是,姐姐又来一匙,妹妹哪肯示弱,便也加上一匙。接着,姐姐将手伸向糖罐,妹妹也举起匙来,眼见着一匙一匙又一匙,终于,二人的碟里堆积如山,罐中白糖一匙也不剩了。这当儿,女主人揉着惺忪的睡眼,从睡房出来。二人忙活半天舀出来的白糖又照原样装回罐中。如此看来,人类从利己主义出发推断出的"公道"观念,也许会优于猫的逻辑,而其智慧,比起猫来则又逊色不少。在白糖堆积成山之前,赶快舔光它不就行了。但他们依旧是不懂我所说的一切,虽觉遗憾,我也只有蹲在饭桶上默默观赏的份了。

  主人与寒月一道出门,不知去了何处,又是如何去的。他那晚回来很晚,翌日早餐之时,已是九点时分。我照例在饭桶上边,看了主人默默地吃着年糕。他吃了一块又一块。年糕片儿虽小,可他一下竟吃了六七块,然后将最后一块剩在碗里,说声"不吃啦!"便放下了筷子。别人任性如此,主人绝不会答应的。摆完主人威风,他颇为自得地看了一眼混浊的汤里焦煳的年糕渣儿,神情自若。女主人从柜橱中拿出胃药搁到桌上,主人一见:

  "顶啥用?我才不吃!"

  "我听说淀粉质很有效的呢,还是吃了吧!"女主人还想劝劝。

  主人的牛劲儿一下子上来了:"淀粉也罢,什么也好,反正没用!"

  "你这人,真没有常性!"女主人唠叨着。

  "不是没常性,是这药没效呢。"

  "那前些天,你不是成天嚷嚷着'神效!神效!'地天天在吃吗?"

  "那些天见效,这些天没效呢!"主人的回答就同对诗一般。

  "你这样吃吃停停的,再怎么有效,也灵验不到哪里去。再不耐心些,胃病这玩意儿,可不比别的病,不容易治的呢!"女主人说着，回头望一眼手持托盘、等在一旁的女仆。

"这话不假呢。若是不再服用一些，您也没法辨别是好药还是坏药啊。"女仆立刻为女主人打起帮腔来。

"无所谓，不吃就是不吃。女人，懂个啥！住口吧！"

"反正是女人啦！"女主人硬将胃药推到主人面前，大有强人所服之势。主人默默起身，进了书房。

女主人和那女仆面面相觑，嗤嗤发笑。此时如果跟进去，爬上主人膝盖的话，定会倒霉。于是我便从院内轻轻绕过去，爬进书房的走廊。隔着拉门往里一瞧，却见主人正打开一本爱比克泰德①的书在读呢。若是能像平日一样看得明白，还算他有些非凡本领。可是，才过五六分钟，他便一下子将书本扔到桌上。我早料到会是如此结果。再仔细一看，只见他又拿出日记本来，写下了这样一段：

  偕寒月往根津、上野、池端、神田等处散步。池端酒馆前，一艺妓着花边春装，在玩羽毛毽子。其衣饰虽美，而容颜丑陋无比，有些像我家那猫。

要举出丑脸的例子，大可不必抬出我来。我要是去那剃头铺子刮刮脸，也会与人类一般无二。人类自负至此，怎么得了！

  拐过宝丹药房，又一艺妓至。身姿婀娜，双肩瘦削，长相俊俏。一袭淡紫衣妆，毫无矫饰之处，而显雍容大方。只见皓齿微露，笑语声声："阿源呀，昨晚，人家太忙嘛……"听其语声，竟如那乌鸦悲鸣一般嘶哑，令那难得之风韵大为失色，叫人懒得再回头去瞧那阿源到底何许人也。于是，依旧袖了手，朝官道②

---

① 爱比克泰德（约55—约135），古罗马思想家。曾收门徒教授斯多葛派哲学。

② 官道：自万世桥至上野广小路，因将军等常经此路参拜上野神社而得名。

而去。而那寒月,却似乎有些意乱心猿。

再没有比人心更难于解读的了。此刻主人的心情,是恼怒?是兴奋?还是正从哲人遗著中寻找些许慰藉?他是在嘲笑人世?还是欲与人世共为一体?是为区区小事大动肝火?还是超然度外?有些让人摸不着头脑。猫类遇及此类问题,则要单纯得多。想吃就吃,想睡便睡;恼怒时尽情发泄,哭泣时死去活来。至少,绝不会去写日记之类的无用之物,因为没有写它的必要。似主人那般表里不一之人,也许有必要写写日记,将那些见不得人的真实想法在暗室中尽情发泄一番。至于我们猫类,行走坐卧、拉屎撒尿,无一不是真正的日记,再无须那般煞费苦心,企图掩盖自己的本来面目。有写日记的闲工夫,不如去那走廊睡大觉呢。

在神田某亭用晚餐,饮上几杯久违了的"正宗"名酒之后,今晨胃口极佳。夜酌之于胃病裨益大矣。高峰淀粉酶自然不行。任谁怎么说,它就是不顶用。何故?不顶用便自然不顶用。

主人无端攻击高峰淀粉酶,如同与自己争吵一般。早晨那股肝火,竟在这里冒了出来。也许,人类日记的本色,正在于此。

前些时某某云,不食早餐,胃病乃治。便试着断了两三顿,结果除了腹中咕咕直叫以外,并无功效。又有某人忠告,须禁食咸菜。依其言,凡胃病,根源皆在吃食咸菜,只须断掉咸菜,胃病自会根除,身体康复自不待言。其后,一周未沾咸菜,然并无奇效,故近日又开始吃起来。又闻某某言,最好是按摩腹部。只是通常做法无济于事,须用古老流派皆川式按摩法,一二次之后，普通胃病皆能根治。据说安井息轩①也极喜欢这种按摩法，就连坂本龙马②那样的豪杰也时常去接受这种疗法。便急急去上根河岸求人试试。但又听说须按摩骨头才好，不将五脏六腑翻个个儿，便难以根治的。这种按摩法可真够残酷的。按摩之后，身子骨便像棉花团似的，如同患了昏睡症一般，只试一次便消受不了，从此不敢领教。A君说，须禁食固体食物。于是，试着只喝牛奶过了一日，那天只觉肚中哗啦啦乱响，如同大河涨水一般，通宵难眠。B某言，要用横膈膜呼吸，使内脏运动起来，胃部功能自然变得健全，劝我不妨一试。稍稍尝试一下，总觉得肚里情况不妙，苦不堪言。而且，尽管时而忽然想起来，便专心致志地去做，可五六分钟一过，又忘得一干二净。倘若想要不忘，却又总记挂着那横膈膜，弄得书也读不成，文章也写不出。美学家迷亭见我这副模样，便取而笑之：又不是临产的孕男，还是算了吧！于是，近来已经作罢。C先生说，吃些荞麦面条许会好些。于是，便清汤面、笼屉面地一碗接一碗地吃。结果，只使得我总是拉肚，而毫无功效。为了治好这多年的胃病，我想尽千方百计，而悉皆归于徒劳。唯有昨夜与寒月君饮下的那三杯"正宗"，确有奇效。从今以后，每晚饮它几杯吧。

这一决定也不会持久的。主人的心，就跟我这猫眼珠似的，瞬息万变。他是个干什么都没长性的人。而且，在日记里那么担心自己的胃病，表面上却又打肿脸充胖子，这实在可笑。前些天，他的朋友某某学者登门，大发议论说："在某种观点看来，凡疾病，无外乎祖先及个人作恶的结果。"看来他对此颇有研究，条理清晰，逻辑严谨，精辟之极。可怜我家主人之流，完全不具备反驳此论的头脑与学识。

---

① 安井息轩（1799—1876），日本江户末期儒学家。著有《息轩遗稿》《论语集说》等。
② 坂本龙马（1836—1867），日本幕府末期武士，土佐藩藩士，致力于王政复古，后在京都为幕府官吏所杀。

他似乎觉得自己正患胃病遭罪,但总得搪塞几句,为自己辩解一番,以保全面子。

"你的说法很是有趣。不过,那位卡莱尔①也患过胃病的哩!"一副好像卡莱尔患过胃病,自己患胃病便很体面的神情,简直牛头不对马嘴。于是,那位朋友不容置疑地指出:"虽说卡莱尔也患过胃病,但患过胃病的,未必都能成为卡莱尔。"

主人神情漠然。尽管他如此富于虚荣之心,但看起来他实际上还是希望没有胃病的好。说什么"今夜开始夜酌",真有些滑稽可笑。细想一下,他今天早上吃下那么多的年糕,兴许正与昨夜同寒月把盏对饮有关。我也有些想吃年糕了。

我虽然是猫,却并不挑食。我既无车夫家阿黑那股远征小巷鱼铺的勇气,又缺乏小巷二弦琴师傅家花猫小姐那种阔气身份。因此,我出人意料地少有嫌食,既吃小孩撒落的面包渣,也舔食一些糕点馅儿。咸菜难以下咽,但为了体验一下,也曾吃过两片腌咸萝卜。吃完以后觉得妙不可言,这样,差不多的东西就都能吃了。这也难吃,那也不喜欢,便是过分任性,不该出自寄身教师家庭的猫类之口的。据主人说,法国有位小说家名叫巴尔扎克的,是位极其奢侈之人。当然,并不是说他在饮食上有多么奢侈,而是说他因自己是作家,写起文章来便极尽铺张之能事。一日,他想给自己小说中的人物起个名字,起了一大堆,自己一个也不中意。恰在此时,朋友登门来玩,于是一同出去散步。朋友压根儿不知道是怎么回事就被带了出来。巴尔扎克则一心想要发现一个自己淘尽枯肠而未得的人物名字。所以,走在大街上,便不管不顾,只专心去看店头的各式招牌。但还是没有称心如意的,便拽着朋友四处乱闯。朋友不明就里,只顾跟着。就这样,二人从早到晚,在整个巴黎探险。归途中,巴尔扎克突然发现一家裁缝铺的店号,只见那招牌上写着:"Marcus"。巴尔扎克不

---

① 卡莱尔(1795—1881),英国思想家,著有《法国革命史》等。

禁拍手："就是它！就是它！非它莫属！'Marcus'，多好的名字！在前边再加个大写'Z'字，便天衣无缝了。没个'Z'字可不行。'Z.Marcus'，太棒了！主观臆造的名字，尽管想要起的中听些，却总有些做作、没劲。总算有了称心如意的名字啦。"他全然忘了朋友正在陪他受罪，竟独自高兴得忘乎所以。为了给小说中的人物起个名字，而耗费一天的时间在整个巴黎探险，未免太过大动干戈。不过，奢侈至此，真令人羡慕。只是如我这般身处牡蛎式主人之家，是断然不敢有此奢望的。什么都行，只要能填饱肚子就行，这恐怕也是环境所致吧。因此，想吃年糕的念头，也绝非由于奢侈想法。能吃则吃，我想，主人吃剩的年糕或许还放在厨房里。于是，便向厨房转去。

早晨见过的那块年糕粘在碗底，还是早晨见过的那种色彩。坦率地说，年糕这东西，我还从未入过口呢。看上去既让人垂涎欲滴，又让人退避三舍。我用前爪将粘在上边的菜叶扒开。再看看前爪，上面粘了一层年糕皮儿，黏糊糊的。闻一闻，散发出一股把锅里的饭装进饭桶之中时的诱人香气。我环视四周，吃，还是不吃？不知是幸运还是倒霉，周围连个人影都不见。女仆不论岁末还是新春，总是一副老面孔在踢羽毛毽子。孩子在里屋唱着《小兔，小兔，你说什么》。若想吃，就在此刻，如果坐失良机，只怕到明年也不知道年糕之味为何物。我虽然是猫，竟豁然悟出一条真理来：难得之机缘，会使所有动物敢为其所不能为之事。

其实，我并非急于想吃年糕。相反，倒是越看那碗底，越觉得令人作呕，哪还想吃！若是此时女仆拉开厨房门，或是听到屋里孩子们的脚步声朝这边走来，我会毫不吝惜地放弃那只碗的。而且，直到明年，再也不会去想那年糕。然而，谁都不来，我再怎么迟疑、徘徊，也不见一个人影。这时，心里一个劲地催促着："还不快吃！还不快吃！"

我盯着碗底，心里念叨着：快来人吧！但是没有人来。我也非吃不可了。于是，将全身重量压向碗底，将年糕的一角咬住一小块。

使出如此大力，按理，差不多的东西都会被咬断的。然而，情况却让我大吃了一惊！当我认为差不多了，想要将牙拔出点来时，却怎么也拔不动。想再咬它一下，却又动弹不得。当我觉察到这年糕原来是个魔怪之时，已为时已晚。我宛如陷进泥沼的人，越是想要拔出脚来，越是陷得更深；越咬，嘴越不中用，牙齿根本就动弹不了。那东西倒是很有嚼头，但正因如此，你便奈何它不得。美学家迷亭曾经批评我家主人是"除不断"，真是入木三分。这年糕也似我家主人一般，"除不断"。咬啊咬的，就像用三除十，永远也除不尽的。烦恼之际，我不觉又遇到了第二条真理：凡动物，皆能直觉预知吉凶祸福。

真理已经发现两条，但因粘了年糕，便丝毫觉不出高兴来。牙齿被年糕牢牢吸住，跟拔掉似的疼痛难忍。再不快些咬断逃离此地，女仆就要来了。孩子们的歌声也已止住，一定是奔厨房而来了。烦恼之极，我便将尾巴晃了几晃，但丝毫没有用处。再将耳朵竖起再垂下，仍是没用。仔细一想，耳朵与尾巴俱与年糕无关。摇尾竖耳，皆徒劳无益。于是干脆作罢。急中生智，我觉得只须借前爪之力即可拂掉年糕。于是先抬了右爪，在嘴巴周围来回摩挲。光靠摩挲是难于除掉的，然后又抬起左爪，以嘴为中心急促地画着圆圈。这般咒语，是摆脱不了魔怪的。最重要的是忍耐，这样想着，于是便左右开弓交替进行。而牙齿依然嵌在那年糕里。唉，太麻烦了，干脆双爪齐上吧！谁知道，不可思议的事情发生了，我竟能两脚直立起来！便觉得自己已经不再是猫。

事已至此，哪还顾得了是不是猫？不管怎样，不把年糕这个妖魔击倒，便绝不能罢休。于是我鼓足干劲，双爪在脸上胡抓乱挠一气。由于前爪用力过猛，常常失重，险些跌倒。每至将要跌倒之时，便须用后爪调整状态。所以不能总站在一个地方。于是，只得在厨房里头兜起圈子来。连我都能如此灵巧直立，于是，第三条真理蓦然出现：临危之际，平日不能为者，而能为，此乃"天助"也。

得蒙天助的我，正与年糕魔怪决战之时，传来一阵脚步声，好像有人从里屋出来。这会儿来人，真够糟糕的。我一下跳起来，在厨

这年糕也似我家主人一般,咬啊咬的就像用三除十永远也除不尽的除不断

房里到处乱跑。脚步声渐渐近了。唉，遗憾的是"天助"不够，终于被孩子发现。她高声喊："不得了啦！小猫吃了年糕，在跳舞呢！"首先听到的是女仆。她丢下羽毛毽子跟球拍，"哎呀呀！"地闯了进来。女主人穿着带家徽的绉绸和服，说声"这该死的猫！"主人也从书房出来，喝道："混账东西！"只有孩子们在嚷嚷着："好玩！好玩！"然后大家不约而同地哈哈大笑起来。

我十分恼火，痛苦难耐，可又不能停住不跳。实在尴尬之极。

许久，笑声才终于止住。

然而那个五岁的小女孩又冒出一句："妈妈，这猫也太不像话了！"

一时竟势如力挽狂澜于既倒，一阵笑声重又响起。

我也算见识过人类缺乏同情心的种种行径，但从未像现在这样感到痛惜过。终于，天助不知去向。我无话可说，唯有四脚着地，干瞪白眼，出尽洋相。

主人觉得见死不救，也有些太可怜，便命女仆：

"好啦！给它把年糕弄下来！"

女仆瞧了女主人一眼，那眼神在说："何不叫它多跳一会儿？"

女主人虽然还想看看猫之舞，但并不忍心看到猫儿跳死，便没有吱声。

"还不快弄下来，它就完蛋啦。快点！"

主人又回头瞥一眼女仆。女仆好像做梦吃酒席却半道被惊醒了似的，一脸的不快，拽住年糕，使劲一扯。我虽然不是寒月，可也担心会不会把门牙全给崩断。若问疼不疼，已经牢牢咬进年糕里的牙齿，给那么无情地一拉一拽，怎能受得了？于是，我又体验出第四条真理：凡安乐，必得经历困苦。

待我若无其事地环顾四周之时，才发现家人都已进了内屋。

遭此惨败，在家里碰上女仆她们，我常常觉得十分尴尬，索性出去散散心！于是决定去拜访小巷里二弦琴师傅家的花猫小姐。这样，

我便从厨房溜到了房后。

　　花猫小姐是这一带远近闻名的美猫。没错,我是猫,但也对男女之情略知一二。每当在家里望见主人那副哭丧脸,或是遭到女仆的责骂而心情不佳之时,我定要去拜访这位异性好友,一诉衷肠。不知不觉间便神清气爽,一切烦恼苦楚,全都忘得一干二净,仿如新生一般。说起来,女性的影响可谓大矣。

　　隔了杉树篱墙,我从空隙中眺望,看看她是否在家。

　　正值正月,只见花猫小姐戴了新的项圈,正端坐于走廊之上。她后背丰盈圆润,风采无与伦比,极尽曲线之美;她尾巴弯弯,双足微曲,时而懒洋洋地掀起耳朵的神情,委实难以形容。尤其在那明媚阳光之中,暖融融的,正襟危坐,尽管姿容端庄,而那一身光滑赛比天鹅的绒毛,反射了春日阳光,即便无风,也能让人感到一种自然的颤动。我一时看得入迷,好一阵才回过神来。

　　"花猫小姐!花猫小姐!"我摆动着前爪,向她打着招呼。

　　"哟,先生!"她走下檐廊,红项圈上的铃铛一阵丁零作响。啊,到了正月,连铃铛都戴上啦,声音真好听。正欣赏间,她已来到身旁,只见她将尾巴往左一摇,道一声:

　　"哟,先生,新年快乐!"

　　我们猫类互致问候之时,要将尾巴竖立如棍,再往左一晃。在这条街上,称我为"先生"的,只有花猫小姐。前边已经声明,我还没有名字。但因住在教师之家,花猫小姐便口口声声"先生,先生"地以表敬重。被她尊称一声"先生",我自然心情不坏,便连声答应:

　　"啊……新年快乐!你打扮得好漂亮!"

　　"噢!去年年底师傅给我买的。还行吧?"她将铃铛摇得叮当作响,让我看。

　　"的确,声音很美。有生以来还未曾见过这么漂亮的东西呢!"

　　"哟,看你说的。大家都戴的。"说着,又是一阵叮当作响。"好听吧?真开心!"铃铛声响个不停。

"看起来，你家师傅还挺喜欢你的！"

设身处地，不禁泛起欣羡之情。天真无邪的花猫盈盈笑着："真的呀！就像待亲生女儿似的。"

猫也一样会笑。人类总是认定自己之外再无会笑的动物，这就大错特错了。我笑的时候是将鼻孔弄成三角形，声振喉结而笑，人类自然不懂的。

"您家主人到底是干什么的？"

"你说啥？'您家主人？'说法儿真怪！她是位师傅呢！二弦琴师傅。"

"这我也是知道的。我是问，她的身世地位如何？听说从前是位了不起的人物。"

"是呢。"

小白松我翘首以待……

这时，拉窗里奏起了二弦琴。

"琴声很美吧？"花猫以炫耀的口吻说。

"好像不错，可我听不太懂。到底什么曲儿？"

"呃？叫什么来着？师傅挺喜欢的呢……她都六十二啦，还那么硬朗。"

竟然活到六十二岁，不能不说硬朗。我"啊"了一声。这回答是有点滑稽可笑，但既无妙语以对，便只好如此了。

"这还不算。她还总是提起她从前的身份多么高贵呢。"

"嚯，她从前干什么的？"

"说是天璋院女道士①的御右笔②妹妹出嫁后的婆婆的外甥的女

---

① 天璋院女道士（1837—1883），名敬子，与鹿儿岛领主同宗的岛津忠刚之女。嫁给德川家第十三代将军德川家定。家定死后出家，佛门名为天璋院。

② 御右笔：日本武士官职名。

儿……"

"你说什么？"

"是天璋院女道士的御右笔的妹妹的……"

"原来如此。请等一下，天璋院女道士妹妹的御右笔……"

"不对，是天璋院女道士御右笔妹妹的……"

"好，记住了。是天璋院女道士的……"

"对。"

"御右笔？"

"对。"

"出嫁后……"

"是她妹妹出嫁以后。"

"对，对，弄错了。是她妹妹嫁出去后的那一家。"

"婆婆的外甥的女儿。"

"对。搞清楚了吧？"

"没呢，乱糟糟的，不得要领呢。总之是天璋院女道士的什么人吧？"

"你怎么糊涂啦！是天璋院女道士的御右笔妹妹出嫁后的婆婆的外甥的女儿，一开始不就说过了吗？"

"那些我全明白。"

"明白就好。"

"是啊！"

没办法，只好认输。我们有时也不得不讲些歪理。

屏后，二弦琴声戛然而止。师傅在叫："花猫，花猫，吃饭啦！"

花猫小姐欢天喜地："噢，师傅叫我哪，我要回去了，好不好？"我说不好也是没用的。

"那以后再来玩儿呀！"说着，花猫铃声叮当地一路跑到院前，却又折了回来，担心地问我：

"我说,你脸色很不好呢,怎么啦?"

我不好意思说是因为吃年糕跳了舞,便说:

"没什么啦!只是思考了一些问题,便头痛起来。实际上是想跟你说说话儿,以为这样会好些,这样,便来了。"

"是吗?那你多保重。再见啦!"她似乎还有些依依不舍呢。

于是,我吃年糕以后第一次重新焕发精神,心情快活无比。回来时,想要穿过那片茶园,便踏着开始融化的霜花,从建仁寺的断垣残壁中探出头去,却见到车夫家的阿黑又在那枯菊之上,正弓着腰打着呵欠。如今的我再也不是一见阿黑就魂飞魄散的了。不过,倒是觉得一搭讪起来便会没个完,便想装没看见走过去。依阿黑的脾气,是不会容忍别人忽视他的存在的。

"喂!没名儿的野崽子!近来太趾高气扬了吧!再怎么吃教师家的饭,也不用那么傲气冲天的。瞧不起人就没意思啦!"

看来阿黑还不知道我已经赫赫有名。想给他解释解释,可他毕竟弄不清楚,便决定客套几句之后,尽快溜之大吉。

"噢,是阿黑您哪,新年好!您还是那么精神焕发!"

我竖起尾巴,往左摇了一下。阿黑只竖起尾巴,却并不还礼。

"好个屁!人家都是正月才贺新年,你小子是一年到头过着年哪。当心点儿,你这风箱鬼脸!"

"风箱鬼脸"好像是句骂人的话,可我不明其意。

"请问'风箱鬼脸'是什么意思?"

"哼!你小子,挨了骂还有闲心问是啥意思。告诉你吧,是浪荡小子呢!"

"浪荡小子?"听起来很有诗意。至于含义,可就比"风箱鬼脸"更令人费解了。本想打听打听,求他指教。但即便问起,也不会有什么明确答复,于是,我们一时无语,相对而立,显得无聊透顶。这时,忽然传来阿黑家老板娘的厉声断喝:

"哎呀!放在碗架上的大马哈鱼不见了。不得了了!又是畜生阿黑给叼走啦。真是一只遭人恨的野猫！等你回来，看怎么收拾你！"

喝声毫不容情地摇撼着初春安静的空气，使一派太平景象骤然变得俗不可耐。

阿黑现出一副刁滑神情，仿佛在说："爱叫唤，你就叫唤个够吧！"它将方形下巴往前一抬，使个眼色："听见了吧？"

刚才我只顾应付阿黑，没注意别的。现在才看到，在阿黑的脚下滚着一块两厘三分长的大马哈鱼骨，泥糊糊的。我一时竟忘了前嫌，不禁赞叹："老兄真是宝刀不老啊！"

仅此一句，阿黑是不会情绪好转的。

"什么？你这混蛋！一两块大马哈鱼，就说'宝刀不老'什么的，别从门缝里看人啦！不是吹，俺可是车夫家的阿黑哪！"他撸胳膊、挽袖子似的用前爪倒挠着肩头。

"您是阿黑，早就领教过。"

"既然晓得，还说什么'宝刀不老'，你说！"他一边说着，一边呼呼地喘着粗气。

我要是人的话，这时准会被揪住脖子，连推带揉地整个半死不活的。我打了个趔趄，心里觉得大事不好。正在此时，又传来了那女主人的粗声大嗓。

"噢！西川先生！喂！我说西川先生，我有事相求哩。请您立刻给我送一斤牛肉来。行吧？您听清了吧？我要不太硬的部位的，一斤！"她订购牛肉的声音，打破了四邻的静寂。

"哼！一年才订那么一回牛肉，还故意那么大喊大叫的。斤把牛肉还要向左邻右舍炫耀一番！真是个难对付的母夜叉！"

阿黑一边冷嘲热讽着，一边叉开四脚。我没法搭腔，便默默看着。

"才斤把肉，怎么成！算了，等一送来，立刻给他吃掉！"仿佛那一斤牛肉是专为他订购的似的。

我想要催他早些回去，便说："这回可真是一顿丰盛的美餐呢。

不错不错!"

"你知道什么!少啰唆!吵死人了!"说着,突然用后爪刨起冰碴往我头上扬来,我大惊失色。正抖落身上泥土之间,阿黑竟穿过篱墙,消失得无影无踪了,大概是盯上了西川家的牛肉了。

回到家来,客厅已显得有些不同往日,一片春意盎然。就连主人的笑声也透出一股兴高采烈的劲儿。我觉得奇怪,便从敞开着门的走廊爬上去,走近主人身旁,原来来了位陌生客人。此人留了小分头,梳得整整齐齐。身着带家徽的布袍,外穿一条小仓布裙裤,一副十分规矩而认真的书生模样。

主人的手炉旁,和春庆漆制烟盒并排放着一张名片,上写:"专此介绍越智东风。水岛寒月"。于是,我便知道了这位客人的名字,并且知道了他是寒月的朋友。因为半路杀进来,我对宾主间的谈话便有些摸不着头脑,不过好像是关于前边介绍过的那位美学家迷亭的。

来客平心静气地说:"迷亭先生说一定会很有情趣的。要我一定随他同往,于是……"

"你说什么?你是说去西餐馆吃午饭会很有情趣吗?"主人说着,又添上茶,推到客人面前。

"这……至于情趣嘛,当时我也不大明白。不过,我觉得他吧,总会搞出点什么新花样来的……"

"还是一同前往了吧?原来是这样。不过,倒让人有些吃惊呢。"

主人一副"你小子领教了吧"的神情。突然啪的一声响,我正蹲在主人的膝头,头上被猛敲了一下,有点疼。

"又是胡来的小花招吧?迷亭就好干这个。"

主人忽然想起了安德利亚的故事来。

"嘿嘿!他说呀,'你想吃点什么稀奇东西吗?'"

"吃了啥?"主人问。

"先看了菜谱,再聊了一会儿菜的话题。"

"是在点菜之前吧？"

"是的。"

"后来呢？"

"后来他回头望一眼伙计，说：'好像没啥新鲜东西呢？'伙计不甘心似的，问道：'来点鸭里脊和小牛排，怎么样？'迷亭先生不可一世地说：'吃那俗调①，又何须来此！'伙计不解俗调之义，做了个怪相，便不再吭声了。"

"是吧。"

"然后，他又掉过头来对我说，你要是到了法兰西或者英吉利，可以大吃特吃'天明调'②'万叶调'③呢。可是你看在日本，就像刻板刻出来似的，千篇一律！真叫人不想进西餐馆。真是气势凌人。噢，他可曾留过洋？"

"你说什么呀？迷亭会留洋吗？若是又有钱，又有闲，几时想去都行。大概是把今后想去说成了已经去过，寻开心吧。"主人想炫耀一下自己的口才，自己先笑了。客人却毫无钦佩之意。

"是吗？我还以为他什么时候留过洋，才不由得洗耳恭听的呢。我还发现，他谈起什么煮鼻涕虫呀，炖青蛙呀之类的，简直活灵活现呢。"

"你这一定是听别人说起过吧？撒谎，他可是出了名的！"

"看来真是如此。"客人说着，观赏起花瓶里的水仙来，脸上现出一丝遗憾的神色。

"那他所谓的情趣，就是刚才这些？"主人盯问道。

"哪里！那还只是个开头，好戏还在后头哩！"

"哼。"主人用了一个好奇性的叹词。

---

① 俗调：指庸俗诗句。

② 天明调：日本明和、安永、天明时期以与谢芜村为中心掀起的俳坛革新、崇尚客观的俳句风格。

③ 万叶调：指万叶集朴素而雄浑的风格，后成为正冈子规革新短歌的理想。

"后来他对我讲:'咱们商量一下,煮鼻涕虫呀,炖青蛙什么的,再怎么馋,也吃不到嘴里。那就退而求其次,吃点擀面杖①如何?'我根本没在意他说的是什么,随口说了句:'那好吧!'"

"呃?!擀面杖?真怪!"

"是很怪呢。不过,他说得那么认真,我当时便没有在意哩!"客人仿佛在向主人反省自己的粗心似的。

"后来怎么样?"主人漫不经心,对于客人的反省没有表示丝毫的同情。

"后来,他叫来伙计:'喂,两份擀面杖!'伙计就问:'是炸肉丸吗?'先生越发一本正经起来,更正道:'不是炸肉丸,是擀面杖。''呃?有擀面杖这道菜吗?'当时我也觉得有些奇怪。可看到迷亭先生那么沉着,又是一位西洋通,更何况我当时完全相信他留过洋的,便为他帮起腔来,告诉伙计说:'是擀面杖,是擀面杖!'"

"那伙计怎么办?"

"那伙计嘛,现在想来,真是滑稽透顶。他寻思了一会儿,说:'实在对不起,今日不巧,没有擀面杖。若是炸肉丸,马上可以上来两份。'迷亭显出十分遗憾的样子:'这样子……那就失去专程跑到这里来的意义了,不能想想办法弄两盘给我们品尝吗?'他拿出两角银币交给伙计。伙计就讲:'那我去和当班厨师商量商量。'然后进到里屋去了。"

"看来,他十分想吃那擀面杖呢。"

"一会儿,伙计过来:'您赶巧啦。这道菜,可以给您做。不过,时间要长一些。'迷亭真够沉着,说:'反正是正月,我们有的是闲工夫,那就稍候片刻,吃了再走吧!'说着,他从口袋里拿出烟来,吧嗒吧嗒地吞云吐雾起来。没办法,我也只好从怀里掏出《日本

---

① 擀面杖:日文原文为"橡面坊",这里是将日本派俳句诗人安藤橡面坊的名字用菜名形式说了出来。与擀面杖谐音,意为冒失鬼。

新闻》来读。这时伙计又跑进屋里去商量去了。"

"真够麻烦的!"主人往前凑了凑,那股劲头,就跟读战地通讯一般。

"一会儿,伙计又走了出来,样子怪可怜地说:'近来擀面杖的材料脱销,去过龟屋食品店和横滨山下町十五号的外国食品店,都没有买到。一时太不凑巧了……'先生望着我,一个劲地说:'这可不好办!特意来这里的。'我也不好一味沉默,便帮着腔说:'真太遗憾啦!遗憾之至!'"

"理所当然。"主人表示赞同。到底什么叫"理所当然",我可闹不懂了。

"于是,伙计也显出非常遗憾的样子,说:'改日有了材料,再请过来赏光。'迷亭便问用什么做材料?伙计嘿嘿直笑,并不作答。迷亭又反问:'材料是用日本派①俳句诗人吧?'伙计说:'对,是的。正因为如此,近来去横滨都买不到,实在对不起。'"

"啊,哈哈哈!原来谜底在这里。有趣!有趣!"主人不由得纵声大笑,膝头颤抖得厉害,我差点掉了下来。可主人并不在乎。

看来,主人已经发现,深受安德利亚之灾的并不只是他一个,所以才突然变得如此开心。

"后来,我们两个出了大门,迷亭先生得意非凡:'如何,玩笑不错吧?擀面杖,这笑料还有趣儿吧?'我说:'佩服得五体投地。'说着,便向他告辞。而实际上是因为早已过了午饭时间,肚子太饿,受不了了。"

"看让你为难了吧。"主人第一次表示同情。对此,我没有异议。一时谈话中断,来自我那喉头的响声传入主客二人的耳鼓。

东风将已经变冷的茶水一饮而尽,郑重地说:"老实说,今日登

---

① 日本派:俳句诗人正冈子规以《日本》报为阵地的俳句革新运动派,成员有正冈子规、河东碧梧桐、高滨虚子等。

门拜访,是想求先生帮个忙。"

"噢,请问是什么事?"主人也不甘示弱。

"您知道,我是爱好文学和美术的。"

"好哇!"主人鼓励他往下说。

"前些日子,几个志趣相投的人聚到一起,创立了朗诵会,每月聚会一次,打算今后继续进行这方面的研究。第一次聚会,已经在去年年底举行过了。"

"我想问一下,你说的这个朗诵会,听起来好像是指有节奏地朗读诗文之类。到底怎么个做法?"

"这个嘛,一开始是古典的作品,逐渐地,还想弄弄同人作品的。"

"那古典作品里边,会有白乐天的《琵琶行》之类吗?"

"没有。"

"莫非是与谢芜村①的《春风马堤曲》之类?"

"不是。"

"那么,朗诵些什么呀?"

"前几日,朗诵了近松②的殉情作品。"

"近松?就是那个净琉璃③的近松吗?"

近松没有第二个。只要提起近松,肯定就是那位戏曲家。主人竟然再问,我便觉得他愚蠢之至。他却并无反应,还亲昵地抚摸着我的头。有人硬是认定斜眼女人在对他调情。世风如此,主人这一星半点的误差,也就毫不足怪了。我便任由他抚摸去了。

"是的。"东风应了一声,观察起主人的脸色来。

---

① 与谢芜村(1716—1783),大阪人,江户中期俳句诗人。
② 近松:指近松门左卫门(1653—1724),日本江户前期净琉璃及歌舞伎剧作家。代表作有《国性爷合战》《曾根崎殉情》等。
③ 净琉璃:又名"义大夫调"。元禄时期,竹本义大夫将流行各地的曲调集其大成,与近松门左卫门共同创建了"人形净琉璃"这种新型民族戏曲。

"那么，是一个人朗诵呢？还是指定出一些角色进行？"

"指定角色，轮流朗读过。我们的目的是要以同情剧中人物、发挥人物性格为主，再加一些手势跟动作。台词方面要逼真地表现那个时代的人物，无论小姐还是小伙计，都要像是本人登台一样。"

"不跟唱戏一样吗？"

"是的。只是没有戏装跟布景。"

"冒昧问一句，能做得好吗？"

"第一次嘛，应该是成功了。"

"那么，刚刚你讲到第一次是殉情作品来着。"

"就是船夫载着嫖客去芳原①那一节。"

"那一幕可够难的呀！"不愧是教师。他稍稍侧了侧头，从鼻孔里喷出的"日出"牌香烟的烟雾掠过耳际，往双颊散开去。

"不，其实并不难。登场人物只有嫖客、船夫、名妓、女侍、老鸨跟总管。"

东风满不在乎似的。主人听了名妓二字，不禁面色一沉。他对于女侍、老鸨、总管这些术语，似乎知识贫乏，便首先提问："你说的女侍，就是指妓院女佣吧？"

"尚未仔细研究。不过，女侍，指的是茶馆下女；而老鸨，就好比是妓女卧房里的助手之类吧！"东风刚刚还讲要演得活灵活现，要模仿人物的腔调。可他对女侍、老鸨为何物都还一知半解似的。

"原来如此。女侍乃寄身茶馆之人，而老鸨乃起居于妓院之女士。其次，所谓总管，指的是人还是特定场所？如果是人，那是男还是女？"

"我想，大概指的是男人。"

"掌管什么事呢？"

"这，还缺乏过细的了解。马上去查一下吧！"

---

① 芳原：一般写作"吉原"，位于东京浅草北部。

照此一问一答，定会牛头不对马嘴，我稍稍抬头望了一眼主人。他竟出乎意料地一本正经。

"那么，朗诵者除你之外，还有些什么人？"

"应有尽有。名妓由法学士K来演，他蓄着小胡子，口中却是女子娇滴滴的道白，那才叫绝呢！而且还有一幕名妓痉挛发作的场面……"

"朗诵时也要痉挛发作吗？"主人担心地问。

"是的。总之，表情很重要。"东风说。他总是一副文人风度。

"那么，痉挛发作很逼真吗？"主人问得绝妙。

"只有痉挛发作一处，第一次时表现得不好。"东风回敬了一句，回答同样绝妙。

"那么，你扮演什么角色？"主人问。

"我嘛，船夫。"

"咦？你？船夫？"主人话里有话：你能扮演船夫，我就能扮演花街总管。

"您是说我演船夫不行吧？"东风立刻直言不讳地说。他并没有生气的样子，仍旧沉静不乱："就因为这个船夫，弄得好容易才开展的一次活动成了虎头蛇尾。原来，会场的隔壁住了四五名女学生。不知她们从哪儿探听到消息，知道那天有朗诵会，就在窗外偷听。我学船夫的腔调，稍稍顺畅了些，以为如此便万无一失。正演得得意，唉，大概是动作过猛了吧，忍耐已久的女生们竟哄堂大笑起来。我又是吃惊，又是扫兴。台词一打断，便再也接不上，只好就此散场。"

声称大功告成的首场朗诵会竟是这般情形，那么要是说失败了，该是何等惨状！这样一想，倒叫人忍俊不禁。不知不觉喉头又是咕噜一声，主人更加温柔地抚摸我的头。嘲弄者却得到被嘲弄者的爱抚，真是幸运，不过，总有些不够令人开心。

"真是始料未及啊！"主人在这新年之际，竟说起丧气话来。

"我们想从第二次起，更加把劲儿，把会开得更加隆重，今天正是为了这件事才登门拜访的。坦率地说，我们想请您也入会，请大力支持……"

"我可无论如何不会痉挛发作的呀！"一向消极的主人立刻谢绝。

"不，不会痉挛发作也没关系的！这是赞助者花名册……"说着，他打开紫色包袱皮，小心翼翼地拿出一个小本儿来，展开，放到主人跟前，"您请在这上面签名盖章。"

我抬眼一瞧，上边写的名字全是当今学者名流，写得端端正正，排列得整整齐齐。

"啊，倒不是不想当个赞助人。不过都有些什么义务？"牡蛎先生显得有些放心不下。

"提起义务嘛，倒也没什么非做不可的事情。只须签上您的大名，表示赞助就行。"

"既如此，我就入会。"主人一听无须承担什么义务，立刻变得轻松无比。那副神情仿佛只要不负什么责任，即便谋反的联名书也敢往那上边签上名字似的。何况在那么多知名的学者名单中哪怕只列上自己的名字，这对于还不曾享受过如此殊遇的主人而言，实乃无上光荣，难怪他答应得那么爽快。

"请稍候！"主人说着，进书房去取印章，我被咚的一声丢到地板上。

东风迅速抓起一块点心盘里的蛋糕，一把塞进嘴里，使劲嚼啊嚼地，一时做异常痛苦状，我不由得想起了早晨的年糕事件。

主人从书房取来印章，恰是蛋糕在东风的皮囊里安定之时。主人似乎并未察觉到盘里的蛋糕少了一块。要是被他发现，第一个怀疑对象，肯定就是我了！

东风走后，主人便进了书房，桌上已经有了一封迷亭先生寄来的书信，开头便是"恭贺新年"四个大字。主人心想：迷亭居然也变得这么正经起来。他写的信从来没有一封是严肃的。前些日子还来过这么一封信：

> 其后别无新欢，更无丽人情笺，还算平安度日，还望释怀。

与之相比，这封拜年信却出乎意料，显得体面得多。

> 欲登门拜访，与仁兄之消极态度相反，愚弟欲尽力以积极之态度迎此千古未有之新春，故终日忙碌，目眩头晕，尚乞海涵。

主人暗暗同情迷亭先生。迷亭嘛，每至正月，定要到四处游乐，忙碌不已的。

> 昨日得以偷闲，欲请东风品尝"擀面杖"，适逢食材售罄，未能如愿，至为遗憾。

又要来老一套了，主人不禁默默一笑。

> 明日是某男爵的和歌纸牌游戏，后日有审美学协会的新年宴会，大后天是鸟部教授的欢迎会，大大后天是……

"还有没有完！"主人跳过去往后看。

> 如上所述，因连连出席谣曲会、俳句会、短歌会、新体诗会等，一时间万般无奈，遂以贺卡代之，且充趋访之礼，敬乞见谅。

"其实无须劳足！"主人对信作答。

此次光临，因久未谋面，尚请共进晚餐。寒厨既无珍馐，至少得有"擀面杖"，现正留心筹措……

还在卖弄他的"擀面杖"！真太失礼！主人有些生气。

而"擀面杖"因近日食材告罄，恐不及矣，届时乃请一尝孔雀之舌。

主人觉得这有些脚踩两条船。便想知道下文。

如仁兄所知，孔雀一羽，其舌肉之重，不及小指之一半也。为填仁兄饕餮之皮囊……

"简直胡说八道！"主人仿佛要把信丢开一般。

须捕二三十羽孔雀。而孔雀只在动物园及浅草花园偶有所见，普通鸟店等处悉皆难觅，此事颇有些煞费苦心矣。

"怪你一个人自寻苦吃！"主人毫无感激之意。

昔日罗马鼎盛之时，孔雀舌宴曾风靡一时，极尽风雅之致。平素即垂涎三尺，尚希见谅。

"什么见谅？混蛋！"主人颇为冷漠。

直至十六七世纪，孔雀乃为全欧宴席不可或缺之美味。记忆之中，昔日莱斯特伯爵①于凯尼尔沃思城堡宴请伊丽莎白女王之时，就曾用过孔雀。著名画家伦勃朗②所画之飨宴图中，亦有孔雀开屏置于案头之景象……

"对孔雀宴史如此了如指掌，看来并无他说的那般奔忙。"主人十分不平。

总之，似近日这般宴事频频，即便如愚弟之躯，不日亦将胃弱如仁兄矣。

"如仁兄？也太过分了！何必拿我做胃弱病人的典型！"主人自言自语。

据史家所言，罗马人日宴达二至三次。日竟二三次，尽是美酒佳肴，即便如何胃健之人，亦将消化机能失调，故言必如仁兄……

"又是'如仁兄'。真太放肆！"

然而，为求奢华与卫生之两全，他们潜心钻研，认为在贪食大量美味之时，必须保持肠胃之常态。遂悟出一条秘诀来……

"什么？"主人顿时来了精神。

他们饭后必入浴。然后用一方法悉数呕尽浴前咽下之物，以

---

① 莱斯特伯爵（1532—1588），英格兰女王伊丽莎白一世的宠臣。
② 伦勃朗（1606—1669），荷兰画家。

清扫胃内。既奏胃内廓清之功,旋即又端坐桌旁,饱尝美味之后再度入浴,尽数呕之。如此,虽尽贪美味,而内脏诸器官皆毫发无损。堪称一举两得。

"是的,肯定一举两得。"主人现出羡慕的神情。

时至二十世纪,交通发达,宴饮剧增,这些自不待言。帝国多事之秋,征俄二载之际,吾战胜国之国民当效罗马人,究其入浴呕吐之术,窃以为适逢其时。不然,虽有幸为大国之子民,不久之将来亦必如仁兄,沦为胃弱之躯,思之令人不胜痛心……

"又是一个'如仁兄',这家伙,真气人!"

当是时也,国人之精西洋者,研究西洋之古史。传说,发觉久已失传之秘方,若用之于明治之世,可收防患于未然之功,亦可报平素恣意享乐之恩矣……

"真有些晦涩呢!"主人百思不得其解。

据此,近日虽涉猎吉本、蒙森①、史密斯等诸家著述,而未见任何之端倪,不胜遗憾。但如仁兄所知,小生一旦下定决心,绝不半途而废,复兴呕吐之妙方当在不日之将来,小生对此充满信心。一旦发现,必及时相告,万望释怀。另,前述之"擀面杖"及孔雀舌之佳肴,亦将事成之后告成。如此,既对小生有利,而于为胃病苦之仁兄亦将大有裨益。草草搁笔,不尽欲言。

---

① 蒙森(1817—1903),德国历史学家、作家,1902年获诺贝尔文学奖。

"哈哈！到底又上了他一当！只因他写得这么认真，我才一本正经地读完了。新年伊始，有闲心开这种玩笑！足见其乃闲徒矣！"

其后四五日，皆风平浪静。白瓷花瓶里，水仙日渐凋零，而绿萼白梅却正含苞欲放。我终日望花度日，百无聊赖。曾去找过花猫小姐几次，均未见到。开始还以为她外出不在家里。第二次去，方知她已卧病在床。我躲在洗手盆旁蜘蛛抱蛋草荫之下，只听得师傅跟那女仆在拉门后边说：

"小花吃东西了吗？"

"不吃。从早晨到现在粒米未沾。为了让她暖和些，让她躺在火炉旁了。"

好像不是在说猫，简直拿她当人一样待了。看看自己的情形，虽然让人眼热，但一想到花猫小姐受到如此厚待，又不觉高兴无比。

"真让人担心呢。不吃饭，身体会垮下去的。"

"说的是呀，就连我们，一天不吃，第二天就做不来活呢。"

女仆的口气，仿佛猫是比她更高级的动物。也许在这一家，事实上猫就比女仆更高贵呢。

"去看医生了吗？"

"去了呀，那医生才古怪呢！我抱着小花去了诊所，他问：'是感冒了吧？'说着就要给我把脉。'不是我，病人在这里呢。'说着我把小花搁到膝上。他却冷笑一声，说什么'我可不会医猫。放在那里别管它，自然会好的'。你看这样子不是太狠心了吗？我一下子来了气：'那就不劳你大驾了！这可是只珍贵的猫呢！'我便抱着小花，匆匆回来了。"

"可真也是。"

"可真也是"这句话在我这家里是难得一闻的，那非得是"天璋院的什么人的什么人"才说得出来。高雅之极，令人钦敬。

"好像在嘶啦嘶啦响呢。"

"是啊，一定是伤了风，嗓子疼啦。一感冒，换了谁，都会咳嗽的不是？"

不愧是天璋院的什么人的什么人的女仆，说话这般殷勤。

"听说近来又闹起什么肺病了。"

"可不是吗？近来又是肺病，又是鼠疫的，新鲜病越来越多呢。这个时候，可马虎不得哟！"

"从前幕府时期没有过的，没一样是好的，你也得当心点。"

"您说得在理！"女仆万分感动。

"说是受了风寒，可她平日不大出门的呀！"

"哪里，这样跟你说吧，最近她交上坏朋友啦！"

女仆得意扬扬，好像在谈一件国家机密似的。

"坏朋友？"

"对！就是临街教师家那只脏兮兮的公猫呀！"

"你说的那个教师，是不是每天早晨粗声大嗓的那个人？"

"对，就是他。每次洗脸，就像只大鹅快被勒死一般嗷嗷怪叫呢。"

"像只大鹅快被勒死一般嗷嗷怪叫"，这可是绝妙的形容。我家主人有个怪毛病，每天早晨到浴室里漱口，牙刷往喉咙里一捅，就毫无顾忌地发出怪声来。不高兴时他哇哇大叫，高兴时哇啦哇啦地叫得更凶。总之，不论高兴还是不高兴，都要哇哇大叫一番。

据他老婆说，没迁来以前并无这一毛病。有一天他突然号叫起来，至此未曾间断。这可是个麻烦的坏毛病。他为什么要如此不懈地大声怪叫呢？我等猫类自然无法想象。先不管它。刚刚听到她们讲我"脏兮兮"，这么说也太损了，我不禁又竖起耳朵，听听下文如何。

"那样叫法，真不知念的是哪门子咒。维新以前，从武士仆从到持鞋下人，都知道如何做才算得体。在我们这片居住区，没一个像他那样洗脸刷牙的。"

"可不是嘛。"女仆胡乱地佩服赞同着，胡乱地唯唯诺诺着。

"有这么个主人,总归是只野猫!下次再来,打他几下!"

"一定揍它。小花所以病倒,全怪那只野猫。这仇,一定要报!"

我竟然蒙此不白之冤。这下可好,可不能再随便跑到这里来了。于是,我终于没能见到花子小姐,而独自回家去了。

我回到家里,见主人正在书房里握管沉思。若是将在二弦琴师傅家听到的据实以告,他一定会怒火中烧。眼不见,心不烦嘛,只见他哼哼呀呀的,俨然神圣大诗人一般。

这时,声称诸事繁忙,碍难趋访的迷亭先生竟飘然而至。

"在写新体诗?有何佳作,且给我一瞧!"

"噢,这里有篇好文章,正想译出来呢。"主人一脸严肃。

"文章?谁的?"

"还不知道呢。"

"那是无名氏喽?无名氏中也有佳什美文的,可小瞧不得!究竟出自何处?"

主人不紧不慢:"《第二读本》①。"

"《第二读本》?什么《第二读本》?"

"我是说,我要译的那篇名作在《第二读本》中!"

"开什么玩笑!你是想要在紧要关头报孔雀舌之仇吧?"

主人捻着髭须,泰然自若:"我可跟你不一样,你小子净瞎扯!"

"有这么个故事:从前有人去见山阳②先生,问道:'先生,近来可有大作?'山阳先生拿出马夫写的催账单来:'近日之妙文,当推此篇矣。'于是我想,你的审美观也许还准确。你来念念,我给评一下。"迷亭摆出一副审美专家的架势。

---

① 《第二读本》:当时日本的中学英文教科书。
② 山阳(1780—1832),日本德川时代历史学家、文学家,著有《日本外史》等。

主人开始念起来,仿佛坐禅和尚读大灯国师①遗训一般:

"巨人,引力……"

"什么?巨人,引力?"

"标题是《巨人引力》呢。"

"这标题有些古怪。真闹不懂。"

"意思是说,有个巨人,他叫'引力'。"

"意思有些牵强。标题嘛,先不要管它!快接着念正文。你的声音好听,蛮有趣儿的。"

"你可不要乱打岔哟!"主人叮嘱一句,然后接着往下念。

"凯特隔窗望向外边,小儿正掷球而戏。群童将球掷向空中。球愈飞愈高,一会儿又落了下来。群童又抛将出去。抛之再三,每掷必落。凯特问:'为什么会落下来?为什么不一直往高处飞?''因为有巨人在地下。'母亲答。'他就是巨人引力。他很厉害,他将万物引向自己,他把房屋引向地面,否则,一切便会飞走。孩童也一样。你见过落叶吧?那是巨人引力在召唤它。有时,你们会把书本弄掉吧?那是因为巨人引力让书本掉了下去。皮球跳起来,巨人引力会呼唤。一呼唤,球便着地。'"

"没了?"

"嗯。多好!"

"哎呀,真服你啦!没想到啊,对'擀面杖'的有力反击!"

"什么反击不反击的,我是真觉得好,才试着译了出来。贤弟不这样认为?"主人说着,望向金边眼镜深处。

"真叫人大吃一惊呢,想不到你竟使出如此伎俩。这回彻底被你

---

① 大灯国师(1282—1337),名妙超,字宗峰。播磨人,为日本临济宗大德寺派创始人。

给耍了。服了，服了。"

迷亭只自顾自地自弹自唱，而主人却不明白是怎么一回事。

"并没有要你服我呀，只不过觉得文章有趣，才试译一下而已嘛！"

"啊，的确有趣！否则，还叫一本书？好极了！惭愧，惭愧！"

"何必那么客气。最近因为不再画水彩画了，所以想写写文章什么的。"

"那远近无异、黑白莫辨的水彩画怎么能比！不胜佩服！"

"承蒙过奖，我也就更有干劲儿了！"主人始终误解一切。

正说着，寒月先生一步跨进门来，道一声："前日失礼了！"

"噢，失迎！刚刚洗耳恭听惊世名篇，解消了'擀面杖'幽灵呢。"迷亭说话有些让人摸不着头脑。

"哦。是吗？"寒月的应答也让人莫名其妙。

唯有主人面色阴沉。他说："前些天，你介绍的那个越智东风，来过寒舍呢。"

寒月说："噢？来过啦。那个越智东风，人很正直。但有些与众不同之处。当时我还担心会给你添麻烦。可他一定要我介绍介绍……"

"也没什么麻烦不麻烦的……"

"他来这里，有无为自己的姓名辩解过？"

"没有哇。好像没有提起这些呢！"

"是吗？他有个毛病，就是不管去哪里，都要向新认识的人讲解一番自己的姓名的。"

"都讲解些什么？"唯恐天下不乱的迷亭不禁插嘴问。

"他很担心别人把东风二字读错。"

"嗯？"迷亭从金色薄鞣皮的烟盒里捏出些烟草。

"他说，我事先申明一下，越智东风不念'越智豆腐'，而是'越智东风'。"

"妙极!"云井牌香烟的烟雾尽收腹底。

寒月说:"那全因为文学热。念成东风,就成了'遐迩'①这一熟语,正与他的姓名同音,恰是他异常得意之处。因此他便时时发些牢骚:'要把东风二字读错,我的良苦用心,岂不付之东流了?'"

"确实有些与众不同呢。"迷亭顺势将腹底云井由鼻孔喷将出来。烟雾在半途中犹豫了一下,又被吸将回去。他手握烟管,呛得好一阵吭吭哧哧个不停。

主人笑着:"前些天他来时,说他在朗诵会上扮演船夫,遭到女生们嗤笑呢。"

迷亭用烟管敲打着膝头:"噢,你看你看。"

我觉得有些危险,便稍稍走开一点。

迷亭说:"提起这个朗诵会嘛,前几天请他吃'擀面杖'时,也听他提起过。他想不管怎样,第二次聚会定要邀请些知名文士来,听他讲届时务请先生光临。后来我问,下次还演近松作品的古装剧吗?他说:'不呢,下次要选更新颖些的,已选定了《金色夜叉》②。'我问他演什么角色,他说他演女主角阿宫。东风演阿宫,一定很有意思!我一定前往,为他喝彩!"

寒月怪笑一声:"是很有意思!"

"不过,东风总是那么诚恳,毫无轻薄之处,这点很好,与迷亭之流大不相同!"主人一箭三雕,为先前之安德利亚、孔雀舌宴以及"擀面杖"全面复仇。

迷亭毫不介意,一笑置之:"如我者流,横竖是些行德菜板

---

① 遐迩:在日文里写成"远近"二字,其读音为"otikoti",而"越智东风"亦念成"otikoti",二者读音完全相同。日文里,"东风"二字音读成"tohu",容易让人联想到"豆腐"二字。这里,越智东风是希望别人把"东风"二字念成"koti"。

② 《金色夜叉》:日本作家尾崎红叶(1867—1903)的小说。

儿①——久于世故呗！"

"此言极是！"主人说。

其实主人并不明白"行德菜板儿"的意思，但他毕竟是教师，已经惯于瞒天过海。关键时刻，他往往将教坛经验应用于社交之上。

"'行德菜板儿'，什么意思？"寒月却认认真真，不耻下问。

"那水仙，是我年底从澡堂回来时顺便买回来插上的，开得真够持久的。"主人望着壁龛，闭口不提"行德菜板儿"。

"提到年底，我在去年年末还有过一段神奇经历呢！"迷亭像耍杂技似的，在指尖上旋着烟管儿。

"什么神奇经历？讲来听听！"主人觉得"行德菜板儿"已被人忘到九霄云外，这才松了口气。

迷亭之所谓神奇经历，是这样的：

"我记得好像是去年年底的二十七日。东风事前跟我讲，他将登门拜访，一闻文艺方面的高论，万望不要让他扑空。我一早便翘首恭候，而他却迟迟不到。午饭过后，炉边展读巴里·培恩②的滑稽小说，这时，家住静冈的母亲来信了。人老了，便老是拿我当孩子，什么'严冬时节切莫出门'呀，什么'冷水浴固然是好，但要生起火炉，等室内暖和起来再洗，不然会感冒的'呀，提醒这提醒那的没个完。有父母实在是好，旁人谁还管你这么多！我向来粗心大意，只在此时感激涕零。凭了这封信，我这般游手好闲，便太不像话，必须写出鸿篇巨制，方可光宗耀祖。于是我想，在老母有生之年，定要让天下人知道，明治文坛有我迷亭也。

"再往下念，信上又说：'你们真是幸福无比。自从与那俄国交战，年轻人历尽艰辛，为国效力。看看你们，岁末年关，都跟过大年

---

① 行德菜板儿：日本当时千叶行德一带盛产蛤蜊，传说当地住户的菜板儿都被蛤蜊壳磨破。蛤蜊在日文里写成"马鹿贝"，"马鹿"意为愚蠢呆傻，故"行德菜板儿"即为"愚蠢而老于世故"之意。

② 巴里·培恩（1864—1928），英国小说家。

似的,舒适安逸,悠悠哉哉。'其实,我哪里像母亲想象中那样开心玩过呢。再往后看,却列举了我小学朋友的名字,他们此次出征,伤的伤,亡的亡。我念着那些名字,竟油然生出红尘乏味、人生无聊之感来。最后,信中说:'母已日薄西山,新春年糕汤味,料也仅此一度矣。'

"写得如此凄凉,我心中便愈发郁闷,巴不得东风快些光临,却怎么也等不来。不一会儿,便到了晚饭时分。我想,给家母回封信吧。于是,写下十二三行来。家母来信,长达六尺以上,而我无论如何也没那般本领,一向写下十行左右,对不起,肯定搁笔。整天坐着,肠胃便十分难受。忽然想,东风来时,先让他在家等着,我且出去发信,顺便散散步。

"不知不觉中,我却并没有去富士见町①的邮局,竟去了河堤三番町②。偏偏那晚有些阴天,干风从护城河上刮来,透心般的凉。自神乐坂③方向开来的火车从河堤下驶过,感觉空前凄凉。日暮、阵亡、衰老、无常,所有这些在我的脑际飞旋。常常听说有人上吊,大约就是在这种心情之下,忽然鬼迷心窍想到要死的吧!我稍稍抬起头来,望一眼堤坝之上,却不知什么时候已经来到了先前那棵松树下边。"

"先前那棵松树?哪棵?"主人语不成句。

"就是上吊的那棵松树呀!"迷亭说着一缩脖颈。

"上吊松是在鸿台④吧?"寒月又来推波助澜。

"鸿台那棵是悬钟松,河堤三番町那棵是上吊松。为啥叫它上吊松呢?相传自古以来,无论何人,只要一到这棵树下,便想上吊。虽说堤坝之上有几十棵,看吧,只要有人上吊,准吊在这棵树上。每

---

① 富士见町:今日本东京都千代田区富士见町,位于饭田桥以南。
② 河堤三番町:今日本东京都千代田区三番町附近。因有护城河堤而得名。
③ 神乐坂:今日本东京都新宿区神乐坂,繁华地带。
④ 鸿台:又名国府台、鹄台、高野台等,位于千叶县市川市东岸高地。

年总有两三个吊在那里,而其他松树,却怎么也勾不起寻死之念。看上去,那棵上吊松,枝丫正好伸到大路之上。啊,树姿多美!就那么闲着,怪可惜的。真想看看有人吊死在那上面。看看四周,偏没有一个人来。万般无奈,还是自己上吊吧。不,不,自己上吊,可就没命啦!太危险了,还是到此为止吧!不过,我倒听说过,在古希腊,宴席上必有人模仿上吊,以资余兴。做法是:一人登上高台,将头伸进绳套,转眼间,有人将那高台踢翻。撤走高台的同时,松去套住脖子者的绳套,模仿者再跳下来。果真如此,倒也不必惊慌,不妨一试。我跃跃欲试,将手搭向松枝,松枝听话般乖乖弯了。弯曲的样子实在很美。想象着上吊之后身子飘飘然然的情景,我不禁欣喜若狂。一定要上吊!但又想起,若是东风驾到,白白等在那里,便对不住人家了。那就先见东风,如约欢谈,以后再来上吊。这样,我便回家去了。"

"这么说,你算是逃过一劫喽?"主人问。

"有意思!"寒月笑着说。

"回到家里,东风依旧没来,却来了一纸明信片,上边写着:'今日因万不得已之事,碍难赴约,唯望日后一晤。'我总算放下心来。如此,则可无牵无挂前往自缢了。我连忙穿上木屐,急急返回原处,一看……"说着,望一眼主人跟寒月。

"一看,怎么样了嘛?"主人有些着起急来。

"渐入佳境呢!"寒月搓弄起他的外衣衣带来。

"一看,却已有人来过,抢先上了吊。你看你看,一步之差,遂成憾事!现在想来,当时大概已经死神附体了,用詹姆斯①之辈的话说,那是潜意识中的幽灵冥府与我生存的现实世界之间按照某种因果关系相互感应的结果。这难道不是很神奇吗?"迷亭说得若无其事一般。

---

① 詹姆斯:指威廉·詹姆斯(1842—1910),美国心理学家、哲学家,其心理学说给了夏目漱石的文学论以很大影响。

主人心想，又遭他捉弄一回。但主人却默不作声，只将糕点塞了满嘴，不停地嚼起来。

寒月将火盆里的火灰仔细摊平，低着头，嘿嘿直笑。一会儿，他终于开口，语调极其文静：

"的确，听起来是神奇得很，让人想不到会有这种事。不过，近来我也有过类似体验，所以，我对此深信不疑。"

"什么？你也想过要上吊？"

"不，我的体验不是上吊。说起来也是去年年底的事了，而且几乎与迷亭是在同一时刻发生的，便越发神奇了。"

"真有意思。"迷亭说着，也将糕点塞进嘴里。

寒月说："那天，向岛①一位朋友家，在举行新年晚会和演奏会，我也带了把小提琴去。有十五六位小姐跟夫人出席，堪称盛会。一切都是那么协调，算得上近来一大快事。晚餐结束，演奏终了，人们便海阔天空地闲聊起来。后来时间已经很晚，于是我便要告辞回家，这时，某博士夫人来到身旁，轻声问我是否知道某某姑娘生病一事。实际上，两三天前我见她时，她还一如往常的，全然没有生病的迹象。吃惊之余，我便问个究竟，原来在我见她的当天晚上，她便突然高烧，口中胡话不断。这还不算，只是听说，那胡话里还时不时蹦出我的名字来。"

主人自不待言，就连迷亭也绝口不提"艳福匪浅"之类的陈词滥调，个个满脸严肃地洗耳恭听。

"请医生来看，也弄不清是什么病。诊断说什么总之是热度太高，伤了脑子。若是安眠药不能奏效，便很危险。我一听便觉讨厌，好似为梦魇所困，只觉得心头郁闷，四周的空气骤然凝成固体，从四面八方向我压来。归途中满脑子装着这些，痛苦不堪。多么美丽、快活而又健康的某某姑娘哟！"

---

① 向岛：位于佐贺县西北部东松浦郡肥前町。

"对不起，慢着！从一开始我便注意到了，你讲到某某姑娘，前后才说过两遍。我说，如若没什么不便，请问芳名？"迷亭说着，回头望一眼主人，主人模棱两可地"嗯"了一声。

"噢！我怕会给别人带来麻烦，还是免了吧。"

"你是想把一切都弄得朦朦胧胧吧？"

"不要讥笑别人嘛！我在很认真地说呢。总之，我一想到那个女子突然患了那样的病，心头确实有一种落叶飞花之感，全身力气仿佛同时罢工似的，一下子消失殆尽。我跟跟跄跄来到吾妻桥①，凭栏俯瞰，不知桥下是涨潮落潮，唯见黑水一团，荡来飘去。这时，一辆人力车自花川户②方向从桥上驶过。目送车灯远去，灯光越来越小，到了札幌大厦便再也看不见它。我再次望向水面，忽听得上游远处有人喊着我的名字。怪了，此时此刻，怎么会有人叫我？会是谁呢？我凝神注视水面，黑乎乎的，什么也看不见。定是神经过敏吧，便想早些回去。可是，刚刚迈出一两步去，又听得有人用极微弱的声音，在远方呼唤着我。我又停下，侧耳细听。当第三次听到那叫声时，尽管当时手抓栏杆，双膝却瑟瑟地抖个不停起来。那声音仿佛来自远方，又似乎发自河底。千真万确，正是某某姑娘！我不禁'嗳'地应了一声。声音太大，在静静的水面发出回声。我为自己的大声所吓住，突然望一眼四周，人、狗、月亮，全已不见。我为眼前的夜所迷住，不禁想要去那声音传来之处。某某姑娘的声音充满痛苦，如倾诉一般，又似呼救一般，再次响彻在我的耳畔。我立刻答应一声：'这就过去！'我从栏杆上探出半个身子，望着漆黑的河水，总觉得那呼唤之声来自浪底。我认为就在那水面之下，便跨到栏杆上了。盯着河水，心想，这回再喊，我便跳下去！果然又传来一声凄惨的呼唤，恍若游丝。说时迟那时快，我用力一跳，像块小石子一般，毫不犹豫地跳了

---

① 吾妻桥：日本东京都隅田川上的桥名，连接台东区的花川户町与本所竹町。
② 花川户：地名，位于日本东京都浅草公园东侧，隅田川河畔。

下去。"

"终于跳了。"主人眨巴着眼睛。

"没想到，会是这样。"迷亭抓向自己的鼻尖。

"跳下之后便人事不省，恍如梦中。一会儿，我睁开眼来，只觉得很冷，但全身没一处弄湿，也不似呛过水。可我千真万确是跳了下去的呀！真怪。正觉得奇怪，又望一眼四周，不禁大吃了一惊。当时一心想要跳下水去，却一时搞错了方向，竟跳到了桥的中心。实在是后悔莫及。只因前后颠倒，便没能去成那一声声呼唤之处。"

寒月嘿嘿笑着，仍旧把外褂衣带当成累赘似的，不住搓弄着。

"哈哈哈！有意思有意思！和我的经历如此相似，这就怪了。又是詹姆斯教授的好材料了。若是以'人的感应'为题写篇散记，定会令文坛震惊的。那么，那位姑娘的病怎样了？"迷亭仍旧穷追不舍。

"两三日前，我去拜年，见她正在门里和女仆打羽毛球呢！看来，她已经完全康复了。"

主人早已是一副沉思的神情，这时才终于开口："我也有过！"全然不甘示弱似的。

"你有？有什么呀？"在迷亭的眼中，似我主人那般，怎么会有这种经历！

"我的也发生在去年年底。"

"都发生在去年年底，这么巧合，真神啦！"寒月笑道。那少了门牙的牙缝之间粘着糕点渣儿。

"还是同一时刻吧？"迷亭在一旁打着岔。

"不，日期好像不同，大约是二十日。老婆讲，今年的新年礼物就免了，带我去看摄津大掾①的表演吧。其实带她去，倒也没啥。便问她那天演哪出？她看了一下报纸，说演的是《鳗谷》②。我说不

---

① 摄津大掾（1836—1917），本名二见金助，艺名南部大夫，日本著名净琉璃艺人。
② 《鳗谷》：净琉璃，《樱锷恨鲛鞘》的通称，叙述鳗谷八郎兵卫杀妻的故事。

爱看那出，今天就算了吧。那天便没去。翌日，她又拿来报纸，说今天是《堀川》[①]，可以去看了吧？我说《堀川》是三弦戏，看上去热热闹闹，却没有内容的，还是算了吧！老婆便一脸不高兴地走开了。第三日，老婆讲当天唱《三十三间堂》[②]，她一定要看摄津演的这一出！她说不知你是否连《三十三间堂》也讨厌？既然让我去看，还是陪我一同前往，怎么样？这简直有点勒索人了。我说，既然那么想去，那就去吧。不过，听说此乃一代名戏，肯定客满，即便横冲直撞，也难以挤进去的。按通常的做法，首先得去那里的一个茶馆，交涉一番，定好座儿才行。不如此，做出超出常规的事来就不大好了。实在抱歉，今日就算了吧！说话间，老婆目光凶狠地瞪着我，发出哭声来：'我一个妇道人家，不晓得那么多复杂的手续。可大原的阿妈、铃木家的君代他们，都没花什么手续，却心满意足地听了戏回来的。就算是个教师，也犯不着费那么多周折去看场戏吧！你也太过分了点。'我只好投降：'那好，哪怕不成，我们也去吧。吃过晚饭，坐电车去！'老婆立刻精神抖擞起来：'要去，必须在四点以前赶到，你那样磨蹭劲儿可叫人受不了！'我便问：'为什么非得四点钟到？'她按铃木夫人教她的说，不那么早进场占座儿，就会进不去的。我追问一句：'那，过了四点就不行了吧？''是呀，当然不行的！'她回答。你说怪也不怪，就在此时，却全身打起冷战来了。"

"夫人吗？"寒月问。

"哪里！她倒活蹦乱跳的。是我呢。仿佛一下子成了只穿孔的破气球，全身骤然萎缩一般，眼前发黑，竟动弹不得。"

"这是急病！"迷亭立刻加注。

[①] 《堀川》：净琉璃，通称《阿俊传兵卫》，讲述井筒屋传兵卫与先斗町近江屋娼妓阿俊殉情的故事。

[②] 《三十三间堂》：净琉璃，《三十三间堂栋由来》的通称。讲述横曾根平太郎与熊野之女阿柳即老柳树的化身成亲，生下绿丸，一日，从三十三间堂的房顶取出此木，阿柳遂弃夫抛子，销声匿迹的故事。

"唉，真是糟糕！老婆一年才提这么一回要求，无论如何也要让她满足。平日里对她，总是斥责有加。不理不睬，叫她操持家务、照料孩子，却未曾一报其执炊抱帚之劳。今日幸得有暇，囊中尚有铜板四五块，正好携她前往。她想去，我也很想带她去，一定要带她去！可我这样全身发冷，双眼发昏，岂止上不得电车，就连放鞋的地方都找不着的。唉，遗憾遗憾！这么想着，竟越发冷起来，眼前更是漆黑一团。我想：快些去看医生，再吃点药，四点钟以前定会药到病除的。遂与老婆商量，去请甘木医生。不巧甘木医生昨晚当班，还在大学里，没有回来。他的家人回话：甘木医生要两点钟才回来，等他一会儿，就让他前来。真糟！这时喝点杏仁茶，四点钟以前一定会好的。人在倒霉时，喝口凉水都塞牙。本想领略老婆那欣喜若狂的笑靥，岂料计划完全落空。只见她满面怒容，厉声问我到底能不能去。我说，去，一定去！四点以前这病准好，放心放心！你快去先洗个脸，换件衣服，等着我。虽然嘴上这么说，但我的心头却是无限感慨，身上越来越冷，眼前愈加漆黑一片。若是四点以前还不能除病践约，老婆一下想不开，说不定会做出点什么事来的。竟然弄到这般境地，我该怎么办？为防万一，应该趁早告之尘世无常之理、生者必灭之道。好让她有些心理准备，一旦出事，不至于张皇失措。难道这不是丈夫对妻子应尽的义务吗？我赶忙将她叫到书房，问她：'虽然你是个女人，但总该知道这样一句西方谚语吧？Many a slip, twixt the cup and the lip.①' '那种横写字儿哪个又懂？明知人家不识英文的，却偏拿那玩意儿来耍笑人。行啊！反正我不懂英文的。既然你那么喜欢英文呀，咋不找个洋学堂出来的小姐做老婆？有谁像你那么冷酷！'她气势汹汹地说，我煞费苦心的如意算盘被打成一团糟。面对读者诸君，我这里还想辩白几句。我说英文，绝非出于

---

① Many a slip, twixt the cup and the lip：（源于希腊传说）杯到口边，还会失手。意即凡事都难十拿九稳、功败垂成等。

恶意，完全出于爱妻之心。因此，被她那般曲解，倒叫我有些进退维谷。而且，我一直冷战不住，两眼发黑，脑子也有些混乱起来。稍一性急，想要早些让她明白'尘世无常、生者必灭'的道理，一时竟忘了她是不懂英文的，才不由自主地说了句英语。细想起来，还是我的不是，完全是我的疏忽。由于此番失误，冷战愈加厉害，眼前越发晕眩。老婆已经遵命去了澡间，光着膀子化完妆，然后从衣柜里拿出衣服更衣。她已整装待发，随时可走。我心急如焚，心想甘木快点来就好啦。一看时间，已经三点，距四点只剩一个小时。老婆拉开书房房门，探头进来：'该走了吧。'夸赞自己的老婆，似乎有些好笑，不过，我从未发现她有此刻这般漂亮过。她裸着上身，用香皂擦洗过的皮肤，光芒四射，辉映着那身黑绸外褂，脸蛋由于香皂和急切想要听到摄津大掾唱戏的双重作用，容光焕发，交织着有形与无形两种内容。我觉得无论如何也要满足她的这份希望，干脆豁出去走上一遭吧！这样，我刚吸过一支烟，甘木总算驾临，一切尽如人意。可待讲完病情，甘木看看我的舌头，抓了抓我的手，再敲一敲我的前胸，搓摩一下后背，然后翻开我的眼皮，摸摸头骨，沉思片刻。我说：'总觉得有些危险呢。'他却镇静自若：'没啥，不打紧的。'老婆问：'出去一下，不会有问题吧。''这个……'他又沉思起来，'若是心情不坏……'我说：'难受呢！''那么，暂且开点镇静剂跟汤药。''呃？怎的？弄不好，会有危险吧？''哪里，绝对不用担心，弄得神经紧张可不好。'医生说完，便离开了。时间已经三点半，便叫女仆去取药。女主人严令之下，女仆飞身而去，疾奔而回。四点差一刻，对，离四点还剩十五分钟。至此，一切顺顺利利，可此时我却一下子恶心起来。老婆将汤药注入碗中，放在我的面前。我正欲端起碗来喝下，胃里却咕的一声，有个东西呐喊着想要出来。不得已，只好放下碗来。老婆逼我：'快点喝下去呀！'是啊，不快点喝，快点动身，也太说不过去了。我决心一饮而尽，举起碗来送到唇边，胃里却又咕的一叫，执意阻拦。正当我举起放下之际，客厅里的挂钟当当当当地敲了四下。啊,四点了,不能再磨蹭下去了。于是我再次端起碗来,神了!我说,真正神奇的当属此事呢。随着四声钟响,吐意全消,那汤药也毫不费事地喝了下去。四点十分,这才明白甘木何以为名医。后背不再发冷,两眼不再发黑,一切烟消云散,恍如梦境一般。原以为会大病一场,短时不能外出,不想竟转瞬即逝,令人高兴无比!"

"那么,后来偕夫人去歌舞剧院了?"迷亭问,一副不得要领的神情。

"想去来着,可是都过四点了,老婆说进不了门啦,无奈,只好作罢。若是甘木再早来一刻钟,我也就尽了情分,老婆也会心满意足的。就这么十五分钟之差,实在遗憾。现在回想起来,还觉得当时万分危急呢。"

讲完这些,主人一副义务已尽的神情。也许此时正扬扬得意,以为在二位面前有了面子呢。

寒月依然露着那副豁牙,笑着说:"那是太遗憾了。"

迷亭却假装糊涂,自言自语道:"丈夫体贴如此,贵夫人真是有福!"

此时,门后传来女主人一声故意清嗓的声音。

我逐一听了他们三人的谈话,既不可笑,亦不可悲。人为了消磨时光,便要勉强运动唇舌,去笑那些本不可笑、乐那些原本无趣之事,除此之外,别无所长。

至于主人的任性与狭隘,我早有所闻。但因他平日言语不多,未曾了解之处亦有不少。而这未曾了解之处,让人觉得有些可怖。但听完他刚才一番谈吐,却忽然有些想要瞧他不起了。他缘何不能静听二人倾诉呢?那般好胜心切、喋喋不休地胡说八道,又得到什么了呢?难道是爱比克泰德在书里头让他做出这等傻事来不成?总之,主人也好,寒月、迷亭等人也好,他们都是太平盛世的逸民。尽管他们如丝瓜一般随风摇曳,却又要装出一副超然物外、若无其事的样子。其实

他们既名利心强，又贪婪无边。平常谈笑之中，其竞争之念、好胜之心也隐约可见。进一步而言，则与其平日所深恶痛绝的庸俗之徒原本就是一丘之貉。在猫类看来，亦可悲之极。只不过其举止言行，并不似通常的半吊子一般千篇一律、令人生厌，还算有些可取之处。

这样一想，便觉三人的对话无趣，还是去看看花猫小姐的情况。于是，我便转到了二弦琴师傅家门口。门松和稻草绳都已撤去，已是正月初十了。明媚的春光从万里无云深处普照四海，十坪见方的庭园里，比元旦曙光降临之时更加显得生机勃勃。走廊里摆一坐垫，却人影全无。连那拉门也紧紧闭着，琴师许是沐浴去了吧。其实，琴师之在与不在与我无干，花猫小姐贵恙如何倒让人牵肠挂肚。院里静悄无人，我双脚带泥爬上走廊，往坐垫上一躺，真是舒服，竟忘了花猫小姐，酣然假寐起来。这时，突然听得屏后有人说话：

"辛苦啦。做好了吗？"琴师果然在家。

"是的，回来晚了。赶到那家佛像店时，人家说才刚刚做好呢。"

"让我看看。啊，真漂亮！这样一来，小花便能得以超度了。金色漆面不会脱落吧？"

"不会的，我还追问过的，说是用得上好材料，比死人的灵牌还耐久呢，还说'猫誉信女'中的'誉'字，潦草一点才好看，所以，把笔画改了改。"

"哎，哎，赶快把它供在佛龛前，烧炷香吧。"

花猫小姐怎么啦？好像有点不大对劲呀，我从坐垫上站起身来。这时只听得"叮"的一声，传来琴师的声音："南无猫誉信女，南无阿弥陀佛，南无阿弥陀佛……"

"你也来为她祈祷一下吧。"

又是"叮"的一声，传出女仆的声音："南无猫誉信女，南无阿弥陀佛，南无阿弥陀佛……"

我突然心跳得厉害，站在坐垫之上，如木刻之猫一般，眼珠一动不动。

"真是可惜！一开始不过受了点风寒的。"

"若是甘木医生给下点药，或许会好的呢。"

"根本就怪那甘木医生不好，他太不关心咱们小花啦。"

"不要怪罪别人，她也是寿数已尽呀！"

看来，花猫小姐也让甘木给看过病的。

"总之，全怪临街教师家那只野猫子，老是跑来引诱她。"

"对啦，那个畜生才是小花的仇人呢！"

我本想申辩几句，但此时须咬牙克制，便咽了口唾沫继续往下听。说话声一时中断。

"世事不由人呢，看小花那般俊俏，却遭此夭折，而那只丑陋的野猫却还活得欢实，四处胡来。"

"您说的是呢。像小花这么可爱的猫，就是敲锣打鼓地去找，只怕没有第二个人的。"

不说"第二只猫"，却说"第二个人"。照女仆的想法，似乎猫和人是同类。如此说来，那女仆的面相还真十分像我们的猫脸呢。

"如果可以，真想找个替死鬼儿替小花……"

"若是教师家那野猫一命归天，倒正合您意呢。"

若合了她意，我可就痛苦了。死是怎么回事，我未曾体验过，谈不上喜欢还是不喜欢。不过，前些天因为太冷，我曾钻进灭火罐中，女仆因为不知道我在里边，便给盖上了盖儿。当时那股难受劲儿，想想都觉得害怕。据白猫女士说，若再拖延一会儿，可就小命难保了。若是替花猫小姐去死，我不会有半句怨言。但如果非受那份罪才能死成，那么无论替谁去死，我都不干！

"不过，小花虽说是猫，这不，又是请和尚给她念经，又是取戒名的，她也该死而无憾了。"

"说的是呢，她真是一只有福之猫。要说有什么不足之处，只是给她念的经太短了点。"

"我也觉得太短,便对那月桂寺的和尚说,太快了点吧。他却说,恰到好处!一只猫嘛,念这些,足够送她上天堂了。"

"哎!……不过那只野猫……"

我曾经一再声明,我是没有名字的。可那女仆,却一个劲儿地"野猫、野猫"个不停,真是无礼之极!

"他罪孽深重,即便如何动听的经文,也是超度不了他的呢。"

其后,我不知道被她叫了几百遍"野猫"。我不想再听二人漫无边际的对话,便离垫而起,从走廊一跃而下。这时,我身上千万根毛发顿时倒竖,毛骨悚然,浑身打战。从此,我再未去过二琴弦师傅家。如今,大概正轮到琴师自己接受那月桂寺和尚敷衍塞责的超度吧。

近来,我完全没有了出门的勇气,总觉得人世令人厌倦,我已经变得如主人一般,成了一只懒猫。主人始终闷坐书房,外边纷纷传言他这是失恋,我也觉得不无道理。

老鼠依然未曾抓过,所以在某一个时期,女仆甚至对我下起逐客令来,但因主人了解我并非俗猫一只,我才安然依旧,在这家无所事事,虚掷光阴。仅此,我便要深谢主人重恩,并且毫不犹豫地对他那双慧眼深表敬意。至于女仆不识我才,甚至横加虐待,我也并不生气。若是今天也出个左甚五郎①,将我的肖像刻在门楼上,或者某个日本的史太因林②愿意将我的头像描在画布之上,那些有眼无珠的家伙定会自愧不已的。

---

① 左甚五郎:日本近世初期的木匠,以雕刻闻名。
② 史太因林(1859—1923),法国画家。

三

　　花猫小姐已经去世，阿黑又不理人，我便不免生出些寂寥之感来。幸而在人类之中已寻得知己，倒也并不觉得特别无聊。前些天，有人致函主人，索要本猫的玉照一张，近来又有人给我寄来冈山名产玉米面丸子。随着人们的同情日渐加深，我已渐渐忘却自己是一只猫，不知不觉就觉得自己离人更近了一些。因此，想要纠集众猫与两条腿的先生决一雌雄的念头如今已是荡然无存。不仅如此，我还时时以为自己已是人类之一分子，进化至此，可谓前途无量。

　　不过，我却并未因此而蔑视同胞，我只不过为大势所趋，才往性情相近之处寻求一处安身之所而已。如果有人评说如此便是变节、轻薄或背叛，可让我有些为难。凭了这些辞藻去骂别人的，多半是些顽冥不灵、心胸狭窄的小人。

　　我既已摆脱猫的恶习，就不该满脑子尽装着花猫小姐和那阿黑。我很想站在与人平等的地位去评价人的思想与言行，这也合情合理。只是主人仍把深有见地的我视为裹以毛发的寻常猫儿，连句客气的话都没有，便旁若无人似的把那玉米面丸子一扫而光，实在遗憾之至。看来，玉照也还没有拍好寄走，要说有多不满便有多不满。而主人是主人，我是我，自然见解各不相同，这实在是无可奈何。

　　我因为混迹于人群之中，对于毫无接触的猫类动作，实难诉诸笔端的。那就对不起了，这里只对迷亭、寒月等人评述一番了。

今天是个很不错的星期天，主人缓缓步出书房，在我的身边摆上笔墨砚台和纸张，然后趴下，不停地哼哼着什么。这怪腔怪调大概是打底稿时的前奏吧。只见主人凝神注目，不大工夫，大笔一挥，写下"香一炷"几个大字。哎呀，他这是要作诗，还是要写俳句？对主人而言，这三个字未免太过风雅。正这样想着，他却撇开"香一炷"几个字，另起一行，挥毫写下："一直想要写写天然居士①。"然后停下笔来，再没动弹，他擎笔侧首，似乎又没有什么惊世文字，便舔起笔尖来，弄得嘴唇乌黑。然后，他在下边画上个圆圈，再在圈里点上两点作为眼睛。正中画上个鼻子，鼻翼张开，再笔直横拉，画张紧闭的嘴。如此既非文章，亦非俳句。看上去，主人自己似乎也觉得不顺眼，便慌忙涂了。接着主人又另起一行。他盲目地以为，只须另起一行，自然便会成为诗、成为赞、成为语、成为录的。良久，他又文白夹杂，一气呵成，写出这样一段不伦不类的文字来："天然居士者，探空间、读论语、食烤白薯、淌鼻涕者也。"写毕，又无所顾忌地放声朗读，一反常态地哈哈大笑起来："哈哈！有趣！有趣！"又说："'淌鼻涕'，这词儿有点尖刻，去掉！"于是，便在那个词儿上画了一杠。本来画一道杠便已足够，可他却一气画了两三道，画成漂亮的平行线。那线都跑到别的行里了，他却不管，只顾画着。画了八道平行线，主人却还没有想出下文，便又弃笔捻须。他使着劲儿把胡子狠狠地捻着，仿佛要从那胡须里捻出文章来给人看似的。

正在这时，女主人从饭厅走来，一屁股坐在主人跟前，喊道："喂，我说……"

"什么？"主人的声音瓮声瓮气，好像水底敲铜锣似的。

看来，女主人对他的答话并不满意，便又喊："哎，你呀！"

"什么嘛？"

说着，主人将拇指跟食指伸进鼻孔，使劲儿拽下一根鼻毛来。

---

① 天然居士：日本圆觉寺今北洪川和尚赠给夏目漱石亡友米山保三郎的居士号。

"这个月的钱,有些不够呢……"

"不会不够的。医生那里药费已经付过,书店那里上个月不就交清了吗?这个月肯定会有节余。"说完,望着刚刚扯下的鼻毛,视若天下奇观一般。

"可你又不吃米饭,只吃那面包,蘸果酱的……"

"果酱吃了几罐?"

"这个月买了八罐呢。"

"八罐?好像没吃那么多呀!"

"不光是你,连孩子们也吃的。"

"再怎么吃,不过五六块钱的事儿。"

主人若无其事,只将鼻毛一根根细心地插向稿纸。由于是连根拔下,那鼻毛便像针似的耸立纸上。有此意外发现,主人不胜感叹,喷地吹了口气。由于粘得太紧,那鼻毛竟纹丝不动。"真固执!"主人便拼命地吹起来。

"不光果酱呢,还有别的东西,要从外边买回来呢!"女主人愤愤不平,双颊涨得通红。

"也许吧。"主人说着,又把手指插进鼻孔,使劲拔起来。有红有黑,五彩缤纷之中,竟拔出一根白的来。主人惊讶不已,目不转睛地盯着打量。然后将那鼻毛挟在指间,举到女主人面前。

"哎哟!讨厌!"女主人皱起眉头,推开主人伸过去的手。

"你看,你看,这鼻毛中的白发!"主人感慨万千。

就连女主人也被惹笑,去了饭厅。看来她对经济问题已经死心。主人重新面对天然居士问题。

用鼻毛赶走了女主人,主人神情自若起来,他拔着鼻毛,想要写出点什么来,却只能干着急,并未见他动起笔来。

"'食烤白薯'。画蛇添足,割爱吧!"于是将这一句也勾掉。

"'香一炷'?太突然,不要!"他毫不吝惜地一一以笔伐之,便只剩下了一句:"天然居士者,探空间、读论语者也。"主人觉得这样似乎又太简单了些。咳，真是棘手！文章不写了，只作一篇"铭"吧！于是大笔一挥，稿纸上一棵拙劣的南画风格似的兰草便呼之欲出。一番苦心写就的一切，竟被删得一字不剩。然后，他又把稿纸翻将过来，写下"生空间，探空间，死空间。空也，间也。呜呼！天然居士！"这样一串莫名其妙的字句来。

正在这时，那位迷亭先生登门而入。他大约以他人之家为己之家，不等人请，便冒冒失失地闯将进来。他有时甚至还会从后门飘然而入。他这人，什么忧虑、客气、顾忌、劳苦等，从他生下来那一刻起，便已被他忘到九霄云外。

"还在写《巨人引力》？"迷亭人未落座，劈头便问。

主人虚张声势地说："这个，也不能老《巨人引力》呀。现在正撰写天然居士的墓志铭呢。"

"天然居士自然和偶然童子一样，都是戒名儿吧？"迷亭又信口开河起来。

"还有叫偶然童子的吗？"

"哪里。不会有的。不过，我估摸着应该有的。"

"偶然童子何许人也，我不知道。不过，天然居士，你倒是认识的。"

"到底是谁，竟然装模作样地起了个天然居士的名儿？"

"就是那位曾吕崎呀！毕业后入了研究生院，研究课题叫'空间论'。用功过度，患腹膜炎死了。别看那样子，曾吕崎还和我是挚友呢！"

"挚友就行了嘛，又没说你个不字。不过，让那曾吕崎变成天然居士的，究竟是谁的杰作？"

"自然是我呀！我给他起的。那些和尚起的戒名，再俗气不过了。"主人扬扬自得，仿佛他起的这个名字多么高雅似的。

迷亭笑着："将那墓志铭拿来我看！"说着拿起稿纸，放声念起来："什么嘛！生空间，探空间，死空间。空也，间也，呜呼！天然居士！"

读罢又说:"好啊!不错不错!正与'天然居士'十分相称呢。"
主人眉开眼笑:"是不错吧。"

"应该将这墓志铭刻到腌菜缸的压缸石上,再像石锁一样扔到正殿的房后去。高雅!好!天然居士该得道成仙了!"

"我也正想一试呢。"主人一脸严肃地回答,却又说:"暂且失陪,去去就来,你逗猫玩儿吧!"

不待迷亭答话,便一阵风似的走了。

想不到主人叫我陪那迷亭,那我就不该板着面孔。于是,我百般讨好地咪咪叫着,跳上他的膝头。谁知他却粗暴地揪住我的脖颈子,头朝下地倒提起来,口中说:"嚯,好肥呢!后腿这么肥嘟嘟的,可就逮不住耗子了。我说太太呀,这猫会抓老鼠吗?"

只我一个还不够似的,他又和隔壁房间里的女主人搭起话来。

"还抓老鼠呢,倒是会吃年糕跳舞呢。"没想到女主人竟在此时揭我的疮疤。我表演着空中杂技,觉得有些怪难为情的。而迷亭仍不肯松手放我下来。

"怪不得,看这张猫脸,便知道它会跳舞的。太太,这猫可有一副不好对付的脸子哩,很像从前通俗小说里描写的那种猫怪呢!"迷亭胡说八道,不停地和女主人搭讪着。女主人觉得怪为难的,便放下针线,来到客厅。

"叫您久等啦。他该快回了吧?"女主人说着,重又斟上一杯茶递到迷亭面前。

"他去哪儿了?"

"他呀,不管上哪儿,从不临走前说一声的,谁知道呢。大约去找医生了吧!"

"是甘木先生?甘木医生被那种病人给逮住,算是活受罪喽!"

"呃。"女主人不知该如何回答,只得随声附和一下。而迷亭先生却毫不理会:"最近怎么样?胃病好些了吗?"

"谁知道是好是坏呢。再怎么找甘木先生看,像他那样儿净吃果酱，胃病哪有个好儿呢？"女主人竟把刚才的不平暗中透露给了迷亭。"他那么爱吃果酱，简直像个孩子！不光只吃果酱呢，近来还瞎吃起萝卜泥来，说什么是治胃病的良药，所以……"

"真让人惊讶！"迷亭感叹不已。

"他在报上读到一则消息，说是萝卜里有淀粉酶。"

"原来如此！他是想借此弥补贪吃果酱的损失呢！他可想得真够周到的，哈哈哈……"迷亭听女主人诉完苦，不禁兴高采烈起来。

"近来他叫孩子们也吃……"

"吃果酱？"

"哪里，萝卜泥呢！他说，'宝宝，爸爸这里有好吃的，过来！'我还觉得难得，以为他喜欢起孩子来了，谁知他净干些蠢事！两三天前，他把二女儿一下抱到衣柜上……"

"什么企图？"迷亭不论问什么，都要追问一下什么企图的。

"哪有什么企图，仅仅是为了看女儿从高处跳下来呢。孩子才三四岁，不可能那么疯疯癫癫的。"

"是吗？毫无企图！不过，他尽管那样子，却是个心眼儿不坏的好人呢。"

"那样子，再心眼儿坏的话，可叫人怎么受得了！"女主人越发怒气冲冲。

"哎，不要发那么多的牢骚！只要像现在这个样子，样样不缺，一天天过日子，就够福气的了。像苦沙弥这样儿的，既不吃喝嫖赌，又不讲究穿戴，省吃俭用的，天生就是过日子的。"迷亭兴致勃勃地进行着不合身份的说教。

"可是，您大错特错了……"

"难道他背地里做些不可告人之事？这世道，真含糊不得呀！"迷亭闪烁其词地回答。

"他倒没啥，只是胡乱买些根本不看的书回来。若是量力而行倒也罢了，可他动辄便去丸善书店，一去就是买好几大本，到了月底还装糊涂。去年年底，日积月累的，弄得非常拮据呢。"

"嗨！书嘛，要买多少便买多少，有啥关系嘛！讨账的上门来，只说：'马上就会给的，马上就会给的！'他自然会走开的。"

"话是这么说，可不能长久拖欠下去呀！"女主人一脸的不高兴。

"那就给他讲清楚，削减他的书费！"

"哎呀！怎么说，他都不听的。你听他怎么说呀，哪里像个学者之妻！完全不懂书的价值！从前罗马有个故事，为了开导开导你，我给你讲讲！"

"有意思有意思！什么故事来着？"迷亭颇感兴趣。与其说他是向女主人表示同情，倒不如说是由于好奇心的驱使。

"说是古罗马有个皇帝叫'桶金'的……"

"'桶金'？这名儿好怪呢。"

"外国名儿，不好懂，我记不住的。还说他是第七代皇帝……"

"哦，第七代皇帝叫'桶金'？奇怪奇怪。噢，那么，这个第七代皇帝叫'桶金'的，到底怎么回事？"

"哎哟，您也这么取笑我，我可有些无地自容呢。您要是知道，告诉我不就行了？您可真坏！"女主人反唇相讥。

"取笑？我可不做那种缺德事。只不过听到什么'桶金'皇帝，觉得有些新奇而已嘛……你等等，刚才是说罗马的第七代皇帝吧。我记得不大准确，大概是说的塔奎·杰·普劳德①吧。啊，管他是谁呢，那个皇帝到底怎么啦？"

"是一个女人②拿了九本书去见那皇帝，问他买不买。"

"哦。"

"皇帝问她多少钱才肯卖，女人喊了一个很高的价。皇帝说太贵，能不能便宜点？皇帝话刚说完，却见那女人突然从那九本书里抽

---

① 塔奎·杰·普劳德：罗马七世末代皇帝，公元前534—前510年在位。
② 一个女人：指在丘马山洞里的巫女西比莱（Sibylla）。

出三本，一下扔到火里烧掉了。"

"可惜可惜！"

"听说那三本书里呀，记载着一些预言什么的，别的地方见不到的！"

"嚯！"

"皇帝以为九本书成了六本，这下该便宜些了，便问六本多少钱。可还是那个价，一分也不少。皇帝说，胡来！那女人又抽出三本扔进火里烧了。皇帝有些恋恋不舍，问那女人，剩下的三本书要多少钱。可还是原来九本书的价钱。九本变六本，六本变三本，价钱却丝毫不变，一厘不少。若是再讲下去，只怕那剩下的三本书也会给扔进火里呢。于是，皇帝终于出了高价，把那剩下的三本给买下了。说完，他便问我，如何？听完这个故事，该懂得书籍之可贵了吧？他得意扬扬，可我还是不懂什么可贵不可贵的。"

女主人一家之见既毕，便催迷亭答话。平日显得那般精明的迷亭，此时却不知该如何回答了。他从和服袖兜里掏出手帕来，逗弄了一会儿我。突然，他好像一下想起来什么似的，高声说：

"不过太太！就因为他那样买书，胡塞乱填的，人们才称他一声学者什么的。近来我看一本文学杂志，上边有篇评论苦沙弥兄的文章呢！"

"真的？"女主人转身问道。如此关心对于丈夫的评价，到底是夫妻。"都写了些啥？"

"啥？才两三行的，说苦沙弥兄的文章'如行云流水'呢。"

"就这些？"女主人喜笑颜开。

"接下来是'出而复消，逝则永，而忘归'。"

女主人满脸狐疑，忐忑不安："夸他么？"

"这，大概是吧！"迷亭若无其事，将手帕晃过我的眼前。

女主人说："书是饭碗呢，怕是少不得的。不过，他也太顽固啦。"

迷亭心想，她竟从另一条路杀过来了，便答："顽固是顽固了些。做学问的人嘛,都一个样儿!"这回答很巧妙,不即不离的。既像为女主人帮腔,又像为苦沙弥开脱。

"前些天从学校回来,说是马上还要出门,换衣服太麻烦。你看,他连外套都不脱,就坐到饭桌旁边吃起饭来。他把饭菜放在火炉架上,我抱着个饭盆坐在一旁,你看有多可笑!……"

"很有些现代'验明首级'①的味道呢。可,那正是苦沙弥兄之为苦沙弥之处呢!总而言之,他并不平庸!"迷亭一番恭维,着实叫人肉麻。

"平庸不平庸的,女人可不懂。不管怎样,他也有点太胡来了。"

"不过,总比平庸要好呢。"

迷亭一味偏袒,女主人便显出不满来,突然改变态度,问起迷亭"平庸"的含义来。

"大家老是说平庸平庸的,我倒要问你,什么叫平庸呀?"

"平庸?说起平庸呀……这,真还不好说。……"

"那么模糊不清,看起来,这平庸也没什么不好之处吧?"她以女人蛮不讲理的逻辑步步紧逼。

"不是模糊不清。我了如指掌呢,只是不大好解释而已。"

"恐怕你把自己讨厌的都叫平庸了吧?"女主人不觉一语道破。弄到这步田地,迷亭也就不得不对平庸做些交代了。

"太太,这所谓平庸嘛,大约是针对这么一种人而言的。他一见那什么二八、二九佳人便要沉默不语,于相思之中,辗转反侧受煎熬。一到'是日也,天朗气清'时分,必'携箪酒,游墨堤'②的。"

"有这种人吗?"女主人不懂这些,便不痛不痒地问了一句。但终于甘拜下风:"那么乱七八糟,我不懂的。"

---

① 验明首级:日本古时验明敌方首级时,由下属端着首级木桶,将军坐在凳上面对首级木桶进行。此处指苦沙弥坐在饭桌旁,而女主人端着饭盆的情景。

② 墨堤:指东京都墨田区隅田川大堤。

"那就在马琴①的脖子上安上彭登尼斯上尉②的脑袋,再在欧洲的空气里放上一两年。"

"如此便能变得平庸吗?"

迷亭笑而不答,又说:"其实无须费那么大劲儿!初中生再加上'白木屋'③的总管,然后用二一除,平庸就出来了。极标准的平庸!"

"是吗?"女主人歪着头,百思不得其解。

"你还没走?"主人不知什么时候回来了,坐到迷亭身旁。

"什么'还没走'?这话多刻薄!你不是说马上回来,让我等着的吗?"

"他做什么都那样的!"女主人回头望望迷亭。

"你不在家这会儿,你的那些奇闻逸事,我可点滴不漏,全听说了呢。"

"女人多嘴真是要不得!人啊,要是跟这猫似的,保持沉默,该有多好!"主人抚摩着我的头说。

"听说你给孩子吃萝卜泥?"

"嘿。"主人笑着说,"别说孩子,如今的孩子可真机灵。打那以后,只要问起'宝宝,哪儿辣?'她准吐舌头。真好玩!"

"简直像教狗练功,真是残酷!我说,寒月也该到了呀!"

主人满脸狐疑:"怎么?寒月要来?"

"来的。我去了张明信片,约他下午一点到你家的。"

"你这人,也不问问人家方不方便,就自作主张。叫寒月来干啥?"

"哎,今日之约,可不是我的主意,是人家寒月本人的要求呢。

---

① 马琴:指泷泽马琴(1767—1848),日本江户末期作家,代表作有《南总里见八犬传》等。
② 彭登尼斯上尉:英国小说家萨克雷同名小说中的主人公名,是一个俗不可耐的人物。
③ 白木屋:商店名。宽永二年,由木材商大村彦太郎在日本桥开设的杂货店起家,后成为江户屈指可数的绸缎商。明治以后发展为百货店,1947年与东急百货店合并。

听说要在物理学会上发表演说,他想练习练习,叫我来一听。我说正好,叫苦沙弥也一起听吧。于是,便邀他到你家来啦。嗨!反正闲着也是闲着,正合适嘛!他不是那种给人添乱的人,听听吧!"迷亭是在自圆其说。

对于迷亭的独断专行,主人似乎有些愤愤不平:"物理学讲演,我不懂!"

"不过,这可不像磁化喷嘴那样枯燥无味呢。题目超凡脱俗,叫'悬梁力学',值得一听呢!"

"你上过吊,值得去听,而我……"

"看戏都打寒战的人便听不得,下这种结论为时尚早吧!"迷亭照例说着俏皮话。

女主人吃吃笑着,回头望望丈夫,去了隔壁房间。

主人默不作声,抚摩着我的头。只有此时的抚摩,方显出无限温存。

约莫七分钟,寒月如约前来。因为晚上的讲演,他破例穿得很气派,刚洗过的雪白衬领巍然耸立,平添两成男子气概。他从容致意:

"稍稍迟了些……"

"我们俩人已久候多时。那就快些开始,嗯?老兄!"

迷亭望望主人。主人无奈,只好含含糊糊地应一声:"嗯。"

寒月却并不着急:"先来杯水吧!"

"哎呀,要动真格的呀?接下来该要求我们鼓掌了吧?"迷亭独自起着哄。

寒月从里兜掏出讲稿来,缓缓道起开场白来:

"这是演习,希望多多批评指正,不必客气!"

一场雄辩预演开始了。

"一般而言,对罪犯处以绞刑,乃是指盎格鲁-撒克逊民族中所施的一种刑罚。追溯至上古,悬梁,主要用于自杀。传说犹太人习以投石击毙罪犯。细究《旧约全书》，则hanging的准确原意乃是：将罪人尸体吊起，去做那野兽或食肉之飞禽的吃食。希罗多德①以为，犹太人在离开埃及之前，尤忌夜里曝尸。而埃及人则于罪犯斩首之后，只将其躯干钉于十字架上，夜里再曝尸野外。而波斯人……"

"寒月，这似乎与'悬梁'越来越远呢。无妨？"迷亭插言道。

"这就进入正题，请耐心些……这个，波斯人又如何呢？似乎他们是用磔刑的。而究竟是活活地钉上十字架，还是死后再钉，这一点，便不得而知了……"

"那种事，不知便不知！"主人厌倦不已，打起哈欠来。

"还有许多，想讲一讲，不过，各位怕要厌烦的，因此……"

"'要厌烦的'，这说法不如说'会厌烦的'听起来顺耳呢。是吧，苦沙弥兄？"迷亭求全责备起来，而苦沙弥则爱理不理：

"都一样！"

"那么，马上言归正传，听我道来。"

"'听我道来'？说书先生的口气呢！希望演说家能用词文雅。"迷亭又在插科打诨。

"'听我道来'便不文雅，那该怎么说呢？"寒月问，话中透出一股火气。

"我不知道迷亭君是在听，还是在搅浑水。寒月，由他怪叫去，你快些讲。"

主人是想尽快脱开身来。

"怒气冲冲兮，慢慢道来庭中柳。"②迷亭依然说些难以捉摸的词儿，寒月竟也忍俊不禁起来。

"真正动用绞刑，据我调查，乃见于《奥德赛》③之第二十二

---

① 希罗多德（公元前484—前425），古希腊历史学家。
② 怒气冲冲兮，慢慢道来庭中柳：仿江户中期俳句诗人大岛蓼太的俳句"怒气冲冲兮，归来时刻庭中柳"。
③ 《奥德赛》：荷马史诗之一。

卷，即忒勒马科斯①绞杀珀涅罗珀②的十二名侍女那一节。这里本想用希腊语朗诵原文，但难免有夸耀学识之嫌，暂且作罢。请一读四百六十五行至四百七十三行，便见分晓。"

"希腊语之类，还是免了吧。要不然，倒显得你向人夸耀。瞧，我连希腊语也会呢！是不是，苦沙弥兄？"

"我也赞成这一点。还是免去那些夸耀之词，这样又文雅又好。"主人不知不觉站到了迷亭一边。于希腊文，二人全是睁眼瞎。

"那我今晚就把这几句删去，且听我继续道来……噢，不，是听我继续往下讲。"

"这种绞刑，在今日看来，其行刑方法有二。其一，那位忒勒马科斯大约借了欧迈俄斯和菲力西亚斯的一臂之力，将绳的一端系于柱上，然后处处打结，留出活扣，把侍女的头一一套入，再将绞绳另一端使劲一拉，人便腾空而起。"

"就是说，像西方的浆洗房晾衬衫似的，把侍女吊起来，是这样吗？"

"正是。再说其二，就跟刚才一样，将绳的一端系于柱上，而另一端则高高吊在顶棚之上。再从高处吊起的绳上放下几根绳来，上有绳套，将它套在侍女的头上。一声令下时，将其脚下的凳子一撤。就这样。"

"比方说，就像酒馆的草绳门帘上边吊着许多灯笼灯泡似的。如此设想没错吧？"

"灯笼灯泡？不曾见过，所以也无从说起。若是真有这种灯泡，料想倒也不会错的……下面，将举出例证，证明从力学观点来看，第一种方法是站不住脚的。"

"有意思！"迷亭话音未落，主人也立刻表示同意："是的，有

---

① 忒勒马科斯：奥德修斯之子。

② 珀涅罗珀：奥德修斯之妻。

意思！"

"先假定侍女被等距离吊起，再假定套在距地面最近的两名侍女脖子上的绳索呈水平状，设定 α_1、α_2……α_6 为绞绳与地平线构成的角，并设 T_1、T_2……T_6 为绞绳各段所受的力，$T_7=X$ 为绞绳最低部分所受的力。这样，W 自然便是侍女们的体重了。怎么样，听懂了吗？"

迷亭跟主人你望着我，我看着你，说："大体懂了。"而这"大体"二字，因是二人随口瞎说，所以恐怕并不适合别的人。

"众所周知，根据多角形的平均原理，可以得出如下的方程式：
$T_1\cos\alpha_1=T_2\cos\alpha_2$……(1)$T_2\cos\alpha_2=T_3\cos\alpha_3$……(2)……"

"方程式嘛，讲那么多就够了吧。"主人粗鲁地打断。

"实际上，这个公式正是我演说的主要之点呢。"寒月觉得有些难以割舍似的。

"那么，这主要之点就改日领教。"看样子，迷亭也觉得有点过意不去了。

"若是删掉这些公式，煞费苦心的力学研究，可就全完了。"

"嗨，顾虑那么多干啥，删掉便是。"主人满不在乎地说。

"那就遵命，勉强删掉罢。"

"这就对喽！"主人竟不合时宜地鼓起掌来。

"话题转到英国来，《贝奥武甫》①中即有'绞架'一词，可见绞刑当始于此时。又据布莱克斯通②所言，处以绞刑的罪犯，万一因绞绳的原因未能毙命，须再次受刑。奇怪的是，在《皮尔斯·普劳曼》③中却写着：'纵是恶棍，亦绝无二度绞首之法。'二者孰是孰非，莫衷一是。也许受绞刑者中未能一命呜呼者，屡屡有过。在公元

---

① 《贝奥武甫》：约8世纪中叶，1815年排印出版，古英语英雄史诗。
② 布莱克斯通（1723—1780），英国法学家。
③ 《皮尔斯·普劳曼》：中古英语头韵诗，为包罗各种宗教主题的寓言诗，相传为W. 朗格兰所撰。

一七八六年,曾将臭名昭著的恶棍费兹吉尔德推上绞刑台。但奇怪的是,当他两脚刚刚离开台阶时,绞绳竟然断了。再试一次,却因为绞绳太长,双脚着地,又没死成。第三次,在看客们的帮助之下,才让他一命归天。"

"哎呀呀!"这时,迷亭突然兴致大发。

"真是该死不死啊!"主人也开始活跃起来。

"好戏还在后头呢。当脖子吊起时,身子会多出一寸来长呢。据说是医生量过的,没错儿!"

"这可是新手段!如何?苦沙弥兄若是请人吊一吊,多出寸把来,准会跟正常人一样的!"迷亭说着,望一眼主人,主人却认起真来,问道:"寒月君,这人要是多出一寸长来,还能起死回生吗?"

"那,肯定不行。一被吊起来,脊椎就会被拉长的。直截了当地说吧,那不是身材长高了,而是脊骨损伤呢!"

主人只好死心:"既如此,那就算了!"

后边的演说还很冗长,本来寒月还要对悬梁之生理作用进行论述,但因迷亭时时插言,胡言乱语,加上主人哈欠声声,无所顾忌,便中止了演讲,回家去了。至于当晚寒月是何举止、辩术如何,因是远方故事,我自然不得而知。

其后二三日,平安无事。但在一日下午二时许,迷亭照例"偶然童子"般飘然而至。刚一落座,便问:

"嗨!越智东风之高轮事件,有否听说?"那副神情,就如同前来通报攻克旅顺的号外新闻一般。

"不知,最近未曾谋面呢。"主人一如往常,满面愁容。

"今日,我可是于百忙之中专为报告东风惨败一事而来呢!"

"又添油加醋了。你这缺德的家伙!"

"哈哈哈哈!莫说'缺德',该说'无德'呢,不加区别,关系到本人的名誉呢!"

"一回事嘛!"主人佯装不知,宛如天然居士再世。

"上个星期天,东风好像去过高轮泉岳寺。这么冷的天,去那干啥!此时去泉岳寺,简直像个没进过京城的乡巴佬呢。"

"人家东风爱怎么便怎么呗!你无权阻拦的。"

"的确,无权!权不权的,由它去!不过,那寺院里有一处叫'义士遗物保存会'的,你是知道的吧?"

"嗯,哦……"

"不知道?那你去过泉岳寺的吧?"

"没有!"

"没有?意外意外!难怪总是护着东风。老江户的,竟不知道泉岳寺,可叹可叹!"

"不知道这些也一样当教师呢。"主人越发像个天然居士。

"行了行了!东风跑到那个展览会上去看热闹,这时来了一对德国夫妇。好像一开始用日语向东风打听了些什么。不过,你也知道的,东风还是那样,总忍不住要说几句德文的。哎呀!他叽里咕噜地说了几句,竟说得十分流畅。后来一想,这正是祸根之所在。"

"后来呢?"主人终于上钩。

"那德国人发现了大鹰源吾①的泥金印盒,便想打听能否卖给他。当时东风回答得真是绝妙!他说,日本人全是廉洁君子,无论如何不行的。此时的他,可谓得意非凡。那德国人觉得终于找到个不错的翻译,便不断地问这问那。"

"都问些啥?"

"倘若懂了呢,就不必那么担心了。那人说起话来连珠炮似的,根本不知所云。才听懂一点,却又问起榔头、钩子来,他可没学过这两个名词儿,不知该如何翻译才好,尴尬之极呢。"

"的确。"主人想起自己做教师来,以己推人,深表同情。

"这时,一些闲人好奇地围拢过来,终于将他和那对德国人包

---

① 大鹰源吾:指大高源吾(1672—1703),日本四十七士之一。

围，看起热闹来。弄得东风面红耳赤，张皇失措。刚才那份得意劲儿一下跑得精光，狼狈不堪。"

"结果呢？"

"最后，东风再也忍受不住，便用日语说了声'才见'，便要溜之大吉。德国人觉得奇怪：才见？真怪呀！贵国是把'再见'说成'才见'吗？他回答说：'哪里，当然是说再见。因为你是洋人，便要协调一下，才说成了才见的。'东风身处绝境而不忘协调，实在令人佩服。"

"'才见'就说那么多吧。那洋人又怎么着？"

"听说那洋人一下呆在了那里，直发愣呢！哈哈哈！有意思！"

"有什么意思。你专为此而来，才真叫有意思呢。"

主人将烟灰弹入火盆。这时，格子门后一阵门铃大作。

"有人吗？"传来一声女人尖细的嗓音。迷亭和主人俩，不禁面面相觑，一时沉默。

主人家竟有女客登门，实在稀奇。这样想着，却见那尖嗓子女人身着双层绉绸和服，蹭着榻榻米走了进来。她年约四十出头吧。额发已经脱落，发际却有一排头发，大坝似的高高耸立，足有半张脸长，直冲云天。眼睛斜着，似凿开的斜坡，直线上吊，左右对峙。直线乃喻其眼细于鲸鱼之眼。唯有鼻子大得出奇，如同将别人的偷来安在自己脸正中似的。又好似不到三坪的小庭园里，突然搬进靖国神社的一尊石灯笼一般，尽管出尽风头，却总觉得不够踏实。那鼻子是所谓的鹰钩鼻。一度想要趾高气扬，却又觉得太过分，便半途之中谦虚起来，再往前，已不似原有之势，渐往下垂，窥向下边的嘴唇。只因有了如此非凡之鼻，女人说起话来，不能不让人觉得那不是嘴巴的功劳，而是鼻子在发挥作用。为了向那伟大的鼻子表示敬意，自此便想称她为"鼻子女士"。鼻子女士一番问候之后，仔细打量一下室内，说：

"好气派的宅子呢！"

主人心说："胡说八道！"只自顾自吧嗒吧嗒地吸烟。

迷亭望着天花板："我说，那是漏雨，还是板子的木纹儿？好漂亮的图案呢！"他在暗暗催促着主人。

"自然是下雨漏的。"主人答道。迷亭装模作样："不错呢！"鼻子女士心下愤怒："全是些不懂交际的家伙！"三人鼎坐，一时无语。

"有事请教，特来拜访。"鼻子女士率先打破沉默。

"啊！"主人的反应冷淡之极。鼻子女士觉得不能这样僵着，便说：

"其实，我住得不远，就在对面巷角那栋房子呢。"

"就是那个有仓库的大洋宅子？怪不得，是那门牌儿上写着金田的那家吧。"

主人似乎终于认识了金田的洋房跟仓库，而对金田夫人的敬意，却依然没有。

"其实，我那丈夫呀，想来和您商量一下的，但公司里的事儿，又太忙……"鼻子女士那眼神似乎在说："这回该灵验些了吧？"

主人却无动于衷。一个初次见面的陌生女人，刚才的措辞太过草率，因而主人早已愤愤不平。

"至于公司嘛，也不只是一个，而是兼了两三个公司呢。而且身居要职的……想必您也知道吧。"夫人的表情在说："这样还不服我吗？"

原来我家主人，大凡博士或者大学教授，才会令他佩服得五体投地。奇怪的是对于实业家则敬意极低。他坚信中学教师远比实业家要伟大。退一步而言，即便不信，以他那般死心眼儿的性格，也不大可能获得实业家和财主们的恩赐，对此，他早已不抱任何希望。对方如何有权势，如何腰缠万贯，既已认准毫无希望受其恩惠，则对于他们的利与害，自然漠不关心。因此，于学者圈外，他极端迂腐。尤其实业界，何地、何人、做何事情，他一概不知。纵然知道，也绝唤不起敬畏之念。

至于鼻子女士,自然做梦也未曾想到,天地之中,竟有如此怪人,承受着灿烂阳光,实实在在生活着。她以往也接触过世上不少的人,只须声称金田夫人,无不立刻受人另眼相看。无论哪里的集会,也无论在如何身份高贵的人前,"金田夫人"都畅通无阻。何况眼前这个闷坐斗室的老夫子?她以为,只须说声家住对面巷角那处公馆,未闻职业,老夫子便要先惊讶几分的。

"你认识金田这个人?"主人漫不经心地问迷亭,迷亭却一本正经地回答:

"当然认识。是我伯父的朋友。前些天还参加游园会来着。"

"呃?你伯父?是谁?"

"牧山男爵呀!"迷亭更加认起真来。主人本想说点什么,还未来得及张口,鼻子女士却突然转过身去看迷亭。迷亭一身大岛绸服,外套一件早年进口的印度花洋布衫之类,正襟危坐着。

"哎呀,原来您是,牧山先生的……什么来着?请恕我冒昧,真是太失礼了。我丈夫常常念叨呢,说是常常受到牧山先生的关照呢。"她突然毕恭毕敬,甚至鞠躬打礼起来。

"哦,哪里!哈哈哈!"迷亭大笑。

主人惊愕不已,默默地注视着二人。

"好像连小女的婚事也要求牧山先生多多费心呢……"

"呃?是吗?"这话未免让迷亭觉得太过突然,他不禁大吃一惊。

"其实,四面八方的,来求婚的多的是。可是我家是有身份的人,总不能随随便便地嫁出去呀,所以……"

"此言极是!"迷亭这才放下心来。

"就为了这事,才专程往这里跑一趟呢。"鼻子女士望着主人,语气一下高傲起来。

"听说有个叫水岛寒月的,常往你这里跑,这人到底怎么样?"

"你问寒月干啥？"主人极不痛快。迷亭心眼灵活，便问：

"想必与贵府小姐的婚事有关，想要了解一下寒月的品性如何吧？"

"如能承蒙指教，当然再好不过……"

"那，您是说，要将令爱嫁给寒月？"主人问。

"还谈不上嫁不嫁呢。"鼻子女士急忙还击主人。又说：

"上门提亲的多得很。即使寒月先生不肯勉强，也不打紧的。"

"既如此，关于寒月，就不必打听了吧！"主人激动起来。

"可也没必要替他遮遮掩掩的吧？"鼻子女士一副要吵架的样子。

迷亭坐在二人中间，手持银杆烟袋，宛如举着指挥扇一般，心里在喊："动手啊，快快！……"

"那么请问，寒月可曾表示过，要娶你家小姐？"主人迎头炮击。

"那倒是没说起过……"

"您是以为他有意要娶吧？"主人似乎已经明白，这女人是非用炮轰不可的。

"还没有谈到那一步呢。……那寒月定是很快活吧！"紧要关头，鼻子女士奋起反击。

"你是说，寒月爱上了你家小姐？"主人气势汹汹，出言不逊，一副"若是，何妨直言！"的神情。

"哎，十有八九吧！"

主人这一炮完全无效。兴致勃勃地一直充当裁判的迷亭，也被鼻子女士的这句话一下子勾起好奇心来，他放下烟袋，探出身子：

"寒月可有情书给令爱？真开心！新年之际，又平添了一份趣闻，足资谈助！"他独自欢喜不迭。

"不是情书，可比情书还火热呢。二位也都知道的呀！"鼻子女士冷嘲热讽起来。

"你知道？"主人一副狐仙附体的神情，问迷亭道。迷亭稀里糊涂地说：

"我不知道。知道的，你之外，没别的人了。"无聊之处，迷亭倒谦虚起来。

只有鼻子夫人扬扬自得：

"哪里，二位都很清楚的呢。"

"嗯？"二人都很吃惊。

"二位健忘，我就说说吧！去年年底，向岛阿部府上举行音乐会，寒月不也去了吗？那天晚上，回来的时候，吾妻桥上……至于详情，还是不讲了吧。否则，怕对当事人不利的。这些证据，不足以说明吗？二位以为怎样？"

鼻子夫人将戴钻戒的手指并排放到膝上，傲气凌人地调整一下坐姿。那颗伟大的鼻子更加大放异彩，迷亭跟主人，倒显得可有可无起来。

别说主人，就连迷亭也被眼前这场突然袭击弄得失魂落魄，神情愕然，好像刚刚打过一阵摆子，目瞪口呆地坐在那里。惊讶劲儿一过，逐渐恢复常态，滑稽感一下喷发出来：

"哈哈哈哈！"

二人不约而同，捧腹大笑起来。鼻子夫人则有些失望，怒目而视，心想：此时发笑，太没礼貌了。

"原来是令爱呀！的确，不错不错，您说得全对！我说，苦沙弥呀，寒月肯定爱上她了，这是瞒不住的，照实说吧！"

主人只"哼！"了一声。

"您再瞒下去就不好了呢。证据都在的。"鼻子夫人又得意忘形起来。

"事到如今，还有啥好说的，你就把有关寒月的一切全都交代了，供人家参考吧！我说苦沙弥呀，你还是一家之主，那么笑法无济于事！'秘密'这玩意儿可不是好惹的，你再怎么遮遮掩掩，说不定从哪儿又露出马脚来。不过，金田夫人，说怪也怪，您是怎么探听到这个消息的？真叫人吃惊呢！"迷亭独自说个不停。

"我做起事来，可是滴水不漏呢！"鼻子夫人得意扬扬。

"简直太滴水不漏了，究竟听谁说的？"

"就这家房后车夫家的老婆。"

"就是养了只大黑猫的车夫家？"主人瞪着双眼，问道。

"唉，为了了解这寒月，我可花了不少钱呢。每次寒月来这儿，便想知道他会说什么，就拜托了车夫家的老婆，事后再一一向我报告。"

"太过分了吧！"主人大声嚷嚷起来。

"哎呀！您要干什么，想说什么，我才不管！只不过想打听一下寒月的事情。"

"寒月也好，别人也好，反正车夫家那老婆，我看着就不顺眼！"主人不禁心头火起。

"可往你家篱笆墙下站站，不是人家的自由吗？要是怕人偷听呀，那就说小声些，或是干脆搬进大宅子里去呀！"鼻子夫人一点都不觉得害臊。

"不光只是车夫家，还从小巷里二弦琴师傅那里打听到不少呢！"

"关于寒月的？"

"岂止寒月的！"颇有点语出惊人的味道。她以为这下主人该方寸大乱了，孰料他却破口大骂：

"那个琴师净装斯文，以为自己是个人物，王八蛋！"

"拜托啦，人家是个女人呢！'王八蛋'？张冠李戴了吧？"

鼻子夫人的措辞使她越发原形毕露起来。这样，好像她专为吵架而来似的。事情发展到这种地步，迷亭到底是迷亭，依旧很感兴趣地注视着这场谈判，跟铁拐李看斗鸡似的，泰然自若。

主人自知交口对骂终究不是鼻子夫人的对手，只好暂时保持沉

默,不吭一声。慢慢地,好像想起来什么似的:

"你口口声声说寒月爱上了你家小姐,跟我听到的,可有些不一样呢。是不是,迷亭?"主人转而向迷亭求援。

"对,当时听说,是令爱生了病,后来……似乎谵语连连的……"

"什么?没有的事!"金田夫人直截了当地一口否认。

"不过,好像寒月确实说过,是听某某博士夫人说的呢。"

"那是我们使出的招数,让博士夫人去试探试探寒月的心的呢。"

"博士夫人知道以后答应的?"

"是的。答应是答应了,总不能白让人干的。这样那样的,送了不少给她的。"

"看来您是铁了心了,不把寒月的事儿刨根问底地查个究竟,您不会轻易离开的喽?"迷亭稍感不快,一反常态地语气粗暴起来,"也罢,苦沙弥兄!说说也不会吃亏的,你就说了吧!我说金田夫人,我跟苦沙弥呀,凡与寒月有关的,只要无妨,都一五一十说给你听……对啦,最好是按顺序问。"

鼻子夫人终于同意,开始发问。刚刚还说话粗鲁,这会儿面对了迷亭,又谦恭如初。

"听说寒月也是个理学学士,他的专业到底是什么?"

"在研究生院做地磁力学方面的研究。"主人认真地回答。

不幸的是,鼻子夫人对此却是一窍不通的,虽然"呃"了一声,却仍然一副莫名其妙的神情。她又问:

"学完后就是博士了吧?"

"您是说,令爱是非博士不嫁喽。"主人不高兴地反问。

"对。平平常常的学士,遍地都是呢!"鼻子夫人满不在乎地回答。

主人望一眼迷亭,越来越不高兴。迷亭也有些不快,说:

"寒月做不做博士，我们可没法保证。所以，问点别的问题吧！"

"这阵子寒月还在研究地球的那个……什么吗？"

"两三天前，他在理学协会做了关于悬梁力学研究的讲演。"主人漫不经心地说。

"哎哟！悬梁！真是怪人呢！研究什么悬梁力学，怕是做不成博士了吧？"

"若是他自己悬梁，那就难说了。而悬梁力学的话，也不见得就做不了。"

"是吗？"鼻子夫人又窥视起主人的神情来。可悲的是，她不懂力学的含义，便放不下心来。可是，她大概觉得，为了这么点小事而请教别人，会关系到她金田夫人的面子问题，便靠窥看主人脸色来判断。而主人却总是绷着面孔。

"除此之外，他就没研究点好懂的学问吗？"

"是啊，前不久他做过一篇论文，叫《论橡子的稳定性及天体运行》。"

"橡子什么的，也要跑到大学里头去学吗？"

"这，我也是个外行，不大清楚的。不过，既然寒月研究它，可见会有研究价值吧。"迷亭一本正经地冷嘲热讽着。

鼻子夫人意识到提学术方面的问题不大合适，只好死了心，改变了话题：

"问点别的吧！听说他在新年的时候，吃香菇磕掉了两颗门牙，有这回事吗？"

"对，豁牙的地方塞满了糯米点心呢。"

迷亭觉得这个问题正中下怀，顿时兴奋不已。

"这人，真是毫无魅力，他不用牙签儿的？"

"下次见他，我提醒一下。"主人嘻嘻发笑。

"吃香菇把牙给弄掉下来，牙齿不好可想而知，是不是？"

"不能说很好。是吧，迷亭？"

"不算好，但也有些魅力的。就那样儿，不填不补的，才有意思。那儿至今还是糯米点心的附着之所，堪称奇观呢！"

"他是没钱补牙才留下那个窟窿，还是就喜欢那个样子？"

"他不会总那么自诩缺颗门牙的，你就放心好了。"迷亭渐渐恢复平静。鼻子夫人又换了个新问题。

"如果府上有他写的书信之类的东西的话，很想拜读一下的。"

"明信片倒有很多，给你看看。"主人说着，从书房里拿出三四十张来。

"用不着看那么多的，只看看其中那么两三张。"

"我说，我给您挑些好一点的。"迷亭说着，挑出一张来，"这张，挺有意思的吧？"

"啊！还有画儿呢！手真巧呢。哎呀，让我看看！"

她看了一下："哦，是只狗獾子呀！画啥不好，偏画狗獾子？"忽而又稍加赞许："不过，他画得还能让人认得出是狗獾子，了不起！"

"读读下边的文字吧。"主人笑着说。

鼻子夫人像女仆读报似的念起来：

除夕之夜，山上狗獾举行游园之会，尽情起舞，歌中唱道：
今宵是除夕，看山官儿不上山，嘭嘭嘭，嘭嚓嘭！

"什么跟什么呀，简直捉弄人嘛。"鼻子夫人十分不平。

"这张仙女儿，您喜欢吗？"迷亭又抽出一张来。一看，是一霓裳仙女在弹琵琶。

"这仙女儿的鼻子似乎太小了点。"

"哪里，很正常嘛。不谈鼻子，念念上边的文字吧。"

文字是这样的：

从前，某地有位天文学家。一日夜晚，他跟往常一样登上高台，专心致志地观起天象来。此时，空中出现一美丽仙女，奏起举世罕闻的美妙仙乐。天文学家忘记了刺骨严寒，听得如醉如痴。第二天早上，人们见到那天文学家的遗骸，上边蒙了一层白霜。这是一个真实故事——那位撒谎爷爷这么说。

"什么玩意儿！就这样，还是理学学士？还不如去读《文艺俱乐部》呢！"寒月被骂得体无完肤。

迷亭半开玩笑似的，又拣出第三张明信片来，问："这张如何？"这张是铅印的，上边一叶帆船，画的下面照例是些胡写的文字：

昨晚宿船客，二八娇娘也，没了爹和娘，痛苦难耐，似那海边小鸟。夜半醒来泪涟涟，命苦人儿似小鸟。父亲当年乘船去，船破葬身浪底下。

"不错，太感人啦！很好理解嘛。"
"很好理解？"
"是呀。跟三弦琴很合拍呢！"
"跟三弦琴合拍的话，可就地道了。再看这张怎么样？"迷亭随手又来一张。
"行了！拜读这些已经足够。其他太多，我已经很清楚了，他还不算俗气。"她已经首肯了。

至此，对于寒月，鼻子夫人似乎已经大抵问完，但她又顺势提出要求：

"今天太打扰了。关于我来这里的一切，请二位对寒月先生保密。"

看来她的方针是，关于寒月，定要查个水落石出；至于自己,却不能对寒月透露半点。迷亭跟主人一起爱理不理地应了一声:"嗯。"

"容后致谢了!"鼻子夫人仔细说上一句,站起身来。

二人送客回来,刚一落座,迷亭便叫:"她算什么东西?"主人也说:"她算什么东西?"二人几乎同时发问。里屋女主人似乎早已忍受不住,传出一阵咯咯笑声。迷亭高叫:

"太太!太太!平庸的标本来过啦。平庸到那种程度,还那般神气呢!好啦好啦,不必拘束,尽情笑个够吧!"

主人心怀不满,恨恨地说:"最看不顺眼的是她那张脸!"迷亭立刻接上,补充道:

"鼻子盘踞中间,还装腔作势的!"

"而且有些弯呢。"

"有点驼背呢。驼背女人的鼻子,真是奇特!"迷亭觉得有趣儿,放声大笑。

"那张脸,克夫的!"主人仍在愤愤不平。

"那张脸啊,是十九世纪卖不出去,二十世纪又赶上滞销呢。"迷亭满嘴怪话。正在此时,女主人从里屋出来。到底是女人细心,她忠告二位:

"坏话说得太多,车夫老婆又会去告密的哟!"

"有人告密才好呢,太太。"

"不过,背后损人相貌,太卑劣呢。谁都不喜欢有那么一只鼻子的。更何况人家是个女人。你们也太过分了。"她在为鼻子夫人辩护的同时,也间接地为自己的长相辩护了一下。

"有什么过分的!那样儿的,什么女人?蠢货!对吧,迷亭?"

"也许是个蠢货,可也很不简单呢。刚才不是被她狠挠了一阵吗?"

"她究竟会把教师看成什么呢?"

"跟后边车夫差不多吧。要让那种人尊敬你,只有当博士。没做成博士,只能怪自己不争气了。我说太太,对吧?"迷亭笑问女主人。

"他哪做得了博士!"连妻子都不正眼看主人了。

"别看我这样,说不定一下就是博士了呢。可别小瞧人!你们未必知道,古时候有个叫埃斯库罗斯①的,九十四岁才完成了他的鸿篇巨制。索福克勒斯②的大作问世、名震天下之时,已近百岁高龄。西摩尼得斯③八十岁写出了美妙的诗篇,我也……"

"真糊涂!你这样害胃病,能活那么久吗?"妻子已经预算过主人的寿命。

"放肆!你去问问甘木医生!本来就该怪你,让我穿这身皱巴巴的黑长袍,还有补丁连补丁的破衣衫,才被那种女人看不起呢。从明天起,要穿迷亭那样的,给我拿出来!"

"'给我拿出来'?哪有那么好的?金田太太对迷亭那么客气,是听到他伯父的名字才那样儿的,怪不得衣服的。"女主人巧妙开脱了自己的罪责。

主人听到"伯父"二字,好像突然想起什么似的,问迷亭道:

"今天才听说,你还有一位伯父。从未听你提到过,真的有吗?"

迷亭好像只等他问似的:"哼,我那位伯父啊,可是个老顽固呢,也是从十九世纪一直活到今天的。"说着,他看了看主人跟妻子。

"哦嚯嚯,您净说玩笑话儿,他住在哪里?"

"住在静冈。不过生活在那里而已。头上顶着个发髻,还不好意思呢。叫他戴顶帽子吧?他还虚张声势:'俺都这把岁数了,还不曾怕冷到要戴帽子呢!'若是说天太凉,再多睡一会儿吧,他便要嚷嚷:'人哪,睡四个小时就足够了,超过四个小时,就是浪费!'所以,每天早上还漆黑一片的时候,他便起了床。他还说什么:'俺把

---

① 埃斯库罗斯(公元前436—前338),古希腊三大悲剧家之一。
② 索福克勒斯(公元前496—前406),古希腊三大悲剧家之一。
③ 西摩尼得斯(公元前556—前468),古希腊抒情诗人。

睡眠时间缩短成四个小时，是常年修来的。'他还自夸，自己年轻时如何如何贪睡，近来才渐入佳境，随遇而安，十分快活。六十七岁的人了，当然睡不着，跟修不修炼的毫无牵扯。可他本人却认定全是克己之力所成。还有呢，他出门，必定还要带把铁扇的。"

"做什么呀？"主人问。迷亭却望着女主人说：

"谁知道他要做什么，总之是要拿着出去。许是拿它当文明杖了吧。前些日子，还闹出个笑话来了呢。"

女主人没敢插嘴，只"呃"了一声，算是答复。

"今年春天突然收到他一封信，让我把圆顶礼帽和燕尾服火速寄去。我颇为吃惊，遂写信问他。回信说是老人家自己要穿。他命令我说，要赶在二十三日静冈举行的祝捷大会之前火速寄去！可笑的是，那命令的内容，是这样的：给我买顶大小差不多的帽子，西装也要估计一下尺寸，到大丸和服店去定做……"

"如今，大丸和服店也做起西装来了吗？"

"哪里，老兄，他是把白木西服店给搞混了呢！"

"叫人估计着尺寸去做，不有点太难为人了吗？"

"那正是伯父的个性！"

"你怎么做的？"

"没办法，估摸着做了一身，寄去了。"

"你也胡闹！那，赶上了没？"

"啊，好歹总算没事。家乡报纸上说：当日牧山翁破例身穿燕尾服，依旧手持铁扇……"

"可见只那把铁扇没离他的手啊。"

"嗯，他要是死了，那把铁扇一定给他放进棺材里去。"

"尽管是估计，而帽子跟那西服都还合身，真太好啦！"

"大错特错！我也以为万事顺利，谢天谢地。但不久便收到一个包裹，还以为是给我的礼品呢。打开一看，竟是那顶圆礼帽。还附了一封信：'此番特制之帽，稍嫌大矣，烦请往帽铺一遭，缩而小之。

缩制费用，悉数汇去。'"

"真够迂腐的。"主人见天下竟有比自己更迂腐之人，至为满足。良久，又问：

"那后来，你怎么办的？"

"怎么办？有什么办法！我自己戴呗！"

主人笑嘻嘻地问："就是那顶？"

"那位就是男爵呀？"女主人觉得不可思议。

"哪位？"

"您那位铁扇伯父呀！"

"哪里！他是汉学家呢。年轻时在孔庙里潜心于朱子学之类，电灯光下，都还毕恭毕敬地顶着发髻呢。你有什么办法！"说着，不停地摩挲着自己的下巴。

"那你刚才好像对那女人提起过牧山男爵来着呢！"主人说。

"您是说过的呢。我在茶室里也听见了的。"在这一点上，妻子也与主人观点一致。

"是吗？啊？哈哈哈哈！"迷亭莫名其妙地放声大笑起来，"我说着玩儿的。我要是有个做男爵的伯父呀，如今我怎么也该是个局长什么的了。"他说得倒很轻而易举。

"我就觉得有些怪嘛。"主人露出既高兴又担心的神情，而女主人则佩服得五体投地：

"哎呀！一本正经地撒那种弥天大谎，您真是吹牛大王呢！"

"那女人可比我高明。"

"您也没有示弱啊。"

"不过太太，我也只是吹吹牛而已。而那个女人却是句句有鬼，谎中有话呢。太卑劣啦！若是把靠耍小聪明玩出的小把戏跟与生俱来的滑稽趣味搅在一起，喜剧之神都会慨叹世上再无明察秋毫之士了。"

"怎样？"主人低下眼睛说。

"一回事！"女主人笑着说。

我从未去过对面的小巷，当然没见过拐角那家的金田是何德行。耳闻其名，今天也才是头一次。主人家里从未谈起过实业家的话题，就连吃在他家的我，也与实业家无缘，而且对之漠不关心。而刚才鼻子夫人突然登门，从旁聆听了他们的谈话，遐想着她家小姐的美貌，还有她家的富贵、权势，我虽然是猫，却再也无法躺在走廊里静心而卧了。而且，我对寒月至为同情。对方把博士太太、车夫老婆，甚至天璋院二弦琴师等悉数收买，神不知鬼不觉地，连寒月弄掉门牙的事都探了去，而寒月却只顾嘿嘿笑着，只记挂着外褂上的衣带，虽然是个刚出校门的理学学士，也太窝囊了点。虽说如此，那女人脸上有只伟大的鼻子，便很少有人接近的。关于这一事件，主人倒是关心不够。迷亭呢，虽然不缺钱花，但他是"偶然童子"，是不会向寒月伸出援助之手的。这样看来，最可怜的，只能是讲"悬梁力学"的寒月了。若是我再不豁出去，潜入敌阵，探一下动静，就太不公平了。

我虽然是猫，但我是一只寄居于一读爱比克泰德便要往桌子上摔书的学者之家的猫，自然与那世上的痴猫、蠢猫大不一样，冒这点风险的侠义之心，原本就藏进了尾巴尖上。并非寒月于我有恩，亦非为一己之名而血气方刚。大而言之，此乃"好公道、爱中庸"之天意化为现实之一大壮举。那女人既然可以不经本人同意，将那"吾妻桥事件"四处宣扬；既然可以派了走狗去到别人窗下偷听，然后扬扬得意地四处散布；既然可以动用车夫、马夫、无赖、穷书生、短工婆、产婆、妖婆、按摩婆，甚至呆子傻瓜，置殃及国家有用之材于不顾，那我这小小猫儿，还有何话可说。

幸而天气很好。虽然霜地解冻，行路艰难，但为道捐躯，死不足惜。脚底带泥，往那走廊之上留些梅花爪印，只不过给那女仆添些事做，在我而言，根本算不得痛苦。难待明日，立刻出发！下定决心，勇往直前，于是一下蹿到厨房。但是一想：且慢，我这只猫，不仅已达进化顶峰，而且自以为脑力发达，亦不亚于初三学生。但可悲的是，喉咙结构却永远是猫的，说不了人话。就算一切顺利，潜入那金田府邸，彻底查清了敌情，也没法向寒月汇报的。对主人或那迷亭也说不出来。既然不会说，那就好比埋在地里的金刚钻，虽承受阳光普照，却没法闪光一样。纵然满腹经纶，亦无用武之地。如此蛮干，实在太蠢，不如罢休。这样想着，便站在楼梯口前不动了。

然而，一旦下定决心，却要中途放弃，便犹如渴望骤雨之时，望见乌云飘向邻土一般，不免令人惋惜。而且，假如错在自己，则又另当别论。若是为正义、为人道，即便白死，也当勇往直前，方显出见义勇为之男儿本色。至于白白受累，脏了手脚，等等，对于猫来说，也没啥不合适的。只因生而为猫，才没本事以三寸不烂之舌，与寒月、迷亭、苦沙弥诸公交流思想。而正因为是猫，隐身之术则又胜出诸公一筹。成就他人不能之事，本身就是一桩快事。金田家的内幕，哪怕只我了解，也比无人知晓令人快乐无比。虽不能告之于人，但让金田家知道事已败露，仅此便能令人高兴。阵阵快感纷至沓来，已是非去不可的了，还是走上一遭吧。

来到对面小巷，那幢洋楼果然盘踞巷角，傲视四方。想必这宅子的主人也如这洋楼一般，旁若无人的。进得门来，细细打量之下，却只是样子吓人。起成两层楼房，除了空自突兀之外，毫无用处。迷亭之所谓俗调，大约便指这个。

进门往右，穿过花丛，来到厨房门口。

厨房果然很大，大约是苦沙弥家的十倍，井井有条，光可鉴人。比起不久前《日本新闻》上详加介绍的大隈伯爵[①]家的厨房来，简直毫不逊色。"标准厨房！"我心里念叨着，便钻了进去。一看，那车夫老婆正站在两坪见方的地上，对着金田家的厨子和车夫，不住嘴地辩白着什么。我觉得危险，便藏到水桶后边。

"那个教师呀，还不知咱家老爷的名字的？"那厨子说。

---

① 大隈伯爵：指大隈重信（1838—1922），日本政治家，佐贺县人。

"怎的不知道?这一带呀,若说不知金田公馆的,除非是个缺眼睛、少耳朵的残废!"金田家雇的车夫说。

"没法说呢,提起那个教师啊,书本之外一概不知的,怪人呢。只要稍稍知道一点咱们金田老爷,说不准吓一大跳呢。差劲得很的,连自己的孩子几岁了都不知道!"车夫的老婆说。

"连金田老爷都不怕?真是稀里糊涂!没啥没啥,大家一起吓唬他一下吧。"

"那太好了。他说话太过分了,说金田夫人什么鼻子太大呀,脸蛋长的不顺眼呀的。自己一副今户窑上狗獾脸①,还以为挺人模狗样呢。真叫人受不了!"

"不光那张脸,平日里看他提溜条毛巾上澡堂子那样儿,别提多傲慢啦!他以为自己有多伟大呢。"由此可见,在厨子那里,苦沙弥都毫无人缘。

"干脆大家一起跑到他家墙边,狠狠臭骂他一顿!"

"这样一来,他一准告饶!"

"不过,要是被他发现,可就没意思了。刚刚太太不是吩咐过吗?只让他听到骂声,让他看不下书,尽量叫他干着急。"

"知道知道。"这表示车夫老婆已经接受三分之一骂人的任务。

果然,这帮家伙要去戏弄苦沙弥了。我从三人身旁嗖地一下,蹿进了室内。

猫爪似有若无,走到哪里,都不会发出笨重的脚步声,犹如腾云驾雾,水中击磬,洞中抚琴,又如"备尝人间乐趣,言外冷暖自知"。这里既无俗气洋楼,亦无标准厨房,更无车夫老婆、仆人、伙夫厨子、小姐女佣、鼻子夫人、老爷之类。我可以随心所欲,想去哪儿便去哪儿,想听什么就听什么。伸伸舌头,摇摇尾巴,胡子一翘,

---

① 今户窑上狗獾脸:东京都台东区浅草今户产的素陶器,其中有一种狗獾娃娃玩具,其脸极丑,常用来比喻丑女人。

便悠然而归矣。我尤其精于此道,堪称日本之最。连自己都怀疑,我是否继承了绣像小说里猫怪的血统?传说蟾蜍额头有夜明珠的,而我那尾巴尖上,不要说天地神佛、男欢女爱,就连戏弄天下人间之祖传妙药,也无不应有尽有。我神不知鬼不觉地在金田府邸的走廊里阔步横行,比那金刚力士踏平一堆凉粉还要轻而易举。此时的我,竟为自己的力量所折服。我不禁觉得,这多亏了平素所珍爱的尾巴。于是,朝我那尊敬的尾巴大仙顶礼膜拜,愿猫运长久。而稍稍低头看去,却搞错了方向。必须往尾巴方向行三拜之礼。想要看到尾巴,便要转过身去,而尾巴也随之而转;扭过头来,想要迎头赶上,尾巴也保持原有距离跑到了前面。果然是天地玄黄悉收于三寸之尾的灵物,我到底不是它的对手。追逐尾巴七圈有半,精疲力竭,方才作罢。一时头晕目眩,竟不知身在何处。有什么关系!便又四处乱闯起来。

纸屏后忽然传来鼻子夫人的说话声。就是这里!我立刻停了下来,竖起双耳,凝神倾听。

"一个穷教书匠,神气个啥!"是那鼻子夫人的尖声。

"哼!是神气呢!给他点教训,先整整他!他那学校里,还有咱老乡呢。"

"都有谁?"

"有津木砰助跟福地喜佐古呢。让他们去逗逗他!"

我不知道金田家乡何处,只觉得那里的人,名字稀奇古怪的,令人惊奇。只听金田接过话头:

"那家伙是个教英语的吧?"

"对,听车夫老婆说,他专教英语读本什么的。"

"反正不是个正经教员喔!"

这一声"喔",不免叫人拍案称绝。

"前些日子,碰到砰助,他说:'我们学校呀,有个怪物。学生问他,先生,粗茶用英语怎么说?他煞有介事,一本正经地回答什么粗茶就是savage tea①，在教师当中成了笑柄呢。'他还说：'有了那么个教师，弄得大家不安呢。'他说的大概就是那个家伙吧！"

"肯定是他喔。一看就知道他会说出那种蠢话。你看那一脸的胡子！"

"太不像话！"

留胡子便不像话的话，我等猫类可就没一只像话的了。

"还有那个叫迷亭还是酩酊的家伙，一准是个疯子！什么伯父是牧山男爵。他那副嘴脸，我就看不出他有个男爵伯父的。"

"你呀，什么家伙说的你都信，也很可恶！"

"可恶？简直欺人太甚！"听起来非常遗憾似的。

奇怪的是，关于寒月他们却只字不提。是在我来此之前早已评完，还是他已落选，不值一提了呢？这一点让人牵挂在心，却又无可奈何。伫立片刻，只听得走廊对面房间里铃声响起。看，那边又有好戏看了。说时迟那时快，我抬腿奔了过去。

过去一看，只见一个女人正高声说着什么，声音很像鼻子夫人。据此推测，大约便是那位敢让寒月投河未遂的府上小姐了。惜哉惜哉，一屏之隔，未得一睹芳姿，因而说不准她那脸正中是否也供奉着一只硕大的鼻头。但从那说话腔调以及鼻息呼呼综合来看，绝非一只貌不压众的蒜头塌鼻。她喋喋不休，对方的语声却传不到我的耳里。大概这便是早已耳闻的打电话吧。

"大和②吗？明天，我过去的。预订一张，前排三座……听见了吗？……明白了？……什么？没明白？唉，真讨厌啦！前排三座呢！……什么？……订不了？怎么会订不了？我要订呢！……嘿嘿嘿，开玩笑？……开什么玩笑嘛！……净拿人开心！你究竟是谁？长吉？长吉之类懂个啥？去叫老板娘来接！……什么？一切交给

---

① savage tea：意即"番人之茶"。
② 大和：当时市村座的剧院茶馆。市村座为江户三座之一，原在日本桥，明治二十五年（1892）迁至下谷区二长町（今东京都台东区台东一丁目）。

你？……你是冒失鬼呢。你知道我是谁？金田呢！……嘿嘿！……你都知道？真混呢，你这家伙！……我金田哪，……什么？……多蒙惠顾？谢谢？……谢什么呀？不爱听你说啥谢不谢的……哎呀，又笑我啦，你真是蠢货呢！……什么？此言极是？……再小看人，我可要挂断啦！行吧？没问题吧？……你不作声，人家怎么知道！你倒是说话呀！"

电话大约是让长吉给挂断了，没有回音。小姐脾气大发，把电话铃弄得叮当作响，脚下一只哈巴狗受了惊吓，突然汪汪大叫起来，我明白这可大意不得的，便急忙跳起，藏到走廊底下。

这时，忽听得走廊上脚步声朝我这边而来，接着是一声门响。是谁呢？仔细一听，只听来人说：

"小姐！老爷、太太有请。"好像是侍女的声音。

"跟我不相干！"小姐怒声以对。

"老爷和太太说有点事，叫我来请小姐。"

"讨厌！不是说过，跟我不相干吗？"侍女又被第二顿抢白。

"好像是关于水岛寒月的……"侍女灵机一动，想让小姐消消气。

"什么寒月、水月的，跟我有什么关系嘛！讨厌死了！那张脸呀，木头木脑的。"第三声大骂，竟是给那不在眼前的可怜的寒月的。

"哎！你什么时候梳起了西式发髻来？"

"今天。"侍女松了口气，尽可能简单地回小姐的话。

"真神气呢！一个臭女仆的！"第四声臭骂从另一个方向袭了过来。

"还是新衬领呢。"

"是的，前些天小姐赏给我的，觉得太好看了，便放在箱子里了。因为旧的衬领全都穿脏了，这才换上的。"

"什么时候给你的？"

"就是今年正月，您去'白木屋'时买回来的，茶绿色，还印着力士名次表的。您说'太素气了，送给你吧！'就是那条呢。"

"哎哟！你戴上，刚好合身呢，羡慕死我呢！"

"不敢当的。"

"不是夸你，是骂你呀！"

"呃？"

"那么合身，为啥不吱一声便收下？"

"呃？"

"你穿着那么合身，我穿着自然不会出洋相的吧？"

"肯定极合身的。"

"明明知道我穿合适，为什么不声不响的？而且还悄悄穿上？真坏！"骂声接连不断。

我正在静观局势如何发展之时，却听得对面屋里金田在大声喊着："富子！富子！"

小姐只得答应一声，走出电话室。那只哈巴狗儿，比我稍稍大一点儿，眼睛跟嘴挤在脸正中，它也跟着一起走了出去。我重又蹑手蹑脚，从厨房蹿向大街，匆匆回到主人家里。此次探险，初步获得一百二十分的成功。

回得家来，因为是从漂亮公馆一下子回到肮脏寒舍，那种心情，便宛如从阳光明媚的山上一下跌入漆黑的洞窟一般。探险途中，因为有事在身，对于金田公馆的室内装饰以及隔扇拉窗之类便丝毫没有留心。而在感到自己的住处太次的同时，又对金田公馆的平庸留恋不舍起来。我觉得，比起教师来，还是实业家了不起。我也感到这念头有些反常，竖起那条尾巴来，尾巴尖上却在发出神谕："言之有理！言之有理！"

进得房间，令人大吃一惊的是迷亭还没走，烟头如蜂窝儿一般，插在火炉之中。他正盘腿而坐，滔滔不绝呢。不知什么时候，寒月也来了。主人曲肱为枕，心无杂念似的，凝视着房顶漏雨的地方。此处依旧是一幅太平盛世下的逸民欢聚图。

"寒月，连说胡话都念叨着你的那个女人，当时你保密，现在总可以公开芳名了吧？"迷亭打趣道。

"只是关系到我个人的话，说说也无妨的。但是，那会给别人带来麻烦的。"

"还不能说的？"

"况且，还跟某某博士夫人有言在先过的。"

"是绝不外传的有言在先吧？"

"对。"寒月又开始搓弄起和服衣带来。那条衣带是商品中罕见的一种紫色。

"这衣带的颜色，有些像'天宝调'①呢。"主人躺着说。主人对于金田事件毫不关心。

"对了，毕竟不是日俄战争年代的东西嘛！这条带子，不戴上草头盔，穿上蜀葵饰章的开缝战袍，便格格不入了。过去织田信长②入赘之时，据说头上梳了个圆筒竹刷式发型，当时系的好像就是这种带子。"迷亭说的话，依旧句子很长。

"其实，这条带子是我爷爷征伐长州时用过的。"寒月认真地说。

"适可而止吧。捐给博物馆如何？你可是'悬梁力学'讲演者、理学学士水岛寒月呢！一身打扮跟旧时武将似的，可有伤体面喽！"

"本可遵旨照办，可有人告诉我，我扎这条带子很合适的……"

"是谁？说话这么没品位？"主人翻身厉声喝道。

"你们不认识的……"

"不认识也没关系的，到底是谁呀？"

"一位旧日女性。"

---

① 天宝调：天宝即江户末期年号（1830—1844），这一时期的俳风庸俗，与前边提及之"俗调"意义相近。

② 织田信长（1534—1582），日本战国时代武将，尾张人。曾统一大半国土，后受明智光秀袭击而自尽于本能寺。

"哈哈哈,真够风雅的!我来猜猜,大概又是从隅田川水下喊你名字的那个女子吧?穿上你那身长褂,再去跳水装回死如何?"迷亭从旁跳了出来。

"嘿嘿……她已经不在水下喊我啦,而是在西方的清净世界……"

"好像没那么清净吧!生了只歹毒的鼻子呢!"

"嗯?"寒月一脸的疑问。

"对面巷子里那位鼻子女士刚刚闯了进来。当时我俩可真是吓了一跳。是吧,苦沙弥兄?"

"嗯。"主人躺着饮起茶来。

"鼻子女士?你们在说谁呀?"

"就是你那位亲爱女士的令堂呢!"

"呃?"

"金田老婆来了解你的情况啦!"主人认真相告。

我暗暗观察寒月,看他是惊,是喜,还是羞怯。而他却没事一般,依旧不紧不慢:

"定是求我娶她家小姐吧。"说着,又搓起紫色衣带来。

"可你大错特错了。小姐的令堂是个有着伟大鼻子的主儿……"

迷亭还没说完,主人却驴唇不对马嘴似的说:

"我说,我刚才一直在构思呢,想写它一首关于那只鼻子的新体俳句!"

隔壁房间里,女主人扑哧扑哧直笑。

"真有闲心!作成了没有?"

"差不多了。这第一句是:此脸有雄鼻。"

"接下来呢?"

"此鼻之前供神酒。"

"下一句?"

"只作成这些。"

"有意思！"寒月笑着说。

迷亭立刻来上一句："接上'双孔幽幽矣'，如何？"

寒月接着说："下面是'洞深幽然毛不见'，亦未尝不可吧？"

他们正胡言乱语，各显本领，墙根附近的马路上，有四五个人在大喊大叫：

"今户窑的狗獾子！今户窑的狗獾子！"

主人和迷亭都吃了一惊，透过墙缝向院外望去，只听人们哈哈大笑，脚步声往远方而去。

"今户窑的狗獾子？什么意思？"迷亭奇怪地问主人。

"谁知道呢！"主人答。

"倒很新奇呢！"寒月评论道。

迷亭好像想起来什么似的，蓦地站起，模仿演说的调子：

"鄙人从美学出发，对鼻子进行过多年研究。现略述管见，烦劳二位垂听。"

由于太过突然，主人望着迷亭，半天没有吱声。

寒月低声说："一定洗耳恭听！"

"经多方考证，鼻子之起源尚不清楚。首先假定它是实用器官，两个孔眼便太多了点，更无须在脸的正中傲视一切。然而，正如各位所见，为何这鼻子要凸出这么高呢？"说着，他捏起自己的鼻子让二位看。

主人却并不恭维，说："也没凸起多高呀？"

"反正是没有凹下去的！若是与两个窟窿的状态混同起来，许会发生误解。因此，首先提请注意。依鄙人愚见，鼻子的发达与我等人类擤鼻涕这一细节动作有关，结果，自然便如此鲜明起来。"

"真是货真价实的管见！"主人又加进一句短评。

"众所周知，擤鼻涕时，是要捏住鼻子的，于是，被捏的部位受到刺激。按进化论这一大的原则，被捏的鼻子，由于刺激的结果，便比其他部位更加发达，皮肤自然坚实，肌肉也逐渐硬化，而终于凝而为骨。"

"这有点……怎会那么随随便便一下子就变成骨头的？"寒月不愧是理学学士，立刻表示抗议。迷亭却不管不顾，继续陈述：

"哦，您的问题提得很对。但事实胜于雄辩，就这样，有骨头，无可奈何！鼻骨形成，而鼻涕照样要流。鼻涕一流，非擤不可。由于这种作用，鼻骨左右两侧被捏得越来越薄，变成细而高的隆起，这种作用确乎神奇，犹如滴水穿石、佛顶放光，不知不觉间，异香夭来，恶臭弥漫，如此这般，鼻梁挺起，硬而且直！"

"可你那鼻子却软乎乎的呢。"

"关于本人鼻子的局部构造，为免自我辩解之嫌，特意避而不谈。如金田令堂之鼻，最为发达，至为伟大，堪称世间瑰宝，这里特向二位介绍。"

寒月不禁喊道："洗耳恭听！洗耳恭听！"

"不过，但凡事物走到极端，虽不失为壮观，但总有些怕人，令人不能接近。她那鼻梁极佳，却稍有险峻之感。古人苏格拉底[1]、戈德史密斯[2]或是萨克雷[3]等人之鼻，从结构而言，不能说无可挑剔。然而，正是这些瑕疵之处，方显出无穷魅力来。所谓鼻不在高，奇则为贵。乃基于此吧。俗语云，舍华求实。从美学价值而言，鄙人迷亭，当属恰如其分吧。"

寒月和主人嘿嘿直笑，迷亭自己也开心地笑起来。

"却说，适才提及……"迷亭接着说。

"先生，'提及'像是说书人的用语，太粗俗，您就免了吧。"寒月报了前日之仇。

"既如此，那就卸妆重来。这个，以下将就鼻子与脸的均衡问题谈上几句。若是孤立地只谈鼻子，那位令堂大人哪怕走遍天下也无

---

[1] 苏格拉底（前469—约前399），古希腊唯心主义哲学家。
[2] 戈德史密斯（1728—1774），英国作家、诗人、剧作家。
[3] 萨克雷（1811—1863），英国作家，代表作有《名利场》等。

愧于人。纵使在那鞍马山①上开个展览会,也能获个头奖什么的。可悲的是,那只鼻子却不管不顾口、眼等其他部位,只顾随心所欲地疯长。恺撒②的鼻子非凡无比。而要用剪子将他那鼻子剪掉,安到贵府的猫脸上,那将成何体统!比方说,在巴掌大块地面上巍然耸立起一尊英雄鼻梁来,就好比棋盘上摆起一尊奈良寺的大佛像一般,比例严重失调,其美学价值便丧失殆尽。金田夫人之鼻,正与恺撒同,英姿飒爽、高高隆起!而围绕周围的面部条件若何?当然,不似贵府之猫那般面目可憎,但也会像癫痫丑妇一般,眉成八字,细眼高吊,此乃事实。二位,这怎能不叫人喟然叹之:'有其颜,而有其鼻'呢?"

迷亭的话刚一中断,忽闻房后有人说话:"还在谈鼻子哪,可真够顽固的呀!"

"是车夫老婆!"主人告知迷亭。迷亭又开始讲。

"在意想不到的隐蔽之处,竟有新的异性旁听人士,真乃敝演说家之最高荣誉。尤以莺声婉转,为枯燥之讲坛平添一丝脂粉艳气,真令人幸福无比!本应尽力讲得通俗些,以不负淑女佳人之眷顾。但因下边进入力学问题,女士小姐自然听不懂的。请多多包涵。"

寒月闻听"力学"一词,又是扑哧一笑。

"我想要证明,这张脸与这只鼻子难于调和,它违背了柴京③的黄金分割原理。这里打算严格地用力学公式来给大家演算一遍。首先以 H 为鼻高,以 α 代表鼻与脸平面交叉而成的角,W 当然代表鼻重。怎么样,各位大体上懂了?"

"懂什么?"主人说。

"那寒月呢?"

"我也没大懂呢。"

"这可难办呢。苦沙弥嘛,还情有可原,你是个理学学士,还以

---

① 鞍马山:位于京都左京区,山中有鞍马寺。
② 恺撒(公元前100—前44),古罗马统帅、政治家。
③ 柴京(1810—1876),德国美学家,提出黄金分割原理。

为你懂的。这一公式是我这演说中的灵魂,省略掉的话,刚才所说就全都毫无意义了。唉,没办法!那就略去公式,只谈结论吧。"

"有结论吗?"主人奇怪地问。

"当然有的。没有结论的演说,同没有甜品的西餐有什么两样!好啦,二位仔细听好!下面便是结论了。且说,以上公式,若是参照魏尔啸①、魏斯曼②诸家之说,当然不能忽视鼻子乃先天之形体遗传。而伴随形体所产生之心理状况,尽管已有学说有力地证明,那是后天之物,并非遗传。在某种程度上而言,可以认为这是必然结果。因此,如上所述,鼻子与其体态毫不相符之人所生的孩子,其鼻子必有异常之处。寒月还很年轻,也许不会认为金田小姐的鼻子结构有特别异常之处,但是,此类遗传潜伏期之长,一旦气候突变,便会急剧发展,如其令堂之鼻,说不定会在刹那之间膨胀起来的。因此,这门亲事,按迷亭我的学术性论证,趁早断念,才保平安呢。关于这一点,不仅这家主人,就连睡在一旁的猫怪大仙,也不会有半点异议的。"

主人翻身坐起,极热心地主张:

"那当然那当然。那种女人的女儿,谁会娶她?寒月,娶不得的。"

我为了略表赞成之意,也喵呜喵呜地叫了两声。寒月不急不慢,只说:

"二位先生既如此说,我也可以死了这条心思。只是如果女方闹起别扭,害起病来,我可就有过啦。"

"哈哈哈哈!就是'艳过'喽!"

唯有主人认认真真,怒气冲冲:

"你也真混!那娘们儿的女儿,肯定不是什么正经货!初登人家的门槛,就给人难堪!傲慢女人!"

---

① 魏尔啸(1821—1902),一译微耳和,德国医学家、病理学家、人类学家。

② 魏斯曼(1834—1914),德国动物学家。

这时,又听得墙根下有三四个人在哈哈大笑。其中一个说:"狂妄的蠢货呢!"还有一个说:"做梦想住大房子了吧!"又一个发出大声:"真可怜,再怎么神气,也只能在家里逞逞威风!"

主人跑到走廊里,不甘示弱地大吼一声:

"吵死人啦!干吗跑到人家墙根下边来?"

"啊,哈哈哈哈!savage tea!savage tea!⋯⋯"墙下齐声大骂。

主人雷霆大发,突然起身,提起手杖,冲向马路。迷亭拍着手:"有趣有趣!哎呀呀!"寒月则搓弄着衣带,笑容可掬。我跟在主人身后,穿过墙的豁口,来到马路上,只见主人拄杖而立。路上没一个人,像被狐仙迷住了一般。

四

照例悄然进入金田公馆。

所谓"照例",这里无须再做解释,它是一个表示到过"屡次"平方的词儿。做过一次,便想再做。试过两次,便想试第三次。这种好奇心理,不只为人类所独有。必须认定,即便是猫,也因了这一心理特权而降临于世。反复三次以上,才冠以惯用术语,这一行为进化为生活之所需,正与人类一般无二。若是有人提出疑问,我如此频繁出入金田家中,到底目的何在?我倒要反问:为何人们要从口中吸入烟雾,再从鼻孔喷出?人类既然可以将这种既不饱肚、又不补血的玩意儿厚颜无耻、肆无忌惮地吞进吐出,就不要对我出入金田公馆那般求全责备。金田公馆便是我的一根香烟!

"悄然进入"这一说法也不恰当,听起来跟小偷、奸夫似的,不堪入耳。我去金田公馆,只不过没有得到邀请而已。但也绝非为了偷几块鲣鱼干,或者跟那鼻眼抽搐似的挤在一块儿的哈巴狗去密谈。什么?密谈?荒谬可笑!世上哪行最下贱?莫过于做密探跟放高利贷的了!不错,为了寒月,我竟萌生出猫所未有的侠义之心,一度偷偷去探金田家的动静。但也只此一次,其后再未有过那种有辱猫类良心的卑鄙行径。那为何要用"悄然进入"这一随便说法?说起来,还颇有意思呢。

我原本以为,天覆万象,地载万物。无论何等说客,都否定不了这一事实。试问，开天辟地，人类所费劳力几何？寸功未有！自己不动一指，却据为己有，世上哪有这种道理！据为己有，倒也罢了，又为何要禁止他人出入？他们自作聪明，在茫茫大地之上，筑起围墙，钉起木桩，画地为界，而成为某某领地。恰似结绳定天，再去申报：这块天归我，那块天归他。土地可以划开，按坪待价而沽，则我们呼吸的空气，亦可按一尺见方切开零售。若空气不得零售，苍天不得绳结，则土地私有纯属不合理之举。如是，笃信于此的我，便随心所欲起来，想去哪儿便去哪儿。话虽如此，不想去的地方自然不去。而立志要去之处，则无论东西南北，都要大模大样，从容而往。如金田之类，则无须客气。然而，可悲的是，猫类实力毕竟抵挡不过人类。既然生存在这"强权即真理"的滚滚尘世，则猫类如何占理，也是行不通的。硬性行事，则会跟车夫家的阿黑一般，冷不防会挨上鱼贩子一扁担的。真理在手，而权力在别人手心之时，要么委曲求全，唯命是从，要么瞒天过海，我行我素。我自然选择后者。由于不得不防扁担击来，也就不得不"悄然而入"了。因此，我便悄然进了金田公馆。

多次悄然进入，尽管不想做那密探，但金田府上的一切，却自然而然地映入了我本不屑一顾的眼帘，刻到我那不愿记忆的脑海，让我无可奈何。比如鼻子夫人，每次洗脸，必专心致志擦那鼻子。富子小姐则好贪吃安倍川年糕。还有金田本人，此人与太太不配，是个塌鼻子男人，不只鼻子塌，整张脸也是塌的。那脸一马平川，不禁使人怀疑，那是否因为小时打架，被那淘气大王掐住脖子狠狠地往土墙上撞过，以至四十年后的今天，仍然因果不报呢？那张脸平坦而无险象，却总觉得少有变化。即便如何怒发冲冠，那脸依旧平坦如初。这位金田老兄，在吃金枪鱼生鱼片时，总爱啪啪地敲打自己的秃头。他不光脸是塌的，个子也矮。所以总爱戴高帽，穿高齿木屐。车夫觉得滑稽，便告知书生。那书生钦佩之极："果然，您明察秋毫！"诸如此类，不一而足。

近来我常常从厨房旁穿过庭院，从假山背后观察瞭望，一旦确定房门紧闭，寂静无声，便缓缓爬将过去。若是人生嘈杂，或者怕被客厅里的人发现，便沿了池塘往东，经茅房旁边不知不觉地隐入地板之下。我从未干过坏事，便无须躲躲藏藏，或是畏惧恐慌，但是若是撞上无法无天的人类，便只好自认倒霉。因此，设若世间人类皆是大盗熊坂长范①之流，则即便如何德高望重之正人君子，亦会举止如我矣。金田老板乃堂堂实业家，便无须挂虑他会像熊坂长范那样抡起五尺三寸大刀来。但据我所知，此人有个毛病，即拿人不当人。既然拿人不当人，自然也会拿猫不当猫的。如此，作为猫者，即便如何德高望重之猫，在他的公馆里绝不可掉以轻心的。然而，正是这"不可掉以轻心"之处，引起了我的兴趣。因此，如此频繁出入于金田公馆，也许只是为了冒冒这份风险！这些请容本猫三思，待细细解剖完猫的心理之后，再向诸位一表。

今日情况如何呢？我去到那假山的草坪之上，下巴贴地，放眼望去，只见那十五铺席大的客厅正迎了三月的春光，四门大开着。室内金田夫妇与一位客人谈得正欢。不巧，鼻子夫人的鼻子正隔了池塘，朝着我的额头横眉竖眼。被那鼻子盯着，有生以来还是头一遭。金田正好转过脸去面对客人。那平坦的部分被遮去了一半，便看不见，以致鼻子难以看清。不过，只因花白胡须在刚好能见之处显出杂乱无章来，便不难得出结论：那上边应有两个窟窿。假如春风拂过那张平滑的脸，定当惬意无比的！我不禁顺势浮想联翩起来。

客人在三人之中，长相最为平常，也就无须特意介绍。提起平常，听来似乎很不错。但平常之极，则登平凡之堂，入庸俗之室，便可怜之至了！命中注定生就那么一副无聊面孔在这明治盛世。那位来客究竟何许人也？如不照例钻进走廊地板之下，一闻其谈话内容，是不得而知的。

"……于是，内人曾特意去那家伙家里，了解了下情况。"金田

---

① 熊坂长范：日本平安末期的大盗。

依旧语声粗野。虽然粗野,却不凶狠,言谈也如他那面孔一般,单调而且空泛。

"对,他因为教过水岛……对,好主意……对的。"

这满口"对的对的"的,便是来宾了。

"不过,还很不得要领呢。"

"喔,苦沙弥的话,自然不得要领的。当初他跟我住同一公寓时,就是那么个疲疲沓沓的家伙的,当时很难办吧?"客人望着鼻子夫人说。

"还说什么难办不难办的,哎,我长这么大还没在别人家受过那么大的委屈呢!"鼻子夫人照例一阵鼻息大作。

"他还说过一些不恭之词吧?他这人,天生犟脾气。你看他,十年如一日,专教英语读本,由此可见一斑呢!"客人十分得体地附和着。

"哎呀,简直不像话嘛!内人一问,他便要刀枪相见似的……"

"这太不像话了嘛!一般说来,人一有点学问,往往翘起尾巴。若再加上贫穷,便要嘴硬。所以呀,世上胡作非为的多着呢!他们全然感觉不到自己无所事事,只一味顶撞有些资财的人,就好像别人是从他们那里夺了财产去似的,真让人觉得新鲜呢。哈哈哈……"客人欣喜雀跃。

"唉,真是荒谬!也只怪他太任性,世面也见得少,便想给他点苦头吃,教训教训他。所以,便稍稍整治整治了一下他。"

"对的。对方大概知道厉害了吧?这对他本人也有好处嘛!"客人还不知道是怎么整治的,先已表示了赞同。

"不过,铃木兄!可真是顽固不化呢!听说他到学校,对福地呀津木他们理都不理的。还以为他谨小慎微才默不作声呢。哎呀,前不久他竟提了手杖,追赶毫无过错的舍下书生。三十多岁的人了,真不要脸。唉,竟干出那种事体来!简直有些自暴自弃,变得神经不正常了呢!"

"呃?怎的又如此胡闹起来了呢?……"连那客人也给搞糊涂了。

"咳！只不过经过他面前说了点什么。他便立刻拎起手杖，光脚追了出来呢。即使稍稍说了几句，可人家还是个孩子呢。你一个满脸胡子的大人，而且还是个教师呢！"

"对的！还是个教师呢！"

"还是教师呢！"客人说罢，金田也跟着重复了一句。

只要是个教师，无论受到多大的侮辱，都应该像个木雕菩萨一般乖乖忍受，这便是三人的一致观点。

"另外，那个叫迷亭的，也是个爱异想天开的家伙。他谎话连篇，信口雌黄，我还头回碰上这么个古怪家伙呢！"

"啊？迷亭？他还喜欢吹牛呀？您也是在苦沙弥家见到他的吗？叫他缠住可叫人受不了呢。他从前还和我一同做过饭的。因为他总爱捉弄人，我们常吵架。"

"他那种人，论谁都要上火的。其实有时撒撒谎也没啥。碍于情面啦，不得不迎合几句啦，谁都会说点违心话的。可是他呢，无须撒谎时，却偏要胡说八道，这就难办了。真不知道他图个啥，那么胡说八道，还真能睁着眼睛说瞎话呢！"

"此言极是。他因为嗜好撒谎而撒谎，这就难办了。"

"你看，我特意去认真了解水岛先生的情况，却给他搅得一团糟。我又气又恨呢！可是，人情归人情。既然到别人家去了解情况，若是对这份人情视而不见，是说不过去的。所以，后来我便打发车夫送一箱啤酒过去。可是，你猜怎么着？他说：'我没理由接受这份礼品，拿回去吧。'车夫便说：'别这样，一份心意嘛，请收下吧！'可他却说：'真是讨厌！我天天吃果酱的，从不喝啤酒那苦玩意儿！'说完便转身回屋了。你看，多不讲理！真没礼貌呢！"

"真太过分了！"客人这回从心底觉得过分了。

"所以，今日特邀你来，"金田停了一会儿，又说，"那种混账东西，本来暗中捉弄捉弄也就算了，可是，倒惹出些麻烦来……"说着，金田啪啪地拍打起自己的秃头来，就跟他平日吃金枪鱼生鱼片时一般。当然,我因为待在走廊的地板下面,不可能看到他是否真的拍过他那秃头。不过,近来,他那拍打秃头的声音已经听得耳熟。就像尼姑善于辨听木鱼之声一样,我虽然身居地板之下,只要声音一起,立刻便能鉴别出来,那是金田在拍秃头呢。

"所以,才有劳于您呢……"

"只要我力所能及,不必客气,请尽管盼咐便是,此次能来东京工作,全仗了您费心呢!"客人爽快地答应了请求。

听口气,这位客人也是金田悉心栽培之人。看来,事情越来越有趣儿了,本来只是觉得今天天气很好,才来这里的。万没想到,会捞得这么好的材料,真好比上山拜佛,倒得了和尚的小豆馅儿饼呢。

金田到底要那客人为他做什么呢?我在走廊地板下边侧耳细听起来。

"苦沙弥那个怪物,不知为啥,给水岛出谋划策的,暗示他不要娶金田家的女儿。是吧,鼻子?"

"岂止暗示!他还说呢,娶那种女人的女儿!天下哪有这等傻瓜!她可是要不得的呀!"

"那种女人?太无礼了!他竟说得出这种混话来?"

"岂止说得出!车夫老婆来,都一五一十说啦。"

"铃木,怎样?你都听见了吧。不好对付呢。"

"不好办呢!这种事情和别的不同,外人干预不得的。就算是苦沙弥,这点道理也该明白的呀!到底怎么回事?"

"这样,既然学生时期你就跟苦沙弥住在一起过,现在怎样不管它,从前总还亲密无间吧?所以才要拜托你。你见了他,一定要对他晓以利弊。也许他会发火,发火也是他的错。只要他老老实实的,我们会充分考虑他的个人利益的。也不会再惹他生气。但是,他要不听,我们也自有办法,要让他明白这一点。就是说,再顽固到底,吃亏的是他自己。"

"对的!您说的千真万确!傻乎乎地顽抗,吃亏的是他自己,没的好处的。我一定好好劝劝他！"

"还有，我那女儿呀，上门求婚的人多着呢，不一定非嫁水岛不可的。但听起来，那人的学问、人品似乎还都不错。如果他努努力，不久便可做上博士，或许有成亲的希望。这些，你也可在无意之中给他些暗示。"

"只要一加暗示，对他也是鼓励，会努力的。太好了！"

"再有就是，我也觉得怪呢。有些跟水岛的身份不符呢，你看，他口口声声'老师老师'地叫着那苦沙弥，那怪物苦沙弥说的，他好像差不多全听的，这很麻烦呢。唉，倒不是我那女儿非水岛不嫁，所以，不管那苦沙弥说些什么来捣鬼，在我们，也没什么大碍。"

"只是觉得水岛怪可怜的。"鼻子夫人插嘴道。

"水岛这人我还没见过，反正只要能与我家结亲，也是他一辈子的福气，他本人应该没有异议的。"

"是的，水岛巴不得要娶的，可苦沙弥呀、迷亭呀，这些怪人呀，总爱说三道四的。"

"那就不好了。这不像受过相当教育的人的所为呢。待我去那苦沙弥家，好好跟他谈谈。"

"啊，那就给你添麻烦，让你费心啦。还有，其实水岛的情况苦沙弥最了解了。上次内人前往，由于刚才说过的那些，没能好好地打听。所以呢，希望你这次去，能把他的品性、学识等方面的情况了解了解清楚。"

"遵命！今天是星期六，现在转过去，他该回家了吧。不知他近来住哪儿？"

"从这前边往右拐，走到头再往左走过去百来米，有道快倒的黑墙的那家便是。"鼻子夫人指点道。

"这么说，就在附近嘛！很简单，回去时顺便看看。好了，大体清楚了，只要看看门牌就是。"

"门牌有时有，有时没有的。大概是用饭粒把名片贴到门上的，一下雨，便浇掉了，晴了天又再粘上。所以，他那门牌呀，是靠不住的！他偏要那么麻烦，钉块木牌不挺好吗？真是，处处都让人捉摸不透呢。"

"真叫人大吃一惊！不过，只要问起有面黑墙要倒的那家，大体能找到的吧？"

"对对，这条街上没第二家有那么脏。容易找到，容易找到！啊，对对，要是那样还找不到，我倒有个好主意，只要找找房顶长草的那家，一准儿没错。"

"很有特色的人家嘛。啊，哈哈哈哈！"

若不赶在铃木光临之前回去，便不好办了。听了这么多的话，已经足够。于是顺着走廊地板下边，从茅房朝西，绕到假山后边来到大路上，急步跑回房顶长草的那户人家，再若无其事地转到走廊。

主人在走廊里铺了块白色毛毯，趴在上面，让明媚的春光洒向他的躯壳。阳光意外地公平，房顶杂草丛生的陋室，也像金田公馆的客厅一样，春光明媚，温暖和煦。遗憾的是，唯有那张毛毯似毫无春意。那张毛毯，本来不光厂家想要织成白色的，洋货铺也是当作白色出售的，而且主人也是照白色定购而来。无奈那是十二三年前的事情，白色年华已经逝去，如今正逢深灰色变色时期。这条毛毯能否长寿，度过这一时期，直至变成漆黑一团，可就难说了。如今它已千疮百孔，横竖经纬，根根可数，称其为毛毯，已经名不副实。莫如去掉"毛"字，就叫"毯"还合适些。不过，按主人的意思，既然用了一年两年，五年十年，便要用上一辈子，真够逍遥自在的了。

那么，主人趴在那张颇有来历的毛毯上，究竟干些什么呢？只见他下颚前探，双手托腮，右手指缝间夹支香烟。仅此而已。当然，他那头皮纷飞的大脑里边，宇宙间的最高真理也许正风火轮般旋转，但从表面，你却做梦也看不出。

香烟已经渐渐燃近烟嘴，寸余长的烟灰将要落到毛毯上边，主人却不管不顾，只死死盯住烟缕的去向。烟缕在春风里浮起又沉下，描

画出重重流动的烟环,落向女主人刚刚洗过披散着的深紫色发根。哎呀,本应先说说女主人的故事,我竟忘了。

女主人屁股对着丈夫……什么?没规没矩?也没啥不规矩之处嘛。规不规矩,看谁解释,怎么都行。主人毫不介意地以手托腮,面对了女主人的屁股。而女主人也毫不介意地将那庄严的屁股蹲踞于主人脸旁,如此而已,毫无不规矩之处!二人成亲,还不到一年便彻底摆脱掉繁文缛节及陈规陋习,成为一对超脱夫妻。

今天,这位屁股顶着主人的妻子,不知怎的,趁着天气晴朗,用了海萝跟生鸡蛋,将那一尺多长黑亮的乌发好一顿搓洗,炫耀似的将那一头直溜溜的青丝从肩头披向后背,一声不吭、专心致志缝着孩子的坎肩儿。她是为了晾干头发才拿着平纹薄呢坐垫儿和针线盒来到走廊,并将屁股恭而敬之地对准丈夫的。抑或是主人感觉到妻子之贵臀就在眼前,便主动将脸靠了上去吧。

刚才提到的香烟烟雾,在那头随风招展的黑发间飘移流动,好似不同寻常的雾霭在燃起。主人心无杂念,看得呆了。而烟云原本不会停在一处,按其性质,必不断往高处升腾而去。主人想要一览烟云与青丝缠绵不已的情景,就必得转起眼珠来。主人于是从妻子腰部着手,开始观察起来,视线缓缓移向脊背,经肩头,到脖颈,越脖颈,渐渐到达头顶。正当此时,主人却不禁"啊"的一声惊叫。原来,这个与他订下百年之盟的妻子头顶正中竟有一块大而圆的斑秃!而且这块斑秃反射着和煦温暖的阳光,正扬扬得意。这无意之中的一大意外发现,令主人于炫目之中流露出惊讶,他置强光之下瞳孔放大于不顾,专心致志,凝视良久。

主人发现这块斑秃,首先闪现在脑海的便是他家那盏祖传了不知多少代的佛灯盘了。他一家笃信真宗[①],真宗规矩是要把与身份不相称的大把钱财破费在佛龛之上。主人还记得,幼年时期他家仓房里

---

① 真宗:日本佛教派别之一。

供了一尊发暗的贴了很厚金箔的大佛龛,那佛龛里总吊着一盏黄铜灯座,灯座之上即便白天也灯火朦胧。四围漆黑一片,那灯座越发显出鲜明闪亮起来。因此,幼小时候的他便看得多了,当时的印象被妻子的斑秃一下子唤醒了过来。

回忆中的佛灯灯座片刻间消失得无影无踪。主人又想起观音菩萨的神鸽来。观音菩萨的神鸽与女主人的斑秃似乎关系不大。但在主人的头脑中,二者之间却存在着密切联系。那也是孩提时代,他每次去到浅草,定要买些豆子喂鸽子吃。豆子每盘两个铜板,装在红色陶罐里。那陶罐,无论颜色大小,都与女主人的斑秃十分相似。

"真是太像了。"主人感叹不已。

"你说什么?"女主人头也不回地问。

"说什么?你头上有一大块斑秃呢!知不知道?"

"知道。"女主人回答,手头并未停止下来。丝毫不怕示丑于人,真是超凡脱俗的模范妻子。

"是嫁给我时就有,还是婚后新长出来的?"主人问。他嘴上不说心里却在想:若是婚前即有,自己便受她骗了。

"记不得什么时候长出来的呢。秃不秃的,有什么关系!"她倒挺想得开。

"有什么关系?不是你自己的脑袋呀?"主人稍稍带了点怒气。

"正因为是自己的脑袋,才没什么关系呢。"嘴上这么说着,但毕竟放心不下,她抬起右手到头上去摸那块斑秃。"哎呀,长很大了呢!没觉得有这么大的。"

由此可见,她终于明白,以她的年龄,这块斑秃长得太大了点。

"女人一绾发髻,那里就被扯了起来,谁都会秃的。"她稍稍辩白了几句。

"秃下去那么快,到了四十岁,不就成了个光葫芦啦!那肯定有病,说不定会传染的,趁早请甘木医生给看看。"主人说着,不断地摸起自己的头来。

"净说别人。你不鼻孔里也长出白毛来了吗?斑秃要是传染哪,白毛也会传染的!"女主人愤愤不平。

"鼻孔里的白毛看不见,便无害。而头顶嘛,尤其女人的头顶,秃成那样儿,便难看。残缺不全呢!"

"残缺不全,还娶我做什么?你自己爱上人家,再把人家娶到家里来,却还说什么残缺不全的……"

"当时不知啊!今天以前还不知道的。那么神气,嫁过来时为何不伸过头来让我瞧瞧?"

"胡说八道!难道要等验完了脑袋,合格了才嫁过来不成?"

"斑秃还能忍受,但你身材矮得出奇,太难看呢!"

"身材一眼便能看出嘛,我身材矮,你当时娶我回家,应该知道的吧?"

"知道,当然知道的。当时,满以为你还会长高些,才娶你的呢!"

"哄鬼呢!都二十了,还能长高的?"女主人将坎肩儿丢到一旁,扭过头来对着主人。她气势汹汹,看来,回答得不如她意,她是不会善罢甘休的。

"谁规定的?到了二十,就不长个儿啦?我还以为,你嫁过来,吃些营养补品,会有希望长高些呢。"主人神色严肃,吐出古怪哲理来。

正当此时,外边门铃声大作,有人在高声叫喊:"开开门!"以杂草房顶为目标找寻过来的铃木,终于找到了苦沙弥先生的"卧龙之窟"。

女主人决定改日再吵,慌忙抱了针线跟坎肩儿,躲进饭厅。主人也卷起那条灰色毛毯,扔进书房。一会儿,看过女仆呈上的名片,主人脸上稍稍显出些吃惊的神情。他口里吩咐一声让客人进来,自己却手持名片去了厕所。突然去厕所干什么?我百思不得其解。又为什么要手持铃木藤十郎的名片去厕所呢?这就更加难于解释。反正倒霉的是被迫奉陪了去粪坑的那张名片。

女仆在壁橱前摆好花布坐垫，说声"请坐"，便退了下去。铃木先生环视起四壁来。壁橱里悬着一幅木庵①的赝品《花开万国春》，一只京都产廉价青瓷瓶里插着一枝寒樱。一一看过之后，回头一望刚才女仆放好的那张坐垫，竟有一只猫不知什么时候旁若无人地坐在了上边。不用说，那只猫正是本猫！此时，铃木的心头波澜顿起，几形于色。这只坐垫无疑是为铃木所铺的。给自己铺的坐垫，还没来得及坐，竟来了只莫名其妙的动物大模大样地盘踞其上，此乃破坏铃木内心平静的第一因素。假如这张坐垫闲在那里，任那春风吹拂，则铃木先生必露谦让之意，在主人一声"请坐"之前暂且屈尊在硬的榻榻米上坐上一会儿也未可知。然而，在那个迟早属于自己的坐垫之上，连声招呼都不打便坐了上去的，何许人也？要是人的话，或许会谦让一下，猫则太不像话。上边坐上一只猫，这令铃木更加不快，此乃破坏铃木内心平静之第二因素。最后一个，是猫的表情更令他火冒三丈。不仅毫无歉疚之意，反倒傲居那无权落座的坐垫之上，一对爱理不理的圆眼不住眨巴，死死盯住铃木的脸，那神情仿佛在说："你是什么人？"此乃破坏他内心平静的第三因素。

既然有如此多的不平，就该掐住我的脖颈子拖下来。但铃木却只默默看着。堂堂人类，不可能被猫吓得不敢出手，但为何他不早早惩治，以泄私愤呢？我想，这完全是因为要维护他本人体面的自尊心在作怪。如若诉诸武力，三尺孩童都能将我随心所欲地抛上丢下。但从爱面子这点看来，铃木藤十郎尽管是金田之股肱，却对我这镇守二尺见方坐垫之上的猫中神明奈何不得。即便如何掩人耳目，倘若与猫争夺座位，多少有损人类尊严。严肃认真地与猫争那是非曲直，未免太失丈夫气概，滑稽透顶。为避免名声扫地，些须不便，暂且忍下。但忍是忍了，而对猫的憎恶也随之增加。所以，铃木每看我一次，脸便

---

① 木庵（1611—1684），中国明代僧人，1655年赴日，开创黄檗山万福寺。

夯拉下来。我倒极有兴趣一睹铃木怒颜，便强忍着笑，尽量装得若无其事一般。

正当我和铃木表演着这一切时，主人衣装整齐地从厕所里出来，"哦"地打声招呼，坐了下来。但手中那张名片已经无影无踪。看来他已将铃木藤十郎的大名判了无期徒刑，扔进粪坑里去了。那名片简直遭了厄运，正这么想着，却听得一声"这畜生！"我便被他一把揪住脖颈儿，扔到了走廊里。

"快！垫上垫上！真是稀客呀！几时到东京的？"主人邀旧日朋友入座，铃木翻过坐垫，坐了下来。

"一直很忙，也就没打招呼。现在我，已经调回东京的总公司了。"

"那，太好啦。很久没见呢。自从你去了乡下，这还是头一次见你吧。"

"嗯，快十年啦。唉，那以后倒是常常来东京的，但总是公务繁忙，始终没有来成，对不起对不起。可千万不要见怪喔。公司里可跟老兄的职业不同，忙得一塌糊涂呢！"

"过了十年，你的变化真大呀！"主人上下打量起铃木先生来。只见他留着漂亮的分头，一身英国毛料西装，系着华丽的领带，胸前金链闪闪发光。从这身打扮怎么也想象不出他竟是苦沙弥当年的朋友。

"就连这玩意儿，也非戴不可的呢！"

铃木时时注意让主人欣赏他那金链子。

"是真货吗？"主人莽撞地问。

"十八开呢！"铃木笑着回答。又说："你也见老不少啊！该有孩子了吧，一个孩子？"

"不对。"

"两个？"

"不对。"

"还不止？那就是三个？"

"对，三个！以后还不知有几个！"

"还那么爱说笑话儿。大的几岁了？挺大了吧？"

"哦，不知几岁了呢，大概六七岁了吧！"

"哈哈哈！你们这些当老师的，真是无忧无虑呢。我要当老师就好了。"

"当当看吧，不出三天就会厌烦的。"

"是吗？你看，温文尔雅、轻松愉快、清闲自在、想学啥就学啥的，不挺好吗？做个实业家也不坏，但像我们这样儿也不成。要做，就得做大点。位居人下，少不得要四处做些无聊的逢迎，或是十分不情愿地接过别人的酒杯，简直无聊透顶！"

"我读书的时候就对实业家深恶痛绝。只要能赚到钱，他们无所不为的。有句老词儿叫'无商不奸'！"主人竟当了实业家的面信口胡说起来。

"是吗？话也不能这么说嘛。虽然也有些不好的地方，但如果没有为财死的准备，便行不通的。不过，钱这玩意儿嘛，可不是吃素的。刚才我在一位实业家那里还听他讲过，要想发财，必须'三绝'，即绝义、绝情、绝廉耻。如此即成三绝，有意思吧？哈哈哈！"

"哪个浑蛋说的？"

"什么浑蛋不浑蛋的。是个非常聪明能干的人呢。在实业界颇有些名气的，你不知道？就住在前面那条小巷里头。"

"金田？那算什么东西！"

"好大的火儿呀！哪里，开个玩笑嘛，打个比方而已。我是说，做不到三绝这一点，就甭想赚钱！像你那样，认认真真地分析来分析去的，可不行的。"

"'三绝'？开开玩笑也没啥的！可你看他那老婆的鼻子长的！你去那里，见过那只鼻子来着吧？"

"金田太太呀，人家挺通情达理的呢。"

"鼻子呢！我是说她那只大鼻子呢！前些时我还给那鼻子写过一首俳体诗的。"

"是什么？俳体诗是什么？"

"连俳体诗都不知道？你真是不谙时势啊。"

"啊，我这样的忙人，文学之类到底不行的！何况从前我就不大喜欢的。"

"你知道查理大帝①的鼻子长什么模样吗？"

"啊？哈哈哈哈！你可真是悠闲！不知道不知道！"

"惠灵顿②的部下给惠灵顿起了个外号叫'鼻子'，你知道吗？"

"你是怎么回事？老记挂着鼻子鼻子的？什么样儿不行啊，管它圆的尖的。"

"非也。你知道帕斯卡③吗？"

"又来啦！跟来赶考似的。帕斯卡又怎么啦？"

"帕斯卡讲过这么一句。"

"他讲什么？"

"如果克娄巴特拉④的鼻子再短一点儿，世界将为之发生翻天覆地的变化。"

"哦。"

"所以嘛，你这样看不起鼻子，可不行哟。"

"好啦，以后重视重视。我说，今天来你这里，是想和你说个事儿的。那个，你原来教过的，一位叫水岛什么……这个，水岛……水岛……唉，一下子想不起来啦。噢，听说常到你家来的那位。"

---

① 查理大帝（742—814），法兰克王国加洛林王朝国王，相传容貌伟岸。
② 惠灵顿（1769—1852），英国统帅，以指挥滑铁卢战役闻名。
③ 帕斯卡（1623—1662），法国哲学家、数学家、物理学家。
④ 克娄巴特拉（公元前69—前30），埃及托勒密王朝末代女王，以美貌著称。

"寒月吧？"

"对对对！寒月寒月！关于他的一些情况，为了打听这个，今天才来的。"

"关于那桩婚事？"

"对，差不离儿。今天我去了金田那里……"

"前些天鼻子自己来过。"

"是吗？对了，金田太太也这么说的。她想来仔细请教你的，可是一来呢，恰好迷亭也在，听说他七搅八搅的，弄得一塌糊涂了。"

"她顶着那么大只鼻子来，自然不好。"

"哎呀，人家可没怪罪于你呢！全怪那迷亭在场，没能向你打听清楚，她觉得很是遗憾的，于是托我再来详细问问。我还没有帮过这种忙。如果他们双方都不嫌弃，我从中调停调停，也不是什么坏事。于是呢，这不，就来了。"

"辛苦辛苦！"主人冷冷回答。但他听到讲起"他们双方"，不知何故，心头竟稍稍为之一动。那种心情，宛如闷热的夏夜里，一缕凉风轻轻袭进袖口一般。主人原本是粗俗、固执和无聊的混合物。虽说如此，与冷酷无情的文明产物却不能同日而语。他动辄无端恼火、怒气冲冲，由此可见一斑。前日他跟鼻子吵架，是因为看不惯那只鼻子，所以并没说她女儿的什么坏话。他因为憎恨实业家，所以便讨厌实业家中的每一个人。但只能说这与金田小姐本人是完全没有牵扯的。他与金田小姐毫无恩怨，而寒月则是胜于手足的心爱门生。正如铃木所言，只要他们双方有情有义，间接予以破坏，便绝非君子所为。而苦沙弥则即便如此亦以君子自居。若是男女相爱……但那恰恰便是问题所在。若想改变对于此次事件的态度，必须首先弄清真相。

"喂，那姑娘愿意嫁给寒月吗？金田跟鼻子那里，可以不管，姑娘的意思如何？"

"那个嘛，那个、那个什么、好像是……唉，大概愿意吧！"铃木回答得有些暧昧。本来他是来了解寒月的情况，回去复命便可交差了事。根本不曾确认过小姐的心愿如何。因此，尽管铃木圆滑老练，却弄得狼狈不堪。

"'大概'？意思不明确！"主人凡事喜欢直来直去，方显得心情舒畅。

"不，是我话没说好。小姐确实有意。唉，真的！……嗯？太太对我说过的。好像她也偶尔讲些寒月的坏话呢。"

"那姑娘？"

"对。"

"岂有此理！说别人坏话！明摆着对寒月没有那个意思嘛！"

"问题就在这里呢！世上的事真是奇妙，有些人对自己喜欢的人偏骂得凶呢。"

"哪有这等傻瓜？"

尽管这番话对世路人情洞察入微，但主人却毫无感觉。

"世上那种傻瓜多如牛毛，没办法的。金田太太刚刚也那么解释说，小姐常常骂那寒月稀里糊涂的，是个窝囊废，定是心中中意那寒月呢！"

听完这番不可思议的解释，主人觉得非常古怪。他圆瞪双眼，没有回答。像街头算卦先生似的，盯着铃木的脸。这家伙！看来，弄不好今天要白跑一趟。铃木察觉这些，便掉转话头，讲些主人容易判断的话题。

"你想想呀，小姐有那么多的财产，又那般花容月貌，搁哪儿，都能嫁个门当户对的。寒月呢，也许不错，至于身份嘛……提到身份，恐怕有些失礼，就讲从财产方面来看吧，谁都看得出来他们俩不般配的。二位老人急急派我专程前来，不正说明小姐对寒月有意吗？"铃木花言巧语地解释着。

这下主人似乎相信了他的话。铃木总算放心。但他清楚，到了这一步，若还是磨磨蹭蹭绕弯子，仍有挨骂的危险。得快马加鞭，尽快完成使命，方是万全之策。

"所以呢，就刚才我说的那些，人家也说了，什么金钱、财产的，一概不要。但寒月本人得有个附带资格。这资格嘛，就是头衔吧！也不是说人家拿架子，非得做了博士才嫁他的。请别误会。前天金田太太来，全怪那迷亭兄在场，净胡说八道了。……噢，并没怪你的。太太还夸你真诚坦率，是个好人呢！都怪迷亭不好。还有，人家说了，寒月若做了博士，他们在外边也会脸上增光，非常体面的。怎样？近期里水岛将要提交博士论文，取得博士学位吧？唉！要是只有金田一家，博士、学士什么的，一概不要。可论到社会上嘛，就不那么简单呢。"

他这么一说，便觉得人家要求个博士学位也不无道理。既然觉得不无道理，便要照着铃木委托的去做。主人是死是活，全凭铃木的意思。主人果然单纯而诚实：

"那下次寒月来时，我劝他做篇博士论文吧！不过，我还得先问问清楚，他到底想不想娶那金田小姐。"

"问问清楚？你那么严肃，会把事情弄糟的。还是在平常谈话时，有意无意引诱一下，这才是捷径呢。"

"引诱一下？"

"对。说'引诱'也许不大恰当。咳，不引了，谈着谈着自然会清楚的。"

"你也许会清楚，可是我，不问个明确是不会清楚的。"

"不清楚嘛，也没啥。但像迷亭那样乱打岔的，妨碍人家谈话，就不好了。这种事情，即使不去成全，也要尊重他们本人的意思。下次寒月来，尽量别去妨碍。哦，我不是说你，是说那迷亭。要是让他一说起话来，可就无论如何也没指望的了。"

正当主人代替迷亭听别人大骂之时，正像俗话说的那样：说曹操，曹操到。迷亭照例从那后门乘着春风飘然而至。

"哎呀，稀客稀客！似我这般熟客，苦沙弥总是慢待，太不像话！看来，苦沙弥家这门槛只能十年登上一次。这点心比平时高级得多呢。"迷亭说着，抓起从藤村点心铺买来的羊羹，胡乱塞了一嘴。

铃木尴尬不已，主人则只顾笑着。迷亭嘴中咯吱响着。我隔了走廊，望见这一瞬间奇景，觉得恰好构成一幕哑剧。如果说禅宗之无言问答是以心传心，那么，这幕无言哑剧便恰如其分。哑剧虽短，却颇为精彩传神。

"还以为你会在外流浪一辈子呢，什么时候又转回来了？还是想长寿吧？未必会碰上什么好运气呢。"

迷亭对铃木说话，也像对主人一样，根本不知道什么叫客气。尽管从前在一口锅里吃饭，又十年不见，总要客套客套的。但迷亭却并非如此。伟大？愚蠢？我便闹不清了。

"真可怜！我还不至于那么没出息。"铃木回答得不痛不痒，但总有点心神不定，他神经质似的摆弄起那条金链来。

"我说，你坐过电车吗？"主人面对铃木，突发奇问。

"看来，我今天来，是让你们取笑的了。再怎么老土也……可是，尽管如此，我手头还有六十股街铁①的股票呢。"

"真还不能小觑了你！我有八百八十八股半的，可惜都叫虫子给蛀了，如今只剩下半股。如果你再早些来东京，趁着虫子未蛀以前，还可送你十股什么的。可惜可惜！"

"嘴还那么损！不过玩笑归玩笑，要是手里有那股票，是不会吃亏的呢，年年都在涨的。"

"对呀，即使只有半股，在手上拿它上千年，还可盖上三个大仓哪！在这方面，你我都是无懈可击的当代才子。但这样一来，可就苦了苦沙弥他们啦。你说的那'股'，他把它当成了谷子的'谷'呢。"

说着，他又抓起一块羊羹来。再看主人，他受了迷亭食欲的传染，也不由自主地把手伸向点心盘。看来，世界之上万事积极者，皆

---

① 街铁："东京市街铁道株式会社"的简称。

有供他人模仿之权利。

"股票之类,别去管它。我真想让曾吕崎坐坐电车,一次也成。"主人神色茫然,呆然望着羊羹上的牙齿痕子。

"曾吕崎若是坐电车呀,每次都会在品川下车的。还是让他做天然居士的好。将法号刻在压咸菜缸的石头上,没事就成。"

"提到曾吕崎这个人,我听说他死了。真可怜!他那么聪明,太可惜了!"

铃木说完,迷亭马上接过去:

"脑袋瓜子聪明,就是烧饭技术最差劲。轮到他做饭,我总要跑到外边弄点荞面条充饥呢。"

"那倒是真的,他做的那饭呀,又煳、又夹生,我都服了他了。而且没菜,净让你吃那生豆腐,冷冰冰的,谁吃得下?"铃木也从记忆深处唤起十年前的不平来。

"苦沙弥从那时起就跟曾吕崎成了密友,每天晚上一起出去喝年糕小豆汤,因此种下病根,如今落下慢性胃弱,真是遭罪啊。说实在的,苦沙弥年糕小豆汤喝得太多,按理说,要死在曾吕崎前边才对!"

"岂有此理!我喝年糕小豆汤有啥?你自己,美其名曰运动,天天晚上拿着竹刀跑到后边墓地里去,敲打墓碑时,被和尚发现,狠挨了一顿训吧?"主人也不甘示弱,揭了迷亭的短。

"啊,哈哈哈哈!对对对!那和尚说呀,你敲亡魂的头,会妨碍他们安眠的。给我住手!不过,我用竹刀,而那位铃木将军却要粗暴得多。他与墓碑角力,大大小小大约搬倒了三座墓碑吧。"

"那时,那和尚的火气可真大,非让我原样扶起。我说,等我去雇几个人来吧!他却不许,他说为了表示忏悔,你必须自己扶起来,否则,就会有悖佛旨。"

"那时候,你可是风度全失呀,上身是白细布衬衫,下身只一条丁字形兜裆布,在刚下过雨的水坑里哼哼唧唧的……"

"你倒若无其事，还给我画什么素描，真不像话！我这个人很少生气的。可那时我从心底里觉得你太过分了。你知道不？当时你说的那些托词我至今没忘呢。"

"十年前说过的话，谁还记得？不过，那墓碑上刻的'归泉院殿黄鹤大居士，永安五年辰正月'，现在倒还记得的。那墓碑做得古雅，我搬家的时候都想去盗它回来呢！完全符合美学原理，活脱脱一座哥特式墓碑！"迷亭又在卖弄他那虚应故事的美学。

"还说那个，说你原来那套托词！你当时若无其事，说什么，'我想学学美学，所以，要把天地间有趣的东西尽数描绘出来，以供将来参考。可怜呀，可悲呀之类徇于私情的话，都不应出自我这种忠于学业的信徒之口。'我当时心想：此人冷酷无情！于是用了沾满泥水的手把你那写生本子给扯了。"

"就是从那时起，我那前途不可限量的绘画天才才遭到了摧残，是你断送了我的前途，我和你有仇。"

"别傻啦！我才觉得你可恨呢！"

"迷亭从那时起就爱吹牛。"主人吃光羊羹，又插了进来，说道。"他从不履行任何诺言，而且问起他来，也绝不认错，净胡扯八扯的。寺院里紫薇花开，迷亭就说，要在紫薇花飘零以前，完成一部美学原理之类的著作。我当时说过，你办不到，写不出来的。你猜迷亭他说什么？他说，别看我这样儿，人不可貌相，我也意志坚强着呢。你要怀疑，我们打赌！我当时很认真，便打赌谁输谁请客，到神田去吃西餐。我料到他一定写不出什么著作来，才打了赌，但内心里还是有些害怕，因为我手里并没有请人吃一顿西餐的钱。但这位先生却丝毫没有动笔的迹象。七天过去了，二十天过去了，他一页也没有写出来。终于，紫薇花渐渐飘零，直到一朵花瓣也不见时，他还没有动笔。于是我想，这顿西餐我终于可以吃上了，便催他践约。他却没事似的，不理不睬！"

"他又编了些什么理由？"铃木插了一句。

"哼，真是无耻之徒！他还嘴硬，说什么，我没别的能耐，唯有意志比你们要坚强！"

"一页没写还那样？"这次轮到迷亭自己发问。

"自然！当时你是这么说的：'唯有意志一点，我对任何人都会当仁不让。但遗憾的是，记忆力却不如常人。我意志坚定，想要写出美学原理来，但在把这意志告之于你的第二天即已忘得一干二净。所以，没能在紫薇飘零以前完成我的著作，实在是记忆之错，而非意志之过。既然不是意志之过，我又有什么理由请你吃西餐呢？'瞧，还振振有词呢！"

"是啊。迷亭兄的拿手本领发挥得淋漓尽致，很有意思！"铃木不知何故，兴致勃勃起来，与迷亭没来时的语气完全迥异。这也许正是聪明人的本色。

"有啥意思？"主人眼见着就要雷霆大发起来。

"对不起对不起！所以呢，为了弥补我的过失，正在大张旗鼓地搜寻孔雀舌呢。请息怒、息怒，等着瞧好吧！不过，提到著作嘛，我今天可带来了一条奇闻呢！"

"你这家伙，每次来都说有奇闻。对你可得防着点儿！"

"不过，今天的奇闻可是货真价实、不折不扣。你知道吧？寒月开始动笔写博士论文了。他这个人那么妄自尊大，怎么会花那冤枉力气，写那枯燥乏味的博士论文呢？这么看来，他依然为情所惑，所以滑稽！噢，你一定要通知鼻子夫人一声，这会儿许在做着橡子博士的美梦呢！"

铃木听得讲起寒月，便动下颏、使眼色地暗示主人：可别说，别说呀！主人却闹不懂。刚才与铃木见面，听了铃木的劝说，一时只觉得金田小姐怪可怜的。可是刚才让迷亭鼻子鼻子地一说，又让他想起前几日和鼻子吵架的事来，于是觉得鼻子又可笑，又可恶。然而，他说寒月着手写起博士论文来，这倒是条好消息。只有这条消息确如迷亭自诩一般，还算得上近来的一则奇闻！岂止是奇闻，简直就是大快人心的喜讯！娶不娶金田的女儿，先不去管它，反正寒月能当上博士是件好事。他觉得自己像块刻坏了的木雕像，扔在佛像店的旮旯，在虫蛀之前木料一般受那烟熏火燎，也毫不足惜，而那些工艺精美的雕像，还是应该尽快镀镀金。

"真的开始写论文了？"主人把铃木的暗示抛到一边，热心地问道。

"你呀，就是不相信别人的话。他是写橡子，还是悬梁力学，还不大清楚。反正那是寒月的事，所以肯定正是鼻子的惶恐之处。"

迷亭不客气地口口声声鼻子鼻子个不停，铃木听着显得局促不安。迷亭毫未察觉，自然心安理得。

"后来，关于鼻子，我继续研究过了。近来在《特列斯兰·项狄》①中找到了有关鼻子的论述。假如金田太太的鼻子被斯特恩看到，定会成为创作的素材吧！真是遗憾！既然鼻名能垂千古，如此埋没终生，令人不胜惋惜！等下次再来，为供美学参考，给她画幅素描吧！"迷亭又信口开河起来。

"不过，听说那位姑娘想嫁寒月呢。"主人把从铃木那里听来的学说一遍。铃木频频使眼色给主人，一副非常为难的神情。而主人却绝缘体一般，通不上电。

"真有意思！那种人的女儿也会恋爱？不过，大概并非什么了不得的恋情，无非鼻尖恋情而已。"

"鼻尖就鼻尖，只要寒月肯要就行。"

"肯要就行？前几天你不是大力反对吗？今天怎的变得这般温和起来？"

"温和什么，我怎么会温和！不过……"

"不过怎么？我说，铃木！你也算位居实业家之一，敬君一言，谨供参考。那位叫金田的，想要让他女儿高攀天下闻名的秀才水岛寒

---

① 《特列斯兰·项狄》：英国作家斯特恩的小说。

月，做他的夫人，真是癞蛤蟆想吃天鹅肉！我们做朋友的，自然不能坐视不管的。你这位实业家，也不会反对的吧？"

"你还是那么充满朝气，很好很好！老兄还和十年前一个样儿，了不起！"铃木逆来顺受，想要巧妙地应付过去。

"既然夸我了不起，那就把我的博学之处再炫耀炫耀一下。古希腊人极看重体育，竞技项目皆设重奖，于是百般寻求奖励之策。然而，唯独对学者却毫无褒奖的记录，真是不可思议！至今仍觉得非常奇怪。"

"对啊，是很奇怪呢。"铃木只管随声附和。

"可是，到了两三天前，我在研究美学时，却突然发现了个中原因。多年疑团，涣然冰释，犹如混沌初开，大彻大悟，竟至欢天喜地之境界。"

迷亭的话太过夸张，就连长于此道的铃木也流露出甘拜下风的神情。"又来了！"主人差点喊出声来，他低着头，用象牙筷子叮叮当当地敲打起点心盘来。

只有迷亭仍旧扬扬得意，滔滔不绝。

"这位明确记载这一矛盾现象、亘古之中解我之谜、于黑暗深渊之中解救我的，你道是谁？他便是号称自有学问以来的第一位学者、希腊哲人、逍遥派始祖的亚里士多德①。他说呀，我说你不要敲那点心盘子，好好听我讲！据他的解释，他们希腊人的竞技之中，奖品要远比他们的比赛技艺贵重得多，所以，奖品才作为表彰与鼓励之用。而知识的情况如何呢？要奖励知识，便须授以远比知识更要贵重的奖品。然而，世上哪有比知识更贵重的宝贝？当然没有。若充以次品，只会有辱于知识尊严。当时，人们宁愿把万宝箱堆积得奥林匹克山那么高，极想倾尽克罗伊斯②之富，给知识以相当的报酬。但是，他们

---

① 亚里士多德（公元前384—前322），古希腊哲学家。
② 克罗伊斯：小亚细亚西部古奴隶制国家吕底亚的国王，征伐希腊时成为巨富。

思来想去,终于明白,没有什么能与知识媲美。从那以后,便干脆什么也不给了。

"至此应该明白,金钱是难与知识匹敌的!拳拳服膺这一真理,再来观察眼前的问题。金田某某,何许人也?见钱眼开的家伙嘛!说得俏皮一点,不过一张活动纸币而已。活动纸币的女儿,不过是张活动支票!再看看寒月,上天有眼,他毕业于最高学府,名列榜首。至今仍毫不懈怠,系着那条祖上征伐长州时系过战袍的衣带,夜以继日,研究橡子的稳定性。而且并不满足,不日即将发表压倒凯尔文勋爵①的高论,虽然偶尔过那吾妻桥之时,误演投河丑剧,却是热血青年常有的一时冲动,于其学者身份毫发无损。若以迷亭之一流比喻评价寒月,他便是一个流动图书馆,是用知识铸就的一颗二十八公分口径的炮弹。这颗炮弹一旦时机成熟,在学术界爆炸……假如称为爆炸……它一定会爆炸的!"

说到这里,他自诩为"迷亭之一流"的形容词儿并未得心应手地从他嘴里冒出来,正所谓虎头蛇尾。而他却又说:

"活动支票嘛,纵有千张万张,也会被炸得粉碎。因此对于寒月,那么不般配的女人怎么行!我不同意!就好比百兽之中绝顶聪明的大象要跟那贪婪无比的小猪仔婚配一般,对吧,苦沙弥兄?"

迷亭大胆说完,主人又默默无言地敲起点心盘子来。铃木折服不已,无言以对,说:"也不至于此吧?"

刚刚说过迷亭不少坏话,如果此时再胡说八道的话,似主人那般蛮不讲理,不知会揭他什么老底呢。还是尽可能敷衍过去,避开迷亭的锋芒,平平安安蒙混过关,方是上策。铃木是个聪明人。他明白,当今世界,应尽力避免无谓的抵抗。无济于事的论辩,乃是封建时期的遗物。人生目标不在唇舌,而在行动。只要事情能如愿以偿,稳步向前发展,人生目标便会达到。如果没有操劳、担心和论辩,事情又

---

① 凯尔文勋爵(1824—1907),本名威廉·汤姆生(William Thomson),英国物理学家。

稳步向前发展，便能轻而易举地达到人生目标。铃木毕业以后，就是靠了这轻而易举取得了成功，靠了这轻而易举戴上了金表，靠了这轻而易举，便接受了金田夫妇的重托。也正是靠了这轻而易举，他巧妙而完满地说服了苦沙弥。正当事情已至八九成快要马到成功的时候，偏偏半路杀出个流浪汉迷亭来，不由得让人觉得奇怪，他是否无法以常规相约束、其心理是否游离于常人之外？由于他的突然来到，铃木便有些不知所措起来。发明这种轻松主义的是明治绅士，而实践者则是铃木藤十郎。而如今正为这种轻松主义所困的，也是他铃木藤十郎。

"你一无所知，才装模作样地说什么'也不至于此吧'。你这样沉默寡言，还真少见，看你那副故作风雅的架势！不过，如果前天你见到鼻子夫人来这里时的情景，足下再怎么想要对实业家趋炎附势，也肯定会束手无策的。对吧，苦沙弥兄？你不是与她大战过一场吗？"

"尽管如此，我可比你的名声要好！"苦沙弥说。

"哈哈哈哈！真是个自信的家伙！否则，被师生嘲笑为'savage tea'，怎么还能大模大样地在学校里出出进进呢？我也想要意志力强过别人，那般厚颜无耻，毕竟做不来。真是佩服之至！"

"学生跟老师说这说那的，有什么可怕的？圣伯夫①乃是古今独步的评论家，但他在巴黎大学讲课时却很不受欢迎。为了对付学生的进攻，他外出必袖藏匕首，以作防身之用。布吕拉介②在巴黎的大学里，攻击左拉的小说时……"

"可是，你又不是大学里头的教授！充其量不过一个英语读本教员而已，这样引经据典的，小鱼偏要充大鲸，说那种话，就更加可疑。"

"住口！圣伯夫和我，都同样是学者。"

---

① 圣伯夫（1804—1869），法国诗人、文学评论家。
② 布吕拉介（1849—1906），法国文艺批评家。

"多有风度啊！不过，怀刀而行可不安全，还是别学的好。大学教授怀刀，教英语读本的中学教员，只配带把小刀呢。不过，舞刀弄剑的，很危险，还是到浅草门前摊儿上去，买把玩具气枪，背在背上走，许还好些，只要好看便行。是吧，铃木？"

话题已经离开"金田事件"，铃木这才松一口气，说：

"你还是那么天真单纯，真叫人高兴！十年不见，一旦相逢，恍若从狭窄的小巷一步踏进广阔的原野。我们之间说话，也疏忽大意不得呢。不论说什么，都得提防着。又担心，又紧张的，苦不堪言呢。言者无罪，真好！而且，是跟以前的同窗好友交谈，无拘无束的，太好了。啊，今天巧遇迷亭，让人高兴呢。我还有点事，先告辞了。"

铃木说着，站起身来，要走。迷亭也跟着站起，说："我也走吧。我得去趟演艺矫风会①，陪你走一段吧！"

"正好正好！好久不见，一起散散步吧。"

于是，二人携手而去。

---

① 演艺矫风会：明治二十一年（1888）在鹿鸣馆成立的以田边太一为会长的戏剧改良团体，翌年改称为"日本演艺协会"。

五

把二十四小时里发生的一切点滴不漏地记下来，再点滴不漏地读下去的话，恐怕至少也得花上二十四个小时。就连一向鼓吹写生文章的我，也不得不坦率承认，这毕竟不是猫辈所能企及的。因此，尽管我家主人终日玩弄那些值得细致描绘的奇言怪行，而我却没有能力与精力一一报告给各位读者，甚为遗憾。虽然遗憾，却是无可奈何。

休养之于猫，也同样重要。铃木与迷亭走后，犹如寒风乍息、悄然雪降一般，一片静谧。

主人照例缩进书房。孩子们去那间六铺席大的小屋，并枕而眠了。

隔一道近三米长隔扇的朝南房里，女主人正躺着给快满三岁的绵子喂奶。

樱花时节，淡云蔽日，转眼便日落西山。房前行人的木屐声声，清晰地传入客厅。临街公寓里笛声时断时续，时而轻轻搅动着人们昏昏欲睡的耳鼓。室外该是已经暮色苍茫了吧。晚餐只就着鱼肉山芋汤汁吃了点鲍鱼，现在已经肚子空空。无论如何，也该需要休息休息了。

隐约听人说起，世上有爱好写作所谓"猫恋"之类滑稽和歌的现象。还听说，早春时节，有时夜里会有猫兴冲冲地四处奔走，搅得同类夜不能寐。而我，则还未发生如此大的心理变化。说起来，爱情乃是大千世界之活力。就此道而言，上自天神宙斯，下至土中蚯蚓蝼蛄，无不为之心力交瘁，此乃万物之常情。而我等猫辈，朦胧而喜、春心萌动，流露出些风流之情来，便也算不得什么非分之念了。回首往事，我也曾朝思暮想过那花猫小姐，"三绝"发明人金田家的千金，那位大吃安倍川年糕的富子小姐，也恋慕过寒月的。因此，普天之下的雄猫雌猫，在此一刻千金的春宵夜里，悠然自得，如痴如狂，我从不以为这些是自寻烦恼而以轻蔑相待。无奈，即便有人相邀，我也毫不动心，真没办法！按眼前情形，我只求休养。困倦如此，焉能谈情说爱？我慢腾腾转到孩子的被角，舒适而眠……

忽然睁眼，不知什么时候，主人已经从书房来到卧室。又不知什么时候，已经钻进女主人身旁的被窝里面。按主人的习惯，临睡之前，定要从书房带小本的横写洋文书。而每至躺下，却从未连续读上过两页。有时拿来放在枕边，碰都不碰它们一下。既然一行都读不下去，似乎也就没有必要特意带过来。可是，这正是主人之为主人之处。哪怕妻子如何嘲笑，如何让他不要再带，他也绝不改变。照样不辞劳苦地每晚运书到卧室，有时贪得无厌，一下抱来三四本，前些天，甚至将韦伯斯特①的大字典也抱了进来。说起来，这是主人的嗜好，正如奢华之人，不闻龙文堂②茶壶的沸水之声便不得安眠，主人也是如此，枕边无书，便难以入梦。由是观之，于主人而言，书籍不为阅览，而是些催眠器具，是活版铅印的催眠剂。

今夜又带来点什么书了呢？一瞧，果然有本红皮薄书，半开在主人胡须面前。主人左手拇指依然夹在书页之间。推测起来，他今夜似乎很难得地读完了五六行之多。与红皮书并列的，是那块镍金怀表，在这大好春光里反射出不合时令的寒光。

女主人将吃奶的孩子推出一尺多远，大张着嘴，鼾声阵阵，那

---

① 韦伯斯特（1758—1843），美国辞典编纂家。
② 龙文堂：日本江户末期至明治初期京都著名铁匠，他制的铜茶壶盖内有"龙文堂"字样。

书籍不为阅览而是坐催眠器具是活版铅印的催眠剂

枕头早已不在头下。问人世间什么最不堪入目？我认为，再也没有比张大嘴巴睡觉更不像话的了。而我等猫类，一辈子也不会如此丢人现眼。本来，口乃发声器官，鼻为吐故纳新之用。尤其到了北方，人们便懒惰起来，尽量不张口。掳节的结果，便用鼻子说起话来，哼哼唧唧的。但鼻孔紧闭，以嘴作为呼吸之用，则要比用鼻子哼哼更不像话。倘若天花板上掉下老鼠屎来，便很危险。

再看看孩子们，他们也睡相难看，丑态不亚于老娘。姐姐敦子伸出右手，搭在妹妹的耳朵上，仿佛在说：姐姐的权利便是如此！妹妹寸子为了报仇，将一条腿搁在姐姐肚皮上，仰脸而睡。两个人的睡姿与刚躺下时相比，似乎各转了九十度似的。而且，二人都这么别别扭扭着，毫无怨言似的乖乖熟睡着。

春宵灯火，确乎特别。在这天真烂漫却又极不雅观的情景之中，诱人的光亮似乎在暗示着人们要珍惜良宵。我想看看已经几点钟了，环顾室内，只觉四周一片静寂，传来的只有挂钟的滴答之声，还有女主人的鼾声，以及远处传来的女仆的磨牙声。这女仆，每当别人说她磨牙，她总要矢口否认，一味嘴硬："从生下来到现在，还从来不曾磨过牙呢。"既不表示今后改正，也不向人道歉，只一味声称没那回事。睡眠过程中发生的事，本人自然不会知道。但是，纵然你不知道，事实也依然存在。这就非常麻烦。大千世界，恶贯满盈之徒以君子自居者大有人在。他们由于自信无罪，幼稚单纯，倒也情有可原。不过，再怎么天真单纯，也不能减轻给别人添麻烦的事实。这些先生女士与那女仆都是一路货色。

夜色更浓，厨房套窗上有人咚咚敲了两下。呃？此时会有人来？多半是那些老鼠。我早已决心不捉老鼠，随它们闹去吧。这时又传来两下咚咚的敲击声，好像不是老鼠。就算是只老鼠，也是只小心谨慎的老鼠。主人家的老鼠，全都像主人学校的学生一般，无论白昼晚上，一心修炼粗野之道，将惊醒可怜主人的美梦视为天职。若是它们，绝不会如此客客气气。确实不是老鼠。比起前些时闯进主人卧室、咬过主人那不高的鼻尖之后高歌凯旋的那只来,它显得过于胆怯了点。绝对不是老鼠!这时,忽然听得吱的一声抬起套窗的声音。同时传来裙板拉窗小心翼翼沿漕沟滑动的声音。果然不是老鼠,是人!如此更深夜静,门也不敲地撬门而入,肯定不是迷亭或铃木,定是那久仰大名的梁上君子!愈是君子,便愈想早些谒见尊容。这时,那君子已经抬脚,跨进厨房,往前迈出了两步。当正要迈出第三步时,也许碰到了厨房的盖板,只听咚的一声,响彻静夜。我一下惊得毛发倒竖,好像被人用刷子倒过来梳了一下似的。片刻,脚步声不再响起。看看女主人,依然张着大嘴,尽情吞吐着太平空气。主人大约正在做着拇指夹在红皮书里的梦。这时,厨房里传来擦火柴的声音。梁上君子不如我等,没长一双夜眼。这样不太合适,想必行动不便吧。

这时,我蹲下来想,梁上君子将会从厨房奔向饭厅?还是左转经正门穿过书房呢?随着隔扇声响,脚步声到了走廊。梁上君子终于进了书房。然后便再无动静传来。

我猛然想起,应趁此工夫快些弄醒主人夫妇。但是,怎样才能弄醒他们呢?我一时竟乱了方寸,一个个主意如水车车水一般,在脑袋里轱辘乱转,难以决断。我想咬住被角晃几下,连试几次,毫无效果。又想到用冰凉的鼻尖去蹭主人的脸颊,便将鼻子凑近主人的脸。主人仍在梦中,伸出手来狠劲一打,正中我的鼻尖。鼻子正是猫的致命之处,疼痛难忍。没办法,便想喵呜喵呜地叫上几声,以唤起他们。但不知怎么回事,喉咙里像卡了个什么东西似的,偏在此时发不出声来。好不容易发出一声沉闷的叫声,但立刻大吃了一惊。主人是毫无反应,而梁上君子的脚步声却响了起来。沙沙沙地沿着走廊靠近过来。就快到眼前了!心想这下全完了。于是躲进隔扇与柳条包之间,以观动静。

脚步声响到卧室门前,戛然而止。我屏声静息,拼命想着下一步该怎么办。事后想来,当时吓得魂魄都快要从双眼飞出来了,觉得捕鼠之时不应该是这种心情的。多亏梁上君子,令我茅塞顿开,真是千载难逢，谢天谢地！

忽然，拉门第三道格纸好像被雨弄湿了一般，正中间颜色变了。上边透出些淡红，然后渐渐变浓。格纸不知不觉破开，吐出一条红红的舌头来。舌头一下消失在黑暗之中，接着在破孔里面出现了一个贼亮贼亮的东西，毫无疑问，这正是那梁上君子的眼睛。但奇怪的是，那目光却并不往室内物品那里看，我觉得它好像一直只盯着藏在柳条包后边的我。虽然被盯不到一分钟，但心里想，再这样被他盯下去，会折寿的。我再也无法忍受，便决心从柳条包后蹿出来。就在这当儿，卧室拉门吱的一声开了，恭候多时的梁上君子终于登场。

按叙述程序，我本来可以荣幸地向各位介绍这位不速之客：梁上君子。但在介绍之前，愿略陈管见，供作参考。

古代之神，往往被人奉为全知全能。尤其耶稣，时至二十世纪的今日，仍一副全知全能的面孔。而凡人思想中之全知全能，有时则可诠释为无知无能。这分明是个似是而非的论点。而开天辟地以来道破这一论点者，恐怕独有本猫！念及于此，便油然生出些虚荣之心，觉得自己不仅仅只是一只猫，因此必须在这里讲清理由，将"猫亦不可小觑"的观念灌输到人类那傲气冲天的脑袋中去。

既然天地万物为神所造，则人类亦为神所造矣。实际上那本叫什么《圣经》的上边也写得一清二楚。事实上，关于人类，人类自身积数千年之观察，都觉玄妙而不可思议。与此同时，便越来越倾向于认可神的全知全能。别的不说，尽管人海茫茫，而面孔相同者却世间少有。脸这玩意儿自然已经一定，大小也都不相上下。换言之，他们都是用同样的材料造出来的。虽材料相同，却形态各异。真绝了！那么简单的材料，竟能造出如此千奇百怪的面孔来，不能不叫人佩服造物主的神技。若无独出心裁的想象，便难以产生出如此千变万化来。一代画工，耗尽毕生精力，至多能画出十二三幅不同的面孔而已。以此类推，上帝一手承担创造人类之重任，不能不叹服其技艺之高超！这在人类社会，毕竟无缘目睹，可称其为"全能绝技"。在这一点上，人们似乎对神恐惧万分。的确，从人类的观察角度而言，这种恐惧心理倒也合理。而在猫的立场上来看，同一事实，往往可以从反面作出解释：这反倒证明了上帝的无能。我想，即便并非完全无能，但也总可以断定，其能力绝非高出人类多少。神只不过在数量上而言创造了为数不少的面孔，当初他到底是胸有成竹而如此变化多端，还是本想不管张三李四都造得千人一面，而实际操作起来，却总不随心，造一个，废一个，故而如此杂乱无章呢？谁知道呢？人们的面部结构，在被视为神之绝技的同时，难道不能认为它也是神的败迹吗？可以认为它是"全能"，但评之为"无能"又有何妨？人的双眼并列于同一平面，故而不能同时顾盼左右。因此，事物进入视野自然只有片面而已，可悲可怜。换个立场便会清楚，如此单纯的事实，在人类社会之中昼夜不分、层出不穷。而当事者却头昏眼花，慑于神威，因而难以觉察。如果说于创造之中表现变化如何困难，那么，彻头彻尾的模仿，亦同样不易。假如要求拉斐尔[①]画出两幅毫不走样的圣母像，便如同逼他画出两幅完全相同的东西，也许反倒更难一些。要求弘法大师[②]用前一日的写法重写空海二字，也许要比让他换一种字体来写更难。人类使用的语文，完全依靠模仿来传授。人们在向母亲、保姆或其他的人学习实际语言时，除了重复耳闻的一切之外，别无奢望。他们只能竭尽全力模仿别人。如此，建立在模仿基础上的语文，在十年、二十年之后，发音自然会产生变化，这便证明了人类并不具备完全的模仿能力。纯粹的模仿，竟是如此困难重重。因此，假如上帝能把人类造得毫无区别，就如同炮制出来的假面一般，这样越发证明神的万能。与此同时，像今天这样，将随心所欲造出的张张面孔暴露于光天化日之下，千变万化，令人眼花缭乱，这反倒成了推定神之无能的证据。

① 拉斐尔（1483—1520），意大利文艺复兴时期画家。
② 弘法大师（774—835），日本真言宗始祖空海的谥号。

我已完全忘记究竟有何必要如此大发议论。"忘本"，连在人类当中都已是家常便饭，猫便自然难免，还望贵手高抬。总之，当我一眼瞥见梁上君子突然拉开卧室拉门出现在门槛之上时，心头便油然生出这些感慨来。"为什么会产生出来？"既有此问，姑且容我重新思量一下。其中理由详述如下：

平日里我便怀疑，上帝造人成功之处，也许便是无能的结果。然而，当那梁上君子悠然出现在我眼前时，其面貌特征，便足以完全否定我的这一观点。其特征倒无其他，而他的眉眼和我们那位亲爱的美男子水岛寒月竟生得一般无二。我自然不是在盗贼之中多有知己，而平日里根据盗贼的粗野行为，想象出来的盗贼形象并非没有。我想象中的盗贼，乃是鼻翼往左右散开，长了一双一分铜板般大小的眼睛，头剃得光光的。而亲眼所见与内心想象，却是天壤之别。想象力可不能太过旺盛。

梁上君子身材修长，一字眉呈浅黑色，是个气宇轩昂、英俊潇洒的小偷。二十六七岁上下，连这也像极了寒月。既然上帝有如此本领，能造得这般毫无二致，便绝不可将其视为无能的了。实际上，二人长得如此相像，令人暗暗吃惊，难道寒月精神失常，深更半夜跑了出来不成？只因盗贼鼻下没蓄浅黑的胡须，方意识到，此公必非寒月。寒月是个严肃认真、举止庄重的英俊男儿，是上帝的精心之作，足以令那迷亭称为"活动支票"的金田小姐着迷不已。而这位梁上君子之于女人的魅力，在长相上绝不亚于寒月。假如金田小姐迷恋于寒月的眼神与嘴角，却不以同样的热度倾心于这位梁上君子，就不合情理。情理自然不合论理。她既那般才华横溢而又聪明伶俐，区区小事，不向别人请教，也定会一清二楚。由此可见，若是打发这位梁上君子顶替寒月，她定然会献出全部的爱而收琴瑟相和之美。万一寒月被迷亭等人说服，断掉一桩千古良缘，但只要这位梁上君子健在，便可相安无事。对于未来之事态发展预测至此，总算为富子小姐松了口气。这位梁上君子能够存在于天地之间，乃是富子小姐生活幸福的重要条件。

梁上君子腋下挟着个什么东西。一看，竟是刚才主人扔进书房的那床旧毛毯。他身穿藏青竖条纹的短褂，臀部扎一条博多产的青灰色腰带，膝盖以下露出苍白的小腿，他抬起一条腿跨进室内。

主人一直在做着手指被红皮书咬住的梦。这时，他扑通一下翻过身来，大喊一声："寒月！"梁上君子惊得毯子落地，急急收回迈出去的那条腿，拉门上映出两条微微抖动着的腿。主人哼了一声，口里嘟嘟囔囔着，一把推开那红皮书，像得了皮癣似的，噌噌地搔着他那黑黑的胳膊。一会儿便又安静下来，头离枕头呼呼大睡起来。看来，他喊寒月，完全是下意识的梦话。

梁上君子在走廊里驻足片刻，观察着房间里的动静，待他看清夫妻二人都已酣睡，重又将那条腿搁到榻榻米上边。这回主人再没喊寒月了。接着，另一条腿也跨了进去。春宵灯火一盏，将六铺席大的房间照得通明一片，一下被梁上君子的身影截成两半。影子经柳条包旁越过我的头顶，半面墙壁变得一片漆黑，回头一看，他那脸部正好在墙壁三分之二高处隐隐约约地晃来晃去。虽说是个英俊男儿，只看了那影子，竟同芋头怪一般，样子滑稽可笑。梁上君子居高临下，望一眼女主人的睡脸，不知何故，竟默默一笑。这笑法竟与寒月如出一辙，我不禁暗暗吃惊。

女主人枕边，小心摆放着一只用钉子钉成的四寸见方、一尺五六寸长的箱子，里面装了家住肥前国①唐津市的多多良三平前些日子回乡下带回来的土产山芋。枕边饰以山芋而眠，可谓举世无双。而这家女主人是个连煮菜用的上等白糖也往小柜橱里塞、完全缺乏场合观念的女人。在她看来，别说是山芋，说不定把咸萝卜搁到卧室里也满不在乎的。可是，梁上君子既非神仙，便自然不知女主人的底细。既然她如此郑重其事地贴身珍藏，定是什么贵重物件，如此判断自然不无

---

① 肥前国：日本古国名，即现在的佐贺县与除壹歧、对马之外的长崎县部分。

道理。他掂了掂山芋箱子，很有分量，果然与他所想一致，因而显得惬意无比。我心里想，他竟偷起山芋来了。翩翩美少年偷山芋，不禁让人觉得滑稽难忍。但一想到随便出声便会危险万分，于是只好强忍住笑。

接着，他开始郑重其事地用那破毛毯包起山芋箱子来。他环视一眼四周，看有什么可绑之物。正好主人熟睡时解下了那条绉绸腰带在那里，他便用这条腰带将那山芋箱子捆得结结实实，毫不费力地背了起来。这副架势可不大招女人喜欢。然后，梁上君子又把孩子的两件棉坎肩儿塞进主人的细筒线裤里，弄得裤裆部位圆鼓鼓的，像是黄颔蛇吞下只青蛙一般。不，也许用"黄颔临盆"形容更准确一些。总之，变得怪里怪气的。如果不信，可以一试。梁上君子将主人的线裤一圈一圈地套到脖子上。我正在琢磨他下一步将采取什么行动，却见他已把主人的丝绸上衣包袱皮儿似的摊开来，将女主人的腰带，主人的外褂、汗衫，以及其他一切零碎杂物整整齐齐地叠好包了起来。他那娴熟灵巧的动作，令人钦佩不已。然后，他用女主人和服带子的衬垫和整幅腰带结成一根绳子，将大包捆了，提在手上。再望望四周，看有没有其他可拿之物。忽然，他发现主人头上有包"朝日"牌香烟，便一把抓过来塞进和服袖兜里。又从烟盒里取出一支来，就着灯火燃起，美滋滋地深吸一口，喷吐的烟雾，在乳白色灯罩边缭缭绕绕。烟还未消，他的脚步声已沿走廊远去，渐渐听不见了。这时，主人夫妇依旧酣睡不醒。人类竟是如此粗心大意。

我还需要休息片刻。如此喋喋不休的，身子可经受不住。于是便酣然大睡起来。醒来之时，外边三月阳春，晴空万里，只听得主人夫妇正在后门边跟一警察在说话。

"那么，就是从这里进去，再进的卧室吧？二位是睡梦之中，压根儿就没察觉吧？"

"对的。"主人显得有些不好意思。

"那么，失盗时间是几点？"警察问得毫无道理。知道时间，又何至于被盗？主人夫妇并未觉察到这些，竟然就这一问题商量起来。

"那是几点钟来着？"

"说的是呀……"女主人沉思默想着。她可能以为一沉思，就会弄清楚时间似的。

"你昨晚几点睡的？"

"我在你后边睡的。"

"对啦，我是在你之前躺下的呢。"

"那几点钟醒的呢？"

"大概七点半吧？"

"那，贼闯进屋是几点钟呢？"

"多半是半夜了吧？"

"明摆着是半夜呢。我问你是几点钟？"

"准确时间不好好想想怎能知道？"

女主人似乎还要想下去。而警察不过例行公事地问问而已，至于那贼几时闯入，根本就无关痛痒。撒个谎，或是信口回答一声，便会万事大吉的。而主人夫妇却不得要领似的争来论去，警察稍稍显出有些不耐烦来，说：

"那就是失盗时间不明啦。"

主人以老一套的腔调答道："噢，大概对吧。"

警察没有一丝笑容，说：

"那这样，你们交份失盗控告书来。这么写：明治三十八年某月某日，闭门就寝后，盗贼取下哪块套窗，进的哪个房间，盗走什么什么物品多少多少。以上属实，特此控告。要注意，不是写报告，而是控告！收信人不要写。"

"被盗物品要一一写出吗？"

"对，列出一份清单来，注明短褂几件，价值多少什么的。噢，进屋看也没用的啦，已经失盗了嘛！"警察说得跟没事儿似的，然后回去了。

主人拿了笔砚，来到房屋中央，将妻子叫到跟前，吵架似的呵斥着妻子：

"我要写失盗控告书了。你将那被盗物品一一讲来！好啦，快说！"

"你烦不烦？'快说？'你这么呼来唤去的，谁还会说？"女主人把一根细带子缠在腰上，稳稳当当，一屁股坐了下来。

"你这是做什么？跟街头臭婊子似的！怎么不把腰带子系好出来？"

"嫌难看，买一条呀！什么臭婊子不臭婊子的，被人盗了，有什么办法！"

"连腰带也给偷走了？真是可恶！那就先写腰带吧！腰带是什么样儿的腰带？"

"什么样儿？还能有几条不成？就是那条黑缎面、绸子里的呗！"

"黑缎面绸子里腰带一条！价值几何？"

"六元左右吧。"

"这么贵，臭美！以后扎一块五毛左右的！"

"有那么便宜的带子吗？难怪别人说你不通情理呢。即使老婆穿得怎么邋遢，只要自己打扮得好些就行呢。"

"别说啦！还丢了什么？"

"平纹绸的外褂。那是河野婶送的纪念品，同样是绸子，跟现在的可大不相同哟。"

"没工夫听你讲那么多！值多少？"

"十五元！"

"穿十五元的和服外褂，与你身份不符！"

"算了吧！又不是你花钱买的！"

"还有呢？"

"黑布袜子一双。"

"你的?"

"是你的呢,价钱两毛七。"

"还有呢?"

"山芋一箱。"

"连山芋也偷走了?他是想煮来吃,还是熬汤喝?"

"不知道,你去小偷家里问问吧!"

"值多少?"

"山芋的价钱我不清楚。"

"那就写上十二元五毛吧。"

"你别胡闹!就算是从唐津刨来的,几只山芋值十二元五毛,谁受得了?"

"你不是说不清楚的吗?"

"是不清楚,但你说十二元五毛,也太离谱了。"

"又不知道价钱,又说十二元五毛太离谱,你到底怎么啦?简直不合逻辑!所以呀,你就是奥坦钦·巴列奥略①呢。"

"你说什么?"

"奥坦钦·巴列奥略。"

"什么?奥坦钦·巴列奥略?什么意思?"

"管它什么意思呢。然后,我的衣服怎么一件也没有?"

"然后,管它是什么呢。快告诉我'奥坦钦·巴列奥略'是什么意思?"

"没什么意思好讲!"

"告诉我就不行?你欺人太甚!定是当我不懂英语,便张口骂人。"

"少说蠢话,快接着往下说!不快些交上控告书,失盗物品可就

---

① 奥坦钦·巴列奥略:本为君士坦丁·巴列奥略(1404—1453),东罗马最后一个皇帝。文中故意将"君士坦丁"说成"奥坦钦",是江户语"傻瓜、笨蛋"之意,即昏君。

找不回来啦。"

"反正现在控告也晚了。你还是先告诉我奥坦钦·巴列奥略是什么意思吧。"

"这娘们可真啰唆！不是讲了什么意思也没有的吗？"

"那么，失盗物品再没有了。"

"真是顽固不化！随你的便。我也不写什么控告书了。"

"我也不告诉你失盗件数。控告书你自己写好啦。又不是我要你写，与我不相干！"

"那就算了！"

主人照例忽地站起，进了书房。女主人进了客厅，坐到针线盒前。足有十来分钟，二人什么也不做，双双望着拉门出神。

这时，送山芋的多多良三平精神抖擞地推门进屋。他原是主人家的书生，如今从法科大学①毕业出来，在一家公司的矿山部供职。他也是棵实业家的苗子，铃木藤十郎的后来人。三平由于从前的旧关系，常常前来造访昔日恩师的草庐。碰上星期日，就玩上一整天再回去。与这一家人相处，无须客客气气。

"师母，多好的天气呢！"他一口唐津或是什么地方的口音，在女主人面前，穿着裤子的双腿跪坐下来。

"噢，是多多良！"

"先生出门儿了？"

"没有，在书房里。"

"师母！先生这么过度用功，会伤身子的呢！大星期天的，师母！"

"跟我说也没用的，去对他自个儿说说吧！"

"不过……"三平说着，环顾室内，半是问女主人似的，"二位小姐也不在家？"话音刚落，敦子跟寸子便从隔壁跑了出来。

---

① 法科大学：东京帝国大学法科大学，今东京大学法学部的前身。

"多多良！今天可带了寿司来？"姐姐敦子还记着前些天的约定，一见三平便讨起债来。多多良挠着头坦白说：

"记得清楚着呢！下次一定带来！今日忘了。"

"你坏！"姐姐说完，妹妹立刻跟着学："你坏！"

女主人渐渐心情好些，稍稍有了些笑容。

"寿司没带来，可也送过山芋呢。尝过了没有？"

"山芋？是什么？"姐姐问一句。妹妹学着问一句："山芋？是什么？"

"还没吃哪？快叫妈妈煮呀！唐津山芋跟东京的可不一样，甜着呢！"

三平夸起自己的故乡来，女主人这才回过神来。

"多多良，上次承蒙你的好意，送了那么多的山芋，谢谢！"

"怎么样？尝过了吗？当时还怕折断，便特意定做了只木箱，包得牢牢的，山芋还完好无损吧？"

"可是，您一片好心送来的山芋，昨天夜里给人偷走了。"

"小偷？真够混账的！竟有人这么喜欢山芋的？"三平吃惊不已。

"妈妈，昨天晚上有小偷来过？"姐姐问。

"是的。"女主人轻声回答。

"小偷进来？小偷进来的时候是什么样子？"妹妹接着问。

面对这一奇怪问题，女主人不知该如何回答才好，只好说：

"进来时很吓人呢。"说着，看了看多多良。

"很吓人，是不是长得像三平那样儿？"姐姐毫不客气地反问。

"看你！没大没小的！"

"哈哈哈哈！我的脸那么可怕吗？可不好办哪！"三平挠起头来。

多多良的脑后有块直径一寸左右的斑秃。一个月前开始出现，虽然找医生看过，但是看来一下子难以治愈。第一个发现这块斑秃的是姐姐敦子。

"哎呀,多多良的脑袋跟妈妈一样,亮闪闪呢!"

"我叫你们住口!"

"妈妈,昨晚那小偷,脑袋也发亮吗?"妹妹在问。女主人跟三平忍不住放声大笑。孩子们太吵,连说个话都不方便。

"好啦好啦!你们去院子里玩一会儿,妈妈现在给你们做好吃的。"女主人终于把孩子们撵了出去,然后认真地问:"三平哪,你那脑袋怎么回事?"

"虫子咬的,总治不好。师母您也是让虫子咬的?"

"讨厌!什么虫子咬不咬的!女人嘛,缠个发髻的,自然会秃一点的。"

"秃,全是因为细菌呢。"

"我这可不是细菌。"

"那是师母太固执了。"

"反正不是细菌。不过我想问问你,这英语里秃子怎么说?"

"好像是说'bald'。"

"不,不是这个。应该还有个更长点儿的名字吧?"

"问问先生,一下就知道了。"

"他呀,说什么也不肯告诉我,所以才问你呢!"

"我只知道'bald',长一点儿的?怎么说?"

"说是'奥坦钦·巴列奥略',大概'奥坦钦'是说秃,'巴列奥略'该是头吧。"

"也许是吧。我这就去先生书房里查查韦氏大词典。不过,先生可也真怪。这么好天,竟闷在屋里头。师母,这么下去,胃病哪有个好啊!劝劝他到上野或是什么地方赏赏樱花什么的吧!"

"你带他去吧!他不肯听女人的。"

"近来还吃果酱?"

"对。老样子呢。"

"前些日子先生还发牢骚呢。说老婆总说果酱吃得太凶,不好办呢。还说并没想要吃那么多!是不是她算错了呀?我就对他说,那一定是令爱跟太太也一起在吃吧。"

"多多良!你也够坏的!怎么那么说话?"

"看来,师母也像吃过的呢!"

"你怎么看得出?"

"倒是看不出,不过,师母一点儿都不吃?"

"倒是吃一点点。吃一点有什么不可以?横竖自家的嘛。"

"哈哈哈哈!果然不出所料!不过,说正经的,失盗,可是意外之灾呀!只偷走了山芋吗?"

"若是只偷了山芋,倒也没啥。可平时的换洗衣服都给偷走了呢。"

"那不是不好办了吗?又得借钱了吧?这只猫,要是条狗就好了。真可惜了。师母,还是养条肥狗吧。猫可没用,光会吃,耗子总还能逮上几只吧?"

"从没逮过一只呢。真是只懒惰无耻的猫!"

"啊,那可不成,赶快丢掉吧!还是我拿去煮来吃吧?"

"看不出,多多良先生还吃猫呢。"

"吃过的。猫肉好吃着呢!"

"真是好汉气概!"

我早就听说过,卑劣书生之中,有啖猫肉的野蛮之徒。但是,平日对我关照颇多的多多良竟也是一丘之貉,我真是做梦也未曾料到。何况他已不再是寄人篱下的穷书生。虽然才毕业不久,却也是一名堂堂法学学士、供职于六井物产公司的职员,这样便更加令我惊讶不已了。

"防人之心不可无。"这句格言已从寒月二世,那位梁上君子的行动之中得到证实。而"防人要防食猫人"则是多亏多多良的提醒,才得以悟出这一真理。"久居世上,则明事理。"明事理而欣喜,而危险日增。日复一日，疏忽大意不得。人变得狡猾也好，卑劣也罢，抑或披上表里不一的伪装也好，无不是明事理的结果。明事理，还是年高的罪过。所谓"老没正经"，便是说的这个道理。我等猫类，说不定趁此机会在多多良的热锅里与那洋葱一同升天，方为上策。这样想着，便在墙角缩成一团。这时，刚刚和妻子吵过嘴，去了书房的主人，听到多多良说话，便慢吞吞踱进客厅来。

"先生，听说失盗啦？真蠢！"多多良劈头便问。

"进来的小偷才叫蠢呢！"主人处处以贤人自居。

"偷东西的蠢，被偷的也聪明不到哪里去。"

"怕是无物可失的多多良这号儿的最聪明吧？"妻子这回站到了丈夫一边。

"不过，最蠢的要数这只猫呢。真是的，它打的什么主意？又不抓老鼠的，贼来了还装不知道！先生，把这只猫给了我吧？这样留在家里也没啥用处！"

"给你可以。你做什么用？"

"煮来吃掉！"

主人听了这句凶狠的话，露出胃病患者那可怕的笑容，但并未明确答复他，因此，多多良也就没再提起非吃不可。对我而言，真是万幸。一会儿，主人话锋一转：

"猫先不去管它。而衣物被盗，叫人有些冷得受不住呢。"主人垂头丧气，沮丧不堪。

的确很冷。昨天主人还穿两件棉衣的，今天却只穿了件夹衣和一件短袖衬衫，一大清早便枯坐不动，并不充裕的血液全力保护着他的胃。至于手脚，根本无暇顾及。

"先生！教师毕竟当不得的！稍稍被盗一下，立刻爬不起来。干脆考虑考虑，做个实业家吧。"

"他讨厌实业家，你说那些没用的。"女主人一旁插话，回答了多多良。女主人当然希望丈夫做个实业家。

"先生毕业多少年了？"

"今年是第九个年头吧。"女主人回头看看丈夫，主人未置可否。

"都九年了，薪水还没涨上去。你再怎么用功，也没人夸你好。真是'郎君独寂寞'啊！"多多良将中学时背过的一句诗朗诵给女主人听，女主人却不懂，没有搭腔。

"我当然讨厌做教师，但实业家呢，我更是讨厌。"主人好像在心里盘算着自己喜欢的到底是什么呢。

"他讨厌一切，就……"

"不讨厌的只有师母一个吧？"多多良开了个不合身份的玩笑。

"最讨厌！"主人的回答极其简单明了。

妻子转过脸去，过了一会儿，又回头望着主人：

"只怕连喘气儿都讨厌了吧？"

"倒也不太喜欢的。"主人不慌不忙地回答，这样倒让她不知所措了。

"先生，稍稍活动活动，散散步吧。不然，会搞坏身体的。另外，还是做个实业家吧！赚钱嘛，实在是一点都不费事。"

"你又赚了几个钱？"

"我说，去年才刚刚进的公司呢。尽管这样，存款也比先生多的。"

"存了多少？"女主人热心地问。

"已经五十元了。"

"究竟你月薪多少？"女主人又问。

"三十元。每月在公司里存了五元，以防万一要钱用。师母，您也用零钱买点外环电车股票吧。从现在起，只需三四个月，就能翻一番。只要稍有一点钱，一下就成了两三倍的。"

"要有那么多钱，万一遇上小偷，也就不用犯愁了。"

"所以说，最好做个实业家。如果先生是学法律的，去公司或银行里做事，如今每月也会有个三四百元的。真是可惜呢。先生，您认识一位工学学士叫铃木藤十郎的吗？"

"认识，昨天来过。"

"是吗？前些日子在一次酒会上见到他，提起先生来，他说，原来你曾经做过苦沙弥兄的书生？从前我还和他在小石川寺一起搭过伙儿的。下次你去，代我向他问声好！还说不久要来拜访您的。"

"听说他最近来东京啦？"

"对，以前他在九州煤矿，近来在东京做事。很会处世的。对我们说话就跟对朋友一般。先生，您猜他每月挣多少？"

"不知道。"

"月薪二百五十元。年中年末还有分红。平均起来也有四五百元呢。他那号儿的都拿那么多，先生您专教英语读本，却'一狐裘十年'①，真太窝囊！"

"是太窝囊！"

主人这种超然物外的人，其金钱观念竟也与普通人一般无二。不，也许正由于穷困潦倒，对于金钱的渴望便高出常人一倍来。

多多良为实业家的利益大肆吹捧一番之后，再无话可讲，便问：

"师母！有个叫水岛寒月的到先生这里来过吗？"

"嗳，常来的。"

"是个怎样的人物？"

"听说很有学问的。"

"美男子？"

"嘀嘀嘀嘀，和多多良差不多吧。"

"是吗？和我差不多？"多多良认起真来。

"你怎么知道寒月的名字？"主人问。

"前些天有人托我了解一下。可他有了解的价值吗？"多多良还

---

① 一狐裘十年：源出《礼记·檀弓篇》："晏子一狐裘三十年。"此谓处境困顿。

没问呢,却早已一副高于寒月的派头。

"此人比你有能耐!"

"是吗?比我还有能耐?"多多良不笑也不火,这正是多多良的特色。

"近日要做博士了?"

"据说目前正写论文呢。"

"还是个傻瓜。写博士论文?我还以为是个多有见识的人物呢。"

"你倒是没变,见识广着哪!"女主人笑着说。

"还说什么只要当上博士,某某人家的姑娘就嫁或不嫁的,哪有这种傻瓜,为了讨老婆要做博士的?我明告诉他说,把姑娘嫁给那号人,还不如嫁给我更合适!"

"对谁说的?"

"托我了解水岛寒月的那个人。"

"是铃木吧?"

"不是,对他怎么能讲这种话!他可是我的上司呢!"

"原来多多良在外边是属狗熊的呀!到我家里来,神气十足的,到了铃木面前,立刻就矮下去半截儿了吧?"

"对,否则,就命在旦夕呢!"

"多多良,散步去!"主人突然说话。他一直只穿着那件夹衣,太冷了,所以他想,稍微活动活动兴许会暖和些的,所以,便提出了这一史无前例的建议。漫无目标的多多良自然不会犹豫。

"走吧!去上野?还是去芋坂吃团子?先生,您吃过那里的团子吗?师母,去吃一次尝尝!又软又便宜的,还有酒喝。"在多多良语无伦次、胡说八道的当儿,主人已经戴上帽子,去换鞋了。

我还需要休息休息。至于主人与多多良究竟在那上野公园干了些啥,在芋坂吃了几碟团子,此类逸事,既没必要去一一探查,又无盯梢跟踪的勇气,这里略而不表。我得休息一下了。休息乃上天赋予万物的应有权利。在此世界之上负有生息义务而蠕来动去者，为了完成生息义务，自然必须休息喘气。如果神说："汝等为劳作而生，非为昏睡而活。"我将这样回答："诚如所言。既为劳作而生，则为劳作而息。"似我主人那般牢骚不断的老八板儿，也常在星期天之外自己安排时间休息呢。而如我这般多愁善感、日夜劳心，虽然是猫，需要比主人更多的时间休息，也是理所当然。只是刚才多多良丑诋本猫为只知休息的赘疣，便叫人有些耿耿于怀。总之，只为物欲所动的凡夫俗子，除了追求感官刺激之外别无作为。所以，在评价别人时，也就从不涉及形式以外的东西，便难对付。在他们看来，若非掖起衣襟，出身大汗，便是无所事事。据说达摩和尚盘腿打坐，至双足腐烂，常春藤从墙缝生出，在塞满大师的眼口之前，纵然纹丝不动，你也不能说他是在昏睡，或是已经死亡。大脑中仍是活动频繁，还在苦苦思索廓然无圣的玄妙禅机。听说儒家也有静坐功法。但也并非闭门不出，悠悠哉哉练那坐功。脑中活力充沛，其炽其烈远胜于常人。外表极沉静端肃，故天下凡眼便以知识巨匠为昏睡假死之庸夫，于是废物、饭桶，等等，诽谤之声四起。此类凡眼，生来便只见其形而难见其心，而且，多多良三平等人，正是此类人中之一号人物。因此，视我为干屎橛子也就不足为奇。可恨的是，就连稍读古今诗文、略知事物真相的主人立刻便苟同起浅薄的三平来，对于砂锅煮猫，他是不会阻拦的了。

然而，退一步想，他们这般轻视于我，也未必没有道理。"大声不入于里耳""阳春白雪，曲高和寡"之类比喻，古已有之。那些人对于形体之外便视而不见，若让他们一睹我那灵魂的光芒，就好比逼和尚梳发，令金枪鱼演说，要电车脱轨，劝主人辞职，叫三平别一心想着赚钱一般，毕竟强人所难。

而猫也是社会动物。既是社会动物，即便如何倨傲于人，在某种程度上也要与社会协调协调。主人、太太以至女仆、三平之流不能恰当评价本猫，虽然遗憾，但也只能无可奈何了。愚昧无知，结果必然是不分青红皂白,剥去我的皮,卖给三弦琴铺子;剁碎我的肉,摆到饭桌之上。如此,便事态严重了。

我既奉天命而到尘世,凭脑力而行,乃博古通今之猫也,则此身可贵。古语云:"千金之子,坐不垂堂。"以自视超人一等为宗旨,则徒招风险,不仅危及自身,也有悖天意。猛虎进了动物园里,也只好与臭猪为邻。鸿雁为鸡店生擒,也只好与鸡雏一起,共赴俎刀。我既与庸夫为伍,也只能退而化为庸猫。既为庸猫,自然要去捕鼠。我终于决定,从此开始捕鼠。

听说日本和俄国正打大仗。我是日本猫,自然偏袒日本,甚至想要组织一支猫兵混成旅,去挠死那些俄国兵。我是如此精力旺盛,只要想捉那么一两只,躺着睡觉也能手到擒来。从前有人问一著名禅师:"如何才能悟道?"据说禅师的回答竟是:"如猫盯鼠一样。"猫盯老鼠,意思是说,只要全神贯注,便不会落空。虽有"女子无才便是德"的谚语,但还没有"猫儿无才便捕鼠"的格言。由此可见,即使我如何贤明,也没有理由不去捕鼠,岂止如此,就连逮不着老鼠也毫无道理。过去一直捉不到,是因为不想去捉呢!

春日如昨,渐渐西沉。晚风习习,带来落英缤纷,从厨房拉门的破洞中飘飞进来,浮在桶里的水面之上,在厨房昏暗的灯光之中,闪着白色的光。我决心在今夜立下赫赫战功,让全家上下大吃一惊。先必须巡视战场,摸清地形。战线当然不能拉得太长,这是间没铺地板的房间,大约可铺上四张榻榻米吧。将其中一块一分为二,则一半是水池,一半用于和酒店、蔬菜店伙计们谈生意。炉灶倒是极其奢华,与贫家厨房很不相称,铜制水壶闪闪发亮。后边与壁板之间留出的二尺之处,是我放鲍鱼的地方。挨近饭厅的六尺之地置一柜橱,装些碗碟之类,本来就很窄的厨房变得更窄更小。旁边伸出一个与它差不多高的毫无遮拦的架子,架子下边一个擂钵口朝上放着,擂钵里一只小桶,桶底正对着我。在并排挂着礤床儿和擂槌的旁边,竟是一只灭火罐子孤零零地摆在那里。熏得漆黑的椽子交叉之处的正中,悬了根活动吊钩，挂了一只平底大筐。筐不住地随风摇曳，落落大方地晃来荡去。这只筐为何要一直吊在那里，刚来此家时，完全闹不清楚。可直到有一天，才终于搞清这是为了让猫爪够不着，特意用来放置食物的。于是不胜痛心：人类是何等心术不正！

接下来是制订作战计划。在哪里与老鼠展开战斗？当然要在老鼠经常出没之处。无论地形如何于我有利，只我单枪匹马地守候，便完全无法作战。于是，很有必要研究研究老鼠的洞口。老鼠会从哪个方向蹿出来呢？我站在厨房中央环顾四方，俨然东乡大将①一般。

女仆去了浴池，还没回来。孩子们早已睡熟。主人去芋坂吃完团子回来，照样躲进了书房。女主人呢？不知她在干些什么，大约在打瞌睡，做着山芋的梦吧。不时有人力车从门前跑过，车过之后更加万籁俱寂，无论我的决心，还是我的意志；也无论是厨房的景象，还是四周的冷寂，都无不透出一种悲壮之感来，怎么看都觉得自己便是猫中之东乡大将。进入这种境界，谁都会于恐怖之中觉出一份愉悦之情的。而我却发现，这愉悦深处，还存在着一大隐忧。

与鼠为战，决心已定，来多少只老鼠都不觉得害怕的。然而，如果没看清楚老鼠的进攻方向，那就比较麻烦一点。综合周密观察取得的资料，鼠贼的逃离路线共有三条。彼等若是沟鼠，定然沿了陶管经水池，再转到炉灶的后边去。此时，我便藏进灭火罐之后，断其退路。或许它还会经水沟，从浴盆放水的白灰洞口出来，经澡堂迂回，出其不意地钻进厨房。如此，则可在锅盖之上抢占有利地形，老鼠一旦出现，便可从天而降，一把抓住。然后，再环顾一下四周，见柜橱右下角处已被咬成半月形状，不禁怀疑此处便是老鼠便于出入之处。凑近鼻子一闻，一股鼠味。如果老鼠从这儿呐喊而出，我便以柱为盾，放它过去，再从旁边伸爪过去。

---

① 东乡大将：指东乡平八郎（1848—1934），日本海军军人，萨摩人。日俄战争时任日本联合舰队司令长官。

又一想，如果它自顶棚袭来，该怎么办呢？我抬头一望，上边吊尘漆黑一片，在灯光之中闪闪发光，宛如地狱倒悬一般，以我的身手，自然不能上下的。老鼠也不至于能从那么高的地方跳下来的，这里可以解除警戒。尽管如此，仍然担心会三面受敌。若从一个方向攻来，闭上一只眼睛也能击败它们。如果两路进攻，好歹也有自信将其击溃。但如果三路出击，即便如何寄期望于我这生来便该捕鼠的猫，我也无回天之力了。虽然如此，去向车夫家的阿黑之流求援，又会有损自己的威严。该怎么办？思来想去，绞尽脑汁，也想不出一条万全之策的时候，只有抛却顾虑，认定此等事件绝不会发生，才是放宽心思的捷径。而无从着手之事都权当不会发生即可。且看大千世界：昨日过门的新娘，说不定今日即已不在人世。而新郎却喜气洋洋，花好月圆、天长地久的，脸上哪有半点忧色？面无忧色，并不等于就不值得担忧，而是因为再怎么担忧，也毫无办法。在我，也毫无根据可以断言老鼠不会从三面进攻，而是认定不会如此，便能放心行事。万物皆需安心。我也需要无忧无虑。因此认定，三面进攻绝不可能。

尽管如此，还是有些放心不下，这是怎么了？想来想去终于明白，三条策略之中，孰为上策？对于这一问题，自己一直没有得出明确结论，当然烦闷不已了。敌出柜橱，我有对策；敌出澡堂，我有计谋；敌出水池，我有迎招。但从中定夺一条，可就有些棘手了。据说东乡大将就曾经为俄国的波罗的海舰队究竟会穿越对马海峡，还是会出现在津轻海峡，抑或绕过遥远的宗谷海峡而大大伤过脑筋。如今以自身处境设身处地一想，不难理解当时他左右为难的情形。我不仅整体像极了那东乡阁下，而且当此特殊境遇之下，竟也与他一样煞费苦心。

我正在埋头苦思，施展计谋，突然那扇破拉门开了，露出女仆的一张脸来。说她只露出一张脸来，并非说她没有手和脚，而是因为晚上其他部位看不大清，只有那张脸光彩照人，色调鲜明地映入我的眼帘。她那红红的脸蛋比平日更加红艳。她从澡堂子回来，许是昨日之事的缘故吧，顺手急忙把厨房门关了。

书房里主人在叫："把我那手杖放到我的枕边！"对于为何要把手杖点缀到枕边，我百思不得其解。许是他异想天开，想要扮那易水壮士一闻龙鸣虎吼之声吧！昨日山芋，今日手杖，明日若何？

夜色尚早，老鼠一时半会儿不会出现。大战之前，我需要休养生息。

主人家厨房里没有天窗，客厅的窗子之上凿开一尺来宽，以利冬夏通风，代替了天窗。裹着无情飞落的寒樱，一阵阵风倏然而来，令我大为吃惊。睁开眼来，朦胧月色已不知不觉投射进来，炉灶的影子婆娑在地板盖上。我担心自己是否睡过了头，连忙抖了几下耳朵，环顾室内动静，只有那只挂钟嘀嗒作响，寂静如昨。该是老鼠出洞的时候了，它会从哪里出现呢？

柜橱里响起一阵咯嗒咯嗒声，好像是在用爪子稳住碟子边，偷吃里面的东西。该从这里出来了！我缩成一团，守候在洞口边。但好像一直没有肯出来的迹象。一会儿，碟子的响声消失了。接着又好像抓住了一个大碗，笨重的声音嘎吱嘎吱响着，而且就在柜门近处，距我的鼻尖不到三寸。老鼠时而出出溜溜挪近洞口，但又很快退远，没一只露出头来。一层柜门之隔，敌人在那边耀武扬威，而我却不得不傻乎乎地守在洞口，真有遥遥无期之感。老鼠正在旅顺碗（湾）里举行盛大舞会呢。若是女仆能把柜门开条缝，让我能够钻进去该有多好，真是个缺心眼儿的乡下女人。

一会儿，炉灶背后，我那鲍鱼嘎吱嘎吱响了起来。竟然蹿到这里来了。我蹑手蹑脚，靠近前去，只见提桶之间，一条尾巴一闪，便藏入水池底下去了。过了一会儿，澡堂里传来漱口杯子咔嗒一下撞在洗脸盆上的声音。这回在我后边！我回过头去，只见一只半尺来长的家伙撞掉牙粉袋子，迅速逃到走廊里去了。"我让你逃！"我紧紧跟踪，跳了过去，但早已踪影全无。捕起鼠来远比想象中的要难。也许我本就先天不足，没有捕鼠的本领。

我转到浴池，敌人从柜橱逃出。在柜橱边警戒，它又爬出水池。

我追至厨房当中，老鼠便三方齐发，阵阵骚动起来。说它们狡猾也好，胆怯也罢，反正它们不是君子的敌手。我总有十五六次来回，东奔西突，劳神伤心，终于一次也未成功。真是遗憾！与此类小人为敌，任凭什么东乡大将，都会无计可施。开始之时，既有勇气，也有敌忾之心，甚至还有一种悲壮的崇高之美，但终于觉得麻烦、无聊、困倦与疲乏，于是蹲坐厨房当中，不再动弹。虽然没动，却依旧佯装眼观六路，以为敌等小人，不过尔尔。目标之敌，竟是如此卑鄙小人，那份战争即荣耀的感觉顿时消失殆尽，只剩下憎恶之念。憎恶一过，便大为泄气。泄气之后，便放任自流，反正做不好事；轻蔑之极，便又昏昏欲睡起来。经过一番折腾，终于困倦至极。我要睡了。尽管身在敌营，而休息亦必不可少。

从房檐下那横开着的天窗里，飞进一团飞雪似的樱花，我刚刚觉出疾风来袭，竟从柜橱门内飞出一个弹丸大小的物体，未及躲闪之间，一个黑影蹿到我的身后。没等我回过神来，它早已吊在我的尾巴上边。一切发生在转瞬之间。我毫无目的，机械似的跳起，拼尽全身之力，集中于毛孔，想要抖掉身上的怪物。那咬住我耳朵的一下子失了平衡，奈拉到了我的脸上，没想到那塑胶管子一样柔软的尾巴尖，竟落入我的口中。真乃天赐良机！看我不咬碎你！便咬住不放，左右乱晃，却只剩了尾巴尖儿留在我那门牙缝中，身子却一下摔到旧报纸糊着的墙壁之上，再反弹到了盖板之上。它刚要站起身来，我一下扑了过去。却如踢球一般，它一下掠过我的鼻尖，跳到架子边上，屈腿而立。它在上边俯视着我，我在地板之上仰望着它。相距五尺。月光如练，悬在空中，斜射进来。我前爪用力，勉强跳到架上去。但却只有前爪顺利搭在架子边上，后腿却还悬在空中，乱蹬一气。刚才咬在我尾巴上的那只依旧紧紧咬住，死也不肯松口似的。危在旦夕！我换了换前爪，想再往里面进去一点。但替换之间，由于尾巴负重，反倒越往后滑，再要滑出两三分，非掉下去不可的。

我越发危急万分了。只听得我咯吱咯吱挠那架子的声音。这样可不成，我正要替换左边前爪，却一下没有抓牢，只剩一只右爪挂在架子之上。身子再加上尾巴负重，我悬在那里，滴溜溜乱转。刚才还一动不动注视着我的那只小怪物，以为时机已到，便像块石子儿一样，直奔我的前额而来。我那前爪失去最后一缕希望，于是，三者团成一块，直切月光而下。架子下边搁板上的擂钵以及当中的小桶，还有果酱的空瓶儿，也共为一体，连带了下边的灭火罐儿一道，一半进了水缸，一半滚到地板之上。在这深更半夜里，响声非凡，令殊死搏斗的我都惊得魂飞魄散了。

"有贼！"主人拉开破锣嗓子，喊叫着，从卧房冲了出来。只见他一手提灯，一手拿杖，并没有睡眼惺忪，双目之中露出与他极相称的炯炯光芒。

我静静蹲踞鲍鱼旁边。两个怪物早已藏身柜橱之中。主人闲着无聊，明明没人，却怒气冲冲地问：

"怎么回事？是谁？那么大声！"

月亮西斜，那道银光，好像长长的信纸似的，变得又细又长。

六

暑热难当,即便是猫也经受不住了。听说英国有个叫锡德尼·史密斯①的,曾经叫苦不迭:"恨不能脱掉皮、褪掉肉,只剩骨头去乘凉!"我倒觉得,不到只剩骨头那一步也行,只要把我这身浅灰色斑纹的皮毛拿去浆洗一下,或者暂时存进当铺也好。

在人类看来,也许我等猫类一年到头面孔不改,一张皮发披过春夏秋冬四季,一生简简单单、太太平平、不花一文。尽管是猫,却也有寒暑感觉。偶尔也想去洗个澡什么的。但这身皮毛如果经水一洗,要想弄干可不容易,所以,只好忍着汗臭,长到这么大,还没进过澡堂子的门。

有时也不是不想摇摇扇子,但怎么抓住那玩意儿?真没办法!想到这些,便觉得人类奢华无度。本来可以生吃,却还特意去煮呀、烧呀,蘸上醋抹上酱的,画蛇添足之后,方才皆大欢喜。

衣服也是如此。似猫这般一年四季一穿到底,对于生来不够完美的人类而言,也许有点过分。但为何他们又要把那些五花八门的东西往身上胡穿乱套呢?他们受羊的恩惠,蒙蚕的关照,甚至还得到了棉田的恩赐,这里不妨断言:奢侈便是无能的结果。

吃饭穿衣,大可不必讲究,而这些与生存根本毫无直接的利害

---

① 锡德尼·史密斯(1771—1845),英国牧师、作家。

关系，他们却将它推向极致，这便令人费解。头发本是自然生长之物，所以，我认为任其蔓延，便至为简便，而且于人最为有利；而人们却费尽心思，弄出五花八门的发式来，扬扬自得。自称和尚的人，什么时候看他，总是头皮青青。天热时撑起阳伞，天冷时裹上头巾。如此，又何必弄得头皮发青？岂不白费工夫？尽管如此，却还有人用根锯条似的玩意儿，叫什么梳子的，将那头发左右平分开来，喜不自胜。如非平分，则三七而开，在那头盖骨上人为地划出两块区域来。还有人将那分界线延长越过旋儿，直露到脑后，活像一片伪造的芭蕉叶子。再就是，有的人将那头顶剃成一马平川，而左右两边则笔直向下。圆圆的头顶好像安了个方框，所以，一眼望去，便恍如花匠植入的杉树篱墙画一般。除此之外，听说还有五分头、三分头、一分头的。到头来，说不定还会流行起负一分头、负三分头之类的新奇发式来，往那脑袋里面挖进去一分三分的。总之，人们那般废寝忘食，不知在想些什么。首先，人本来有四条腿，却只用两条，真是奢侈！用四条腿儿走起路来多方便！却偏要只用两条，剩下一双活像别人送来的两条干的鳕鱼，悬在那里，真是荒唐！

由此可见，人要比猫更加清闲。无聊之极，才闹出这些恶作剧来。非常好笑的是，这帮闲人一聚到一起，逢人便讲："忙得很、忙得很哪！"而且还要露出一副真的很忙的神情。令人担心他们或许会活活忙死呢。他们中有人看到我，便会说："要跟这猫一样，该有多轻松！"要想轻松，便轻松就是了，没谁要求他们那么焦虑不安的。他们自寻烦恼，却又无从下手，于是便叫苦不迭，这就好比自己燃起熊熊大火，却又口口声声"热呀，热呀"一般。猫要是到了想出来二十多种发式的那一天，也注定不能如此逍遥自在的。若想轻松自在，就得跟我一样，学会在夏天也始终披着皮毛。虽说如此，但还是有些热。身披皮毛，实在热得难受。

这样，我的拿手好戏——午睡便睡不成了。

没有点什么新闻吗？我因为疏于观察人类社会，便想一睹那久已不见的人们异想天开、劳累奔波的风采,偏巧主人在这一点上,性情颇近似于猫。他的午睡,比我有过之而无不及,特别是进入暑假,凡人做的事一概不做,因此,再怎么观察,也毫无意义。此时,要是迷亭来,主人那胃弱性的皮肤还会有几分反应,能暂时远离猫性。正思量着迷亭若来,现在正好,却听得澡间里传来有人哗啦哗啦浇水的声音。浇水声外,还时不时传来在跟谁说话的声音:"唉,好啦!""太舒服啦!""再来一下!"诸如此类,声音响彻全宅。在主人家里,能够如此大声、如此放肆的,不会是别的什么人,肯定是迷亭。

迷亭终于驾临!今日这半天又好打发了。正在这么想着,迷亭已拭过汗,穿上衣,照例大摇大摆地走进客厅来。

"太太!苦沙弥在做什么哪?"他大声叫着,把帽子往榻榻米上一丢。

隔壁,女主人伏在针线盒边睡得正香,这突如其来的一阵哇啦哇啦声,震耳欲聋,她吓了一跳,使劲睁开尚未睡醒的眼睛,来到客厅。见是迷亭,一身萨摩产的高级麻布衫,大模大样地坐在那里,手里不住地摇着扇子。

"哎呀,您来啦!"女主人稍稍显出些狼狈来,"一点都不知道呢。"她寒暄着,连鼻尖上的汗珠都没擦一下。

"唉,刚到刚到!刚刚在澡间里让女仆给浇了点水,终于缓过气儿来!天儿真热!"

"这几天,坐着不动都冒汗呢。真是太热了。您还好吧?"女主人还是没擦鼻尖上的汗。

"还好,谢谢。那个什么,热点儿,倒也没咋样的。不过,这个热呀,可不一般!浑身没劲呢!"

"我向来没睡过午觉的,可这么一热,就……"

"就睡了吧?好哇!要是能白天睡晚上睡的,那真是再好不过的了。"

迷亭照例漫不经心地说着，却又觉得还不够似的，便说：

"像我这样儿的，便不想睡！天性如此呢。我每次来，苦沙弥都酣睡不醒的，真让人羡慕！尤其胃弱，这么热，哪支撑得住？就是健康的人，遇上今天这么热的天，两只肩膀扛个脑袋还觉得麻烦呢。虽说如此，既然扛着个脑袋，也不可能把它给揪下来的！"迷亭一反常态，不知如何处理这人头了。"像太太您呢，头顶上还顶了个东西，自然会坐不住的。光那发髻的分量，就会让你想要躺下睡觉的。"

他这么一说，女主人还以为迷亭知道她刚刚在睡觉，是因为发髻露出来让他看到了。"呵呵，嘴可真损！"她说着，摸了摸发髻。

迷亭可不在乎这些，却语出惊人：

"太太！昨天哪，我试过在房顶煎鸡蛋呢！"

"怎么煎的？"

"房瓦晒得火烫火烫的，我觉得浪费掉太可惜，便熔些黄油煎鸡蛋了。"

"哎哟！"

"不过，阳光似乎不尽如人意。连半生不熟都不容易煎成。便从上面下来，正看着报，有客人来了，便把这事儿给忘了。今天早晨忽然想起来，心想这下该煎得差不多了吧？于是跑上去一看……"

"怎么样了？"

"岂止没有半生不熟，全流走了。"

"你看你看！"女主人皱着眉头，感叹不已。

"不过，三伏天那么凉快，这几天却又这么热，真是不可思议呢。"

"也真是的，前些天穿件单衣还觉得很冷呢。前天开始一下子就热起来了。"

"是螃蟹就要横行的，但今年的天气却倒过来了。也许是在暗示：倒行逆施，其无止境乎？"

"你说什么？"

"噢,没什么。是说气候如此反常,倒像赫拉克利斯①的牛呢。"

迷亭得意忘形,越发说话奇怪起来。果然,女主人莫名其妙起来。但因为刚才那句"倒行逆施"吃了苦头,便只"呃?"了一声,没再问起。而她不问,迷亭特意讲那些也就毫无意义了。

"太太!赫拉克利斯的牛,你知道吗?"

"那种牛,不知道的。"

"原来不知道,那我给你讲讲?"

女主人没好意思拒绝,只得"嗳"地答应一声。

"从前,赫拉克利斯牵了一头牛。"

"那个什么赫拉克利斯是个放牛的?"

"不是不是。他既不是放牛的,也不是伊吕波②牛肉店的老板。那时候呀,在希腊还一家牛肉铺子都没有的。"

"哎呀,原来是希腊的故事?你倒直说了嘛!"希腊这个国名,女主人还是知道的。

"我不是说了赫拉克利斯的吗?"

"赫拉克利斯就是希腊吗?"

"这,赫拉克利斯是希腊的一位英雄。"

"难怪我不知道。那他怎么回事?"

"他呀,就跟太太您一样困得不行,呼呼大睡的。"

"哎呀,讨厌!"

"正睡呢,巴尔干③的儿子来了。"

"巴尔干是什么?"

"是个铁匠。他的儿子偷走了那头牛。因为他是拽着牛的尾巴往后拖的,赫拉克利斯醒来以后,便'牛啊,牛啊'地四处寻找,但就是找不到。当然找不到啦。就是顺着牛蹄印子去找,可那偷牛的不是

---

① 赫拉克利斯:希腊神话中的大力神,英雄。
② 伊吕波:当时东京的一家拥有众多分店的牛肉店,总店在芝三田四国町。
③ 巴尔干:希腊神话中掌管火与锻造的神。

牵着牛往前走,而是把牛倒着拉走的呀!铁匠的儿子做得真是天衣无缝!"迷亭已经把天气的话题抛到了脑后。

"我说,苦沙弥在做什么?还在睡午觉?午睡在中国人的诗歌里头,倒挺风雅的。但像苦沙弥这样每日按部就班,可就有些俗了。每天无所事事,一步步走向死亡似的。我说,你去把他叫醒吧。"

催促之下,女主人也表示同感:

"是啊,那样子真是不好办呢。不说别的,只怕会弄垮身子呢,才刚刚吃过饭的。"

女主人刚一起身,迷亭便说:

"太太!说起吃饭嘛,我还不曾吃过的呢!"迷亭满不在乎似的,别人没问,自己倒先张罗开了。

"哎呀,正是吃午饭的时候呢。我怎么就没想到。也没什么好吃的,那就吃点茶泡饭吧?"

"不,茶泡饭的话,就免了吧。"

"可你看看,终归没有合你口味的东西呀。"女主人挖苦道。迷亭突然想起什么似的:

"不,茶泡饭也好,开水泡饭也罢,一概不要了!刚才在来的路上,我已点了份饭菜来的,那就在这里享用吧!"他说的这些,外行人倒做不来的。

女主人只"啊"了一声。这一声"啊"中,惊讶、气愤、省却麻烦等等,兼而有之了。

此时,由于外边异乎寻常地吵闹,主人的睡意又被拽了回来似的,只见他摇摇晃晃地从书房走了出来。

"你这人爱吵吵嚷嚷的。我好不容易想要好好睡一觉来着。"主人哈欠连连,一脸的不高兴。

"哎呀,你醒啦?惊破春梦,抱歉抱歉!不过,偶一为之,无妨无妨。来,坐!"

这样一来,倒叫人难辨主客。主人默默落座,从拼花烟盒里抽出

一支"朝日"牌香烟,开始一口接一口吸起来。突然,他盯着迷亭那顶滚在对面的帽子,说:

"你买了帽子?"

迷亭立刻将帽子举到男女主人面前,炫耀起来:

"怎么样?"

"呀,好漂亮!织得这么细,这么软!"女主人不停地来回摩挲着。

"太太!这顶帽子可是宝贝啊!很听话的。"迷亭说着,握了拳头,啪的一声打在巴拿马草帽的侧面。果然,草帽随心所欲,瘪下去拳头大小一个坑。

"呃?"女主人惊叫一声。说时迟那时快,迷亭又把拳头往帽子背面一拳,那坑儿立时又鼓了起来。接着,他又双手扯住帽檐,往两边用力压扁。压扁了的草帽像擀面杖压过的荞面饼似的,平平坦坦。然后从一边像卷草席一样将它卷起。

"怎么样?就这样。"说着,将卷好的草帽塞进怀里。

"真是不可思议!"女主人仿佛看归天斋正一①变戏法似的,感慨不已。

迷亭也好像深有同感似的,特意把从右边塞进怀里的草帽从左边袖口掏了出来。

"哪儿也没坏。"边说着,边把草帽恢复原状。他用食指指尖顶住帽顶,把草帽滴溜溜转起来。还以为他就此罢休了,却见他又将草帽砰地一下扔到身后,一屁股摔坐在上面。

"喂!没事吗?"连主人都担心起来。女主人更是担心地警告:

"好容易买顶这么好的帽子,弄坏了可就不好了!不要胡闹了吧!"

---

① 归天斋正一:生卒年不详。日本魔术师,本名波济菊太郎,明治初年赴欧洲,曾将西方魔术介绍到日本。

只有帽子的主人心满意足。

"你看，又弄它不坏，真是神奇呢！"说着，他把皱皱巴巴的帽子从屁股下边扯出来，直接就往头上一戴，不可思议的是，它竟立刻恢复了原状。

"这帽子，真是结实呢。怎么回事？"女主人越发赞叹不已。

"哪里，没什么的，原本就是这种帽子的嘛！"迷亭就那么戴着那顶帽子，回答道。

"你也买那么一顶帽子吧。"过了一会儿，女主人开始劝丈夫说。

"可是，苦沙弥他不是有一顶漂亮草帽吗？"

"可你听我说呀，前些天孩子把它踩坏了呢。"

"哎呀，真是可惜！"

"因此，想买一顶结实一点的，跟你那顶一样！"女主人不知道巴拿马草帽的价钱，只一个劲儿地劝着丈夫：

"就买这样的！我说，行不？"

这时，迷亭又从右边袖兜里掏出一个用红色盒子装着的一把剪刀，给女主人看。

"太太，别管帽子啦。看看这把剪刀吧。这也是一样很宝贝的东西，有十四种用途呢！"

如果没有这把剪刀，主人肯定会因为巴拿马草帽的问题受到妻子的责骂。而女主人具有女人天性独有的好奇心，才使主人免去了一场灾难。我看得出来，与其说这是因为迷亭的机灵，倒不如说这纯属侥幸。

"这把剪刀有十四种用途？怎么用法？"女主人话音未落，迷亭便扬扬得意起来：

"现在我一一说来，你好好听着。你看，这里有个月牙形的缺口，把烟卷搁上去，扑哧一声就能出个口儿。再看这刀根上有些细工吧？可以用它咔嚓咔嚓地剪铁丝。把它弄平放在纸上，可以当规尺来用。刀刃背面有刻度，可以当尺子来用。这边面上有锉，可以磨指甲。看清楚了吧，把这个尖儿插进螺丝口，嘎吱嘎吱一转，抵上一把钉锤。插进去再一撬，那些钉好的木箱盖儿，轻而易举地就能撬开。再请看看，这个刀尖可以当锥子来用。这里可以把写错的字削掉。拆开来，就是一把刀。最后，我说，太太，这最后啊，可是真有趣儿。你看这里，有个苍蝇般大小的球儿吧？你来看看。"

"不，又该拿人开心了。"

"那么不相信别人，可不成呢。就当被人骗上一回，你来看看里边。呃？不乐意？只看一眼就行。"说着，把剪刀递给女主人。

女主人犹豫着接过剪刀，眼睛贴在那苍蝇眼珠处瞄着看。

"怎么样？"

"一片漆黑呢！"

"漆黑不行的！再往拉门这边看看！对，把剪刀拿正。对对对，看见了？"

"哎呀，是照片呀！怎么把这么张小照片儿给贴上去的？"

"妙就妙在这里呢。"

女主人跟迷亭你一言我一语的，主人始终不吱一声，这时，似乎突然想要看那照片似的：

"喂！让我也看看！"

女主人却始终将那剪刀贴在脸上："真漂亮！还有裸体美人儿呢！"口中说着，就是不肯松手。

"喂！我说，给我看看！"

"等一下嘛！好漂亮的头发！都到腰那里了。稍稍仰着，这女人，个儿可真高！不过，可是个美人儿哟。"

"喂，叫你给我看看！看差不多就行啦！给我看看！"主人焦急难耐，呵斥起女主人来。

"啊，让您久等了。就请多看几眼吧！"

女主人将剪刀递给主人，这时，女仆从厨房过来，说客人订好的饭菜到了。说着,将那两屉荞麦面条端进客厅来。

"太太!这可是我自己掏钱的美餐。对不起,我就在这儿把它大口吃下吧!"迷亭郑重其事地说道。

他这样半真半假的,弄得女主人无以应对,只轻轻说:"噢,请!"便看着他吃。

主人终于眼睛离开照片,说道:

"喂,这大热的天,吃荞麦面可不好哟!"

"嗨!没事!爱吃的东西,不会坏事的。"说着,揭开笼屉盖儿。

"真是好面!这荞麦面条要是坨了,就跟太蠢一个道理,没指望的!"说着,将作料放进浇汁里,胡乱搅上几下。

"你放那么多山崳菜,很辣的!"主人担心地提醒他。

"荞麦面嘛,就是蘸山崳菜跟浇汁来吃嘛!你不爱吃荞麦面条的吧?"

"我爱吃面条。"

"面条是马夫吃的。再没有比不知荞麦面味为何物的人更可怜的了。"说着,把那杉木筷子随手插入笼屉里,尽量夹多一些,挑起二寸来高,说:

"太太!吃荞麦面条也有各种讲究的呢。初吃者往往乱蘸些浇汁,放到嘴里吧唧吧唧地嚼着。那样,哪还有荞麦面的味道!非得这样一筷子挑起来吃的!"说着,他一举筷,长长的面条随之升起一尺多高。刚想说声:"算了吧!"可往下一瞧,都只剩十二三根面条的尾巴留在笼屉底部,正与那蒸笼篦儿缠绵不已呢。

"可真够长的!怎么样,太太!你看这长度!"迷亭又找女主人说话。

"是够长的。"女主人显出十分钦佩的神情答道。

"把这根长面条的三分之一蘸上浇汁,再一口气吃下去。不能嚼,一嚼,就没有荞麦面的味了。呼啦啦一下滑进去,那才有品位呢。"

他毅然决然，高高举起筷子，荞麦面条好歹离开了笼屉。再用筷子将它一点点放入左手拿着的碗里，尾部渐渐沾上了浇汁。根据阿基米德①原理，荞麦面放进多少分量，浇汁便涨起多少。而碗中本已装了八分浇汁，迷亭筷子上的面条尚未放进四分之一，碗里的浇汁便已满了。他举着筷子在离碗五寸之处突然停下，好久没有动弹。不动也在情理之中，再放进去一点，浇汁便会溢满出来。至此，迷亭也稍显出些踌躇来。但他立刻便动如脱兔，将嘴凑近筷子。转瞬之间，只听得呼噜呼噜一阵声响，喉头硬是上下一动，筷头上的荞麦面条便一下无影无踪了。再看迷亭，那眼角淌下一两滴清泪来，朝面颊流去。山嵛菜使然？还是囫囵吞下太快、太费劲的缘故？一时难以判定。

　　"佩服佩服！竟然可以一口吞下。"主人钦佩不已。

　　"真精彩！"女主人在为他的绝招赞不绝口。

　　迷亭却一言不发，放下筷子，拍几下胸脯：

　　"太太！这样一笼大约三口半至四口即可下肚。再多出一点点便索然寡味的。"说完，用手绢擦擦嘴，喘过一口气来。

　　正在这时，不知为何，天这么热，寒月却无端受累，戴了顶棉帽，脚底尘土飞扬地跑了进来。

　　"哎呀！美男驾到！我刚刚举筷，失礼失礼！"迷亭在众人环坐之中，毫不脸红地将那剩下的笼屉荞麦面吃得精光。这回却没有像刚才那样吃法惊人，也没有像刚才那样毫不体面地以手绢拭嘴，中途歇气。连吃两笼屉荞麦面条，真可谓淋漓尽致。

　　"寒月，博士论文已经脱稿了？"主人话未落音，迷亭紧跟着说：

　　"金田小姐望穿秋水，快些交卷吧！"

　　寒月照例露出那古怪的笑容："真是罪过！我也想早些交稿，好让她放心。可问题总归是问题，要费很多心血研究的。"问者无心，

---

① 阿基米德（公元前287—前212），古希腊学者，曾发现杠杆原理和阿基米德定律。

听者却认起真来。

"对,问题总归是问题,也不能鼻子说什么便是什么的。何况那只鼻子,很值得仰其鼻息呢!"迷亭也以寒月的口吻说。比较认真的要算主人:

"你那论文题目是什么?"

"《紫外线之于青蛙眼球电动作用的影响》。"

"出手不凡!不愧是寒月!青蛙的眼球,题材新颖!如何?苦沙弥兄!要不,在论文脱稿以前,先把论文题目报到金田府上?"主人却并不搭理,只问寒月:

"我说,这项研究,很辛苦吧?"

"对。问题非常复杂。首先,青蛙眼球晶状结构便不那么简单。因此,需做不少的实验。我想先做一个玻璃球,然后再行研究。"

"玻璃球?去到玻璃店一下便完事了嘛!"

"哪里哪里!"寒月耸了耸肩。

"本来,圆呀,直线呀,这些都是些几何学的东西。符合其本身定义之理想圆或直线,现实世界里是不存在的。"

"既不存在,何不放弃?"迷亭插嘴。

"所以我想先做好一个方便做实验的玻璃球。前些天已经着手做了。"

"做成了?"主人问得倒是轻松。

"哪能就做成了的?"寒月说完,却又觉得有些前后矛盾似的,便说:"真是很难呢。一点点地磨过之后,觉得这边的半径长了些,便稍稍磨去一点。哎呀,不得了!这回那边又长了。辛辛苦苦磨去一点,却整个变成了一个椭圆形。好不容易把这椭圆给正过来,直径又出了问题。开始还有苹果那么大,却越磨越小,小得跟草莓似的。继续坚持往下磨,磨得只有黄豆那么小。即便如此,还磨不成完全的圆。我专心致志地磨,从今年正月起,已经大大小小磨坏了六个玻璃球呢。"寒月喋喋不休,叫人莫辨真假。

"那样磨法,到底在哪里磨呀?"

"还是在学校的实验室里呢。早上开始磨起,午饭时再歇一会儿,然后再磨到天黑。很不轻松的!"

"那么,你近来总说忙啊忙的,每天,就连星期天也往学校里跑,就是去磨那玻璃球啊?"

"一点不差!眼下,起早贪黑地净顾磨球儿呢。"

"正所谓'化作磨球博士混将进来'①,不过若那鼻子夫人知你这般专心,再怎么样,也会重视你的吧?说真的,前天我有事去图书馆回来,刚要出那大门,偶然碰到老梅。他都毕业了还跑哪门子的图书馆,我很是觉得不可思议,便说:'这么用功,真是令人钦佩!'而他却做个怪脸,说:'哪里,我不是来看书的。刚才路过门前,想要小解,才顺便进来方便方便。'遂大笑不止。老梅和你,恰是相反的范例,很想收进新编《蒙求》②里去呢!"迷亭照例加上冗长的说明。

主人稍稍认真起来,问:"你这样只成天磨球的,倒也没啥。不过,你打算何时磨完呀?"

"照眼下来看,要磨上十年吧!"寒月似乎比主人更要从容不迫。

"要十年?再快一点磨成才好呢!"

"十年还算快的。或许要二十年也说不定呢。"

"真够麻烦的!看来,博士不是那么容易便做得成的喽。"

"对,我想早一天磨成,好叫金田小姐放心。可不管怎样,不把玻璃球磨好,那至关重要的实验便无从谈起的。"寒月稍做停顿,得意非凡地说,"哪里,不必那么担心。我专心磨球一事,金田小姐也全知道的。实际上,两三天前去的时候,已经把情况都向她讲清。"

---

① 化作磨球博士混将进来:仿近松半二等人创作的净琉璃剧《本朝二十四孝》第四场中的台词:"化作种花人混将进来。"

② 《蒙求》:中国唐朝李瀚所著。

这时,一直在旁边莫名其妙地听着三人谈话的女主人满脸疑云地问道:

"可,金田小姐不是从上个月就全家出动,去了大矶①吗?"

寒月无言以对,便装起糊涂来:

"真是怪了。怎么回事?"

每当此时,迷亭便充分派上了用场。无论谈话中断,还是羞于启齿之时,也无论是困倦不堪或是一筹莫展之时,他都会从旁杀将出来。

"上个月去了大矶,两三天前却在东京碰到,神秘得可以!所谓心有灵犀一点通呢!害相思之苦时,常常出现这种现象。听来如在梦中一般。而尽管是梦,却比现实更为真切。似太太这样,嫁给苦沙弥这种既不恋你也不为你所恋的人,终其一生,也未必了解爱为何物。有此疑问,也很自然。"

"哟,你说这话,有什么根据?太看不起人了。"女主人半路中出其不意地杀向迷亭。

"你不也没患过相思病吗?"主人正面出手,助夫人一臂之力。

"唉,我的风流韵事嘛,再多,也都成了陈芝麻烂谷子,在你们那记忆中呀,恐怕早已荡然无存了呢。说实在的,这其实是失恋的结果,都这么大年纪了,还过着单身汉的生活。"说着,迷亭一一审视过每一张脸。

"嘿嘿!真有趣儿!"女主人说。

"又耍弄人呢!"主人望向庭园。

只有寒月依旧眯眯笑着:"为将来计,愿一闻先生旧日罗曼艳史!"

"我的也极神秘,先说向已故的小泉八云②,他定会大为喝彩

---

① 大矶:日本明治时期最早的海水浴场,位于神奈川县中部,临相模湾。
② 小泉八云(1850—1904),文学家,本名Lafcadio Hearn,原系英国人,生于希腊,1890年赴日。

的。遗憾的是先生已经长眠。本来,我已不愿再提这些,既蒙美意,我就一吐为快了!但有个条件,希望各位仔细听完。"一再叮嘱之后,他这才进入正题。

"回顾起来,距今……这个,多少年前来着?懒得想它啦,就十五六年前吧!"

"开玩笑!"主人嗤之以鼻。

"记性太差!"女主人嘲笑一声。

只有寒月规规矩矩,一言不发,一副急切想要知道下文的神情。

"好像是某年冬天吧!我在越后国的一个地方,经蒲原郡的笋谷,至蛸壶岭,快出会津境内的地方。"

"真是奇怪的地方。"主人又在打岔。

"安静点儿听!很有意思呢。"女主人制止道。

"这时,天也黑了下来,路又不熟,肚子又饿,没办法,只好去敲山腰一户人家的门,如此如此这般这般地说完情况,便请求借住一宿。随着一声'这事不难,快快请进'发现举着蜡烛照向我的,竟是一张姑娘的脸,我顿时发起颤来。此时,我才真真切切体会到恋爱这个怪物的魔力。"

"哎呀,那半山腰里,还会有美人儿?"

"高山也好,大海也罢,太太,我真想让你见识见识那位姑娘。那头上高雅的岛田发髻哟!"

"呃?"女主人听得出了神。

"进屋一瞧,八铺席大房间当中,横着一个地炉,地炉周围,就坐着姑娘、姑娘的爷爷、奶奶和我,共四个人。他们问:'大概饿了吧?'我就恳求说:'什么都行,请给我些吃的吧!'于是,只听得老爷爷讲:'贵客临门,就做点蛇饭吧!'下边要进入失恋的内容了,得注意细听呢。"

"先生,我们会注意细听的。不过,那是越后国,冬天未必有蛇吧?"

"问得好!不过,这么富有诗意的故事,就不该拘泥于是否合乎道理。镜花①的小说里,还有雪中螃蟹呢。"

寒月只说声:"的确!"重又回到洗耳恭听的状态。

"当时,我呀,是个专爱吃古怪东西的头儿。什么蚂蚱、蜓蚰、哈什蚂,等等等等,我正好都已吃腻,吃吃蛇饭,倒是别有风味。于是便回答:'那我就不客气啦,就吃蛇饭吧!'于是,老人把锅架到地炉上,放些大米进去,咕嘟咕嘟地煮起来了。让人不可思议的是,那锅盖上竟有大大小小十个洞眼儿,从那洞眼儿里呼呼地直冒热气。真是精心之作!在这穷乡僻壤里,真让人佩服不已!正感叹之中,老人突然起身,不知去了什么地方。不一会儿工夫,腋下夹个大竹筐回来了。他把那竹筐随手搁在炉边。我抬眼往里边一看,有了!长长的,因为怕冷,盘绕成一团,一动不动呢。"

"别说这个了,恶心!"女主人直皱眉头。

"哎呀,这正是造成我失恋的最大原因,不能不说的。不大工夫,老人便左手提了锅盖,右手将那一团长长的家伙随手抓起,迅速丢进锅里,马上盖上锅盖。别看我,当时都给吓得喘不过气儿来了呢。"

"快别讲了。真恶心呢。"女主人始终害怕。

"马上要失恋了,再忍一下。于是,还不到分把钟的工夫,锅盖的洞眼儿里突然钻出个镰刀形脖子来,把我吓了一大跳。哎呀,怎么出来了?这时,旁边洞眼儿里也突然冒出个蛇头来。这边出,那边冒的,终于,锅盖之上,一片蛇头了!"

"为什么,竟那样钻法?"

"锅里太热,迫不得已便想钻出去呢!不多会儿,老人说句:'好了,快拉!'老奶奶说声'好',姑娘答声'嗳',于是,分头

---

① 镜花:指泉镜花(1873—1939),日本小说家,原名镜太郎,石川县人。此处提到的小说指《银短册》。

抓那蛇头，使劲一拉。这样一来，蛇肉留在了锅里，只有蛇骨完整脱出，将那蛇头拉出，骨架长长的，真是有趣！"

"他这是去蛇骨吧？"寒月笑问。

"对，去蛇骨！真是巧妙！然后揭开锅盖，用勺儿将米饭跟蛇肉胡乱一搅，好啦，开饭！"

"你吃了？"主人冷冷问道。女主人则哭丧着脸，抱怨不已：

"别讲了别讲了。恶心死了！哪还吃得下饭！"

"太太是没吃过蛇饭，才这么说呢。吃一回试试，那味道呀，终生难忘呢！"

"嗨，别提了，谁吃那玩意儿！"

"于是，我饱餐一顿，既忘记了寒冷，又能无拘无束地欣赏姑娘的花容月貌，此生无憾矣。这时，对方说声'晚安'，加之自己旅途劳累，便客随主便，只好对不起啦。我一头倒下，昏昏沉沉睡过去了。"

"后来呢？"这回，女主人催起来了。

"第二天早上，一觉醒来，便失了恋。"

"怎么回事？"

"噢，倒也没怎么。那天早上起床，我抽着烟，往那窗外一看，只见对面引水筒边，有个秃子正在洗脸。"

"是老头儿，还是那老太太？"主人问。

"这个嘛，一开始没看得清。看了一会儿，那秃子扭过头来，我不禁大吃了一惊，原来却是昨晚我初恋美人！"

"可，你刚才不是说，那姑娘挽着岛田发髻吗？"

"先天晚上是岛田发髻呀，多漂亮的岛田发髻！可到了第二天早晨，竟然是个秃子。"

"又拿人开心了！"主人照例将视线移向天棚。

"我也深觉意外，内心稍稍害怕起来。但还是远远观察着，只见她洗完了脸，然后拿起放在旁边石头上的岛田发套漫不经心地戴到头上,若无其事地走进屋来。我恍然大悟,到了恍然大悟时,方知已经失恋,从此,沦为命途多舛之人。"

"世上竟有如此无聊的失恋!我说寒月!正唯如此,他才虽失恋却能如此兴高采烈、精力充沛呢!"主人望着寒月,评价着迷亭的失恋。

而寒月却说:"不过,如果那位姑娘不是秃子,欢天喜地将她带到东京来,先生说不定会更加神采飞扬的。总之,难得的好姑娘,却是个秃子,真是千古之恨呢!可是,那么年纪轻轻的,怎么会脱光了头发呢?"

"我也为此事反复琢磨过,肯定是蛇饭吃得太多的缘故吧。蛇饭这玩意儿可上火呢!"

"可是,看你,哪儿也没事,挺好的呢。"

"我没有秃头,真是谢天谢地。可是你看,从那以后我便成了近视眼。"说着,取下金边眼镜,用手绢小心擦拭着。片刻,主人好像突然想起什么似的,为明确起见,便问:

"究竟有何神秘可言?"

"那假发套是从哪里买来的,还是从哪里捡来的?这一点我一直百思不得其解呢。这便神秘!"迷亭说完,复又将眼镜架回鼻梁。

"好像听了段说书呢!"女主人评论说。

迷亭的胡说八道,至此便告一段落。还以为他会就此罢休,万没想到,不,看来他是那种不堵他的嘴,便不会甘于沉默的人。他又侃侃而谈,独抒己见起来:

"我的失恋,也是一段痛苦经历。但是,假如当时全然不知,把那秃子娶了回来,终究会不痛快一辈子的。不好好考虑,便危险万分呢!结婚这事儿,一到关键时刻,便会在意外之处发现隐藏着的瑕疵的。因此,寒月啊,不要那么朝思暮想、心灰意懒地跟自己过不去,还是谨慎从事,仔细磨那玻璃球儿吧。"

寒月故作为难地说:

"是的，我想尽量只磨玻璃球。可对方不让，真是不好对付呢。"

"是啊，你那是对方兴风作浪。但中间也有滑稽的。那位跑进图书馆撒尿的老梅，才真是奇特呢。"

"他干什么了？"主人一下子来了精神。

"哎呀，是这么回事。他从前曾经在静冈县的东西馆住过一回的。就那么一晚呀。当天晚上便向那里的一位女仆求起婚来。我这人算得上马马虎虎的了，可也没到他那种程度呀。不过那时候，那旅馆里有个远近闻名的美女叫阿夏。到老梅房间来的，恰好是她。这便合情合理了。"

"岂止合情合理！这跟你那个什么岭的有什么两样？"

"有些像呢。说实在的，我与那老梅，大同小异的。总之，老梅向那阿夏求婚，不等回话，却又想吃西瓜了呢。"

"你说什么？"

主人觉得莫名其妙。不仅主人，连女主人跟那寒月，也都不约而同地侧首而思起来。迷亭却不管不顾，只顾继续喋喋不休地讲着：

"他叫来阿夏，问静冈可有西瓜？阿夏说，静冈嘛，西瓜还是有的。说着，便端了一盘的西瓜进来，老梅便开吃了。将一盘子西瓜一扫而光之后，便一直等待阿夏的回复。等着等着，肚子开始痛起来。他便哼哼大叫，可一点都不灵，只好又叫来阿夏，问静冈可有医生？阿夏又说，静冈嘛，医生还是有的。于是，带了一个叫什么多克特尔的医生进来。这名字好像从那天地玄黄的《千字文》里偷来似的。第二天早晨，谢天谢地，肚子终于不痛了。出发前十五分钟，他叫来阿夏，问昨日求婚之事可有答复。阿夏笑着说，我们静冈嘛，有西瓜，也有医生，就是没有一夜娶成的新娘子！说完便拂袖而去，从那以后，老梅便跟我一样，陷入失恋的痛苦之中。除了解手，图书馆是绝对不去的。想来，女人真是罪孽深重！"

主人一反常态，竟接受了这一观点。

"真是如此呢！前几天读缪塞①的剧本，书中人物引用了这么一段罗马诗人的话：'轻于鸿毛的是尘埃，轻于尘埃的是清风，轻于清风的是女人，轻于女人的是虚无。'真是一针见血。女人啦，真是没办法的。"

主人竟就这一古怪问题虚张声势起来。而一旁洗耳恭听的女主人却不答应了：

"说什么女人轻了不好，男人重了也未必就是好事吧？"

"重？什么意思？"

"重，就是重呗！像你这样儿的。"

"我怎么重了？"

"难道不重吗？"

一场奇怪的讨论开始了。迷亭饶有兴致地听着。良久，他张口插话了：

"这么面红耳赤、互伤对方，便是夫妻关系的真实所在！总觉得过去的夫妻，一定是最没意思的。"

他说得模棱两可，闹不清是在讥笑奚落，还是在欣赏赞许。说到这里，本该适可而止，他却依然以他那特有的语调详细说出下面一段话来：

"据说古时候没哪个女人敢跟丈夫顶嘴。但若果然如此，那不等于娶了个哑巴做老婆？在我等看来，绝不会心满意足的。倒是真希望挨上刚才太太那样一顿训斥。'难道不重吗？'同样，娶了老婆，如果不隔三差五地吵上一回，定然会厌倦得发慌的！就拿我妈来说，在老爷子面前，就知道唯唯诺诺。老两口在一起过了二十年，除了参拜神社之外，再没出过远门，跨出大门一步，真是天可怜见！不过，多亏了这些，我全数记住了列祖列宗的戒名。关于男女交往也是如此。我小的时候，哪能像寒月这样，与意中之人合奏一曲呀，灵犀相通

---

① 缪塞（1810—1857），法国浪漫主义诗人。

186

呀，朦胧神会呀什么的。"

"可怜！"寒月低下头来。

"的确可怜呢！而且那时的女人，品性不一定就比现在的女人好。太太，近来盛传女学生堕落之类。这算什么，过去比这还严重呢！"

"是吗？"女主人很认真的样子。

"当然是呀！这可不是胡说。证据确凿，没办法的。苦沙弥呀，你也许还记得的，我们五六岁以前，还有把女孩像装茄子似的装到笼子里头，用扁担挑着四处叫卖的。对吧？"

"我可记不得有那些事。"

"你那家乡的情况我可不知道，静冈可确实是那样的。"

"竟有这等事的！"女主人小声说道。

"真的吗？"寒月觉得好像不是真的似的。

"是真的。我那老爷子就还过价呢。那时，我大概六岁吧。我跟他一起从油町散步去通町。只听得对面有人高喊：'卖女孩喽！卖女孩喽！'我们刚刚走到二号街的拐角处，在伊势源绸缎庄门口便碰到他。伊势源有十个门面，五个仓库，是静冈最大的绸缎庄。下次你去时，好好瞧瞧，至今仍然保存完好，好漂亮的房子呢。掌柜的叫甚兵卫。总是像三天前死了老娘似的，哭丧着脸，坐在那账房里。甚兵卫的身旁，还坐着一个二十四五岁的年轻伙计，名叫阿初。这小子面色发青，如同皈依了云照高僧①、三七二十一天光喝荞麦汤度日一般。阿初的身旁是阿长，好像昨天家里起火给赶出来了似的，愁眉苦脸地靠在算盘上。挨着阿长的……"

"你到底在讲那绸缎庄，还是在讲卖小孩的事？"

"对啦对啦，刚才是要讲贩卖人口的事来着。其实，伊势源绸缎庄也有很多趣闻的，只好割爱，今天只讲贩卖人口这一档子事吧！"

---

① 云照高僧（1827—1909），日本真言宗僧人，出云人。

"顺便,贩卖人口也别讲了!"

"哎呀,这对于二十世纪的今天和明治初年女子品格对比研究,可是大有参考价值的资料呢。怎么能随便不讲呢?……且说我和老爷子来到伊势源门前,那个人贩子见了他,便说:'老爷,这还剩下最后两个女孩,削价处理,您就买下吧!'说着,放下扁担,擦起汗来。一看筐里,只见前后两个筐里各装了一个两岁左右的女孩。老爷子问:'便宜些,倒可以买下。只剩这么一点?'人贩子说:'嗨!不巧今天都卖光了,就剩这两个了。两个都挺不错的,都买了吧。'人贩子说着,像拿茄子似的,把两个女孩举到老爷子眼前。老爷子嘭嘭地敲了几下女孩的头:'哈哈,声音挺响呢!'接着,终于开始讨价还价起来。狠狠压价之后,老爷子说:'买下可以。不过,货可地道?'人贩子说:'地道!前边这个我始终看在眼里,没问题的。挑在后边的那个,因为我没长后眼,往坏处想,也许有点毛病啥的。①这一个不敢保证,那就再让点价吧。'这一问一答,我至今仍记忆犹新。在我那幼小的心灵里就这么想呀,女人啦,可不能疏忽大意呢!然而,时值明治三十八年的今天,再也没人干这种蠢事,既看不到挑着女孩沿街叫卖,也听不到'稍不注意,挑在后边的女孩便不保险'之类的故事了。因此,我便断定,多亏了泰西文明,女子的品格才有如此大的提高。怎么样,寒月?"

寒月尚未回答,先文雅大方地清了清嗓子,然后故作镇静地低声述说起自己的看法:

"现代女孩,在上下学途中,在音乐会上、慈善会上抑或游园会上,往往都在自己拍卖自己:'买下我吧!''哎呀,不喜欢吗?'②所以,再无须雇那蔬菜店里头的商贩,'卖女孩喽!卖女孩

---

① 前边这个……毛病啥的:语出法国作家拉伯雷的作品《巨人传》之第十五章。
② "买下我吧!""哎呀,不喜欢吗?":日本明治时代文明开化过程中的浅薄风俗之一,女性以结婚为目的推销自己的说辞,这种强调女性独立的倾向,反倒使女性变得更加庸俗化了。

喽'地去做那种卑劣的寄售营生了。人的独立性一旦发展,自然便会如此。老年人总是喜欢杞人忧天,说三道四。而实际上,这是文明的发展趋势,是值得无上欣慰的好现象,大家都在暗暗表示庆贺之意呢!买主敲敲脑袋,询问货色是否地道,再无此类庸俗之徒,这一点让人一百个放心。而且,在这个纷繁复杂的社会里,手续还那么烦琐,便永无止境了。就是到了五六十岁也找不到丈夫、嫁不出门的呢!"

寒月不愧为二十世纪青年,大谈特谈当今时髦思潮,将那"敷岛"牌香烟的烟雾呼呼地喷到迷亭脸上。迷亭哪是"敷岛"烟所能呛倒的。

"所言极是!方今女生、小姐,其自尊自信之念,已渗入她们的骨肉甚至皮肤表层,处处不让须眉,实在钦佩之至。拿我家附近女校的学生来讲,可真是不简单呢!她们穿着窄袖和服,在那铁杠之上吊来挂去的,真是惊人!每当我从二楼窗口看她们表演体操时,不免追忆起古代希腊的女人来。"

"又是希腊!"主人冷笑似的随口说道。

"凡能产生美感的,大体源于希腊,有什么办法!美学家与希腊,终究难分难解!尤其看那位黑皮肤的女学生专心致志地做体操,我总要想起阿古娜蒂思的趣闻来。"迷亭一副博闻多识的样子,喋喋不休,口若悬河。

"又出来一个令人费解的名字!"寒月依然笑容可掬。

"阿古娜蒂思可是位了不得的女人呢!我实在是佩服之至。照当时雅典的法律,是禁止妇女做产婆的,多不方便呀。阿古娜蒂思自然也感到很不方便的。"

"什么?那个,呃,叫什么来着?"

"女人!女人的名字呢。这个女人仔细一想,总觉得女人不能当产婆实在可悲,极其不便。得想想办法当个产婆。她一连三天三夜拱手沉思:有什么办法可以做上产婆?正好,在第三日的拂晓,她听到隔壁家里婴儿的哇哇哭叫声，'啊，对了！'她豁然开朗起来。接着迅速剪掉头发，穿上男装，去听希罗菲勒斯讲课。她从头至尾听完了课，认为已经学得差不多了，于是开始做起产婆来。我说太太，当时真是生意兴隆呢！到处都有婴儿呱呱坠地，这些全由阿古娜蒂思接生，她因此发了大财。然而，世间万事，皆如塞翁失马，荣枯无常，祸不单行。秘密终于暴露，遂以破坏官府法令之罪，将她严加惩处。"

"好像听你说书了。"

"挺不错吧？可是，雅典的妇女们便联名请起愿来，官府又不敢简慢以待。于是贴出布告，当事人无罪释放，从此往后女子也可选择产婆职业。真是皆大欢喜。一场风波，终于平息。"

"你知道的可真多，令人佩服！"

"是的，差不多的事情，大体都知道的。不知道的，只有一些自己干过的蠢事了。不过，也知道一点。"

"呵呵，真有趣儿！"女主人说着往饭厅而去。女主人前脚才走，后脚便踏进来一个人，你道是谁？却原来是那位各位已经熟悉的越智东风。

只要东风到场，出入主人家里的怪人，虽然不敢说包罗万象，至少可以认为已经凑齐人数，足以解我无聊。如此尚不满足，未免要求过分。若是运气不佳，被饲养在了别人家里，说不定会落得个毕生不知人类中竟有如此人物而终我一生的下场。幸而成为苦沙弥先生门下之猫，朝夕侍候虎皮之前。先生自不待言，就连偌大个东京城里绝无仅有、以一当千的好汉迷亭、寒月乃至东风他们的举止言谈，我躺着就能欣赏所有这一切。于我而言，实乃三生有幸！多亏了他们，才使我在这炎热之天里忘却了皮毛裹身之苦，得以愉快地消磨半日时光，感激之至。既然大家聚首于此，便不会草草收场，定有好戏可看！我不禁从隔扇后边恭谨而观起来。

"久违久违，好久不见！"东风欠身问候。他的头发依然油亮光润。直挺挺穿着那身直撅撅的小仓和服裤裙,一副一本正经的样子,只会让人觉得他是虹原健吉①的徒弟。因此,东风的身体只有从肩头到腰部像正常人的。

"哎呀,这么热,稀客稀客。啊,径直到这边来!"迷亭像在自己家中一样,打着招呼。

"好久不见您了。"

"对对,好像还是在今年春天那次朗诵会上见过。朗诵会近来也还热闹吧?那以后还演过阿宫吗?真是不错!我使劲鼓过掌呢,你发现了没有?"

"是啊,蒙您捧场,我才勇气倍增,终于演到结束呢。"

"下次几时再演?"主人插嘴说。

"七、八两个月休息,想在九月份热热闹闹演它一次。有什么好主意?"

"对。"主人无精打采地回答。

"东风!可否演一下我的作品?"这时寒月插了进来。

"你的作品一定有趣。不过,到底是什么作品?"

"剧本哪!"寒月尽量充满自信,话一出口,果然,三人无不为他的气势所压倒,不约而同地把眼光注视到他的身上。

"剧本,太好了!喜剧,还是悲剧?"东风进一步问,寒月依旧沉稳不乱:

"这个,既非喜剧,亦非悲剧。近来呀,什么旧剧呀,新剧的,闹得不可开交!我也想了个新花样,写了一出俳剧来。"

"俳剧是什么剧?"

"就是俳句风格的戏剧,缩成两个字,俳剧也。"

主人跟迷亭也都听得入迷,等他往下讲。

"那么,请问风格何在?"问话人还是东风。

---

① 虹原健吉(1830—1894),日本著名剑客。

"因为源于俳句风格,怕太冗长令人生厌,便写成了独幕剧。"

"原来如此。"

"先说说道具准备吧,也是越简单越好。舞台中心设棵大的柳树,从树干往右横空伸出一枝,枝头上再安放乌鸦一只。"

"乌鸦得一动不动才行。"主人自言自语似的,显得不大放心。

"这很容易,用根线绳把乌鸦的腿绑在树枝之上。然后,在树下置一澡盆,盆里侧身坐一美人,做以毛巾搓澡状。"

"有些颓废派的味道。那得看谁来演那女人?"迷亭问道。

"嗨,这很简单!雇个美术学校的模特儿!"

"警视厅该会来找麻烦的。"主人又担心起来。

"不过,只要不是公演便没事的。若对这些还说三道四的,那学校里的裸体画写生课还怎么上?"

"可那是为了习画,可不同于供人观赏呢!"

"只要先生们一天这么讲,日本就会一天不会好的。绘画也好,戏剧也罢,都一样是艺术。"寒月气势凌人。

"好啦,别争了。接下来该怎么办?"东风说。好像要跃跃欲试似的,他急切想要了解剧情。

"这时,只见俳句诗人高滨虚子①手持文明杖,头顶防暑帽,身着薄绢外褂,脚登矮筒鞋,撩起萨摩碎花衣襟,这样一副装束,从剧场通道登台亮相。服装看上去像个陆军军需商。可是,因为他是个俳句诗人,所以必须尽可能把他那悠然自得、专心推敲诗句的神态表现出来。当他穿过通道,将要跨上舞台之时,忽然抬起他那推敲妙句的双目,看一眼前面,却是一棵大的柳树。柳荫之下,洁白如玉的美女正在沐浴,吃惊之余,抬眼朝上,只见修长的柳树枝头,有一乌鸦驻足,正在俯视美女出浴。于是,虚子先生诗兴大发而沉吟不已,这种表情约有五十秒钟的样子,然后朗声吟出:'美人沐浴忙,枝头呆鸦

---

① 高滨虚子(1874—1959),日本俳句诗人、小说家。

哪肯离！'以此为令，梆子声响，大幕落下。如何？这样风格，您可中意？我说东风，演那阿宫，莫若虚子呢！"

东风似乎还觉得有些美中不足似的，认真答道：

"好像有点不过瘾呢。最好再穿插些有人情味儿的情节。"

刚才一直老老实实的迷亭，可不是那种永远安于沉默的人。

"只这么点，俳剧也够呛的！按上田敏①的说法，认为所谓俳风、滑稽之类，都是消极的东西，是亡国之音。不愧是上田敏，人家说得多好！这种无聊玩意儿，你倒试试看，肯定要被上田笑话的。至少，戏剧、闹剧或其他什么剧，都是些消极的东西，谁又能懂？恕我失礼，寒月还是到实验室去磨玻璃球的好。俳剧嘛，你就是写它一百二百篇的，终究是亡国之音，没有用的！"

寒月心头火起："就有那么消极？我倒认为很积极的呢！"他开始为无关紧要的事辩解。"那虚子先生，他是认为'枝头呆鸦哪肯离'是抓了只乌鸦，再让它迷上那女人，这便很积极的了！"

"真是新的见解！还望详示！"

"从我这理学学士的角度来看，乌鸦迷上美女，有些不大合理呢。"

"此言极是！"

"而将这种不合理的东西信口说出，听来倒并不觉得不合理的。"

"是吗？"主人以怀疑的口气在一旁插嘴。而寒月却不予理睬。

"为什么听起来却觉得合理呢？这可以从心理学的角度加以说明。实际上，迷不迷上的，完全以诗人自身的感情而定，与乌鸦毫无牵扯的。然而，之所以觉得那乌鸦迷上了美女，并不是说乌鸦如何如何，归根结底是说自己已经看呆。虚子自己见了美女入浴，吃惊之下，从那一刻起便对她一直迷恋不已。是啊，自己迷恋不已，见那俯瞰中的枝头乌鸦，便错误地以为：'啊！那家伙也跟我一样，神魂颠倒了呢。'这显然是一种错觉。但也正是文学之为文学之处，而且是

---

① 上田敏（1874—1916），日本诗人、英法文学家。

积极的地方。把只属于自己意念之中的东西强加到乌鸦的头上而又佯装不知、若无其事，这不正是很积极的态度吗？如何，先生？"

"真是高论！若让虚子听到，定会吃惊不已的。你吹的倒是积极得很，只怕到了实际表演的那一天，观众许会变得消极起来的。对不，东风？"

"是啊，总觉得太过消极。"东风一本正经地说。

主人似乎想把谈话局面再展开一下。问道：

"我说东风，近日可有杰作？"

"哪里，还没有值得让您过目的东西呢。想过两天出本诗集，今天刚好把稿子给带来了，那就请多指教啦！"东风说着，从怀里取出个紫色绸布包来，从里面拿出一个有五六十页的稿本，放到主人跟前。主人煞有介事地说声"那就拜读了"，翻开第一页，现出两行字来：

　　孱弱可人儿，现世之中何处寻。
　　谨献给富子小姐。

主人流露出神秘的表情，盯着这一页，许久没有吱声。于是，迷亭便从旁边插了进来：

"什么呀？新体诗吧？"说着，瞧一眼诗稿，赞不绝口地："噢，献上了？东风啊，斩钉截铁，献给富子小姐，了不起！"

主人仍然觉得不可思议：

"我说东风啊，这个叫什么富子的，实有其人吗？"

"是的，就是此前邀请迷亭先生出席朗诵会时，同时邀请来的一位女士。就住在这附近的。实际上，本来是想给她看看诗集，顺便过来的，偏巧她上个月便去了大矶避暑，没在家。"东风一本正经地说。

"苦沙弥！都二十世纪啦，别那副嘴脸。快快朗读杰作！不过，东风呀，你这'献'法儿可不大高明。'孱弱'这个文雅词儿，究竟寓意何在？"

"我想，是表示'柔弱'和'弱不禁风'的词儿。"

"当然，也不是不可以这么理解。不过，这个词儿该是令人担心的意思呢。所以，要是我呀，绝不用的。"

"怎么写，才会更有诗意呢？"

"我就这样写：'孱弱可人儿，现世之中何处寻。谨献给富子小姐石榴裙下。'只须用上这几个字。而有没有'石榴裙下'这几个字，给人的感觉可大不一样哟。"

"的确！"东风本觉得难解，却故作明白状应对着。

主人默不作声，终于翻过一页，缓缓读起卷首之第一章来。

倦怠之中，我燃起熏香
袅袅轻烟中，有你的芳情
你我相思情深，随那烟云缭绕
啊，只有我啊，在这忧虑尘凡
曾经拥有，你那甜蜜热吻

"我可看不大懂呢。"主人叹息着将诗稿递给迷亭。

"稍显新颖过头了些。"迷亭说着递给寒月。

"不、不、不错！"寒月又将诗稿还给东风。

"先生，您不懂这首诗也不奇怪，因为比起十年前来，今日诗坛已是焕然一新。现在的诗，躺在床上或是在车站里头，毕竟难以读懂的。就连作者本人，若是有人问起，也常常穷于应对的。因为全凭灵感而作，此外不负任何责任。注释与训诂，全是学者们的事，和我们诗人毫无干系。不久前，我有个朋友叫'送籍'①的，写了个短篇叫《一夜》。谁看了都稀里糊涂的，不得要领，于是便去见那作者，询

---

① 送籍："漱石"的谐音说法。日文里"送籍"与"漱石"的读音相同。

问主题何在。答复却说,连他本人也不清楚,未加理睬。我想,这正是诗人的本色所在吧。"

"也许是个什么诗人。却也是个够怪气的家伙!"主人说。

"是个傻子!"迷亭干脆定了性。

东风觉得没有讲清,便又补充说:

"送籍这人呀,在我们大伙当中也是个例外呢。还是请诸位稍微费点心读读我的诗吧!这里要提请注意的是'忧虑尘凡'跟'甜蜜热吻',采取了对偶的写法,正是我煞费苦心之处。"

"看得出来,你费了一番苦心。"

"'甜蜜'与'忧虑'对照,就成了十七味辣椒粉①了,有趣有趣!这正是东风的独到之处,真是佩服之极!"老实人说话,迷亭便一直没完没了地插科打诨,以此为乐。

主人突然想起了什么似的,站起身来,去了书房。片刻,拿了一张纸片走了出来。

"东风的大作,诸位已经拜读,现在我来读段短文,还望诸位批评指正。"一副煞有介事的神情。

"若是天然居士的墓志铭,我可已是恭听过两三回了。"

"喂,你安静点儿!东风,这并非我的得意之作。余兴之作而已,还望一听。"

"一定洗耳恭听!"

"寒月你也顺便听听。"

"不是顺便也要听的。不是长篇大论吧?"

"仅仅六十几个字而已。"

苦沙弥先生终于开始念起他的心血杰作来。

"大和魂!"一声大喊,日本人发出肺痨病人般的咳嗽声。

---

① 十七味辣椒粉:十七个字的俳句与日本的七味辣椒粉合在一起的幽默说法。

"起句突兀！"寒月夸奖一声。

"大和魂！"报贩在喊。"大和魂！"扒手在喊。大和魂一跃而渡重洋，在英吉利做大和魂的演说，在德意志演大和魂的戏剧。

"果然胜过天然居士之作。"迷亭挺起胸膛。

东乡大将有大和魂，卖鱼的阿银有大和魂，骗子、拐子、杀人犯，亦有大和魂！

"先生，再添上一笔，我寒月也有大和魂。"

若有人问："何为大和魂？""大和魂便是大和魂呗！"遂拂袖而去。十米之外，传来一声"嗯哼！"

"这句真是绝妙！你很有文才呢。下一句呢？"

大和魂是三角形，还是四角形？大和魂顾名思义，魂也。正因为魂，便时常恍惚无定。

"先生，真有意思！只是，'大和魂'这词儿是不是用得多了点儿？"东风提醒道。
"赞成！"说这话的，自然是迷亭。

虽无人不念，却无人得见；虽无人闻之，而无人邂逅。大和魂，恐天狗之类矣！

主人读完，本以为会余韵连绵。但不愧为杰作。而太过精短，主题何在，则难于明了。三人皆以为尚有下文，便仍旧等着。可任你如何等待，主人却未加置否。最后寒月问：

"就这些？"

"嗯。"主人淡淡回答。那声"嗯"里，充满了轻松快活。

奇怪的是，对于这篇杰作，迷亭竟没有像平常那样胡说八道。过了一会儿，他却转过脸去问主人：

"你也把它收集成册，再谨献给某某，怎么样？"

主人若无其事一般："那就献给你吧。"

"你就饶了我吧！"迷亭说罢，拿起刚才向女主人吹嘘过的那把剪刀，咔嚓咔嚓地剪起指甲来。

寒月问东风："你认识那位金田小姐吗？"

"自从今年春天邀她参加朗诵会以后，相处便亲密些，那以后一直交往来着。一站到她面前，不知怎么，总有一种冲动感。吟诗作歌，都非常愉快，乘兴一挥而就。这本诗集中以爱情诗居多，我想可能就是从异性朋友那里得到的灵感所致吧。因此，我觉得应该对那位小姐诚恳地表示谢意。便打算借此机会，献上我的诗集。自古便有人认为，在女性之中没有亲密朋友的人，是写不出绝妙好诗的。"

"是吗？"寒月忍住笑回答。

无论是怎样的雄辩家聚会，都不会长久持续下去的。终于，谈话的兴致渐渐消退。我也没有义务终日倾听他们那千篇一律的闲聊。于是失陪，到院子里寻那螳螂去了。

夕阳从梧桐绿叶之间洒下斑斑点点的阳光，树干上边寒蝉在拼命嘶鸣。今夜说不定会有一场雨来。

七

　　我近来开始做运动了。于是便有人冷嘲热讽起来："一只小猫，还搞什么运动？真是自命不凡！"我倒要劝劝这些家伙，说这话的，几年前不还是不知运动为何物，只知将那吃吃睡睡奉为天职吗？他们应该记得，他们曾经口口声声"无事是贵人"，以袖手旁观，连坐垫都快坐穿却还不肯离席为达官之荣耀而扬扬自得。至于做做运动，饮些牛奶，洗洗冷水浴，嬉游海水，夏日里去山中避暑，权且少食人间烟火，诸如此类无聊要求，皆是近年由西方传染给锦绣大和的一种疾病，可与霍乱、肺病、神经衰弱等相提并论。而我去年才得以降生，今年才刚刚一周岁，便记不得人类染上此类疾病时的模样。而且，当时我肯定还没有卷入尘世风波，然而，猫活一岁，人活十年。我们的寿命要短过人类二至三倍，而短时间里，一只猫便发育得如此成熟，照此类推，将人增岁月与猫度星霜等量齐观，便大错而特错。至少，看看我才一岁零几个月，便如此见多识广，由此便知一斑。主人的三女儿，虚岁都三岁了吧？从知识发达来看，哎呀呀，真是太迟钝呢。除了哭鼻子、尿床、吃奶以外，啥也不懂。与我这愤世嫉俗的猫一比，简直太微不足道了。所以，我将那运动、海水浴以及转地疗养史一一藏于方寸深处，也就毫不足怪。若是有人惊讶于此类区区小事，他肯定是那还没长齐两条腿的笨蛋。

　　自古人类便是笨蛋。所以，直至今日才大肆宣扬运动的功用，喋喋不休于海水浴的益处，俨然一大发明一般。这点小事，我们在尚未出生之前即已了如指掌。首先，海水为什么能够治病？去到海边瞧瞧，自会一清二楚。我不知道辽阔的大海里有多少条鱼，但却知道没有一条鱼儿因为生病找过医生。它们体魄强健地遨游其间。若生起病来，身子自然不听使唤。一命呜呼则一定浮到海面。所以才把鱼死称为"浮"，鸟亡称为"落"，人类去世号称"涅槃"。不妨去问问那些留洋横渡过印度洋的人们，可曾见过鱼死时的情景？谁都会告诉你不曾见过的。自然应该如此回答。因为无论船来船往，鱼儿在那波涛之上停止呼吸——说成呼吸便不妥，鱼儿必须说成停止吞吐才对的，停止吞吐而浮在海面，谁都没见过这种情景。在那苍茫辽阔的大海之上，任你昼夜兼程、燃起火把、八方寻查，从古到今没一条鱼儿浮在水面。以此推断，轻而易举便可得出结论：鱼儿定是身强体壮呢。不待人言，自会明白。这很简单，立刻便懂。这完全是因为它吞波吐浪、始终进行海水浴的缘故。海水浴之于鱼儿，功效竟如此显著，则于人类亦必显著。一七五〇年，理查德·拉赛尔①便小题大做地打出广告来："跳进布赖顿②海水，百病不治自愈。"

　　大可笑他说得太迟太迟。虽然是猫，但只要时机一到，我们也要全体出动，直奔镰仓海岸的。但目前还不行。万物皆有时机。正如维新以前的日本人一般，至死不能受用海水浴的功效，今日之猫尚无机会裸身跃入大海。欲速则不达，像今天这样，被人往那筑地③一扔，都难以平安回家，便不能胡乱跳进大海的。遵照进化的规律，我们猫类的机能发展至对惊涛骇浪具有足够之抵抗力，换言之，在发展到人们不再说猫"死"，而普遍说猫"浮"以前，海水浴是万万不可的。

---

① 理查德·拉赛尔（？—1771），英国医生。
② 布赖顿：英国南部海滨城市，临英吉利海峡，英国最大的海水浴场。
③ 筑地：日本东京都中央区的町名。系填海而成，故名。当时，常有人在此将猫丢入海里或河中。

于是我决定,暂缓进行海水浴,姑且先做运动吧。时至二十世纪,不做运动,便犹如贫民一般,传出去不大好听。不做运动,忙乱不堪。正如过去嘲笑运动员是奴才一样,今天不运动者便被人视为下贱。世人之评,因时因地而异,同我的眼珠一般变化多端。我的眼珠不过时大时小而已,而人类的评骘却完全颠倒黑白。颠倒黑白倒也无妨,因为事物本来就有两面有两端。只须拍拍两端,令那黑白变化呈现于同一事物之上,正是随机应变之处。将"方寸"二字倒将过来,便成了"寸方",很是有趣。弯下腰来从胯下看"天桥立"①,定会别有洞天。莎士比亚也是如此,若是千秋万代只有一个,便很乏味。偶尔胯下欣赏一把《哈姆雷特》,说声"喂,我看也不咋的",若非如此,文坛便没有进步。所以,一味贬斥运动的人突然变得乐此不疲,就连女人也手持球拍走上街头,这些便毫不足怪。只要不再讥笑我们猫类做运动是"自命不凡"。

也许有人提出质疑来,猫类运动属哪种运动?这里先解释解释。众所周知,不幸得很,猫不能拿取任何器具,因此,无论球或球棒,皆困于用之无术。再是因为没钱,也就不可能去买。因了这两个原因,我所选择的运动,便属于分文不花、赤手空拳的那一种了。如此,许会有人以为我无非闲庭迈步,或是叼块金枪鱼片跑来跑去而已。但那只是按照力学原则活动四肢,顺从地心引力横行大地,如此未免太过简单乏味。再怎么借了运动的名义,像主人经常进行的那种读书之类字面上的所谓运动,终归会玷污神圣的运动的。

当然,即使只是普通运动,也不一定非要在某种刺激之下进行。抢夺干鲣鱼或找寻大马哈鱼比赛之类,亦无不可。但那是由于猎物所致。如果去掉猎物的刺激,便索然无味。如果没有悬赏性的兴奋剂之类,我倒想做些技巧性的运动。我动了不少脑筋。尝试过从厨房的檐板跳上屋脊,或者四足立于屋顶梅花形瓦片上,或者走那晾衣竿儿,

---

① 天桥立:日本京都府北部、宫津湾中的沙堤,全长3.3公里。与松岛、宫岛并称日本三景。

后者终难成功，那竹竿滑溜溜的，爪子根本抓它不住。从背后突然扑到小孩身上，这也是我极感兴趣的运动之一。但是，胡来便要倒霉。所以，一月顶多试它两三回。

让人把纸袋套到头上，这种玩法苦不堪言，也是极无聊的一种。尤其没人做你的对手，便一筹莫展，不行不行。

用爪子挠书的封皮儿也挺好玩，但若被主人发现，不仅必有拳脚加身的危险，而且，相对而言，只能锻炼爪尖的灵巧度，全身肌肉却没有运动起来。

以上便是我所说的旧式运动。新式运动之中，不乏非常有趣的东西。最有趣儿的要数捕螳螂。捕那螳螂虽然无须逮耗子那般大的运动量，但没有任何风险。从盛夏到初秋，这种游戏最为上乘。问其方法，乃是先入院中，寻一螳螂。运气好时，寻它一只两只的轻而易举。一旦发现，便迅雷不及掩耳般扑将过去。于是，那螳螂便急忙招架，举起那镰刀形的头来。别看螳螂一只，却也奋不顾身，不自量力便想抵抗，真是有趣。我以右前爪轻轻一挠它那镰刀似的头，那抬起的镰刀头软乎乎的，只轻轻一碰便瘫软下来，往旁边弯了。此时螳螂的神情便极有趣，它完全做沉思状。于是便一步蹿到它的背后，再从背面轻搔它的翅膀。那翅膀许是平日里看得太重，折叠得整整齐齐。使劲一挠，便刷地变得凌乱，里边露出薄如蝉衣的内衣来。盛夏之时竟不畏酷热，还内外两层，倒也别有风味。此时，它那细长脖儿定会扭将过来。有时与我面面相对，但一般是愤怒地高昂起头，一副等我动手的架势。如果它始终如此，便不成其为运动。时间一长，便又以爪扑它一下，只这一下，有些见识的螳螂，必定会逃之夭夭。而一味蛮干、直面相对的，定是少有教养的野蛮角色。如果它硬要如此蛮干，我便瞅准了，只等它一靠近来，我便猛劲一爪，总要扔出二三尺远去。而要是对方规规矩矩退到背后，我便觉得它很可怜，于是围着院里的树木如飞鸟般转它两三圈，而那螳螂却还只逃出五六寸远去。它已经明白我的厉害，再无勇气负隅顽抗，只顾东奔西窜地奔逃。我也东奔西突地跟踪追击。螳螂终于苦不堪言,振起双翅,试图大战一场。原来螳螂的翅膀跟脖子搭配很协调,长得又细又长。打听起来,却根本就是饰物而已,与人世间的英语、法语和德语一般无二,毫无实用之处。所以,以此无用之物想要大战一场,于我自然毫不见效。名为大战,实则爬行于地面之上而已。这样一来,我便稍稍觉得它有些可怜,但为了运动,便也就顾不得这么多了。只好对不起,突然跑到它的前面,由于惯性,螳螂不能急转弯,只好依然向前。我便打一下它的鼻子。此时,螳螂必定张开翅膀倒在地上。于是用前爪将它摁住,休息一下,然后再放开。放开之后再摁住,以七擒七纵之孔明战术进而攻之。这样大约反复了三十分钟,看清了它已经动弹不得,便把它叼在嘴里,晃悠几下,然后吐将出来。这回便躺在地上一动不动了。我用爪子去扎它,在它快要跳起之时,再一把摁住。这种玩法玩腻了,便使出最后一招,把它狼吞虎咽地吃掉。顺便对没有吃过螳螂的人进上一言:螳螂绝非美味。而且,似乎也没有多少养分。

  捉螳螂之外,便是捕蝉运动。这蝉并非只有一种。正如人有纠缠不休、自鸣得意、咋咋呼呼之分一般,蝉有秋蝉、鸣蝉、寒蝉之别。秋蝉纠缠不已,绝对不行。鸣蝉叫声傲慢,目中无人,不大好办。捉起来有趣儿的,要算寒蝉了。它不到夏末绝不出来。直至秋风从人们和服腋下开衩处袭进,一味抚摸人们的肌肤,弄得人们直打喷嚏。此时,它还依旧摇尾谄媚不已。它叫唤个不停,在我看来,鸣噪不已以及供猫逮捉便是它的天职。初秋时节便逮它们,此之谓捕蝉运动。

  这里先向各位声明:既然名之为蝉,便不能在地上爬行,落到地上的蝉,必有蚂蚁如影随形。我所捉的,可不是那些倒卧在蚂蚁领地里的玩意儿,而是专逮那些高踞枝头,"知了知了"叫唤个不停的家伙。我还想顺便请教一下博学多识之士,它那叫唤到底是"知了知了"?还是"了知了知"?根据不同的解释,会对蝉学研究产生不小的影响。人之胜于猫,就在于此。故人类自豪之处,也正在于此。因此,若是不能立刻回答,仔细考虑便是。而于捕蝉运动,则毫无大碍。只须以蝉声为号，爬上树去，趁其得意鸣叫之时，扑而捕之即可。这一运动看似简单，却很累人。我有四条腿，行于大地之上，当不逊色于其他动物。至少，两条腿与四条腿，以数学知识判断，猫是不会输于人类的。而论起爬树，却有很多高出我等的动物。不用说专业爬树的猿猴，即便那些作为猿猴后裔的人类之中，亦有不少不可小觑。本来爬树是违反地心引力的蛮干行为，就算不会爬树，也算不得不光彩的。但是，不会爬树却给捉蝉带来了诸多不便。幸而我有利器猫爪，好歹还能爬得上去。然而，却绝非旁观之时那般轻松自在。不仅如此，蝉是会飞的。它与螳螂不同，一下子便飞得无影无踪，最终落得个爬上去与没爬毫无二致的悲惨命运。最后，常常还有被浇一身蝉尿的危险。那蝉尿动辄便冲我的眼睛洒将下来。被它溜掉无可奈何，唯愿它蝉尿别撒。起飞之时总要撒尿，究竟什么心理状态影响到了它的生理器官？难受至极使然？还是出敌不意、以图逃跑之便？那么，这和乌贼吐墨、恶汉以文身示人，以及主人玩弄拉丁语词之类，当归入同一纲目之中了。这也是蝉学上不可疏忽的问题。好好研究一番，许能写出一篇博士论文的。

　　这是闲话，还是回到正题。蝉最喜集结于青桐之上。"集结"二字太别扭，还是改为"集合"吧。而"集合"又是陈词滥调，还是用"集结"吧！这青桐，在汉文里叫梧桐。青桐叶茂，而且都大如团扇，长得层层叠叠，遮蔽之下，树枝不见。成为捉蝉运动的一大障碍。我都觉得奇怪，"闻其声而不见其形"[①]这首俚谣，在很早以前是否专门为我而作。没办法，我只好以蝉声为目标。离地六尺来远处，树随我愿，枝分两枚。在此稍事小歇，从树叶之下侦察蝉的位置。但有时我在往这里爬的时候，便有性急的家伙沙沙声起，振翅飞走了。飞走一只，便不好办。在模仿这一点上而言，蝉是丝毫不亚于

[①] 闻其声而不见其形：江户前期歌谣集《山鸟虫歌》之八十一中有"闻其声而不见其形，你是深山蛔蛔儿"。（和泉国俚谣）

人类的家伙，它们会跟着接二连三地飞走。总算爬到树杈处，有时会满树静寂，全无声息。曾有一次，我爬到这里，东张西望之下，侧耳细听之处，蝉影踪迹全无。重新再来，又觉麻烦，便想歇息片刻，于是在树杈之上摆开阵势，等待第二次机会。不知不觉间便困倦起来，终于跌入黑甜乡里。猛然惊醒之时，却已是从那树杈的黑甜乡中咚的一声跌落到了院子里的石板之上。

不过，大体每上树一次都会逮到一只。令人扫兴的是在那树上须将那蝉儿叼在嘴上。所以，待下得树来将它吐出来之时，大体已经一命呜呼。任你逗它，挠它，都毫无反应。捕蝉妙趣在于悄然而上，在蝉儿尾巴拼命一伸一缩之时，哇地上前以前爪一把摁住。此时，蝉儿唯有唧唧哀号，将那薄而透明的羽翼尽情抖动。速度之快，姿势之美，真是难以名状，实为寒蝉世界之一大奇观。每当我摁住寒蝉之时，总要让它表现一下这套艺术表演。玩得腻了，便毫不客气地塞进嘴里吃掉。有的蝉儿，塞进嘴里时，仍在表演个不停呢。

捕蝉之外，便是滑松运动。对此，无须长篇大论，稍微提一提。说是滑松，也许会有人认为是在滑松树。其实不然，这也是爬树的一种。只不过捕蝉是为捕蝉而爬树，而滑松却是为爬树而爬树。二者的区别就在于此。原来松树常青，自从款待过最明寺①之后，从此便变得粗糙不平起来。因此，再没有比松树树干更粗糙的了。既无处可抓，又无处可蹬。换句话说，便是无处落爪。寻一便于落爪的树干一气呵成爬将上去。爬上之后，再跑下来。跑下来有两种办法，一是头朝下倒着往地上爬，一是保持上爬姿势不变，尾巴朝下地下来。倒要问问人类，可否知道哪种下法最难？按照人类之肤浅见识，定然认为既往下爬，还是头朝下的舒服。这便大错特错。他们恐怕只记得义

---

① 最明寺：指镰仓幕府执政官北条时赖（1227—1263），传说他隐居镰仓建长寺内的最明寺，故名。他出家之后，周游列国，体察民情。一日，在上野国佐野为雪道所困，便往佐野源左卫门常世之家，请求借宿一夜。常世燃起秘藏之梅、松、樱盆栽盛情款待。

经①冲过鹎越②的故事,既然义经可以冲下,便以为猫自然头朝下爬便已足够。如此藐视别人可不行。你知道猫爪是冲哪边长出来的?都是往后的。因此,可以像鹰嘴一样,钩住什么往面前拽,却没有力量往后推的。比方我现在飞快地爬上树去,那么,因为我是地上动物,按理,肯定不能在松树之巅久留。停一会儿,必然下来。若是撒手下落,那便太快。所以,必须设法缓冲这自然趋势,此谓之降。落与降,似乎相距很远。其实,远非想象的那么简单。将下落缓解些便是降,把降的速度加快些便是下落。落与降,只是一字之差。我不喜欢从松树上落下来,便要减缓速度以便于降。就是说,要以某物缓冲下落速度。如前所述,我的爪子都是往后弯的。假如头部在上,爪子立起,爪力悉数用于对抗下落之力。因之,下落一变而为下降,这实在是极其浅显的道理。然而,再掉过头来,学学义经,爬一爬松树看看。即便有爪,却全无用处,哧溜哧溜直往下滑,浑身力量不知该落向何处。于是,虽然一心想降,却一变为落。如此,想学义经冲过鹎越便很困难。猫类之中有此本领者唯有本猫也。正唯如此,才称此项运动为滑松的。

最后,就跑围墙运动略作说明。主人家的庭院以竹篱隔成个四方形,与走廊平行的一边,约有五丈来长,左右两侧均不到两丈五宽。刚才所言之跑围墙运动,就是指沿此篱墙跑上一圈而不落下地来。虽然有时也有失足之时,但若顺利完成,便十分开心。尤其到处立着烧掉根的松树木头,稍事歇息时便非常方便。今天跑得不错,从早到晚跑了三圈,越跑越熟练,越熟练便越有趣儿,终于开始跑第四圈。当第四圈跑到一半时,从隔壁房顶飞来三只乌鸦,在对面六尺来远处齐刷刷排在那里。这都是些冒失鬼,跑来妨碍别人运动!尤其这些乌鸦从何而来?来历不明、身份不清的,却随便落在别人墙上,真是岂有

---

① 义经:指源义经(1159—1189),平安末期、镰仓初期武将。
② 鹎越:神户北部横断六甲山脉的山路。源义经曾率军策马冲过难关,乘虚而入,灭平家军于一谷。

此理！便一声高喊："我要过去啦！闪开！"

最前面的那只盯着我，冷冷笑着。第二只望着主人院里。第三只在用墙根的竹子蹭嘴，一定是吃过什么以后才飞来的。为了等它们的回话，我给了它们三分钟时间考虑。便一直站在篱墙之上。据说都管乌鸦叫"老鸦"，果然没错。我再怎么等，它们却既不搭理，也不飞走。无奈之下，我只好慢慢往前走。这时，第一只老鸦张了一下翅膀，我还以为它终于为我的威势所吓倒，想要振翅而逃呢。它却只是改变了一下姿势，刚才是朝右而立，这回改成朝左了。这些混账东西！若在地上，它那样儿，我才懒得去理。无奈，本来就很疲乏，又在半路之上，已是无暇顾及乌鸦之类。虽说如此，我也不愿甘心立在这里等那三只乌鸦自己离开。那么等下去，我的腿首先便会受不了的。它们有翅膀，习惯于这样站在那里。所以愿意逗留多久都可以。我已经跑到第四圈，本来就已十分疲劳，更何况是在进行不亚于走钢丝的惊险表演加运动。就算毫无障碍，也难保不会摔下去！何况这么三个黑家伙挡在前面，真是万分险恶！

事到如今，万般无奈，只得自行中止运动，跳下篱笆。太麻烦了，索性如此吧！敌人太多，尤其那副模样，此地真是少见，嘴尖得出奇，活似天狗投胎！横竖肯定不是什么好东西。还是退却的安全。太靠近了，万一摔下去，只会更成奇耻大辱。正这样想着，朝左的那只叫一声"傻呵呵"，第二只也跟着学舌"傻呵呵"，最后一只则谦恭和蔼地连叫两声"傻呵呵——傻呵呵"。我即便再如何温文尔雅，也不能熟视无睹。至少，在自己家里居然受那乌鸦之辈的侮辱，便事关我的名声。虽说目前还没有名字，便与名声毫无牵扯，但至少是脸上无光。绝不能退却！有句俗话说"乌合之众"，即便它有三只，说不定出人意料，根本不堪一击呢。便壮了胆子，得进且进，慢慢朝前走去。乌鸦装作不知，似乎在相互说着什么。这更加令我生气。墙头再宽上五六寸距离，定要叫它们尝尝我的厉害。遗憾的是，再怎么恼火，也只能慢慢腾腾地走。总算走到距离乌鸦前方大约五六寸处。心想该喘口气儿了,那些老鸦却忽然不约而同地拍打起翅膀,腾起一两尺高。一阵风起,突然吹向我的脸。我一惊,却早已一脚踩空,啪啦一下摔到了地上。失策失策!从篱下抬眼仰望,那三只乌鸦却依然立在原处,长嘴并列,居高临下地俯视着我。真是厚颜无耻!我使劲瞪它们一眼,它们却毫无反应。我弓起身子,呜呜哼了一声,越发无济于事。正如俗人难解神妙的象征诗歌一般,我向它们表示我的愤怒,却得不到丝毫的反响。想来,倒也在情理之中。我一直拿它们当猫了,这便不妥。假如是猫,这么对付它们,肯定有用。偏巧它们是乌鸦。既然是老鸦,便没有办法的。这正与实业家急不可耐地想要压倒主人苦沙弥、有人要送给西行①和尚银制的猫、乌鸦要到西乡隆盛②的铜像上拉屎一般无二。善于见风使舵的我,见势不妙,就干脆撤回走廊里去。

已是晚饭时分。运动固然是好,但亦不宜过度。我全身像散了架似的,疲惫不堪。不仅如此,才是初秋,运动时我那暴露在秋阳之下的毛发,充分吸收了午后的阳光,烫得受不了。从毛孔渗出的汗水,要能流出去该有多好!可就是像块油脂似的黏在那里不动。后背痒得慌,是出汗发痒,还是跳蚤爬进去了弄得直痒,我一下子便能分得清清楚楚。我心里清楚,嘴能到达之处可以去咬,爪能伸到之处可以去挠,而痒在脊梁正中,便力所不能及了。此时若非见到人便往他身上乱蹭,或者利用松树皮大肆摩擦一番,此二者不能择其一,则会极不痛快、通宵难眠的。

人类愚不可及,软声软气即可。软声软气乃人类为我而发。若设身处地为我着想,此软声软语便非我发,而是我被人挠而发出的娇声。反正人类愚不可及,我便以此软声,跑向他们的膝旁。人们大抵生出些误会来,以为我喜欢他或者她。或者任我随心所欲,或者时时

---

① 西行(1118—1190),平安末期镰仓初期和歌诗人,《吾妻镜》中记载,源赖朝(1147—1199)参拜鹤冈八幡宫时,送他一只银制的猫,西行接过去便送给了门外的小孩。

② 西乡隆盛(1827—1877),日本明治维新时期政治家,维新三杰之一。

爱抚有加地摸摸我的头顶。然而,近来我的毛发里繁殖出一种号称跳蚤的寄生虫来,偶有靠近,人们必定揪了我的脖子,把我丢出去老远。仅仅因为几只肉眼未必能见、微不足道的小虫便要厌弃我,正所谓"翻手为云,覆手为雨"。至多不过一两千只跳蚤,人类竟然如此势利。据我所知,人世之爱的法则之第一条便是:"于己有利,当须爱人。"

既然人们对我风云突变,再怎么痒痒,便没法指望人的力量的。因此,只好采取第二种办法——以松树皮摩擦,除此别无良策。那么,就去摩擦一下吧!于是,又从走廊下来,但又觉得这样做真是个得不偿失的蠢办法。不因为别的,而是因为松树有松脂。松脂的黏着力极强,一旦粘到毛发梢上,哪怕天上雷鸣,哪怕波罗的海舰队①苦战到全军覆没,它也绝不肯脱开。而且,五根粘上了,马上会蔓延到十根。刚刚发现才粘上十根,却已是粘上了三十根。我是个酷爱淡泊的风雅之猫,非常讨厌这种纠缠不已、毒辣无比、黏黏糊糊、顽固不化的东西。纵然天下美猫,也一概免谈,何况松脂?真是讨厌至极!就如同车夫家阿黑眼里随那北风流下的眼屎一般毫无二致,把我这套浅灰色毛发弄得一塌糊涂的,简直岂有此理!只须稍微想想,便会明白。可那家伙丝毫没有要考虑我的意思。只要将脊背往那树皮上一蹭,肯定立刻粘牢。与这种皂白不分的蠢家伙打交道,不仅有损我的脸面,而且还会危及我那一身皮毛。再怎么痒,也只好忍下,别无办法。这样痒痒黏黏的,说不定会闹出病来的。该怎么办呢?我正在弯了后腿想着办法,却猛然想起一件事来。

我家主人常常带了毛巾跟肥皂,飘然去过什么地方。而等到了三四十分钟他回来,原来那副蒙眬的神情却带了不少的生气,显出些喜气来。主人那么脏兮兮的,对他都能起到那么大的作用,对我而言,肯定见效。我本来就一表人才,虽然没有必要做只标致男猫,但

---

① 波罗的海舰队:当时的俄国主力舰队。

若万一身染疾病，一岁几个月便夭折身亡，那便愧对天下苍生了！

据说这也是人类为了消磨时光而想出来的，叫澡堂子。既是人类所造，自然不会含糊。既如此，进去看看也可以的。进一次澡堂，即便不奏效，顶多下不为例便是。不过，还不知人类是否宽宏大量，能够容异类之猫闯入他们专为自己设计的澡堂里边，这还是个问题。既然主人都可以若无其事地进去，未必就会将我拒之门外的。不过，万一吃了闭门之羹，便会名声扫地。最好还是先去看看情况，看过之后，觉得可以，再叼条毛巾闯将进去一试。主意已定，我便慢慢悠悠往澡堂而去。

沿小巷往左拐，对面是些竹筒状的东西，高高耸立，顶上吐出淡淡的烟雾，这里便是澡堂子。我从后门悄然而入。说什么从后门悄然而入是胆怯、是怯懦之类，全是那些只能从正门而入的人们出于嫉妒，才众口一词抱怨不已的。自古以来，凡聪明伶俐者无一不是从后门出奇制胜。据说《绅士训练法》第二卷第一章第五页上就是这么写的。那接下来的一页上写着：以后门为绅士之遗嘱，而得自身之德之门也。吾乃二十世纪之猫，这点教育还是有的，可千万不要小瞧。

悄悄溜进去一看，左边是劈开的松木块，每块约有八寸来长，堆积如山。旁边是煤，堆积成丘。也许有人要问，为什么要说柴薪如山，黑煤似丘呢？倒也没什么特别的意义，只不过将山和丘分开使用一下而已。人类又是大米，又是鸟兽虫鱼的，吃尽种种奇珍异味，到头来，竟堕落到连煤炭也吃起来的境地，真是可悲可怜！

往尽头一瞧，只见六尺来宽的入口处大敞着。再看里面，空荡荡的，悄无声息。对面却不时传来人的说话声。可以断定，所谓澡堂子，一定就在语声发出之处。于是穿过煤炭与柴薪之间的峡谷，往左拐，再往前走。右侧有一玻璃窗，窗外是些小圆桶，堆成三角形，即金字塔形。那小圆桶偏要被堆成三角形，真是太委曲求全了点。我太了解此时那些小圆桶们的心情了。

小桶南侧多出一块四五尺宽的板子，好像专为欢迎我而设。板子离地约有一米多高,若想跳起来,它算得上是块高级跳板,我叫一声"好"便一跃而上。那澡堂子立时便在鼻尖之下、眼皮之下和我的面前动荡起来。天下什么最有趣儿?则莫过于吃未食之物、见未睹之景更让人开心无比的了。各位如果同我家主人一样,一周三趟奔这澡堂子而来,消磨它三四十分钟的,那倒没啥。如果似我一般,从未见过澡堂为何物的话,最好快来看看。哪怕赶不上给爹妈送终,这番景象也是非观不可的。世界之大,而此番奇观却绝无仅有。

何为奇观?乃是连我都没法用语言表达的奇观。在这玻璃窗内,人们哗啦哗啦、叽叽喳喳,个个赤身裸体,简直就像台湾的土民,二十世纪的亚当。翻开人类服装史——这会离题太远,还是让给特菲尔斯特莱克[①]去翻吧,这里暂且不谈——人类全仗了衣着才显得如此体面。十八世纪英国的B.纳什[②],便给巴斯[③]温泉制定过严格的规章,即在澡堂之中,无论男女,从肩到脚均须以衣物饰之。距今六十年前,在英国的古都曾开设过美术学校。因为是美术学校,便要买些裸体画、裸体像的摹本或模型,四下陈列起来,本是件好事,可等到开学典礼,上自学校当局,下至学校职员,却都觉得十分为难。既是开学典礼,总得邀请市内的名媛淑女。而按当时贵妇人们的观点来看,人,乃是服饰动物,不是披着皮毛的猿猴子孙。人不着衣,犹如大象之无长鼻,学校之无学生,军人之无勇气一般,完全失去了做人的本性。既然本性已失,那便不能作为人而存在,兽类而已。即便摹本或模型,但既然与兽为伍,自然有损淑女品格。因此,她们便拒绝出席。

教职员便认为这些女人不可理喻。然而无论东西,女人不过装饰品一件。既不能舂米,又不能充作志愿兵,而在开学典礼之上,却是不可或缺的装饰道具。因此,无奈之中,只好去到布店买回十二丈六

[①] 特菲尔斯特莱克:英国哲学家克莱尔(1795—1881)《服装哲学》中的虚构人物。
[②] B.纳什(1674—1762),本名Richard Nash,爱尔兰赌棍。B即Beau,帅男之意。
[③] 巴斯(Bath):英国西部温泉名城。

尺四的黑布，将那些被咒为兽类的人像一一裹之。还生怕于人不恭，又小心翼翼地将人像的脸也遮得天衣无缝。如此，开学典礼终于顺利举行。服装之于人，竟是如此重要。

近来有的老师，一再强调要画裸体画，这就大错特错了。在我这只有生以来从未裸体的猫看来，那注定是错的。裸体乃是希腊、罗马之遗风，受了文艺复兴时期淫靡之风的影响，才风行于世的。在希腊人跟罗马人看来，已是司空见惯。因此，完全不会想到裸体与风化之间有什么利害关联。而北欧那里，却极为寒冷。连日本人都常说："光着身子怎能出远门？"在那德意志或英吉利，赤身裸体，便注定只有死路一条。死掉便毫无意义，于是穿上衣服。人人穿起衣服来，人便成了服饰动物。一旦成为服饰动物，突然遭遇裸体动物之时，便不能以之为人，而为兽也。因为欧洲人，尤其北欧人将裸体画、裸体像视为兽类，便能理解。视其为不逊于猫的兽类，也无可厚非。美么？美也无妨，只要将其视为"美丽的野兽"便行。

如此说来，也许又有人要问："可否见过洋婆子的礼服？"

我不过一只猫而已，自然没有见过洋婆子的礼服。据说，她们将那袒胸露肩、裸着胳膊的衣裳称为礼服。真是太不像话！直至十四世纪左右，她们的衣着打扮还不曾如此滑稽可笑，依然穿着普通人的衣装。何以变得像个耍杂技的呢？说来话长，还是不谈为妙。反正知之为知之，不知为不知便是。历史不去管它，她们如此奇装异服，只在夜间扬扬得意，而内心也还稍稍有点人味。而太阳一出，她们便缩肩掩胸，裹紧胳膊，全身处处掩盖。并且哪怕有个脚趾让人看到，也会被认为是奇耻大辱。由此可见，那礼服便驴唇不对马嘴，纯属傻子跟混蛋想出来的主意。如果觉得此话窝心，何妨于光天化日之下袒胸露肩，光着胳膊一试？裸体崇拜者也是如此。既然裸体如何如何好，何不叫女儿也赤了身露了体，自己也光了身子，一起去那上野公园散散步。办不到？不是办不到，而是因为洋人不如此做，自己才不这么干吧？当前不就有人穿了这样极不合理的礼服大摇大摆地走进了帝国饭店吗？问其缘由，倒也无他。不过洋人穿，他们也便穿而已。洋人强盛，即便生硬、荒唐，也觉得不模仿便忍受不了。常言道："胳膊拧不过大腿。""人在屋檐下，不得不低头。"按此行事，人不变得呆头呆脑才叫怪事！如果认为呆头呆脑也没办法，尚且能够容忍，但别以为日本人有多么了不起。关于学问，也是如此。这与服装无关，以下从略。

如此，衣服之于人类，便事关重大，很难说清人就是衣，或者衣就是人。我认为，一部人类史，既不是肉的历史，也不是骨的历史，也不是血的历史，而只不过是服装的历史而已。因此，见了没穿衣服的人，便不认同其为人，而如同遇上妖魔鬼怪一般。即便是妖魔，如果大家一致约定，都成了鬼怪，所谓妖魔鬼怪也就不复存在。所谓的妖魔鬼怪消失殆尽倒也无妨。但如此一来，人类自身便要束手无策了。

远古之时，大自然平等造人，弃之于世。因此，任何人出世，必定赤身裸体。假如人类本性安于平等，当始终以裸体而生存。而其中有一裸人，则说："如此人人平等，便要失去学习的价值，表现不出努力的结果。因此，须要突出个人，我便是我，谁看都是我。得往身上穿点什么，让别人见了都大吃一惊。"于是这个人苦思十年，终于发明了裤衩子，立时穿上，心里想着："怎样？该有人服气了吧？"于是，他大摇大摆地在那里走来走去。他便是今日车夫的祖先。发明一条简单的裤衩子竟耗去十年工夫，让人觉得有些奇怪。这是以今溯古，置身蒙昧世界所得出的结论。在那个时候，人类还没有如此伟大的发明。笛卡尔①说："我思，故我在。"这本是三岁孩童都懂的道理，而他却花了十几年之功。凡真理，其探索过程皆充满艰辛，裤衩子的发明耗费十年之功，在车夫的智力而言，可说是难能可贵的了。

这裤衩子一问世，社会上便只有车夫最为神气。车夫们穿了裤

---

① 笛卡尔（1596—1650），法国哲学家、数学家。

袄子，普天下之大道皆为我有一般，阔步横行其间。便有妖魔看不顺眼，以六年之功，发明了一种叫短褂的废物。于是，裤袄子势力骤然大减，短褂全盛时期终于来到。菜蔬店、生药店、绸缎庄，都是那位大发明家的后裔。裤袄子时期、短褂时期之后，接踵而来的是和服裤裙时期。因有别的妖魔生气："什么东西！短褂子而已！"于是，便由他们设计出来。昔日武士跟今日官吏，都属此类。如此，妖魔们争先恐后、标新立异，最后终于出现了模仿燕尾的畸形服装来。退一步，追本溯源，皆非随随便便、荒唐胡闹、事出偶然或者漫不经心，无一不凝集了争强好胜、雄心勃勃，化为缤纷多彩的各式新的花样，穿在身上，大摇大摆地走来走去，好像在向人显示："我可与你不同！"

这样，从这一心理出发，便有了一大发现。无他，只不过如同大自然之忌真空一般，人类讨厌平等。然而，在这已经厌恶平等、不得不把衣服视同骨肉一般而穿在身上的今日，如果要人们将这属于人类本质的衣服抛开，重又回到一无所有的原始时期，那无疑是发疯。就算心甘情愿做个疯子，终究也是不能回到原始时期的。如果能够回到那种状态，在文明人的眼中，他们全是怪物。若将世界之上几亿几万的人口全部拉回妖魔之域，许能达到平等。既然大家都是妖魔鬼怪，便无羞耻，从而心安理得。但依旧不行。世界化为魔域的第二天，魔怪之间又会纷争再起。假如不能穿上衣服竞争，便以妖魔本色去竞争。裸体便裸体，始终都有差别如影随形。由此也可看出，衣服毕竟不能脱的。

然而，眼下这一伙人，竟将那万不可脱的裤袄子、短褂甚至裙裤等悉数扔到衣架之上，毫不羞耻地将那原始面目暴露于众目睽睽之中，而且纵情谈笑，处之泰然。我前边提到的所谓"一大奇观"，便是指的这个。在此，敝猫能为文明诸君略述一斑，真乃三生有幸。

杂乱无章，一时竟不知该从何处下笔。妖魔们做事毫无规律。所以，要秩序井然地写出证实之词来，便很棘手。还是先讲澡池子吧。

不知是澡池子还是别的什么,我只觉得它该是澡池子什么的。它宽三尺、长九尺,一隔两半,一半装着白色的热水。听说叫什么"药物澡水"。澡水混浊不清,好像把石灰溶解到了里边。不单只是澡水混浊,而且还油乎乎、沉甸甸的。仔细一打听,难怪那澡水看上去腐臭了一般,原来一周才换一次水的。旁边是个普通澡池,但我敢发誓,那澡水绝对算不得晶莹透明。就好像把消防桶里的积水搅浑了一般,这从水的颜色便可以看得出来。

下边是关于魔怪们的记述。太费神了。消防桶般的池子旁边,站着两个毛头小伙。二人相向而立,在稀里哗啦地往肚皮上撩水,其乐无穷似的。他们在长得漆黑这一点上简直无懈可击。我边端详边想:"这魔怪倒长得壮实!"正这样想着,其中一个用毛巾来回搓着胸,问另外一个:

"阿金,这儿总是疼得不行,怎么回事呢?"

"那是胃嘛!胃这玩意儿可真要命呢!不提防着点儿,可危险哟!"那个叫阿金的热心肠地劝告说。

"可是,是左边呢!"他指点着左边肺部。

"那是胃吧?左胃右肺嘛。"

"是吗?我还以为胃在这儿呢。"说着,他又捶了捶腰给阿金看。

"那是疝气呢。"阿金说。

这时,一个蓄了小胡子的约莫二十五六岁的小伙子扑通一声跳进水里。于是,那身上的肥皂沫与那泥垢一同泛起,就像透过有铁锈味的水所看到的那样闪着亮晶晶的光。他旁边的那个秃顶老头儿,正缠住一个剃了平头的人争论着什么。二人都只露出个脑袋。

"唉,年纪大啦,不中用呢。人一老糊涂,就赶不上年轻人喽!不过,只这洗澡水,至今也还是不热便不好受呢。"

"您老算结实的啦!那么精神,不错啦!"

"哪来的精神!不生病而已!人哪,不干坏事,能活到一百二呢!"

"呃？能活那么久？"

"当然能！包你活到一百二！维新以前哪，牛达区有个叫曲渊的武官，他手下有个仆人活到一百三呢！"

"他可真够能活的！"

"哈！活得太长，他都忘记自己的年龄了呢。听说一百岁以前他还记得的，以后便忘了。我所知道的，他是活了一百三的。可他并不是一百三十岁就死了的，那以后如何我可不知道，说不准还活着呢！"老头儿说着，出了浴池。小胡子往身边撒了些云母片之类，独自嗤嗤地笑着。

接着跳进来的魔怪却非同寻常，脊背上刺了文身画儿，好像是岩见重太郎①抡刀杀败巨蟒的情景。可惜尚未完工，因此到处看不到那条巨蟒。因此，那重太郎先生便显出些扫兴的样子。他跳进澡池："妈的，不凉不热的。"

这时，又一个人接着跳了进去。

"这真是……再热点儿嘛！"可他却明明龇牙咧嘴的，一副烫极难忍的神情。一见"重太郎"便连忙招呼："啊，老板！""重太郎""啊"了一声。过一会儿，又问：

"阿民怎么样了？"

"怎么样了？就是爱赌两把呗！"

"不只是赌两把吧？"

"是吗？那家伙本来就心术不正呢。不知咋回事呢。大家都不喜欢他。到底咋回事呢？反正都不信他的。一个手艺人，不该那样的呀！"

"是呀！阿民又不谦虚，趾高气扬的，所以，谁都不信他的。"

"真是的。总以为自己有两下子，说到底呀，还是他自己吃亏呢。"

---

① 岩见重太郎：日本传说中的豪杰，战国时期的剑客。

"白银町里老人都去世了。如今,只剩了桶匠铺的阿元、砖瓦铺子的掌柜跟师傅了。咱们可都是这里生出来的,阿民,谁知道他从哪里来的?"

"是呢。可你看他,还那副德行!"

"哼!真怪,就是让人喜欢不起来!他不跟人来往吧?"二人如此这般,自始至终攻击着阿民。

消防桶就扯到这里,再看看白色浆水那边。那里已是人头攒动,与其说是人入池中,莫若说水漫人中更为合适。而且,个个显得悠闲自在,先前进去的仍在其中,却不见一个人出来。照此进法,停用一个星期,水也自然要脏的。正惊讶之间,再看澡池之中,被挤压到左边角上的,竟是苦沙弥先生,泡得通红,缩成一团。真可怜!有人让条路让他出来该有多好。我这样想着,却没有人动弹一下,主人似乎也没有要挤出来的意思。只一味纹丝不动,泡得红通通的,真是遭罪。许是想充分利用这二分五厘的澡费,才把自己泡得这么通红的吧?再不上来,会发高烧的!我是忠于主子之猫,不觉在窗架之上万分担心起来。

这时,离主人不远之处漂浮着的一个人,皱着眉头说:

"这水,也太热了点。只觉得背后火辣辣的,热气直往外冒呢!"他悄悄地想要从周围的魔怪们那里得到同情。

"哪里!这样儿正好。药物澡水不这么热就没效的。在我老家,洗澡呀,水要比这热上一倍呢!"有人自豪地大声说。

"这澡水,究竟能治啥病呀?"一个凹凸不平的头上顶了块叠好的毛巾的人,在向众人请教。

"能治百病呢!什么病都能治的,真是不错!"

说这话的人面黄肌瘦,如黄瓜一般形色兼备。这澡水那么神奇,他该更健康结实些才对。

"入药三四天时正好。今日洗澡正是时候呢。"

说话人似乎博闻多识似的,却是个肥硕的家伙,大概那身肉是污垢堆得太厚了吧。

"喝下去也有效吗？"不知从哪儿冒出一声尖叫来。

"等水凉了以后，喝上一杯睡觉，真是难以想象，不用起夜呢！你喝点试试。"答这话的，不知道是谁。

澡池话题，到此为止。再看更衣场。有人有人！难于上画儿的亚当们排成一排，姿势各异，随心所欲地洗着自己的各处部位。其中有两位亚当让人大感意外，一位仰面朝天躺着，目不转睛地盯着高高的天窗。另一位则趴在那里，直勾勾地望着水沟发愣。看上去十分悠闲的两位亚当。还有一个和尚，面石墙而蹲，身后是个小和尚，不停地替他捶着肩。二人大概是师徒，便由小和尚代行搓澡。也有真正的搓澡人。大概患了感冒，这么热，还穿着坎肩儿。他从一个椭圆形小桶里舀了水，往客人肩上浇着，他的右脚之上，脚拇指缝里挟了条羊毛搓澡巾。这边有个家伙，贪得无厌地独占了三只小桶，"使吧！使吧！"地劝着旁边的人用他的香皂，一边喋喋不休地海阔天空。都说些啥呢？仔细一听，却是一派胡言乱语：

"大枪可是从国外传来的。从前，不过对杀对砍而已。洋人胆儿小，才造出那玩意儿。和唐内[1]时代还没有的。和唐内便是清和源氏[2]，据说是义经自虾夷[3]往满洲时，有个满腹经纶的虾夷人一同前往呢，义经的儿子攻打明朝时，心想打不过大明的，便派出使臣去见三代将军[4]，请求借兵三千。三代将军却扣了使臣，不放他回去。他叫什么来着？反正是叫什么什么使臣来着。使臣被扣两年，最后在长崎给他找了个女人，这女人生了一子，便是和唐内了。等他后来回国一看，大明却早已为国贼所灭……"简直不知道他在说些什么。

他后边是个二十五六岁的忧郁青年，精神恍惚似的，在不停地浇

---

[1] 和唐内：今松门左卫门的净琉璃《国性爷合战》中的主人公，原型为郑成功。
[2] 清和源氏：日本清和天皇的皇子，贞纯亲王的子孙，受赐源氏之姓，故名。
[3] 虾夷：北海道的旧称。
[4] 三代将军：德川家光（1604—1651）。

着胯裆。好像生了疖子还是什么,非常痛苦的样子。他的旁边,一个约莫十七八岁的小伙子,口口声声"你小子""老子我"的,喋喋不休。好像是附近的一个书生。在他的旁边,露出一个奇特的脊背来,活像屁眼儿里捅进去根紫竹似的,背上脊梁骨节历历可见。而且,脊梁左右像副十六子儿跳棋,各摆了四个跳棋子儿似的,井然有序。有的"跳棋子儿"烂得红肿,周围都流出脓来。

这样依次写来,要写的东西太多,以我的本领,终难形容其一斑。这才明白自己做了一件十分伤神的事,正在左右为难之际,门口突然出现一位身穿浅蓝棉布衣服,约莫七十来岁的秃子,他对了那些裸体的魔怪毕恭毕敬地鞠过一躬说:

"嗨!多蒙各位每日关照,多谢了!今天天气有点儿凉,各位慢用、慢用!去那白浆水儿那里出出进进它几回,舒舒服服地暖暖身子。搓澡的!去看看澡水是凉是热!"

搓澡的答应一声:"好的!"

"和唐内"对老头儿大加赞赏:"真是乖巧!不这样哪能做好生意的!"

突然冒出个奇怪的老头儿来,大为吃惊之下,此处叙述只得搁置下来,专事观察起这个老头儿来。这时,一个约莫四岁的小孩子刚好走出浴池,老头儿见了,便伸出手去:

"小朋友,过来!"

那小孩见老头儿一副豆馅福寿点心糕被踩扁了似的模样,许是受了惊吓,哇的一声大哭起来。老头儿显出无可奈何的神情,感叹不已:

"哎呀!哭啦!怎么?爷爷可怕吗?你看你看,真是的。"

实在没办法,老头儿便避开锋芒,转向孩子的父亲:

"啊,是阿源吧?今儿天可凉呢。昨儿晚上,溜进近江铺子的那个小偷,是个什么样儿的混蛋啦?把那家的便门给开了个四方口子。然后是你的,啥也没拿便走了。大概发现巡警或是值夜的了吧?"他大加耻笑一番小偷的鲁莽无谋之后,又抓住一个人说:

"喂，喂！好冷！你们还年轻，觉不出冷来的。"只老头儿一个人觉得好冷。

好久，我被那老头儿吸引住了，不但忘记了其他魔怪，就连痛苦不堪地蜷缩在那里的主人也从我的脑袋里消失得一干二净。这时，在冲洗间与更衣场之间突然传来一声巨响。我一瞧，却千真万确是苦沙弥先生。主人的声音之洪亮出众而又嘶哑刺耳，并非今日才有。但总归场合不同的。因此，我便大吃了一惊，刹那之间，便认定，主人一定在那热水里边忍无可忍，火已上头了。如果是疾病所致，倒也无可指摘，而他虽然上火，却依然不失本性，这从他为何要发出那么夸张的嘶声便能一清二楚。

他是在跟一个不值一提的狂妄书生孩子气地吵嘴。

"再往后点！不准把水洒到我桶里来！"怒吼的自然是主人。

事情看你怎么看，怎么说都成的。所以也没必要把这声怒吼就一口认定为是上火的缘故。说不定万人之中会有那么一个认为他这声怒吼好比高山彦九郎①怒斥山贼也不一定。也许他本人也是这么打算才演了那出戏的。而对方却并不甘于以山贼自居，便注定收不到预期效果的。

书生回过头来，温文尔雅地："我本来就在这里的。"

这句回答很是平常，无非表示不愿移开，正是这一点很不如主人的心意。无论他的态度或言辞，主人都大可不必像对山贼那样谩骂相加。不管怎么上火，主人自己也应该一清二楚的。但主人的发火，却并非出于对那书生占据位置而产生的愤慨不平，这两个年轻人刚才一直没大没小，净说些傲慢无理、自命不凡的大话，所以一直听在耳里的主人，对此十分恼火。因此，尽管对方温和回话，主人也不肯沉默下来，走进更衣场去，便又大声呵斥起来：

"干吗呀？混账！把脏水哗啦哗啦地净溅到别人的桶里头！竟有

---

① 高山彦九郎（1747—1793），幕府末期的保皇派，与林子平、蒲生君平并称宽正三奇人。

这种人！"

我也觉得这毛孩子有些讨厌，因而不禁在心里暗自拍手称快。但又觉得作为学校教师的主人，未免举止不够稳重。主人原本顽固得要命，就跟煤渣一般，干而又硬。从前汉尼拔①过阿尔卑斯山，恰在路正中有块巨石挡道，成了大军前进的障碍。于是，汉尼拔往那巨石上浇了醋，用火烧，烧得软了，再用锯条将那巨石锯成块块鱼糕似的小石块，大军才得以顺利通过。似主人那般，在如此灵验的药水澡池子里头水煮似的泡了那么久，还毫无效果，恐怕只能浇醋火烧不可了。否则，即使再有上百的书生，再花几十年之久，主人的顽症一样不会治愈的。

浮起在这个澡池里的，挤在冲洗间里的，全是脱光了文明人服装的魔怪，当然不能以常规律之，他们可以为所欲为。"肺里有胃"也好，和唐内便是清和源也好，阿民信不过也好，这些又有什么！而一跨出冲洗间，来到更衣场，人们便不再是魔怪。走进人们生息的尘世之间，穿上文明所必需的服装。因此，理所当然便要具有人模人样的行为。

主人正踏在门槛之上，那是冲洗间与更衣场的分界线，即将回到和颜悦色、圆滑自如的世界。即便在此时，主人依旧顽固如初，由此可见，在他本人而言，顽固已成根深蒂固之沉疴。既然是病，自然不那么容易治愈。要治此病，依我愚见，只有一个办法，那就是请求校长免他的职。一旦免职，定然流落街头。一旦流落街头，必然饿死道旁。换言之，免职乃成主人致死的原因。主人虽然以爱生病为乐事，但又最讨厌死。他是希望害点不致送命的富贵之病。因此，如果威胁他，再闹病便宰了他！主人胆小如鼠，肯定会吓得战战兢兢的。这一颤一抖，病自然便好。如果还不见好，那便无药可治了。

再怎么愚蠢糊涂、身体患病，主人都一如既往。有位诗人曾经说

---

① 汉尼拔（约公元前247—前183），非洲北部迦太基统帅。

过:"一饭不忘。"我虽然是猫,也不会不惦记着主人的。由于充满同情,全部精力被吸了过去,以致放松了对冲洗间的观察。这时,突然有人对着白浆水澡池那里,异口同声地叫骂起来。那里也吵架了?回头一看,只见魔怪们把个狭窄的澡池门口挤得水泄不通。有毛的小腿跟没毛的大腿交织在一起,转来动去。

此时,初秋的阳光即将西沉,冲洗间里,天棚之下,热气笼罩。魔怪们熙熙攘攘,依稀可见。"热!热!"地喊叫声声,如雷贯耳,震得我的脑子一片嗡嗡作响。那声音黄蓝红黑地重叠交织到一起,一种莫可名状的声响,充满了整个澡池。这些声音只能用混杂与混乱来形容,完全没有用处。我不由得被这番景象所吸引,呆然而立。不一会儿,哇哇大叫声达到混乱的极点,紧张到了无以复加的程度。这时,突然从那乱七八糟、你推我搡之中站起一条好汉来。看那个头,大概比其他先生们要高出三寸左右。不仅如此,他还扬起那张不知是脸上生胡子还是脸在胡子中的赤红脸膛,发出烈日之下敲起破钟般的声音吼道:"兑凉水,兑凉水!热!热!"

只有这喊声,这红脸膛,在那拥挤不堪的人群中显得鹤立鸡群,这一瞬间,整个澡池仿佛只有他一个人。超人!尼采①所谓的超人!魔中之王!魔怪栋梁!正在胡乱想着,澡池背后有人应了一声:"嗳!"我一惊,回眸那边,只见黯淡之中,朦胧之间,那个穿坎肩的搓澡人喊声:"碎了吧!"将一块煤扔进灶膛。灶门关上,那煤块劈劈啪啪直响,将那搓澡人的半张脸一下子照得发亮。与此同时,搓澡人背后的砖墙似火光透过黑暗一般,闪闪发亮。我害怕起来,急忙从窗户跳下,回家去了。

我边走边想:人们脱掉短褂,脱掉裤衩,脱掉裤裙,努力想要平等,而赤裸裸人群之中,又跳出个赤裸裸的好汉,压服了群小。可见,再怎么赤裸裸,也是难以获得平等的。

---

① 尼采(1844—1900),德国唯心主义哲学家、诗人。

回家一看，天下太平。主人出浴之后，面色光亮红润，正用晚餐。见我从走廊上来，便说：

"真是无忧无虑的猫呀！这时候了，跑哪儿去啦？"

再看饭桌，又没什么钱的，偏要摆了两三样菜。其中还有一条烤鱼。我虽然不知道这是什么鱼，但肯定是昨天在东京湾炮台附近抓来的。我曾说过鱼很结实，但再怎么结实，这样又煎又煮也经受不住的。体弱多病，苟延残喘，倒更好些。这样想着，坐到饭桌旁边，想找机会弄点吃的，便故作似看非看状。若不会如此装模作样，是断然吃不上那香气诱人的鱼儿的，只有死了那条心思。主人捅了捅那鱼，露出不大好吃的神情，放下筷子。妻子坐在对面，热心地研究着主人无声挥动筷子的样子，以及那双腭离合开闭的状态。

"喂，打一打那猫的头！"主人突然对妻子说。

"打它干什么？"

"怎么都成，打它几下！"

"是这样子？"女主人用巴掌拍我的头，一点都不觉得痛。

"没叫啊！"

"是啊。"

"再打它几下！"

"再打几下，还不是那么回事！"

女主人又用巴掌啪地打了一下，还是不痛，我一动不动。但为什么要打我？我虽然深谋远虑，却完全闹不懂了。要是明白，总该有办法可想的。主人一味命令女主人打我，弄得动手打的女主人很为难，挨打的我也不好办。主人见几次都未能如他所愿，便有些着起急来：

"喂！把它打叫！"

"把它打叫干什么？"女主人嫌麻烦，边问边啪地打了我一下。

如此，既已明了主人的意图，便好办多了。只须叫唤一声，便能令主人心满意足。主人愚笨若此，实在讨厌。既要我叫，早早说出目的，便用不着如此一而再再而三地大费周折。而且，在我，本来一次即可放过，又何必三番两次地折腾我。"打它几下！"的命令，除非目的在打，否则便不该这么用。因为打在对方，而叫在本猫。一开始便预计我要叫，所以那声"打它几下！"里，把那本属于我的自由的叫声也包含在内了，真是太没礼貌！这是不尊重他人人格！是太小瞧猫！主人视如蛇蝎一般深恶痛绝的金田老板，倒能做出这等事来。作为以襟怀坦白自诩的主人，可就颇为卑鄙了。

不过，说实在话，主人还不是那种卑鄙小人。因此，主人的那声命令并非出于狡猾之极。我想那不过是因为智力不足而产生出来的一些毫无意义的孑孓的念头而已。吃饱饭，肚子便胀；割破口子，肯定冒出血来；杀人必死。因此，他便立即断定：打我一下，便肯定会叫！但是非常遗憾，这有些不合逻辑。照此说来，则掉进河里便必死无疑；吃了炸虾，便定要腹泻；领了薪水，肯定要上班；读了些书，便一定有出息。若果如此，便有人要左右为难。一打必叫，我便不好办。如果被人看成目白①的报时钟，那便失去生而为猫的意义了。我先在内心将主人驳倒，然后"喵"地叫上一声，满足他的要求。

这时，主人问妻子："这回叫了，喵！你可知道这是叹词还是副词？"

问得太突然，女主人便一言不发。

说实话，我也觉得主人大概因为洗澡，至今火气未散呢。本来，主人在隔壁近邻之间已是出了名的怪人，实际上甚至还有人断言：他肯定是个精神病。然而，主人却自信得不得了，一味坚持己见："我不是精神病！世上的人才是精神病！"邻居们叫他"狗"，主人觉得有必要维护正义，便称他们为"猪"。实际上，主人不管走到那里，都想要维护正义的。真让人受不了。既是这样的人，向妻子发此奇问，于主人而言，也许不过早饭之前的小小事件而已。在听的人看来，满可以把它当成精神病人才能出口的话。因此，女主人便如坠五

---

① 目白：当时东京小石川区（今文京区）关口驹井町目白不动堂（新长谷寺内）的报时大钟。

里雾中，什么话也说不出。而我则更是无言以对。这时主人突然大叫一声："喂！"

女主人吓了一大跳，连忙答应："嗳！"

"你这'嗳'，是叹词还是副词？"

"管它什么词呢！这种无聊事情，是什么都成的嘛！"

"是什么都成？这可是眼下语文学者们很伤脑筋的大问题呢。"

"哎呀！你是说猫叫声吗？真是无聊！那猫叫声又不是日语！"

"所以嘛，才是艰深的问题呢！这叫'比较研究'。"

"是吗？"女主人是个聪明之人，绝不和这种愚蠢问题纠缠不清的。"那，到底是什么词，搞清楚了吗？"

"大问题嘛，哪能那么快就搞得清的。"主人说着，将那鱼放进嘴里，大吃大嚼起来。顺便把烤鱼旁边的炖猪肉跟芋头一并塞进嘴里。

"这是猪肉吧？"

"嗳，是猪肉。"

"哼！"主人语气里充满了极度的轻蔑，随口将那猪肉咽下肚去，又拿起酒杯说："再来一杯吧！"

"今儿晚上你可有点上头呢，都满脸通红的了。"

"喝嘛！我说，你知道世界上最长的单词是什么？"

"是前任关白太政大臣①吧？"

"那是人名儿。我是问你最长的单词呢。"

"单词？是那横写的洋文字儿？"

"对。"

"我不知道呢。酒，别喝了吧。吃点饭，好吧？"

"不，还喝！那我告诉你这最长的单词吧！"

---

① 关白太政大臣：藤原忠通（1097—1164），平安末期和歌诗人，曾历任摄政关白、太政大臣，晚年出家至法性寺。

"好,说完可要吃饭。"

"就是这个Archaiomelesidonophrunicherata①词儿。"

"胡说八道吧?"

"什么胡说八道,希腊语!"

"在日语里头是什么词儿?"

"什么意思不知道,我只知道拼法。写长一点,可以写六寸三左右那么长的。"

别人也许酒后会如此说笑,而他却说得一本正经,蔚为奇观,而他今晚却喝个不停。平时说好只喝两杯,今天却已四杯下肚了。只喝两杯他便脸红,现在喝得多出了一倍,那张脸热得跟烧红的火筷子一般,很痛苦不堪的样子。尽管如此,却还是想喝,仍旧举起杯子:

"再来一杯!"

女主人看他喝得太多,便拉长了脸:

"别再喝了!好吗?难受呢!"

"嗯,就算难受,也得练习练习。大町桂月②说:'喝吧!'"

"桂月?什么呀?"就算是著名的桂月,碰到女主人,也一钱不值。

"桂月乃当今一流评论家。他既然说'喝吧',那就准没错儿!"

"真是胡说!桂月也好,梅月也罢,让人喝酒受罪,真是多管闲事呢!"

"不光只让人喝酒,还说了,要多交际呀,吃喝嫖赌呀,出去旅行呀什么的。"

"岂不更坏?这号人还一流评论家?哟,好家伙!竟然劝起有妻室之人吃喝嫖赌起来。"

---

① Archaiomelesidonophrunicherata:古希腊喜剧家阿里斯托芬的作品《蜂》中的一句台词,系阿里斯托芬杜撰的形容词,意为Sidon人、诗人……昔日歌谣中的、可爱的。

② 大町桂月(1869—1925),日本评论家、诗人,本名大町芳卫,高知县人。

"吃喝嫖赌算什么。就是桂月不说,只要有钱,说不定我也会的。"

"没钱真是幸福啊!你要是吃喝嫖赌起来,可了不得呢!"

"了不得的话,就不去吃喝嫖赌吧。不过,你可得小心侍候丈夫,晚上再多做些好吃的。"

"这已是竭尽全力了呢。"

"是吗?那就等有了钱再去吃喝嫖赌吧。今晚这酒就喝到这里吧。"说着伸出饭碗。

他好像一连吃了三碗茶泡饭。这天夜里,我吃到了三片猪肉跟一个盐烤鱼头。

八

我在叙述跑墙运动时，曾经把围绕主人的竹篱略略描绘过一番。如果以为竹篱之外便是邻居，即南邻的次郎之类，那可就误会了。房租之便宜，方显出苦沙弥本色。

阿与、次郎之类无名小辈，尽管只有薄墙之隔，主人却从未与之有过亲密交往。篱墙之外，有块三四丈大小的空地，空地尽头，五六株扁柏枝繁叶茂的。从走廊放眼望去，对面便是茂密的森林。先生居住其间，恍若荒野人家，让人觉得他是伴了无名之猫安度时日的江湖隐士。

只是那扁柏枝条并不似我所吹嘘的那般繁茂。那树叶之间，毫无遮拦地露出一座便宜旅馆的廉价屋顶来，那小客栈的名称却是"群鹤馆"，名字倒很气派。如此，要想象苦沙弥先生的风采，自然要费一番工夫的。不过，既然那小客栈是"群鹤馆"，那先生的居室便大有"卧龙窟"的身价。好在名字不用上税，大家随便各自起些好听的便是。

单说这块三四丈大小的空地，因了竹篱，往东西方向过去六丈，然后拐一个直角，将卧龙窟北侧围紧。这背面可是个多事之源。本来房屋两侧全是空地，便完全可以以此骄人：走过空地，还是空地！别说卧龙窟的主人，就连我这卧龙窟的灵猫，面对眼前这片空地也会一筹莫展的。如同南面的扁柏占尽威势一般，北面七八株泡桐一字排开。泡桐已经长到一尺来粗，若把那木屐商带来，定能卖个好价钱。然而，租房的悲哀便在于此，虽然意识到了，但却无法付诸实施。对主人而言，实在可悲可怜。

前些年，学校一勤杂工来此，砍了一根树枝回去，再来时，脚上便有了双大号的新的桐木低齿木屐。"用上次那根桐树枝做的！"别人没问，他倒先吹上了。真是滑头。

这里泡桐有的是，但对于我和主人全家而言，却一钱不值。有句古语，叫"怀玉有罪"。那么，也可以说主人"守着泡桐受穷"，正所谓拿着金碗讨饭吃。愚不可及的既非主人，亦非本猫，而是房东传兵卫。那泡桐一再催促那传兵卫："木屐商呢？木屐商呢？"而他却装作不知，只知道催要他的房租。我与传兵卫无冤无仇，就不再说他的坏话了。书归正传，刚才介绍过，这块宝地乃多事之源。这话绝不可讲给主人听到的，说在这里，再莫提起。

说起来，这块空地，最不合适的是没有围墙。一任狂风漫卷、四面通风，可抄近道纵横其间，各色人等无不公然通行无阻。然而，若是把话题扯到过去，便会原因不明。原因不明，就是医生也难以开出处方来的。因此，必须从主人迁来之日说起。

虽说四面通风，夏日里却凉爽宜人。即便粗心大意，贫寒之家也自然不会发生盗案。因此，主人家中，所有墙壁院墙以及木桩阵、铁蒺藜之类，便一概不要。不过，这恐怕要由空地对面住着的什么人或什么动物而定。因此，要解决这一问题，先须明确盘踞对面之君子的品格。在未弄清楚对方是人还是动物之前称为"君子"，未免太过轻率。不过，称声君子亦无大错，社会上不就称那些小偷儿为"梁上君子"吗？然而，我这里提到的君子绝非专找警察麻烦的君子。以数量而言，自然不少，密密麻麻的。号称"落云馆"的这所私立中学，愈加要把八百之众造就为君子。为此，每月还要征收两元的学费。既名之为"落云馆"，定是些文雅君子，这样想便大错。其馆名之不可信，犹如群鹤馆中无鹤立、卧龙窟中竟卧猫一般。既然了解学士、教师之流中有我家主人苦沙弥之类的疯子，自然清楚落云馆里的君子未必全是风雅之士。如果还不开窍，不妨请来主人家中住它几天。

如前所述，刚搬来时，那片空地里并无围墙。落云馆的君子们便如同车夫家的阿黑一般，悠然而至泡桐地里。海阔天空、吃着盒饭，横七竖八躺在小竹之上，如此这般，应有尽有。然后将那盒饭的尸体——竹皮、旧报或是旧草鞋、旧木屐，等等，凡带"旧"字儿的东西皆抛却于此。漫不经心的主人倒是满不在乎，从不抗议埋怨地打发着时光。不知他是真不知道，还是明明知道却不加责怪。但是，随着那些君子们一日日接受了学校教育，渐渐变得像个真君子起来，企图从北向南步步蚕食过来。"蚕食"二字若与君子雅号不符，那便不用也罢。只是另外别无其他恰当词汇。他们如同沙漠之上逐水草而徙居的游牧民一般，开始舍泡桐而向扁柏进发了。扁柏位于主人房屋前面。若非大胆的君子，断然不会采取这种行动的。一两日之后，他们的胆子变得更大，成了"大大胆"。

再也没有比教育效果更可怕的了。他们不仅朝房屋正面逼近，而且面向了正面唱起歌来。是什么歌，已经忘记，但绝非三十一字和歌之类，而是更为欢快、更易叫俗人悦耳的那种。让人大吃一惊的是，不仅主人，就连我也叹服起这些君子们的才华，不由自主地侧耳细听起来。但是，读者也该清楚，"叹服"与"骚扰"有时是两立并存的。此时二者合而为一，现在想来，真是非常非常遗憾。大约主人也引以为憾，无可奈何地奔出书房：

"此处非你等出入之地，滚出去！"这样地把他们赶走过两三次。

然而，这些都是受过教育的君子，讲那么几句，他们是不会乖乖听话的。刚被赶走，马上又会回来，一回来便又唱那欢快活泼的歌、高声大嗓地谈话。既是君子之言，便别具风格，"你小子""天晓得"个不停。此类话语，据说在明治维新以前属于仆佣、轿夫、搓澡工之类的专业范围，到了二十世纪，便成了受过教育的君子们所学习的唯一语言。有人解释说，这与"常人鄙视之运动如今却大受欢迎"实属同一现象。

主人又从书房跑出，逮住一个最为擅长君子语言的学生，盘问他"为什么到这儿来"，君子把那"你小子""天晓得"之类高雅语言全忘得一干二净，却使用了极其粗野的说法："我们以为这里是学校的植物园呢。"主人以儆效尤，便放了他。

说"放了他"，倒好像是放走的是只小乌龟似的，便很滑稽。主人实际上是抓住了君子的衣袖进行谈判的。主人心想，这么教训了他一通，该没事的。但自从女娲补天以来，人世之上便总是事与愿违。主人再次失败。君子们这回却从北侧横越邸内，再从正门穿过。大门哐啷一声，主人还以为贵客临门，却听得泡桐地里笑声骤起。形势愈加险恶，教育的功效越发显著。

可怜的主人觉得棘手，便把自己反锁在书房里，毕恭毕敬，修书一封，呈给落云馆校长，恳请严加管束。校长郑重复函，称将立刻筑墙，请主人稍候。不久，来了三四个工匠。半日工夫，便在主人房屋和落云馆分界处筑起一道三尺来高的方格篱笆墙来。这下总算放心，主人于是高兴无比。主人糊涂，这算什么，君子的行为自然不会有什么变化。

人捉弄人十分有趣。连我这猫也常常捉弄捉弄这家的小千金玩儿。所以落云馆的君子捉弄呆头呆脑的苦沙弥，便理所当然的了。对此大抱不平的，恐怕只有被捉弄的人了。

解剖捉弄心理，主要有两个因素。其一，被捉弄者不能满不在乎。其二，捉弄人者无论在势力或是人数上必须强过被捉弄者。

前几日，主人从动物园回来，感慨万千地谈起过这样一件事情。一打听，却是看了骆驼跟小狗打架。小狗围着那骆驼，疾风般转着，汪汪直叫，骆驼却毫不介意，依然背上举着驼峰，挺立不动。无论小狗怎么叫唤发狂，骆驼只是不理，最后，小狗终于厌倦，不再跑再叫了。主人笑那骆驼感觉迟钝。这个例子正合适于此。即使再怎么会捉弄人，若是对方如骆驼一般，便捉弄不成的。虽说如此，而如果对方如狮如虎一般过于凶猛，也一样不成。不等捉弄，自己倒先会被撕得粉碎的。最开心的是，一捉弄，他便龇牙大怒。怒则怒，却奈何我不得。只有在这种放心状态之下，捉弄起人来才会妙趣横生。为何有趣？原因不胜枚举。首先，适于消磨时光。厌倦无聊时，有时都想数数胡须有多少根。曾听人说起过，古时有个囚徒，郁闷烦躁之余，竟在墙上反复地画三角形挨过时日。

世上再也没有比寂寞更让人难以忍受得了，如果不刺激一点活力，活着也够乏味的了。活着也会难受不已！

捉弄人，也是引起刺激的一种娱乐。但如果不惹得对方上火、焦急或者窘困不堪，便不成其为刺激。因此，自古以来热衷此道者，无非那些不懂人心、百无聊赖的糊涂昏官，或是只顾自己开心而对其他无暇顾及的白痴，抑或那些活力无处发泄的轻狂少年。

其次，想要验证个人优势，捉弄人便是最简单易行的办法。当然，杀死杀伤或陷害于人，也能验证自己的优势。然而，这些都是以杀死杀伤或是陷害人为目的而采取的手段，采取这一手段来证实自己的优势，不过是必然结果而已。因此，要想既能显示自我优势，又不想太过加害于人，自我优势便无以证明。如果未成事实，即便心里百般平静，都会出人意料地兴味索然。人类只信赖自己。不，即便很难相信自己，心里也想着要信赖自己。因此，他们便要向别人表明，自己如此信赖自己，如此便能一百个放心之类。否则，便要垂头丧气。而且，那些不明事理的凡夫俗子，还有那些不太信赖自己而沉不住气的人，便利用一切机会，以求稳操胜券。这和柔道选手总想摔倒对方同出一辙。柔术不高者总希望碰上一个弱于自己的对手，哪怕只交一次手，哪怕是个外行，只要能让他摔上一次。他们怀着如此险恶用心，横行于街头巷尾，便是为了达到这一目的。

除此之外，当然还有其他各种各样的原因，但说来话长，只好略去。如想打听，不妨带上鱼干一匣向我请教，将随时传授。

按以上所述，推而言之，本猫认为，深山里的猴子跟学校里的老师，最适于被捉弄。以学校里的老师与深山里的猴子比较，未免不大好听。不是说对猴子而言，而是指对老师不大合适。然而，二者如此相似，也没办法的。

众所周知，深山里的猴子被铁链锁着，不论怎么龇牙咧嘴，吱吱怪叫，都不用担心会被它抓破皮的。老师虽然没有铁链加身，却让薪水绑着。任你怎样捉弄，他也绝不会辞了职去殴打学生的。有勇气辞职的人，一开始便不会去做孩子王的。主人是教师，他不是落云馆的教师，但仍然是教师。要想捉弄人，我家主人便最适宜、最简便、最太平。落云馆的学生皆是少年，捉弄人可以抬高他们的身价，因而他们便将其视为教育成果而理所当然地提出要求，甚至认为这是他们应有的权利。不仅如此，如果不去捉弄人，便有人不知该如何利用他们那充满朝气的四肢与头脑，也不知道该如何打发漫长的假期而困惑不已。一旦这些条件具备，主人自然会被人捉弄，学生自然会去捉弄人。无论让谁来说，都无可置疑。主人对此发怒，恐怕是愚蠢至极、糊涂透顶了。下面将就落云馆的学生如何捉弄主人，我家主人又是如何穷于应付、愚蠢之极的情况逐一描述下来。

各位想必都知道方格篱笆墙这东西。这是一种通风良好的简易篱墙，我们猫类可以从那方格眼里自由出入。修不修的，于我们猫类而言都是一回事。但是，落云馆的校长并非为防我们猫类才修了这道方格篱笆墙，而是为了不让自己培养的君子钻进来，才特意请了工匠扎好围上的。的确，不管通风如何良好，人是休想钻进来的。要想钻过这些竹编而成的四寸方格，就连大清国的魔术师张世尊，也会一筹莫展的。因此，对那些人来说，它肯定充分发挥着垣墙的作用。所以主人看到这道篱墙筑起，以为如此便天下太平。这倒也在情理之中。然而，主人的逻辑却存在着很大的漏洞，比那篱墙上的方格子更大，是连吞舟之鱼都能溜之大吉的大漏洞。他似乎是从"垣墙不可逾越"这一假定出发来考虑的。按他的假定，既然是学生，垣墙再怎么简陋，既名之为墙，只要他们知道这是界线区域，便再也不用担心他们会擅自闯入。接着，他又暂且推翻这一假定，认定即便有人要擅自闯入，也没什么关系。最后，再小的毛孩子也不用担心他会从那方格眼里钻出来。因此，绝无闯入之虞。诚然，只要他们不是猫，就不大可能从那方格眼里钻过来，想钻过来也办不到的。但是，要翻过来、跳过去，却轻而易举，它反倒成了一种运动，很有意思。

从围起篱墙的第二天起，他们便同没有围墙时一样，仍旧扑腾扑腾地闯到北侧空地来，只是不再深入，跑到宅子前面来。假如被人追赶，需要时间逃跑，所以便事先计算好了逃跑所需要的时间，然后才在没有被活捉危险的地方徘徊。他们究竟在做些什么，待在东厢房里的主人自然看不见。他们在北侧空地里的情景，只有打开栅栏门，从相反的方向拐个直角看过去，或者从厕所窗口，隔了篱墙向外眺望，否则便看不见。从窗户往外看，一切尽收眼底，一目了然。不过，即便发现几个敌人，也不可能一一捉拿。只能从那窗格里骂上几句。如果从栅栏门外迂回袭击敌阵，他们听到脚步声，不等你抓，便早已溜之大吉，逃到篱墙对面去了。就像非法捕鱼船朝腽肭兽晒太阳的地方驶去一样。

主人当然不会在茅房里守候，也无意打开栅栏，风声一起，便立刻蹿出。若是真有这么一天，除非他辞掉教职，专事此职，否则便追之不及。主人的不利之处在于，身处书房则只能闻其声而不能见其人。从窗口而望，则只能见其人，却无从下手。识破主人不利之处的敌人便采取这样的策略，当他们探知主人正闭门书房之时，便尽可能大声地哇哇叫喊，其中还有故意高声嘲弄主人的。而且那声音来自何方，完全模糊不清。乍听起来，很难断定他们是在篱墙之内喧哗，还是在对面大闹。一旦主人出来，他们便逃之夭夭，或者装模作样，一副早就在对面的神情。当他们看到主人去上茅房——我从刚才就频频使用"茅房"这一肮脏词儿，却并未以此为荣。尽管不大好听，但因叙述这场战争很有必要，实属无奈之举——肯定会在泡桐附近走来走去，故意让主人看到。如果主人从茅房里头发出声震四邻的怒吼，他们则并不惊慌，从从容容地便后撤到根据地去了。他们采取这种战术，主人便无计可施。当他确认敌人已经侵入，提了文明杖出去时，却寂静无声，悄无一人。才以为没人，而从茅房窗子往外一望，却必定已有那么一两个学生在那里了。主人忽而绕到后边去瞧，忽而转到茅房来望。在茅房望过之后，复又转到后边去瞧，转来转去，都是一样。都是一样，还转来转去。所谓疲于奔命，便指这个。主人大为恼火，不知自己该以教师为业，还是以战争为本。当他恼火到极点，便有了下边的事件。

事件大约因上火引起。"上火"嘛，顾名思义，就是火气逆行而上。关于这一点，无论盖伦①、巴拉塞尔苏斯②，还是守旧的扁鹊，都会毫无异议的。只是问题在于火及何处，或者究竟何物使然，这些成了争论的焦点。据古代欧洲人所言，人体之内共有四种液体循环。其一，谓之"怒液"。它逆行而上，便会使人雷霆大发。其二，谓之"钝液"。它要是逆行而升，神经便要迟钝。其三，为"忧液"，它能令人忧郁。其四，是"血液"。它能使四肢健壮。据说其后随着人文发展，怒液、钝液、忧液不知不觉悉皆全失，如今只剩了血液，一如既往地在人的体内循环不已。因此，若是有人"上火"，必是血液无疑。而血液的量却因人而异，早已注定。虽然由于性格不同而有所增减，但大抵每人的血量平均为九公升九。因此，这九公升九的血液一旦倒流，那么，血及之处便十分活跃，其他部位则因缺血而变得冰凉。就好比火烧派出所③那会儿，警察们一个个全去了警察局，街上一个人影也没有一般。这从医学上诊断，便是"警察上火"。要治好这个病，必须平均分配，让血液恢复如初，分布到体内各个部位。为

---

① 盖伦（约129—200），古罗马医师，自然科学家和哲学家。
② 巴拉塞尔苏斯（1493—1541），原名冯·霍恩海姆，瑞士医学家、化学家。
③ 火烧派出所：明治三十八年（1905）九月五日，日俄战争媾和条约引发大规模游行示威活动，日本当局发布解散命令，从而引发暴动，在东京，8个警察署、219个派出所被焚。

此，必须将上行之火降下去。方法有多种多样。据说主人之显考等，曾以湿毛巾敷住头部，并以被炉取暖。正如《伤寒论》所载：头寒足热，乃延年益寿之兆。湿毛巾在长寿法中便一日不可或缺。若非如此，不妨一试和尚的惯用手段："居无定所之沙门，云游四方之行脚僧，必以树下石上为宿。"所谓树下石上，并非为了苦行，而是为了降火。这是六祖①舂米时想出来的秘诀。试在石头上落座，理所当然会臀部发凉。臀部一凉，火气下降。这也是自然规律，不容置疑。如此，采取种种手段降火的发明已经很多，但遗憾的是，引发上火的良策却尚未问世。一般来说，上火是有害无益的现象，但有时还不能如此过早地下结论。有的职业，上火则至为重要，如不上火，则一事无成。其中最重上火的乃是诗人。诗人之需要火气，犹如煤之于轮船不可或缺。这种供给一日中断，诗人便成了只能拱手待食，除此之外毫无用处的庸人。不过，上火还是发疯的别名。不发疯，便祖业难以维系，体面丧失殆尽。因此，他们便不以"上火"称上火，而是商量之后，故弄玄虚地以"灵感"称之。这是他们为了欺骗世人而巧立出来的名目。实际上正是上火。柏拉图②偏袒了他们，称为"神圣的疯狂"。而再怎么神圣，既是"疯狂"，人们便不予理睬。所以我想，还是称为灵感，就像新发明的成药一样，于他们更合适一些。但是，正如鱼糕的原料是山芋，观音菩萨是用一寸八分的朽木做成、葱花鸡肉汤面的材料是乌鸦肉、公寓里牛肉锅里的马肉一般，灵感，实际上就是上火。既是上火，便是临时性发疯。不用住进巢鸭③精神病医院里去，就是因为那只是临时性发疯而已。但要制造这种临时性发疯却很困难。而要终身疯狂反倒容易。要想只在对纸挥毫之时疯狂，任你何等高妙神佛，都只是白白受累，从未制造成功的。既然神不给造，

---

① 六祖（638—713），中国禅宗六祖慧能。
② 柏拉图（公元前427—前347），希腊哲学家。
③ 巢鸭：当时东京小石川区（今文京区）驾笼町的东京府巢鸭病院，创立于明治十二年（1879）。

便只能自力更生。于是，自古至今，上火之术与降火之术一样，令无数学者伤透脑筋。为了获得灵感，有人每日吃下十二个涩柿子。他们的逻辑是，吃了涩柿子就要便秘，便秘就会上火。还有人举着温酒的壶，跳进带烧水铁管的澡桶，以为在热水里饮酒便会上火。据他所说，如此还不成功，便烧好葡萄酒洗澡水，一次即可见效。对此，他深信不疑。然而，此人因为没钱，终于未能付诸实施而一命呜呼，真是可怜。

最后，又有人想到，若是模仿古人，许能激发起灵感来吧。他是援用了这样一种学说，即只要模仿某人的举止行为，其心理状态也便酷似某人。若是像个醉鬼，撒酒疯，说醉话，不知不觉地，心情也会变得如同醉汉一般。坐坐禅，坚持一炷香的工夫，就会觉得自己也成了和尚。因此，如果模仿古代受过灵感关照的大家名作，肯定会火气大作。据说雨果①曾躺在游艇上构思作品，于是，只须往那船上一坐，仰视苍穹，准保会火气上冲。又闻说史蒂文生②曾俯卧而书其作，因此，只须俯卧握管，便会火气自来。如此，形形色色的人，想出了千方百计，却无一人成功。至少在目前，人为之火气已属不可能。至为遗憾，却又无可奈何。毫无疑问，可以随时生发灵感的时机早晚都将到来。为了人文之未来，我殷切期望着这一时机的早日到来。

关于上火，以上已很充分。以下将叙述事件原委。不过，凡大的事件之前，必有小的事件发生。只谈大的事件而忽略小的风波，是自古以来史学家们常常陷入的弊窦。主人的火气每经一次小的波折，便要加剧，而终于引发大的事件。因此，如不将其发展过程一一叙述，便难于理解主人究竟如何上火法。若难于理解，主人上火便归于空名。说不定世人还会不屑一顾："未必如此吧？"好不容易上一次

---

① 雨果（1802—1885），法国浪漫主义作家。
② 史蒂文生（1850—1894），英国作家。

火，却没有人唱唱赞歌："上得令人佩服！"岂非毫无意义？下边将要叙述的事件，无论大小，于主人都不大体面。如果事件本身不大体面，便必须把它弄清楚。至少他的上火，是地地道道的上火，便绝不比别人逊色多少。主人在其他方面，却并无值得夸耀之处。若是连上火都不炫耀一下，便没有值得费尽心思大书而特书的题材了。

聚集落云馆的敌军，近日发明出一种达姆弹来，十分钟课间休息时或是放学以后，便对着北侧空地猛烈开火。这达姆弹通称为球，用根擂槌般大的棒子，任意向敌方射球。就算是什么达姆弹，因为是从落云馆的运动场上发射，自然不用担心会射中躲在书房里头的主人。虽是敌人，但也并非不知射程之太远。但策略正在于此。听说旅顺战场上由海军间接射击而大获成功。既如此，则虽然落向空地的是球，亦能收到相当效果。更何况每发一弹，全军便齐心协力"哇"地发出惊天动地之声呢！主人惶恐之下，通向手足的血管便不得不为之收缩。烦闷之极，徘徊于此的血液便要倒流。敌方计谋堪称绝妙！

传说古希腊有个作家，名叫埃斯库罗斯的，兼具学者与作家的头脑。我之所谓兼具学者与作家的头脑，意思是指秃头。何故头秃？定是因为头部营养不良，缺乏毛发生长之足够活力。学者、作家尤多用脑，大抵穷困潦倒。因此，学者、作家的头悉皆营养不良，全是秃子。

埃斯库罗斯还是一名作家，按自然规律，便非秃不可。他生了一颗金橘头，闪闪发亮。一天，他摇晃着秃头——他那脑袋无所谓礼服便服，就那颗秃头而已——在阳光照耀之下，走在大街之上。这便是他铸成大错的根源。秃头在那日光之下，远远望去，闪闪发光。树大招风，头秃自然要招点什么。这时，埃斯库罗斯的头顶盘旋了一只大雕，只见那利爪之上还抓着不知从哪里生擒来的一只乌龟。乌龟、王八之类，肯定好吃，但自希腊时代起，便有了一层坚硬的甲壳。再怎么好吃，带了壳儿便无可奈何。带皮烤大虾倒是有的，而带壳炖小乌龟,至今未有尝过,当时自然更是没有。

那大雕正不知如何是好,忽见远处下界有个东西在闪光,心想好极!要将那小乌龟往那儿一丢,龟壳定会撞得粉碎。撞碎之后,便盘旋而下,品尝美味。好!大雕瞄准目标,连声招呼也不打,便把那小乌龟从高处径向那秃头丢了下去。偏巧作家的脑袋硬不过那乌龟壳,秃头被砸得稀烂。著名的埃斯库罗斯就这样悲惨地一命归天了。此外,那大雕是如何居心,尚难以解释。它究竟是洞悉了那是作家的头才丢下乌龟的,还是误以为是块石头才扔下的?一俟此疑难解开,便可以将大雕与落云馆的学生进行比较,或者根本就不能相较。

主人的头,并不像埃斯库罗斯或赫赫学界权威那般熠熠生辉。但既然独占一室作为书房,虽然这书房不过六铺席大。打着瞌睡,把头埋在那艰深的书堆之中,便必须把他视为学者与作家的同类。如此,主人的头之所以未秃,全因为他还没有取得秃头的资格。不久就要秃的!噩运就要降临到主人头上来了!那么,落云馆的学生以主人的头为目标,集中达姆弹进攻,其策略便极合时宜。假如敌方行动持续两周,主人的头必然由于恐惧烦闷而致营养不良,从而变成金橘脑袋、铁壶脑袋或者铜壶脑袋的!若再连续吃上两周的达姆弹,金橘便会打破,铁壶定会漏水,铜壶定要裂缝的。结局如此显而易见,却不去预测,而煞费苦心地欲与敌人决一死战的,便只有这位苦沙弥先生了。

一日下午,我照例在那走廊里睡着午觉,梦到自己变成了一只老虎,对了主人大喝一声:

"拿鸡肉来!"主人"嗳"的一声,胆战心惊地把鸡肉拿了过来。

迷亭来了。我对他说:"我想吃大雁的肉,去那雁锅①订一份来!""把那咸芜菁跟咸煎饼掺在一起吃,就有雁肉味了。"迷亭还

---

① 雁锅:当时东京上野公园山下的一家著名的飞禽餐馆。

像往常一样，胡言乱语着。

我大口一张，"呜"地大吼一声，吓得那迷亭脸色苍白，连忙说：

"山下那雁锅店已经关门停业，这可如何是好？"

我只好说："那就将就点，吃点牛肉。快去西川牛肉铺割一斤牛里脊来！如不快去，先把你给吃了！"

迷亭掖起后襟飞奔而去。我因为身子突然变大，躺下去便占了整个走廊。正在等着迷亭回来，突然一声巨响，响彻全屋。没等牛肉下肚，却从梦中惊醒过来。

刚才还出人意料，胆战心惊地在我面前叩头跪拜不已的主人，突然从茅房里头飞奔而出，一脚踢在我的腰窝。我吃了一惊，却见主人趿拉着便木屐，已经绕过那栅栏门，往落云馆而去。我由一只老虎缩成小猫，总觉得不好意思，又觉得十分可笑。但由于主人的怒气冲冲，还有腰窝被踢的疼痛，老虎一事早已抛到九霄云外。与此同时，又想到主人终于出马与敌交战，定会很有意思！于是忍了疼，忘了痛，跟着他奔出后门。同时，听得主人一声怒吼："捉贼！"只见一个十八九岁戴学生制帽的、极健壮的小子正要越过那方格篱墙。我想："哎呀，慢了一步！"只见那学生制帽用了跑步的姿势，飞毛腿一般跑回根据地去了。主人以为喊声"捉贼"便告成功，于是一路高喊了"捉贼"，追踪而去。然而，想要追上敌人，主人必须越过那道篱墙。追得太远，主人自己也会被当成贼的。前边讲过，主人乃是十足的上火专家。既然乘胜追击，看来即便沦为盗贼，他也要穷追不舍的。只见他，毫无鸣金收兵之意，一路追到了篱墙根下。再前行一步，主人就要成为强盗了。就在这时，敌阵之中，一位蓄了无精打采小胡子的将军走出阵来，二人以篱墙为界进行谈判。仔细一听，却原来是些无聊的争论：

"他是本校学生！"

"既为学生，何故擅闯他人宅第？"

"啊，是球飞过去了。"

"为什么不说一声，再进来捡球？"

"以后注意。"

"那样就好！"

本以为会有一番龙争虎斗的壮观场面，此番交涉却极其平淡无奇、太太平平地迅速收了场。主人只不过虚张声势而已，一旦交战，总是如此草草收场。如同我从猛虎之梦一下子回到猫的世界一般。我之所谓小的事件，便指这个。小的事件既毕，接下来该按了顺序，说说大的事件。

主人打开客厅的拉门，趴在那里，正在苦苦思索着什么。大概正在冥思对敌防御之策吧！落云馆那里好像正在上课，运动场上意外的寂静。唯有校舍一间教室讲授伦理学的声音真真切切地传了过来。只听得声音洪亮，娓娓道来，正是昨日阵中出马、担负谈判重任的那位将军。

"……所以，公德，便至为重要。去到那里看看，无论法兰西、德意志，还是英吉利，不管你到哪里，无一国不讲公德。可悲的是，在这一点上，我们日本尚不能与外国抗衡。那么，说起公德，诸君之中，说不定有人还以为是新近从外国进口的呢。这种想法便大错特错了。古人云：'夫子之道，一以贯之，忠恕而已矣。'①这个'恕'字，便是公德一词的出处。我也是个人，时常便要放声唱唱歌什么的，而我读书之时，若闻邻室放歌，便怎么也读不下去，这是我的禀性。因之，每当朗声吟起《唐诗选》来，觉得神清气爽之时，心中便想：假如邻居也如我一般，是怕人吵闹的人，那便不知不觉地妨碍到了人家，很对不住别人。因此，此时的我，定要尽力克制。所以诸君，也应尽力遵守公德。假使觉得所做之事有损于人，便绝不去

---

① 夫子之道……忠恕而已矣：源出《论语•里仁篇》："子曰：参乎，吾道一以贯之。"曾子曰："唯。"子出，门人问曰："何谓也。"曾子曰："夫子之道，忠恕而已矣。"

做……"

　　主人一直洗耳恭听着，听到此，不禁扑哧一笑。这一笑的含义，在此稍做解释。若是讽刺家读了这段，定会以为这一笑之中交织着冷嘲热讽的成分。然而，主人绝非那种坏人，说他坏，不如说他智力不够发达。主人何故一笑？原来全是因为高兴而笑的。伦理学老师训诫如此深切，则从今以后可以永远免受达姆弹扫射之灾了。脑袋暂时还不至于会秃。上火的毛病一时难于治疗，但只要时机一到，便会渐渐康复的！他充分断定，不顶那湿毛巾，不缩进被炉，不宿于树下石上，也一样平安无事。于是他才欣然一笑的。时至二十世纪的今日，主人依旧天真地以为"欠债必还"。那么，他认认真真领教这堂讲课，便理所当然。

　　不久，下课时间到了，讲话声戛然而止。其他教室也都同时下课。于是，一直密闭室内的八百壮士齐声呐喊，冲出校舍，其势犹如打落一尺多长的蜂窝，嗡嗡呜呜地从窗子、大门、单扇门、双扇门，从一切出口，毫无顾忌、争先恐后地一拥而出。这便是大的事件的开端。

　　先从蜂子们的布阵说起。这种战争还需要布什么阵？这么以为便大错。一般人提及战争，便只想到沙河、奉天或者旅顺，似乎此外便无战事。稍稍懂些史诗的野蛮人，则只联想到那些被随意夸大渲染过的战斗场面，什么阿喀琉斯①拖了赫克托尔的尸骸在特洛伊城绕城三圈啦，燕人张飞长坂坡桥上横起丈八蛇矛，喝退曹兵百万啦，等等。联想任其自由发挥，但若以为此外再无战事便不应该。

　　只有在远古蒙昧时期，才进行过上述荒唐的战争也未必。然而，当今太平盛世，在大日本国帝王之都的中心，此种野蛮行为当属不该发生的奇迹。学生再怎么闹事，也不用担心会比火烧派出所更凶。如此，卧龙窟主人苦沙弥先生与那落云馆八百健儿之间的战争，至少数

---

① 阿喀琉斯：《伊利亚特》中的主人公。

得上东京城内有史以来的大战之一。

左丘明写鄢陵之战,也是从敌方阵势下笔。自古以来精于叙述之功者皆用此笔法,已成通用之规则。因此,我这里先述蜂之布阵,并非没有来由的。

那么,便先来看看蜂子的布阵如何,只见方眼篱墙之外,已经排好一列纵队。看得出,这是诱我主人于战斗圈内的任务。"投降吧?""不降不降!""不行不行!""不出来呢!""没落下来吗?""不可能落的。""叫它几声吧!""汪汪!""汪汪""汪汪汪!"接着是整列纵队发出的一片呐喊之声。

纵队稍右的运动场上,有炮队选了块形胜之地布阵。一名将官手持一根大号的擂槌,面向卧龙窟,正在待命。与此相对,间隔三丈来远处还站着一个。擂槌之后,也站了一个,面朝卧龙窟站得笔直。如此一字排开,相对而立的,便是炮手。据说这是在练习棒球,而绝非战斗准备之类。我是个不知棒球为何物的门外汉。不过,听说这是从美国进口的一种游戏,目前在中学以上的学校运动中,是最时髦的一项运动。美国是个充满古怪想法的国度,所以才把这被人当作炮队也无妨、扰得四邻不安的游戏教给了日本人,也许,仅此便显出他们的热情来。还有,美国人也许把它当成了一种真正的运动游戏吧。但是,既然纯粹的游戏都足以惊得四邻不安,那么,用作炮击,也绰绰有余了。以我的观察,只能认为他们是想以运动之术,收炮火之功。事情看你怎么说。既然有人假慈悲之名,行欺诈之实,口称灵感,而喜上火,则棒球游戏名目之下,难保没有战事发生。他们说的许是世上普通的棒球,而我所讲的棒球,却是特殊场合下的棒球,即攻城炮击术。

下边介绍达姆弹的发射方法。一字排开的炮队之中,一人右手握了达姆弹,再投向持擂槌者。达姆弹以什么制成,局外人不得而知。像个坚硬的石球,以皮革精心缝制而成。如前所述,这颗炮弹离开炮手之手,嗖地飞出,站在对面的"呀"的一声抢起那根擂槌,将其击回。有时也有击不中的,便飞了出去。但大都能"铿"的一声击回。其势迅猛,要让患神经性胃弱的主人脑浆迸裂,简直轻而易举。

炮手只须如此,便已足够。看热闹兼做援兵的云集周围,每至木棒"铿"声响起,便"哇"声响起,劈劈啪啪掌声响起,叫喊声、鼓掌声此起彼伏。"打中了!""还不够厉害?""不服气?""服了!"

仅仅如此,也还说得过去。但那被击回的炮弹,却三次必有一次飞入卧龙窟邸内。因为不飞进主人家中,便达不到攻击目标。近来各地都在生产达姆弹,价格昂贵。即便同样是战争,却难以指望大量供应。大致一队之炮手发给一至二个,不能"铿"的一声将那么贵重的炮弹报销掉。于是,又增设"捡球部队",专事捡弹。若是球落之处好一点,捡来便毫不费力。若是落入草地或者别人院内,就不那么容易捡回来了。因此,平时为了尽量节省人力,总是让球落在容易捡到的地方。可此时却恰恰相反,其目的不在游戏,而在作战。于是,故意让那达姆弹落入主人邸内。弹入邸内,便要进去捡弹。要入邸内,最为简便的办法便是翻过方格篱笆墙。只要他们在篱笆墙内吵吵嚷嚷,主人便非火不可,不然,便非丢盔卸甲投降不可。煞费苦心,脑袋便非日渐见秃不可。

刚才敌军一弹,准确无误地越过方格篱笆墙,震落桐树下边的叶子,命中第二道城墙——竹篱之上。声音很大。牛顿第一定律指出:如无外力,开始运动的物质总是以匀速直线前进。如果物质运动只遵循了这一定律,则此时主人脑袋的命运,当与埃斯库罗斯一般无二了。幸而牛顿在制定第一定律的同时,还制定了第二定律,所以主人的头才在危难之中得保一命。牛顿第二定律称:运动变化与所受外力成正比,而变化发生在力的作用直线之上。究竟说的是什么,便有些难懂。但是,那达姆弹并未穿竹篱、破拉门,砸碎主人的脑袋。由此看来,定是托了牛顿之福。

过了一会儿,果如所料,敌军有人跳进邸内,"是这里吗？""再靠左些吧？"等等。同时传来用棒子敲打竹叶的声音。若是敌人倾巢出动，跳到邸内捡那达姆弹，定会发出异乎寻常的大声。悄然而进，悄然而捡，便达不到主要目的。达姆弹也许珍贵，而捉弄主人，却远比达姆弹更为重要。正如此时一般，远远便能判断弹落之处。他们既听清了弹撞竹篱之声，也知道中弹之处，更知道弹落之所。因此，要想乖乖捡弹，捡多少都能捡到。莱布尼茨[①]的定义说："空间乃能共存之秩序。"一二三四五六七，总以同样顺序出现，柳树之下，必有泥鳅。蝙蝠离不开黄昏之月。而墙根之下必有球，则恐怕不大相称。然而，那些日日往别人邸内投球者眼里的空间，却已经习惯这种排列。所以便一目了然，他们闹得人声鼎沸，归根结底是向主人挑战的一种策略。

到了这一步，主人再不怎么积极，也要起来应战了。刚才在房内听过伦理课后笑容满面的主人，不禁愤然而起，猛地冲了出去，以迅雷不及掩耳之势生擒一名敌兵。于主人而言，真是特大战果。虽说战果特大，但看上去却是个十四五岁的孩子，作为生满胡子的主人之敌，未免太不相称。然而，主人却好像极为满意似的，把那连声道歉的孩子硬是拽到了走廊里。

这里必须指出敌人的策略。他们昨日领教过主人的气势，认定如此一来，他便一定会亲自出马。那时，万一来不及逃走，却被抓了个大孩子的话，事情便会麻烦，派个一二年级的孩子去捡球便能避过风险，真是再好不过。好吧，就算小孩被抓，主人唠唠叨叨纠缠不休，于落云馆的名声却毫发无损。而只会让主人抛开大人气概，与那小孩子一般见识，落得让人嗤笑的。敌人的想法便是如此。这是普通人的想法，真是一语中的。不过，他们在算计之时却忽略了对手并非普通人这一事实。主人若是稍具这点常识，昨日便不至于跳出来。上火能使普通人成为人上之人，上火能让正常之人成为失常之人。人们若是

[①] 莱布尼茨（1646—1716），德国自然科学家、数学家、哲学家。

尚能分清是女人、是孩子、是车夫、是马夫，便不足以"上火"夸示于人。若非像主人一般，生擒那根本不是对手的初一学生来充当战争人质，便难跻身于上火者之列的。只是可怜了那俘虏。他只不过遵照了高年级学生的命令，在充当一回捡球的勤务兵之时，不幸被这失常的敌方将领、上火天才追得走投无路，来不及越过那篱墙便被拖到院前。如此，敌人便无法悠闲自如地看着自己的战友受辱了。他们争先恐后地翻过方格篱墙，从木栅门乱哄哄地拥进院子。约有一打的人，在主人面前排成一排。大都既未穿上衣也未穿背心，有挽起白衬衫袖子、抱着胳膊的，有随意将那洗褪了色的绒衣搭在背后的。虽然如此，但却有个好打扮的，白帆布衣上镶了黑边，胸口绣着花体字儿。个个如同以一当十的骁将，一副"丹波①筱山②汉，昨夜到此来"的神情，黑红壮实，肌肉发达。送他们进学校求学，真太可惜。若让他们去做渔夫或者船老大，想必于国有利。他们一律光了脚，裤脚高挽，一副要去那附近救火的架势。他们只一味排在主人面前，一言不发。主人也不开口。一时间，双方对峙之中，透出一丝杀气。

"你们是贼不成？"主人盘问。他气势汹汹，仿佛用大牙咬响的摔炮，化为烈火从鼻孔蹿出，所以，鼻翅儿剧烈颤动起来。那越后狮子③的鼻子，大约便是照着人们发怒时的样子制出来的。否则，便没有那么吓人的。

"不，不是贼！我是落云馆的学生！"

"撒谎！落云馆的学生，哪会擅自闯入他人住宅？"

"可，我戴了制帽，上边有校徽的呢。"

"怕是假的吧？是落云馆的学生，为何随便乱闯？"

"因为球飞进来了。"

---

① 丹波：日本古国名，相当于今京都府及兵库县中东部。

② 筱山：又写作"笹山"，兵库县多纪郡中部地名，提及丹波国筱山出身，意指极粗野的乡巴佬。

③ 越后狮子：越后国（今新潟县）西蒲原郡月潟地方的狮子舞。

"为什么让球飞进来?"

"可它一下飞进来了嘛。"

"岂有此理!"

"下次不敢了,这回就饶了我吧!"

"有把翻墙闯进私室的来历不明的人随随便便轻易放走的吗?"

"可尽管如此,我也是落云馆的学生呢。"

"既是落云馆的学生,几年级?"

"三年级。"

"肯定?"

"肯定。"

主人回头朝屋里喊道:"喂,过来过来!"

出生于埼玉的女仆拉开隔扇,"嗳"地应声而出。

"你去落云馆,带个人来!"

"带谁来?"

"谁都成,给我带一个来!"

女仆虽然口中"嗳"地答应了一声,却因为庭前光景奇怪,出使目的不明,事件经过自始至终又极无聊,弄得她站也不好,坐也不是,只嘻嘻笑着。主人却想打场大战,将那上火本事大显身手一番。但是,自己的仆人本该同仇敌忾,而她却不仅不以严肃的态度对待,而吩咐她时,她还嘻嘻笑着,这使主人越发火气冲天。

"不是告诉你了吗?谁都成,带一个来嘛!听不懂?管他是校长,是干事,还是副校长什么的……"

"把校长先生……"女仆只知道校长这个词儿。

"管他是校长,干事,还是副校长什么的,跟你说了怎么就不懂?"

"要是谁都不在,叫个杂役来也行吗?"

"胡扯!杂役懂个屁!"

事已至此,女仆明白只有出发了,便又"嗳"的一声,出去了。

然而，出去的目的依旧不明。她正在担心，干脆拉个杂役来吧。正在此时，孰料刚才那讲伦理学的老师从正门进来了。等他安然落下座来，主人便立刻着手谈判。

"刚才这帮小厮擅闯敝宅……"他使用了《忠臣藏》①那旧式的道白，然后又略带讥讽地说："确乎贵校学生吗？"

伦理学老师并不惊奇，若无其事地扫过一眼庭前的勇士们，回头望着主人，答道：

"没错，都是敝校学生。我们始终教育学生，不要这样做！……真是难以对付！……你们为何要翻墙过来？"

学生到底是学生，他们对了伦理学老师，一言不发，无人开口，一个个规规矩矩地挤到院子一隅，宛如羊群遇上大雪似的。

"球飞进来，在所难免的！既然与学校为邻，总会不时有球飞进来的。可是……他们也太凶了点嘛！就是要翻墙，你也别出声，悄悄把那球捡了去，还可以原谅……"

"所言极是。我们常常一再告诫的，却总是人数众多的……今后非得好好注意不可。以后球飞进来，必须从正门进去，打了招呼再去捡球。听见了？……学校太大，总是给您添麻烦，真是没办法。而运动又在教育上必不可少，总禁止不得的。而一容忍，便要给您添些麻烦的，无论如何请您多多原谅。另外，今后一定让他们从正门进来，打了招呼再捡球。"

"哎呀，如此通情达理，好说好说。投进多少球来都不碍事的，从正门进来，讲一声，没关系的。那，这名学生就交给你，带回去吧！哎呀，有劳大驾，真是对不起！"

主人照例道歉，说些虎头蛇尾的话。伦理学老师带了丹波国的筱山好汉们从正门回落云馆去了。

我之所谓大的事件，至此告一段落。若是嗤笑："这算什么大的

---

① 《忠臣藏》：《假名手本忠臣藏》的简称，净琉璃剧本。

事件？"笑便是了。顶多不算他们的大事件罢了。我是在叙述主人家大的事件，并不是讲述他们的大事件。若是有人诽谤主人是"虎头蛇尾""强弩之末"，便要奉劝此人记住，这正是主人的本色。还要让他记住，主人之成为滑稽小说的题材，也正因了他的本色。若是有人说起他竟与十四五岁的孩子相较，实在愚蠢，那么我也举双手赞成，那实在是愚不可及！大町桂月就曾抓住主人说："你稚气未褪！"

我既已讲完小的事件，又说过了大的事件，下边想描绘一番大的事件之后的余澜，以做全篇的结尾。

也许读者之中会有人认为，我笔下的这一切全是信口开河。但我绝非那种草率的猫。一字一句，无不包容了宇宙间的一大哲理，这一点自不必说。那一字一句，层层相连，首尾呼应，前后照应，才以为是琐谈闲话而漫不经心地读着，却又突然一变，成了难懂的法典文字。这便容不得躺着或伸着腿一目十行之类的无礼表演。据说柳宗元每读韩退之的文章，必要先以蔷薇花露水净手。那么，读我的文章，希望至少不要像自己掏腰包买本杂志，或者借了朋友的书来应应急一样，漫不经心。

以下要讲的，我称为"余澜"。若是以为，既是余澜，必然无聊，不读亦可。如此定会后悔莫及。必须精心读完才对。

大的事件发生后的第二天，我想散散步，便来到门外。却见金田老板和铃木藤十郎站在对面巷角处不停地说着话。金田老板驱车回府，铃木访金田未遇，回去的途中，二人碰到了一起。

近来金田府上已不再稀奇，所以我不再信步前往。但既然看见，便有些怀念。铃木也已阔别很久，不妨从旁拜谒尊颜。决心一下，便慢慢走近二位伫立之处，两个人的谈话自然都传进了我的耳里。这可不是我的罪过，怪他们自己不好好说话。金田老板乃是"有良心之人"，甚至派了密探去探主人的动静。那么，我偶然听听你的谈话，断不至于会发火吧？若是发了火，只能证明你还不懂"公平"二字为何物。

总之,我是听了他们的谈话。不是想要听而听到的。根本没想要听的,是那谈话声自己钻进我的耳朵来的。

"刚才去过贵府,真是巧遇!"藤十郎毕恭毕敬,点头哈腰。

"嗯,是吗?我说,这段时期,我正想见你来着呢。太好啦!"

"呃?真巧啦。有何吩咐?"

"哪里哪里,没什么大不了的。虽说这事儿怎么的都成,可是若不是你,便办不成的。"

"只要我力所能及,一切效劳!什么事?"

"呃……这个……"金田想着。

"要不,就在您方便的时候我再来拜访吧。哪天合适?"

"哎呀,没什么太大的事嘛。那,既然难得,那就拜托你了。"

"您别客气……"

"就是那个怪人!对啦,就是你的那位旧友,叫什么苦沙弥的。"

"对。苦沙弥,他怎么啦?"

"不,倒也没怎么。只是那次事儿之后,这心里一直不大舒服。"

"您说得对。全怪那苦沙弥太傲慢……也不想想自己在社会上什么地位,还以为是他一个人的天下呢。"

"你看,他说什么'不向金钱低头'呀,'实业家算什么东西'呀的,说那么狂妄的话,我呀,倒想让他尝尝实业家的厉害!他这阵儿好像有所收敛了,却依然不甘示弱,真是顽固的家伙,令人吃惊!"

"这家伙,就是不知利害得失,只知道死撑!他早就有这个毛病,自己吃亏的事,却一点都觉察不到,真是无可救药!"

"啊哈哈哈!真的是无可救药!我用尽各种手段,才终于让学生们整了他一把。"

"真是好主意！很有效果吧？"

"这下子，那家伙好像不大好办呢。用不了多久，他就会垮的。"

"那太好啦。再怎么神气，也寡不敌众啊！"

"对。就他一个，有什么办法！所以才有所收敛。所以呢，我想求你去一趟，看看情况如何。"

"啊，是吗？没问题，我马上就去。情况如何，一回来便向您报告。真是有趣啊，那种顽固货色竟会意气消沉起来，真是值得一看哪！"

"啊，回头再上我这儿来，等着你。"

"那我失陪。"

哎呀，又是一场阴谋！实业家的势力真是厉害。令煤渣脸的主人上火也好，让主人苦闷之极，脑袋成了苍蝇都站不稳的险要之地也好，使主人的头颅遭到与埃斯库罗斯同样命运也好，都因了实业家的势力。我不知道地轴旋转是由于什么作用，但我知道改变社会的确实是金钱。洞晓金钱效力并能自由发挥金钱威力的，则各位实业家之外，再无一人。就连太阳平静地自东方升起，又平静地落向西方，也全归功于这些实业家们。我一直被养在完全不懂人情世故的穷措大之家，而对实业家的好处却全然不知，自己也觉得是一大罪过。但尽管如此，那冥顽不灵的主人，这回也该有所领悟的。即便如此，仍然冥顽不灵，固执己见，便很危险。主人那最可宝贵的生命亦危在旦夕。不知他见了铃木该如何招呼。了解这些，其领悟情况便见分晓。不能再磨磨蹭蹭的了，我虽然是猫，但事关主人，便非常担心起来。于是，我从铃木身旁挤过去，先回去了。

铃木依旧善于辞令。他只字不提今日金田所托之事，只颇有兴致地扯些无关痛痒的家常。

"我说，脸色可不大好呢，没怎么吧？"

"没哪儿不对劲呀。"

"脸色发青呢，得当心点喽！只怪气候不好。夜里睡得可好？"

"好。"

"有啥心事吧？只要我能办到，啥都成！别客气，只管说。"

"心事？什么心事？"

"哎呀，没有便好，我是说要有的话。心事最伤身子呢。人活在世上，得笑呵呵地、快快活活地过，才合算呢！你看起来忧虑重重的。"

"笑也伤身子呢。笑得太狠了，会送命的！"

"别开玩笑！'欢声笑语家，洪福滚滚来'呢。"

"古希腊有个哲学家，叫克里西帕斯①的，你可知道？"

"不知道，他怎么了？"

"他笑得太凶，死掉了。"

"呃？真不可思议！不过，你那是古时候的事儿……"

"古时候也好，现如今也罢，又有什么不一样？他见驴子吃那银碗里的无花果，忍不住纵声大笑起来。可是，那笑声却怎么也抑制不住，最后终于笑死了。"

"哈哈哈！不过，他不该那么狂笑不止的，只稍稍笑一下，适当地笑，这样才能心情愉快。"

铃木正在反复琢磨主人的动静，这时，正门吱呀一声开了。以为贵客临门，却不是那么回事。

"球落到院子里了，请允许我去取。"

女仆在厨房里应一声："请吧！"那学生便转到后门。铃木觉得奇怪，便问："怎么回事？"

"后边的学生把球给打进院子里来了。"

"后边的学生？后边有学生？"

"那个叫落云馆的学校嘛。"

---

① 克里西帕斯（公元前280—前207），古希腊哲学家。

"啊，是吗？吵得很吧？"

"别提什么吵不吵的了！根本看不进去书！我要是文部大臣，早就下令把它给关了！"

"哈哈哈！火气还不小呢。有什么让你心烦的吗？"

"什么有没有的！从早到晚烦透了！"

"那么心烦，何不搬出去？"

"鬼才搬呢。真是岂有此理！"

"对我发火也没用。哎呀，都是些小孩子，不理便是了嘛。"

"你不理可以，我可不行。昨天把他们老师叫来谈判过了。"

"这太有意思了。该吓坏了吧？"

"是的。"

这时，门又开了，有学生进来，说："球落到院子里了，请允许我去取。"

"哎呀，来的真不少呢。我说，又是捡球的。"

"对，跟他们订过合同的，要走正门来捡球。"

"怪不得！是吗？明白了！"

"明白什么？"

"这回是今天的第十六次。"

"不嫌烦吗？叫他们别来，该多好！"

"不叫他们来？他们要来，没办法的！"

"没办法的话，那也就算了。不过你别那么固执嘛。人哪，一不圆滑，在社会上混，就会又费劲，又不讨好的。圆滑的人骨碌骨碌的，转到哪里都能吃得开。而棱角分明，不只是转到哪里都累，而且每转一下，棱角都会磨得生疼。世界毕竟不是自己一个人的世界，绝不会如你所愿，万事如意的。嗳，那个什么，不管怎么说，跟有钱人作对，总要吃亏的。只会劳神伤身，没人说你好的。他们才不在乎呢。只须坐在家里吩咐吩咐就完事儿。所谓'寡不敌众'，总之清楚自己斗不过人家的。固执一下，倒也没啥。以为固执，便要影响到自己的学习,给日常工作添些麻烦,结果只会劳而无功呢。"

"对不起,刚才球飞进来了,我可以到后门去捡吗?"

"瞧,又来了!"铃木笑着说。

"真是无礼!"主人满面通红。

铃木觉得出访使命已大致完成,便告辞一声打道回府。

铃木前脚才走,后脚便跟进了甘木先生。上火专家之以"上火专家"自居,自古少见。而当他发现有些不大对劲的时候,往往已是过了上火的高峰时期。主人上火,已在昨日之大的事件中达到最高境界。尽管谈判虎头蛇尾,但总算处理了一下。因此,到了晚上,他在书房里仔细一想,便觉得事情有点不大对劲起来。不过,是落云馆不对劲,还是自己不对劲,这一点尚存疑问。反正是不对劲。即使与那中学为邻,如此一年到头地上火生气,便觉得不大对劲起来。既然发觉不大对劲,总得想个法子。而真要实行却又一筹莫展。还是服些医生开的药,贿赂贿赂、抚慰抚慰上火之源,除此别无他法。如此,便生了请平日里常去就诊的甘木医生来给看看的想法。贤乎?愚乎?这些暂且不管。总之,他意识到了自己已经上火,仅此一点,便不能不说其志可嘉,其心可贵。

甘木医生总是面带笑容,十分沉稳:"怎么样?"做医生的大抵都要问声"怎么样"的,我总觉得,医生若是不问"怎么样",便靠不住的。

"医生,总觉得不行呢。"

"呃?怎么会呢?"

"医生给开的药到底有没有效啊?"

甘木医生也吃了一惊,但他是位温厚的长者,并无特别吃惊的神色。只和颜悦色地说:

"不会没效的。"

"我这胃病,吃多少药,都不济事呢!"

"绝对不会!"

"不会？那，稍见好转？"是自己的胃，却问起别人来。

"不会一下子痊愈的，得慢慢好起来。现在就比从前好得多了。"

"是吗？"

"还是生气？"

"当然生气。连做梦都生气呢。"

"做做运动什么的？"

"运动起来，更会生气的。"

甘木医生十分惊讶：

"那么，让我看看。"

说着，开始诊断起来。医生尚未看完，主人却已等得不耐烦，突然发了大声，问道：

"医生，前些天我读了本写催眠术的书，说是用催眠术能治手不干净及各种毛病，是真的吗？"

"对，也有那种治法的。"

"现在也那么治吗？"

"对。"

"施催眠术，难吗？"

"不难不难。我也常做的。"

"医生你也做？"

"对，给你也施一下吧？按理，谁都必须接受催眠术。你要愿意，便施一施！"

"有意思。那就施一次。我早就想让人催一下来着。不过，若是施完之后，再也醒不过来，可就糟啦！"

"没事没事！那就开始吧！"

协商马上成立，主人接受起催眠术来。我从未见过这种场面，不觉暗喜，蹲在墙角，观察结果如何。医生先从主人的眼睛开始催眠。只见他自上至下地按摩起主人的上眼皮来，尽管主人眼睛已经闭上，

医生却依然朝了一个方向不停地抚摩着。过了一会儿,医生问主人:

"像这样子,按摩一下眼皮,渐渐地,眼皮该发沉了吧?"

"的确是的。"主人回答。

医生又继续按摩起来,说:

"渐渐会沉的。没事吧?"

主人也许真的中了那催眠之术,只默默无语。这样按摩了大约三四分钟。最后,甘木说声:"好啦,眼睛睁不开喽!"

真是可怜!主人的眼睛终于睁不开了。

"再也睁不开了?"主人问。

"是的,再也睁不开的。"医生说。

主人默默无言,双眼紧闭。我还以为主人的眼睛已瞎。但过了一会儿,医生却又说:

"要想睁开眼睛,便睁开一下试试吧。反正你睁不开的!"

"是吗?"主人话音未落,一双眼睛已像平常一样睁在那里了。

主人笑着:"催眠术不灵呢!"

甘木也笑了:"不灵,不灵。"

催眠术以失败而告终,甘木先生回家去了。

接着又来一位。主人府上从未来过这么多的客人,这在交往不多的主人家里而言,真叫人不敢相信。但确实有客登门,而且是稀客。对于这位稀客,哪怕只记下一句也要讲一讲,这不单因为他是稀客。如前所述,我一直在叙述大的事件之后的余澜。而这位稀客便是余澜之中不可多得的素材。他叫什么名字,我全然不知。只知道他是长脸、留着山羊胡子、约莫四十岁。迷亭是美学家,相比之下,我要称这位为哲学家。何故?因为他不像迷亭那样乱来一气,只须看看他与主人谈话,便觉得此人有哲学家风度。他似乎也是主人的昔日同窗,二人谈话无拘无束,十分融洽。

"噢,迷亭嘛,他这人就跟那喂金鱼的烤面筋似的,浮在池面上,飘飘然呢。前些天他领个朋友,路过一家素昧平生的贵族门前,说声进去喝杯茶吧,便拽了那朋友进去。真是无忧无虑呢。"

"后来呢?"

"后来?我可没有问起过。这人啊,天生的怪人呢!啥也不想,空空如也,简直就是喂金鱼的烤面筋。铃木?他来?嗨!此人事理不明,却极精通人情世故,是块挂金表的料。但此人太浅太薄,没有稳重劲儿,不行不行。嘴上老挂着圆滑圆滑的。却对圆滑为何物一无所知的。迷亭是那喂金鱼的烤面筋,那铃木便是用草绳系着的魔芋呢。只是滑得很,颤颤抖抖个不停罢了。"

主人听了这番精辟的比喻,颇为钦佩似的,爆发出一阵许久未闻的哈哈大笑声。

"那,你自己呢?"

"我吗?对啦,我嘛,野山药吧!长大了,便埋到泥土中去了。"

"你泰然自若的,很是安怡呢。真叫人羡慕呢!"

"哪里!跟普通人没什么两样!不足以让人羡慕的。只是谢天谢地,不用去羡慕别人,这样便好。"

"近来手头定很宽裕吧?"

"哪里,还是老样子,时宽时紧。不过,饭有吃的,不碍事的,莫要大惊小怪!"

"我过得不很开心,肝火上来,难受死了,见什么都不满的。"

"不满也行,一旦起了不平,尽情发泄一番,心情自然会好的。人嘛,形形色色,强求别人也跟自己一样,终究不成。虽然,不跟别人一样拿起筷子便吃不成饭,但自己的面包,还是自己随便切着方便。去那高级成衣店里定做衣服,便能拿回一身十分合体的衣服来。但去那差劲的裁缝铺子定做,不暂时将就着穿一下便不行的。不过社会上却极合理,穿着穿着,那西服便适应起人们的身材了。若是上等爹妈,能够妥善处理一切,把大家生得适于当今社会,那便幸福无比。若是做得不好,就只有与社会格格不入,或者拼命忍受,直到完全适应社会。"

"但是，像我这样，永远也难于适应社会的，真是担心呢。"

"太不合身的西装，硬要穿上它，便会开裂。诸如吵架、自杀的，定要闯出乱子来。不过，像你这样儿，只不过无聊而已，而绝不会去自杀的，只怕连架都没吵过吧？还算好的。"

"可我每天在吵呢！对方不出来，我只要一生气，便是吵架了吧！"

"原来如此，是一个人吵架，有意思，你就多吵几次吧。"

"我有些腻了。"

"那就不吵了。"

"跟你这么说吧！我这自个儿的心，可不那么自由呢。"

"那，到底是什么事让你那么不满？"

主人于是便对哲学家滔滔不绝、和盘托出。从落云馆事件到今户窑的狗獾子、津木砰助、福地喜佐古，等等，所有的不平。哲学家默默听着，终于开口，这样对主人说：

"砰助跟喜佐古那里说些什么，只装不知便是。反正极无聊的。那些初中生，不用理睬的。怎么？碍你事儿？可是，谈判也罢，吵架也罢，要碍事儿，一样碍你事儿！仅就这点而言，我便觉得日本古人要比洋人伟大。洋人的做法，是'积极'，最近十分流行。但却有个很大的缺点。就说'积极'吧，那可是无止境的话题呢。你再怎么积极努力，也难达到满意或者完美的境界。对面有棵扁柏树吧？太碍眼了，砍掉吧。可这么一来，那前边的旅店又挡在前边了。将它也推倒，而再前边的那户人家又碍起事来。这样便无休无止了。洋人的做法，全是这一套。拿破仑也好，亚历山大也好，并未因为胜利而心满意足过。看着别人不顺眼，然后吵架。对方不服气，告到法院。官司打赢，以为如此便皆大欢喜，便大错特错。一辈子苦苦追求'心满意足'，可曾有谁如愿以偿？寡头政治不好，就改为议会制度。议会制度不好，又想换个什么别的制度。河水狂妄，就架起桥来。高山挡路，凿条隧道。交通不便，铺条铁路。但人类不会永远满足于此。虽然如此，人们究竟能够在多大程度上积极地实现自己的主观意图呢？西方文明也许是积极的、进取的，是那些终生失意的人们所创造出来的文明。而日本文明并不在于改变外界事物以求满足。它与西方文明最大的不同点就在于，它是在'不从根本上改变周围环境'这一假设前提之下发展起来的。亲子关系不好，却不会像欧洲人那样去改善关系，以求稳定。亲子关系必须保持原状，不能改变，而在此关系之下谋求安心之策。夫妻君臣之间、武士商人之间也是如此，观察自然，也莫不如此。有高山挡路，而去不成邻国，此时所想到的，不是去推倒这座大山，而是想方设法，使自己即便去不成邻国也能安然度日，培养不越大山而心满意足的心境。所以你看，无论禅宗也好，儒家也罢，都要紧紧抓住这一根本问题。即便自己如何了不起，而人世并非如你所愿。既不能令夕阳再升，亦不能使加茂川倒流。能力所及，唯有自己的心灵。只要热心修炼，令自己心灵自由，落云馆的学生再吵再闹，也会满不在乎的。今户窑的狗獾子，也大可不必理它。砰助等等，若是依旧胡言乱语，只当他是混蛋一个，便可相安无事。听说从前有个和尚，刀架到脖子上了，还在说着俏皮话：'电光影里斩春风。'①若是修身养性，消极之极，便会起到这种灵活自如的神奇之功。我这人不懂得那些难解之理。只是觉得，一味鼓吹洋人的那种积极主义，便有些不对。眼下即便你如何积极主义，学生们一样前来戏弄于你，你不一样无可奈何吗？若是你有权封了那所学校，或是他们做下坏事，值得向警察起诉，那又当别论。否则，你再怎么积极出面，也断不可胜。若是积极出面，便要遇上金钱的问题、寡不敌众的问题。换言之，你必须对了财主，点头哈腰。折服于那些人多势众的孩子们。似你这般穷汉，而且还是单枪匹马，却要积极地去与人吵架，这正是你心中不平的原因所在。如何？明白了？"

---

① 电光影里斩春风：源出泽庵禅师《不动智神妙录》："镰仓无学禅师，大唐之时，被俘，问斩之时，作一偈，为电光影里斩春风。皆弃刀而逃。"意即刀如闪电，砍头之时，不过以刀斩春风而已。

主人只顾听着，既不说明白了，也没说不明白。稀客走后，他步入书房，没有看书，陷入沉思。

　铃木藤十郎指点主人要屈从于金钱，要从众。甘木医生则出主意，要以催眠术使心绪宁静。最后这位稀客却规劝他要以消极之修养求得心安。主人究竟选择哪个，悉听主人之便。只是维持现状，肯定行不通。

九

主人是张麻脸。听说明治维新以前，曾经麻脸大流行，但在日英同盟的今天看来，这副尊容不免落后于时代。麻脸的衰退与人口繁殖成反比，因此，不远的将来麻脸终将绝迹。这是通过医学统计精密推算出来的结论。真是高论，猫类也不容置疑的。今日世界，究竟几张麻脸生息其间，我一无所知。我的交往范围里，算一算，猫没有一只，人倒是有那么一个。而这个人，便是我家主人。真是遗憾之至！

我见主人，心里必想：主人到底因为什么报应，要这么一副嘴脸，厚着脸皮来呼吸这二十世纪的空气？也许，这张麻脸在过去曾经辉煌，但近来所有痘疤都被勒令退至双臂之上，而那麻点却依然盘踞鼻头与面部，岿然不动，但不值得夸示于人，甚至有损麻点体面。如果可能，还是尽早除掉为好。即使麻点自己，也定然孤独不已。抑或当此"麻党"萧条之际，誓挽落日于中天。所以才那般旁若无人，占据了主人整张面孔。由此看来，对这麻点绝不可轻而视之。它是抵御滔滔流俗而万世不朽之坑的集合体，堪称颇值吾人大大尊敬的坑坑洼洼。只是显得肮脏，乃是美中不足之处。

主人孩提时代，牛达区的山伏町里住了一位叫浅田宗伯的中医名医。听说老人出诊之时定要坐轿，悠悠而往。而宗伯老人亡故之后，到了他的养子这代，轿子立刻为人力车所取代。所以，那养子死后，这养子的养子如若继承家业,说不定葛根汤也要变成阿司匹林的。乘上轿子缓步行进在东京街头,即便在宗伯老人当时也并非如何体面。敢于如此我行我素的,唯有那些因循守旧的亡灵、装上火车的猪猡,还有宗伯老人。

主人的麻脸在不时兴这一点上,与那宗伯老人的轿子一般无二。从旁观之,觉得可怜之极。然而主人的固执并不亚于那宗伯,至今他仍将那孤城落日的麻脸暴露于光天化日之下,天天往学校去教英语读本。

刻满一脸上一世纪纪念的主人,站在讲坛之上,定然会于课业之外,对那些学生大加训诫。比起他反复讲解那英语课本里的"猴子有手"来,"麻点之于面孔的影响"这一重大问题,却轻而易举地得到了解释,于无言之中将那答案一一传授给了他的学生。若是没有主人这样的教师存在,那些学生为了研究这一问题,便要跑图书馆奔博物馆的,花费人类依靠木乃伊去想象埃及人同等的劳力。由此可见,主人的麻脸便于冥冥之中行了非凡之功德。

但是,主人却并非为了行善积德而弄得满面痘疤的。实际上,他是种过痘的,不幸的是本来种在手上,却不知何时传染到那脸上去了。当时年幼,不似今日这般讲究什么魅力。当时一边口中念着"痒呀,痒呀",一边往脸上胡乱抓搔一气。于是恰似火山喷发,熔岩满面横流,把父母赐予的一张好脸活活糟蹋断送掉了。主人常对妻子说起,他没长痘疤以前,曾是面白如玉的美男,甚至自夸自己那时漂亮得如同那浅草庙里的观音菩萨像,迷得那洋人都顾盼回眸的。诚然,也许如此,只是没有保人,便很遗憾。

不管如何行善积德,如何训诫别人,肮脏毕竟是肮脏。从开始懂事时起,他便开始为这些麻点发起愁来。千方百计要抹平这种丑态。然而,却不同于宗伯老人的轿子,不可能觉得讨厌了,便立刻弃之不用的。现在依旧清晰地写在脸上。看来主人老是担心这些清晰的麻点,每当走在大街之上,总要数着麻脸走路。今天遇见几张麻脸,那麻脸的主子是男是女,地点在小川町劝业场①,还是在上野公园,悉皆写进日记之中。

关于麻脸方面的知识,他确信自己远胜于别人。前些日子,一位留洋回来的朋友来访,主人甚至问起:"我说,洋人里头可有麻脸?""这个么……"朋友侧首而思,然后说:"哎呀,好像少有呢。"主人于是仔细叮问一句:"少有,便是有几个的吧?"朋友无心于此,便回答说:"即使有,也是要饭的。有教养的人似乎没有。"主人便说:"是吗?这和日本稍稍有所不同呢。"

依照哲学家的意见,主人不再与那落云馆的学生争吵,终日缩进他那书房里,冥思苦想着。说不定这是接受哲学家的忠告之后,许是要于静坐之中消极地修炼他那灵活之气的结果吧。但他原本心胸狭窄,如此一味愁眉苦脸地袖手而坐,便不会有什么好的结果。曾经想到要提醒他一下,莫如将那些英文书送到当铺,跟那艺妓学学《喇叭小调》②要强得多。然而,那种性情乖僻之人终究不会听从猫的忠告之类。那就由他去吧!于是,五六天来,我一直没去接近过他。

今天正好是第七天。禅宗之中有人会不要命地结枷趺坐,以向人显示一七之日便可大彻大悟。我家主人也该有个结果什么的了,是死?是活?总该有些头绪了吧?我慢悠悠地从走廊来到书房门口,侦察起室内的动静来。

书房朝南,有六铺席大,向阳处放着一张大的桌子。只说是大的桌子尚不清楚,此桌之大,长六尺,宽三尺八寸,桌高与之相应。当然,这不是一件正规产品,而是与就近的木器店几经交涉之后特制的一张床与书桌兼用的稀世之物。为何要新做这张大的桌子,又为何会萌起要睡在那上边的念头?这得去问主人,我是一无所知的。许是他一时冲动,才将这么个笨东西抬了进来。抑或如同

---

① 小川町劝业场:当时神田区(今千代田区)神保町里的东明馆,劝业场即百货店的前身,当时主要销售一些日用品、杂货等。
② 《喇叭小调》:明治三十七八年间流行全日本的演歌。

我们所常见的精神病患者那样,联想到风马牛不相及的两件事物,便将桌子和床扯到一起去了。总之是标新立异,不过,却只有新奇。一无是处,便是缺点了。

桌前一块薄毛呢的坐垫,烟卷烧的三个窟窿聚在一块,露出的棉花有些发黑。坐垫之上背着身子正襟危坐着的便是主人。那条脏成灰色的腰带打了个死结,分向左右,无力地垂挂到左右脚掌之上。前不久,我抓这带子玩儿,头上立刻便被敲了一下。千万不可接近这条带子。

主人还在沉思默想。有个比喻叫"想不出高招等于白费时间"。从他身后望过去,只见桌上有个东西在闪闪发光。我不由得一连眨巴了两三下,真奇怪!便忍受了耀眼的强光,定神凝视那光亮之物。方才看清,原来却是桌上动来动去的一面镜子发出来的。可主人为什么要在书房里摆弄起镜子来呢?提到镜子,肯定是洗澡间里的。我今天早上就在洗澡间里见过那面镜子。之所以特别提出是"那面",是因为主人家中除此之外再无第二面镜子。主人每天早上洗完脸之后,梳他的分头时也用这面镜子的。也许有人会问,主人之类的人还梳分头?实际上,主人干别的事都懒得动弹,唯独对头发关爱有加。从我到这户人家,至今为止,不管天气多么炎热,主人都未曾留过平头,一定要留出二寸来长,不仅在左边夸张地分开,还把右边发端往上卷一卷。说不定这也是他精神病的症状。我想,这种装腔作势的梳法,与那张桌子完全不协调,但绝不会危害别人,所以谁都没说什么,他本人也心满意足。

主人留分头赶时髦的事先不管它,他为什么要留那么长的头发呢,实际上另有原因。据说麻子不仅侵蚀了他的脸,而且早已深入到他的头顶。因此,如果像普通人那样,把头发剪成平头或者更短,短的发根之处便会露出几十个麻坑来,无论怎么摩挲,也抹不平那些斑斑点点,好像在荒郊野外撒了一把萤火虫,也许颇具风雅。自然不会让太太满意。既然可以留下长发一遮马脚,又何苦自己揭短!如果可能,让那毛发长到脸上,把那里的坑坑洼洼也遮蔽起来。不花一分钱长出的毛发,实无必要再去花钱剪短,然后再去四处张扬:天花生到我的头顶上了呢!

以上便是主人要蓄长发的理由,而蓄长发又是主人梳分头的原因,这一原因又成了他照镜子的根据,也是为什么将镜子放在洗澡间的缘故,而且也是主人只有一面镜子的事实。

既然本该放在洗澡间,而且又是唯一的一面镜子出现在书房,那么,不是镜子得了夜游症,就一定是主人从洗澡间拿了过来。如果是主人拿进来的,那么他为什么要拿进来呢?或许是消极修炼时的必要工具也不一定。据说,从前某学者访一高僧,见那和尚正光了膀子磨着一片瓦。便问他磨瓦干什么?回答说:"唉,我想做一面镜子,正使劲儿磨呢。"于是,学者吃惊之下,便说:"就算你是高僧,只怕也磨不成镜子的。"和尚哈哈大笑,破口大骂:"是吗?那就算了!就算你读书再多也不会知道,都么回事吧!"许是主人听说了那么一点点,便从洗澡间把面镜子拿了出来,得意扬扬地折腾了起来。这下可有好戏看了!我悄悄地朝里窥视着。

主人全然不知,正以满腔热情凝视着那面唯一的镜子。本来镜子这东西令人可怖。深夜秉烛,在这宽敞的房间里头独自对镜,大概要有相当的勇气。我第一次被这家小姐用镜子照时,大大吃惊之下,差不多绕着房屋跑了三圈。虽然是白昼,但要是像主人这样死命地照镜子,肯定会被自己吓得半死的。只要看上一眼,那张脸都让人作呕。过了一会儿,主人自言自语起来:"的确,脸上很脏。"能自认容貌丑陋,真是令人敬佩。观其外表,也许像个疯子,但他的言语却是真理。若再往前一步,便要为自己的丑陋所吓倒。一个人,如果不能刻骨铭心地觉得自己是个可怕的坏蛋,便终究不得解脱。既已至此,主人只须顺便说上一句:"啊,真恐怖!"但他终究没有说。一声"的确,脸上很脏"之后,好像想起什么似的,"噗"地噘起嘴来,然后用手掌往那腮帮子上啪啪地打了几下。不知道他念的哪门子咒。这时,我忽然觉得有个什么东西像极了这张脸,想来想去,却原来是女仆的那张脸。

那么顺便在这里介绍介绍这女仆的那张脸。哎呀,她总是绷着个脸的。前些天，有人从穴守神社①送过一河豚皮的灯笼，女仆那绷着的脸就跟那河豚灯笼一模一样。由于绷得太凶太狠，一双眼睛都看不见了。是的，河豚皮绷起来，却是绷得匀称，不似那女仆，那身骨骼本来就棱角分明，按着那棱角鼓起来，便如同一座浮肿的六角钟了。如果女仆听到这些，定要发火的。所以，关于女仆就只讲这些。再回到主人的话题。如此，主人就充分吸了气鼓起腮帮子，如同前边所讲的那样，用巴掌拍打着，又自言自语地说了一句："皮肤绷得这么紧的话，麻点便不打眼了。"

这时，主人又转过脸去，用镜子照着那承受了阳光的半边脸，显出大为吃惊的样子："这一看，便太刺眼。还是朝向阳光的这边平整些。真是不可思议！"然后伸出右手，尽可能将镜子举得远些，仔细审视着，仿佛一下子明白了什么似的，说："离这么远的话，也便觉不出来。到底太近了不行。不光脸是如此，万物皆是如此。"接着，又突然将镜子横放，将那眼睛、额头、眉毛以鼻根为中心一下子皱拢到一起。那样子一看上去就令人生厌，他自己也好像意识到了这一点："哎呀，不行不行！"说着赶快停了下来。"怎么就长了这么一张凶神恶煞的脸呢？"他稍稍觉得奇怪，将镜子拉回到离眼三寸多远的位置，用右手食指摸一摸鼻翅儿，再使劲把那指头往桌上的吸水纸上一摁，被吸上的鼻油圆圆地浮现在纸上。他的小把戏可真多。然后，又将那摸过鼻油的手指掉转方向，一下翻开了右眼的下眼皮，表演起俗语说的"做鬼脸"来，精彩之极。他究竟是在研究麻子，还是在和镜子比赛瞪眼，这些便不得而知了。主人是个兴趣广泛的人，对镜之时，便能看出他的方方面面。不仅如此，如果善意地做一番《魔芋问答》式的解释②的

---

① 穴守神社：当时位于东京府荏原郡羽田村（今大田区羽田五丁目）的神社，俗称"穴守稻荷"。
② 《魔芋问答》式的解释：意即像《魔芋问答》那样，将无言的动作牵强附会为意义深远。《魔芋问答》为日本相声名，魔芋店主六兵卫乔装成禅宗和尚，与永平寺的行脚僧以手势做无言之禅宗问答。六兵卫以手势讲着魔芋方面的事情，却被行脚僧人解释为禅宗的深奥意义。

话，主人说不定正是为了大彻悟道之便才如此对镜做出种种表演吧。

凡人类之研究，都是为了研究自我。天地山川、日月星辰，无一不是自我的别名而已。谁都找不出舍我求他的研究事项。如果人们能够跳出自我，那么，在他跳出的那一瞬间，便已失去自我。而且，自己的研究，则自身之外，便无人愿做。再怎么渴望着想要研究别人或指靠别人研究自己，都不过是缘木求鱼。因此，自古英雄无不以自身之力成为豪杰。如果靠了别人便能了解自身，那么请人代吃牛肉，自己便能辨别牛肉的软硬了。所谓"朝闻法，夕闻道""案前灯下，手不释卷"，都不过是挑起这一自我觉悟的方便工具而已。他人说法之中，他人讲道之处，乃至汗牛充栋的虫蛀书堆里头，便不可能存在自我。要有，也是自我的幽灵。而有的时候，幽灵也许强过无灵。捕风捉影，未必就遇不上实体。许多的影，大抵都离不开实体的。从这一意义上而言，主人摆弄那镜子，还算得上是头脑灵活之人。比那些囫囵吞枣、生搬硬套爱比克泰德等人学说，而又好摆学者架子的人要高明得多。

镜子如同自命不凡的酿造机一般，同时又是狂妄自大的消毒器。若以浮华虚荣之念头对此明镜之时，再无其他东西可以如此对蠢家伙更具蛊惑作用了。自古以来，以无能而自负害己戕人的史实，有三分之二，确系镜子所为。正如法国大革命之时，一名好事的医生发明了"改良杀头机"而犯下滔天大罪一般，镜子的始作俑者，想必一直受着良心的谴责而蒙昧不安吧。然而，每当嫌恶自己或是自我萎靡之时，便没有比对镜自省更有用的了。妍媸分明，一目了然。他一定会觉得：哎呀，如此尊容，竟趾高气扬地过到现在！意识到这一点，便是人生之中最值得庆幸之时。再没有比自知愚蠢更可贵的了。在自知之明面前，一切自命不凡者都会低下头来，甘拜下风的。尽管他是想要昂然自得地轻蔑嘲笑于我，但在我方看来，那昂然自得之处，正表明了他已低头认输。主人倒不见得就是对镜而愚的贤人，但却能够公平读出那些刻在自己脸上的麻点。承认自己面目丑陋，乃是领悟自己灵魂卑贱的阶梯。真是一位前程似锦的人！说不定这正是挨那哲学家批评之后的结果。

这样想着，再看看主人那里，对此完全不知的主人在尽情玩过做鬼脸游戏之后，又说："好像充血很厉害呢，又是慢性结膜炎！"说着便用食指使劲揉起充血的眼皮来。也许很痒也不一定。不过本来就充血而红得厉害，又怎经得住那样揉法？用不了多久，就会跟那咸大头鱼的眼珠一样腐烂的。

过了一会儿，主人睁开眼睛，开始照起镜子来。果然，他那眼睛就像那北国的寒空，阴沉沉地浑浊一片。的确，他那双眼睛平日就不够清澈明净，用个夸大一点的形容词来说，就是浑浊一片，模糊不清，黑白不明。就如同他精神恍惚、一贯不得要领一般，他那双眼睛就总是暧昧的，在那眼窝深处飘忽不定。有人说这是胎毒所致，也有人说是天花的影响。听说他小的时候便受到过无数柳树虫子与哈什蚂的大力关照。然而，可怜母亲一番苦心尽付流水，他那双眼睛至今仍如出生时一般，模模糊糊，蒙蒙眬眬。我暗地里以为，这绝非由于胎毒或天花所致。他的眼珠之所以彷徨于如此晦涩朦胧的逆境之中，完全由于他不透明的本质所决定，这种影响甚至达到了黯淡溟蒙之极，因此便自然要显现于形体之上，让那茫然不知的母亲空自牵肠挂肚。无火不起烟。眼球浑浊，足以证明其愚蠢。这样，他的眼睛便是他心灵的象征。而他的心灵却又像天宝铜钱一般，有个空洞，因此，他的眼睛也一定如同这天宝铜钱一般，便不能派上大的用场。

主人又开始捻起胡须来。那胡须原本就不像样，各具神态，自由生长。尽管当前个人主义盛行于世，但是，如此长短不齐，恣意放肆，可想而知，那会给胡须的主人带来多大的麻烦。主人已引以为戒，近来大加训练，尽可能努力对其进行系统化的安排处理。总算功夫没有白费，近来胡须已经稍稍步调整齐一些。主人甚至引以为傲：从前的胡须是自己长出来，如今，胡须是我叫它长。随着大获成功，那份热情越发受到鼓舞。所以，当主人看出自己的胡须鹏程万里时，便朝朝暮暮，只要手头得空，定要对它们鞭策有加。他的野心，是要像德意志皇帝那样，蓄上一篷向上翘起的髯须来。所以便不管那毛孔是横是竖，他毫不姑息，不分青红皂白，抓住就往上揪。那胡须定然痛苦不堪的。就连胡须的主人也常常感到生疼难忍。但这是训练，不管愿意不愿意，只一味往上揪着。外行人看来，简直就是一种莫名其妙的嗜好，只有当事人觉得再合适不过。正如教师徒然矫正了学生的本性，却还要夸耀于人："看我多有本领！"一样，没有理由责难他的。

主人正满腔热忱训练着胡须，厨房里传来多角形女仆一声"来信了"，接着同每次一样，通红的手突然伸进书房来。右手捋着胡须，左手拿着镜子的主人，姿势没变，便转过身来面向门口，多角脸的女仆一见那奉命倒变成八字的胡须，急忙返回厨房，趴到锅盖之上哈哈大笑起来。主人却满不在乎。他悠然放下镜子，再拿起信笺。头一封是铅印的，言辞庄重严肃似的，展而读之：

敬启者。谨祝吉祥如意。回顾往事，则日俄之战，乘连战连胜之势、宣言和平恢复，我忠勇刚烈之士，已有大半于"万岁"声中高奏凯歌，万民欢腾，其乐若何！自宣战诏书颁发，义勇奉公之士，久驻万里异域，忍寒暑之苦，致力作战，为国捐躯。其至诚之心，当永记不忘。部队凯旋，以本月而告终了。故本会定于本月二十五日，代表本区全体居民，为区内千余出征将士举行盛大凯旋庆祝会，同时以此抚慰军人遗属，故真诚欢迎莅临，以聊表谢忱。

如蒙诸位鼎力协助，盛典得以顺利举行，则为本会之幸。乞望鼎力而助，踊跃义捐。

谨上

寄信人是位贵族老爷。主人默读一遍，旋即又装回信封，不再理睬。义捐之类，恐难以为之。前些天他拿出两三元钱为东北歉收义捐，以后逢人便要四处张扬："我被抢义捐了！"既为义捐，必是主动掏钱，而绝不可能被抢。又不是遇上了小偷，"被抢"便不妥当。尽管如此，遭了抢劫一般的主人，任你"欢迎军人"也好，贵族出面义捐也罢，若要勒索则又另当别论。主人绝非那种凭了一纸铅印信便能慷慨解囊的。在主人而言，倒是希望欢迎军人之前，先欢迎欢迎自己。欢迎完自己之后，欢迎欢迎其他的人倒也没啥。他大概觉得，自己每日奔忙，欢迎一事，交给贵族们处理去吧。

主人拿起第二封信来："啊？又是铅印的！"

值此秋凉季节，谨祝阖家兴旺。

敬启者。如您所知，自大前年以来，因为二三个野心家的缘故，敝校备受困扰，竟至于极。

此皆因不肖无德，深为自警。卧薪尝胆，历尽辛酸，将以自力新建合我理想之校舍，正谋求经费筹措之策。无他，唯在书籍出版，名曰《缝纫秘诀纲要增刊》。本书乃不肖针作多年苦心之结晶，完全依据工艺原理原则，乃呕心沥血之作。本人只在装订成本之外略收薄利，深望一般家庭广为购买。希望此举有助于斯道之发展，另一方面能积微薄之利以充作校舍建筑之需。故此，万分惶恐之下，万望为本校建筑费慷慨解囊。兹提供《缝纫秘诀纲要增刊》一书，还望购买，分与女仆，以表赞助之意。恳乞援助，匆匆谨启。

大日本女子缝纫最高等大学院
校长　缝田针作　九拜

郑重如此，主人竟冷淡视之，将信团成一团，啪地丢进字纸篓中。针作先生九拜也好，卧薪尝胆也罢，全都枉费心机了，真是可怜！

第三封。这封又颇为与众不同，信封红白相间，像那卖棒棒糖的招牌一般。五彩缤纷之中,是粗体的八分书字样:珍野苦沙弥先生阁下。外边如此华丽异常,至于信封里边会不会蹦出个什么玩意儿来,可就不好说了。

若以我律天地,当一口饮干西江水。若以天地律我,则我为街头尘埃。须问矣,天地与我,有何关联?……初尝海参者,其胆力可敬。始吃河豚者,其勇气可贵。食海参者,乃亲鸾①再世。食河豚者,即日莲②化身。至于苦沙弥先生,唯知葫芦干酸浆而已。食之而为天下之士者也,未曾见之。……

亲友亦会将你出卖,父母于你,亦有自身,情人也当弃你而去。富贵原本无指靠,爵禄一朝为泡影。你那脑中秘藏之学识会发霉。汝欲何所恃?天地之间,欲何所依?神乎?

神乃人类于万般无奈之中凭空捏造之泥偶,人类迫不得已时急出的粪便所凝成的臭屎堆而已。恃无所恃而心安。咄嗟,醉汉恣意胡言乱语,蹒跚而向坟墓。油尽而灯自灭,孽尽而留物。苦沙弥先生,且进清茶!

不以人为人,则无所畏惧。不以人为人者,须叹不以我为我之世。正如权贵显达之士,以不以人为人而心满意足一般。只在他人不以我为我之时才怫然作色。任意作色去罢!混账东西!……

我以人为人之时,他人不以我为我之时,鸣不平者便发作性地由天而降。此发作之举,名之曰革命。革命非鸣不平者所为,乃权贵显达之士好事而生。朝鲜人参多矣,先生何以不用?

巢鸭精神病医院　天道公平　再拜

---

① 亲鸾(1173—1262),日本镰仓初期高僧,净土真宗的开山祖。
② 日莲(1222—1282),日本镰仓时期高僧,日莲宗的开山祖。

针作是"九拜",而此公仅仅"再拜"而已。只因不是募捐,便傲慢无礼地减了七拜。此信虽非募捐,但却晦涩难懂。不论投到哪家杂志,都具有不被采纳的充分价值。因此,以头脑不清著称的主人,定会将它撕得粉碎。但出乎意料,他竟翻来覆去地读个没完。说不定他认定其中必有含义,便决心要彻底弄清,穷其究竟。想来,天地之间未知之事颇多,而无一不是虽赋其义却含混不清。如何艰深的文字,若想解释,便能轻易解释。说人愚蠢也好,说人聪明也罢,轻而易举,一清二楚。岂止如此!说"人是狗"也好,说"人是猪"也罢,都算不得什么难解的命题。把山说成很低也行,把宇宙说得狭小也无妨。说乌鸦是白的、西施是丑的、苦沙弥先生是君子,亦无不可。因此,这封毫无意义的信件,只须找些歪理,便如何理解都行。尤其主人那样,向来爱把他不知道的英文牵强附会,胡乱讲解,便更要附之以意了。学生问他:"明明天气不好,为何要说Good morning?"主人竟一连七日苦思冥想。又问起哥伦布该如何用日语来说?主人又以三天三夜钻研答案。如此在主人眼中,葫芦干的酸浆便是天下之士,吃了朝鲜人参便要闹起革命。这样,随便的含义,自然会遍地皆是。

过了一会儿,主人以他对待Good morning的方式,似乎对那些难解之辞已经彻底理解。于是赞不绝口:"真是意味深长!此人定是于哲理颇有研究,卓有见地!"仅此一言,足见主人愚不可及。反之,亦有不无道理之处。主人喜欢重视那些虚无缥缈的东西。未必只有主人如此。不明之处潜伏了不可小觑之物,莫测之处总能引起神圣崇高之感。因此,尽管凡夫俗子不懂装懂地大肆吹嘘,而学者则把万人皆明之事讲解得让人如入五里雾中。大学课程之中,那些喋喋不休、大谈未知之事者大受欢迎,而讲已知之事者则饱受冷遇,由此可见一斑。

主人钦佩这封信,也并非由于已经明了信中内容,而是因为主题之难于捉摸,还有那忽而出现的海参,猛然出现的迫不得已时急出的粪便之类。因此,主人尊敬这信的唯一原因,便是一窍不通、不知所云。就如同道家之尊敬《道德经》、儒家之尊敬《易经》、禅门之尊敬《临济录》一般。而完全不知又难于心安理得，便胡乱加注，只装全知一般。不懂装懂，尊而敬之，自古便是快事。主人恭而敬之地将那八分书体的名人笔迹卷起收好，置于桌上，然后袖手遐思，浮想联翩起来。

"开开门！"这时大门外有人敲门，声音像是迷亭，可又不像，只顾使劲敲着。书房里的主人早已听见，却只袖了手，不为所动。也许他已认定出去迎接客人不是自己的事，抑或从未走出书斋来与客人打过招呼的。女仆刚才已出门买肥皂去了。而女主人则去了厕所。于是，该出而迎客者便非我莫属了。我也讨厌出迎。于是，客人便从脱鞋处踏上地板，拉开拉门，毫无顾忌地撞了进来。主人归主人，客人归客人。刚刚还在客厅，却已将那隔扇开关几次，径奔书房而来。

"喂，开什么玩笑！干什么哪？来客啦！"

"哎呀，是你呀！"

"连声'哎呀，是你呀'都不说！你在家里，咋就不吱一声儿？简直进了空房子！"

"啊，我在想些东西。"

"就算想吧，也该问声'是谁呀'！"

"不是不会说。"

"还那么处事不惊呢！"

"从前些天便致力于修养精神嘛。"

"还是那么好奇！修养精神而不能答话，此时来的客人便要遭殃，你那么沉着，可让我受不了呢！其实，不是我一个人的！带了很多客人来的，出去看看！"

"带谁来了？"

"别管是谁，出来看看！他们都说要见见你的。"

"谁呀？"

"别管是谁，快站起来！"

主人依然袖了手，突然站起，说："又在耍我吧？"说着，朝走廊而去，无精打采地走进客厅。但见一老翁面对了六尺壁龛，正襟危坐。主人不由得抽出手来，一屁股坐到了纸隔扇旁边。于是，与那老人一样，面西而坐，这样双方皆无法互致问候了。从前的正人君子，总是繁文缛节的。

"哦，请到那边！"老人指了壁龛催促主人。两三年前，主人还认为在客厅里随便坐哪儿都一样的。后来听过别人讲解壁龛，才知道壁龛那儿是由贵宾室演化而来，乃是钦差落座之处。从那以后，便绝不再轻易接近那里。尤其这样一位素不相识的老者倔强而坐，便更加造次不得。就连招呼都没法好好打一声的。只低了低头，重复了对方的话，说：

"哦，请到那边！"

"不，那样便无法向您致意了。还是您请！"

"别，那么……还是您请……"主人胡乱学着对方的话。

"哎呀，您这么客气的，可不敢当呢。反倒让我于心不安的。您别客气，请，请！"

"您这么谦虚……真是不敢当……请……"主人满面通红，嘴上不停地咕哝着。看来精神修养亦无功效。迷亭站在隔扇后边微笑望着，觉得差不多了时，便从身后推了一下主人的屁股，蛮不讲理地插了进来：

"嗨！过去！那么紧靠着纸隔扇，我便没地儿坐了。客气啥，过去过去！"

迫不得已，主人只好往前挪了挪。

"苦沙弥！这位便是我时常向你提起过的静冈来的伯父。伯父！他就是苦沙弥先生。"

"哎呀，初次见面！听说迷亭常来相扰。早就想要造府拜访，以求教于您。今日恰从附近路过，特来致谢。今后尚望多多关照。"满口古雅辞令，流畅之极。

主人交际不广、沉默寡言,而且从未见过如此旧式老者,所以一开始就有些怯阵。正感到为难、束手无策之际,又让老者滔滔不绝一阵袭来,因此,什么朝鲜人参、棒棒糖信封之类,一下忘得精光。万般无奈之下,只得古里古怪地回答:

"我也……我也……正想登门拜访来着……请多关照。"说完,从榻榻米上稍稍抬起头来,却见老者正在跪拜。吃惊之下,慌忙以头抢地,碰在那榻榻米之上。

老者数着呼吸,抬起头来:

"我也曾有一宅地在此,久居将军①脚下。江户崩而迁静冈。尔后再未来过。此番重游,乃东西南北不分。若非迷亭伴我而来,只怕一事无成的。正所谓沧海桑田,自从将军受封以来三百余载,那般将军家的……"

老者才开了个头,迷亭便觉得他啰唆起来:"伯父,将军家也许不错,但明治时代也挺好嘛。从前没那红十字会吧?"

"那是没有。哪有叫什么红十字会的。尤其能够拜谒皇族仪容,只在明治时代才有的。幸而老朽长寿,这副尊容竟也能出席今日的全会,亲耳聆听皇族殿下之玉音,已是死而无憾了。"

"啊,仅是久别之后重游东京,也就够合算的了。苦沙弥兄,伯父他呀,因为此次红十字会召开全会,便从静冈特地赶来,今日一起去了上野,这才回来呢。所以呢,你看,这不还穿着我在白木屋那里定做的这身大礼服呢!"迷亭提醒主人说。

一看,确实穿了身大礼服。礼服虽是穿着,但却一点都不合身。袖子过长,衣领太开,后背凹进去,腋下吊起来。即便故意要做得不合身,也不至于如此细心,做得这般走样。而且白衬衫与那白衬领相去甚远,一扬起头来,喉结便暴露无遗,至少那黑的领饰已闹不清是属于衬领的,还是属于衬衫的。

---

① 将军:指德川家康(1542—1616),1603年任征夷大将军,开江户幕府。

大礼服尚能忍受，而那白色发髻，则蔚为壮观。忽然想起那把久闻大名的铁扇来，细细一看，却见正端端正正放在老者身旁。

主人此时才幡然清醒，将那精神修养之功充分运用到老者的服装之上，便稍稍吃惊起来。他不曾想到会有迷亭说的那么糟糕，而实际一见，却比他说的还要严重。如果自己脸上的麻子可作历史研究材料，则他那发髻跟铁扇，便具有更高价值。主人想要打听一下铁扇的由来，但又觉得不便太过露骨。而中断谈话，又有些失礼。于是，便问些寻常问题：

"去的人，挺多吧？"

"哎呀，多得很！而且，那些人全都盯了我看，所以呢……唉，如今的人好奇心强，爱看热闹。过去可不是这样的。"

"对对，过去可不是这样的。"主人也显得老气横秋起来。主人并非不懂装懂，冒充内行，只当作他于昏沉之中信口冒出的言语便是了。

"还有呢，还都盯着这把劈盔扇。"

"那把铁扇，挺重的吧？"

"苦沙弥君，你拿一下试试！重得很呢。伯父，你让他拿一下试试！"

老者吃力地拿起来，递给主人："失礼失礼！"

如同京都黑谷①的参拜者接过莲生坊②的大刀一般，苦沙弥拿了一会儿，说声"的确很沉"，便递还老者。

"大家都管它叫铁扇铁扇的，其实，它叫劈盔扇。与那铁扇两回事儿的……"

"呃？起过什么作用的？"

"砍头盔……打得敌人头昏眼花时夺过来的，好像楠正成③时期

---

① 黑谷：指京都市左京区黑谷町的金戒光明寺。
② 莲生坊（1141—1208），指熊谷次郎直实，源义经的家臣，后入法然上人之门，改名莲生坊。
③ 楠正成（1294—1336），又说成"楠木正成"，日本南北朝时期的武将。

就已用过的……"

"伯父,那是楠正成用过的劈盔扇吗?"

"不是!这把不知是谁的。但已年代久远,是建武①时期的也说不定的。"

"也许是建武时期吧。不过,那寒月可真惨呢!我说,今天回来的时候,路过大学门口,恰逢机会好,便顺便去了理科部,刚刚参观过物理实验室来着。这把劈盔扇又是铁做的,因此呀,弄得那些磁力装置全都失灵,混乱不堪呢!"

"哎呀,哪有这回事!这是建武时期的铁,是好铁呢。绝没有那么危险的!"

"再好的铁也不行。寒月刚刚那么说过的,没办法!"

"寒月?就是那个磨玻璃球的?那么年轻,真可怜!该干些什么正经事儿。"

"你才可怜呢!那是研究!把那玻璃球磨好,便能成为堂堂学者的!"

"磨成个玻璃球便能成为堂堂学者,那样,便谁都能成的。老朽也能成。玻璃店老板也一样能成。做这活儿的,在大唐汉人那里,叫作'玉石匠'的,身份很低下呢!"老者说着望望主人,暗暗盼着主人的同意。

"此话不假!"主人恭恭敬敬地说。

"大凡今日之学问,皆为形而下学,看来好像不错,而万一之下,却一无是处。过去则不同。武士皆以卖命为业,平日里注重修心,以便万一之时不致慌张。想来您也知道,这可不是磨个球儿、拧根铁丝那么简单的!"

"言之有理!"主人依旧恭恭敬敬。

"伯父!所谓修心,便是不磨球儿,袖手静坐吧?"

---

① 建武:后醍醐天皇时期(1334—1336)的年号。

"你那么说，可就不好办了。哪里那么轻而易举！孟子都说要'求其放心'，邵康节①也说过：'心要放'。还有个僧人中峰和尚②，他告诫说，'具不退转'。绝非那么毫不费力的。"

"终归还是没懂。到底该如何办好？"

"是否读过泽庵禅师③的《不动智神妙录》？"

"没有，闻所未闻的。"

"心置何处？置于敌身之机能，则为敌身之机能所取。置于敌之长刀，则为敌之长刀所取。置于杀敌之念，则为杀敌之念所取。置于我之长刀，则为我之长刀所取。置于我之不被杀之念，则为我不被杀之念所取。置于人之姿之势，则为人之姿之势所取。盖心无所置。"

"您竟没有忘记，全背了下来！伯父的记性真好。这么长！苦沙弥，懂了？"

"此话不假！"主人又是一句"此话不假"，算是答复。

"喂，我说，是这样吧？心置何处？置于敌身之机能，则为敌身之机能所取。置于敌之长刀……"

"伯父！苦沙弥对这些早就领会过了！近来每天都在书房里头修心呢！连客人来，都不出迎的，早已把心丢开不管了。所以呢，没事儿！"

"啊，钦佩钦佩！你也一同修修！"

"嘿嘿嘿，哪来那样闲工夫喽。伯父您自己逍遥自在，便以为别人也在游手好闲吧？"

"可你实际上在游手好闲呀。"

"不过，闲中自有忙呢。"

"对，你太疏忽马虎，不修修不行的。虽然有句成语叫'忙中有闲'，而'闲中自有忙'的说法倒闻所未闻的。"

---

① 邵康节（1011—1077），中国北宋学者。
② 中峰和尚：中国元代禅僧。
③ 泽庵禅师（1573—1645），日本临济宗高僧。

"对,未有所闻呢。"

"哈哈哈,这下子可招架不住你们啦。我说伯父,好久没来了,去吃顿东京的鳗鲡怎么样?在竹叶①请您吧。现在坐电车去,转眼就到。"

"鳗鲡就算啦。我现在有约,得去上原那里,失陪失陪!"

"啊,是杉原吗?那老爷子还挺硬朗的呢。"

"不是杉原,是上原嘛!你老是搞错,真不应该!把别人的姓名念错是失礼的。得注意点儿!"

"可,不是明明写着是杉原吗?"

"写是写成杉原,念则念成上原。"

"真奇怪。"

"这有什么奇怪?习惯读法,自古有之嘛。蚯蚓,按了日本读法儿,是'眯眯子',就是'看不到眼睛'的习惯读法,跟把癞蛤蟆读成'开一路',道理是一样的。"

"呃?真是意想不到!"

"把癞蛤蟆打死,它便要仰面朝天地翻过来,这翻过来,按了习惯读法,就是'开一路'。把篱笆叫作竹墙,把菜苔叫作菜茎,都是如此。把上原念成杉原,那是乡巴佬的说法。不注意点,会被人笑话的。"

"那么,现在就去,上原家吗?真麻烦。"

"怎么?你不想去?也行,老朽一人前往。"

"一个人能去吗?"

"走着去,便难。给我叫辆车,从这里坐车去吧!"

主人毕恭毕敬,立刻吩咐女仆去到车夫家。老者做完长长的道别,将那圆顶礼帽戴到发髻上,回去了。留下了迷亭。

"那就是你的伯父?"

---

① 竹叶:当时京桥区(今中央区)新富町的一家有名的鳗鲡店,在尾张町新地有分店。

"那就是我的伯父!"

"原来如此!"主人复又坐回坐垫,袖手沉思起来。

"哈哈哈!是个豪杰吧?我有那么一位伯父,真是幸运!不论带到哪里,都是那副风度。我说,吃惊了吧?"迷亭觉得让主人吃惊了,非常开心。

"哪里,并没怎么吃惊的。"

"这都不惊,真够沉着冷静的!"

"不过你那伯父也很有些了不起之处呢。主张精神修养等等,真是令人钦佩不已。"

"值得钦佩吗?你现在要是上了六十岁,说不定也同他一样,成为落后于时代的人呢。你可得挺住啊,可别轮流做那落后于时代的人,可得灵活点儿!"

"你总是担心会落后于时代。但因时因地,落后者也有了不起的时候呢。至少今日之学问,日日向前发展,没有尽头,永不满足。如此,东方之学问,虽然消极,却颇值玩味,因为它讲求修心。"主人把以前从哲学家那里听来的一切当作自己的学说一般,口若悬河地说着。

"你可了不得!像是八木独仙的话呢。"

听到八木独仙这个名字,主人不禁大吃一惊。实际上,前次造访卧龙窟,说服主人之后悠然而归的那位哲学家,正是这位八木独仙。刚才主人那番装模作样的讲话,正是从八木独仙那里现买现卖的。迷亭还以为主人不知此人,间不容发之际一下点出这位先生的名字,悄然之间,给主人连夜赶成的假象泼了一瓢冷水。

"你听过独仙的学说?"主人觉得悬乎,叮问了一句。

"听没听过的,他那学说呀,十年前在学校时,跟今天这套没啥两样。"

"真理不是随便乱变的,也许,不变之处才靠得住呢!"

"唉,正因为有人捧场,独仙才得以维持呢!首先,从八木的名字来看,就起得好呢。他那胡须,完全就是山羊的。而且从他寄宿时代开始,便一直长成那个样子。独仙这名字也挺新颖。从前,到我那儿投宿,照例要吹那消极的修养之类。因为他总是翻来覆去地说个没完,我就说:'你也该睡了吧?'他却悠然自得:'啊,我不困!'还是接着讲他的消极论,真是讨厌。无奈之中,只好求他:'你也许不困,可我困得厉害。所以,请你也睡吧!'终于让他睡了下来,一时平安无事。那天夜里老鼠出来,咬了他的鼻头,半夜里闹得天翻地覆的。别看他嘴上讲着什么看破红尘之类,但看起来依然生命可贵,那份担心劲儿!他连声责怪:'鼠毒染遍全身,这可不得了!你要想想办法!'真服了他了。后来,没办法,只好跑到厨房里,往纸片上粘些饭粒,才把他哄住。"

"怎么哄?"

"我跟他说,这是洋膏药,最近德意志的一个名医发明的。印度人被毒蛇咬了,就用它来一贴,立竿见影的。贴上它,保你没事。"

"从那时起,你便得了骗人之妙吧?"

"……于是,因为独仙是个老实人,认为在理,便放心地酣然而睡了。第二天起来一看,膏药下边挂着一些线头,原来是挂住了山羊胡子,真滑稽!"

"但是,现在可比那时候神气多了。"

"你最近见过他?"

"一周前来过的,谈了很长时间才走的。"

"怪不得!我说你怎么倒腾起独仙的消极论来了呢。"

"其实,当时还真佩服,还想发奋一下修养修养呢。"

"发奋没啥不好。不过,太拿别人的话当真,便要吃亏的。你老是对别人的话信以为真,这不行的。独仙也不过嘴上说得漂亮,一到关键时刻,便与你我没啥两样。我说,你知道九年前的大地震吧?那时,从宿舍二楼跳下去摔伤了的,只有独仙一个呢。"

"那件事情,他本人不是也有些说法吗?"

"是呀！若叫他自己说，那还是件好事呢。什么禅机玄妙呀，十万火急呀，能够迅速做出反应之类。其他人一听是地震，都懵了。只有自己从二楼跳了下去，可见修炼之功有效，十分高兴。这样说着，还一瘸一拐地，显出很高兴的样子。真是不服输的家伙！总之，再没有比禅呀佛的人更小题大做的了。"

"是吗？"苦沙弥一下子软了下来。

"前些天他来的时候，一定讲了些和尚道士们的鬼话吧？"

"对，他说了句'电光影里斩春风'才走的。"

"这个'电光'呀，是他十年前的惯用伎俩，真是好笑。只要提到无觉禅师①的'电光'，宿舍里头便无人不晓的。而且，他一着起急来，往往把它给倒过来，念成'春风影里斩电光'，真有意思！你下次试他一下，在他平心静气讲的时候，你只要多加反驳，他准给你颠倒过来，说些古怪词儿出来。"

"碰上你这种捣蛋鬼，谁还受得了？"

"还不知道谁是捣蛋鬼呢！我最讨厌那些禅宗和尚呀，大彻大悟之类。我家旁边有个叫南藏院的寺庙，里边有个八十多岁的老和尚。前几天下大雨，一声雷响落到院内，把老和尚院前一棵松树给劈了。而和尚却处之泰然，若无其事。后边一打听，竟是个十足的聋子。那当然能处之泰然啦。大抵就是这么回事。独仙一个人悟道倒也罢了，可他动辄引诱别人，所以不好。现在就有两个，托他的福，神经兮兮的。"

"谁呀？"

"谁？一个是理野陶然②，受独仙的影响，潜心禅学，去了镰仓，终于在那里发了神经。你知道圆觉寺门前有个铁路道口吧？他跳了进去，在那铁轨上坐禅呢。气焰万丈地要挡那对面驰来的火车。不

---

① 无觉禅师：八木独仙的绰号，仿"电光影里斩春风"作者无学禅师而来。
② 理野陶然：仿"理所当然"而造出的姓名。

过，火车刹住了，给他留了一条性命。可他从此自称是火烧不着、水淹不进、金刚不坏之身，跑进那寺内的荷花池里，在那池里转来转去地走呢。"

"死了？"

"幸好此时有那道场的和尚路过，便救了他。他后来回到东京，终于患腹膜炎死了。死因是腹膜炎，但那腹膜炎，是因为在那佛堂里吃了麦饭跟那陈年咸菜的缘故。说到底，是那独仙间接地杀了他。"

"看来，太着迷了，有利也有弊呢。"主人脸上露出害怕的神情来。

"真是呢！被他害的，还有他一个同学的。"

"真是危险呢！是谁呀？"

"立町老梅呀！此人也完全受了独仙的蛊惑，张口闭口鳗鲡升天的，后来竟成了真！"

"什么成了真？"

"终于，鳗鲡升了天，肥猪成了仙。"

"这是怎么回事？"

"八木是独仙的话，立町便是猪仙。没见谁像他那样嘴馋贪婪的。贪吃再加上出家人的坏心眼，便没救了。开始，我们也没注意，现在回过头去，便觉得怪事多多。他每到我家，便要说些警句之类：'有无炸肉排飞到那棵松树下边？''在我老家，鱼糕坐着木板游泳呢！'只是说说倒也没啥，却还要催我：'去门外水沟里挖白薯豆饼吧！'真服了他了。过了两三天，终于成了猪仙，被关进巢鸭精神病医院去了。本来猪猡之类哪有资格发疯，全托了独仙的'福'，才闹到这一步的。独仙真是威力无比呢！"

"呃？现在还在巢鸭吗？"

"不仅在，而且狂妄自大，气焰万丈呢！近来说是立町老梅这名字没意思，便自号天道公平，以天道化身为己任。可厉害呢！你去看看！"

"天道公平？"

"是天道公平呀！疯子倒起了个好听的名儿。有时还写成'孔平'的。他总说世人皆陷于迷津，定要普度众生，于是，便给朋友呀什么的胡乱写信，我也收到过四五封，其中有的写得又臭又长，我还补交过两次邮资来着。"

"那么，邮给我的那封也是老梅写来的喽！"

"也给你寄了？真是怪事！还是用的红皮信封吧？"

"对。中间红，两边白，信封别具一格的。"

"听说那种信封，还是特意从大清国进口的，表现了猪仙之格言：'天道白，地道白，人居中间为红色'呢。……"

"原来那信封还挺有讲究！"

"因为发疯，才非常讲究的。而且，尽管发疯，但贪吃一点却丝毫未改，每信必写食物之类，真是奇怪！给你的信里，都写了些啥？"

"这个，写了海参。"

"老梅好吃海参的，自然要写，还有呢？"

"还写了河豚跟朝鲜人参什么的。"

"河豚配朝鲜人参，真是绝！他那意思大概是说吃河豚中了毒的话，就煎些朝鲜人参汤喝吧？"

"也好像不是那样。"

"不是那样也无妨，反正他是个疯子。就这些？"

"还有呢，有一句叫：'苦沙弥先生，且进清茶！'"

"啊？哈哈哈！'且进清茶'太不留情了。定是想要治你一下。不错不错，天道公平万岁！"

迷亭觉得津津有味，大笑不止。主人得知自己怀了极高敬意反复诵读的信函，作者乃是地地道道的疯子，便觉得先前的热心与苦心皆已付诸流水，因而愤懑之极。而且，想到自己竟把这疯癫病人的文章煞费苦心地玩味不已，又觉得羞愧难当。最后，又感到既然自己对狂

285

人作品这般垂青，便有些怀疑自己也是否有些精神失常？愤怒、羞愧与担心，全都搅在一起，让他坐立不安起来。

这时，有人大大咧咧开门进来，接着两声沉重的鞋的声音在脱鞋处响起，然后传来一声高喊：

"有人吗？"

主人动作迟缓，而迷亭则恰恰相反，是个坐不住的人，不等女仆出迎，却已一声"谁呀"，两三步窜出中间的房间，到了门口。迷亭到别人家里，门也不叫便大摇大摆地撞进去，让人觉得麻烦，但既然来了，却又主动担起书童出迎的任务，倒也甚为方便。但尽管如此，迷亭仍是客人。让客人去开门迎客，而主人苦沙弥却往客厅里一坐，纹丝不动的，便毫无道理。若是一般人，定要跟随而出。但他是苦沙弥先生，便依旧若无其事一般，稳坐在那坐垫之上。"稳坐"与"安然而坐"，意相似，而质不同。

跑到大门口的迷亭，正在拼命和谁争执着什么。然后对了屋里，大声喊道：

"喂！主人啦！请劳步，出来一趟。没你不成的！"

主人迫不得已，便袖了手慢慢吞吞走了出来。只见迷亭手握了一张名片正蹲着跟那客人招呼，那架势，威严全失。那名片上印着：警视厅刑警吉田虎藏。与刑警并肩而立的是个二十五六岁的高个儿青年，打扮得很是英俊潇洒，穿一身进口条纹服。奇怪的是，他却跟主人一样，袖手而立，默不作声。我总觉得在哪儿见过此人。仔细观察之下，才觉得不只是见过，他正是前些日子深夜来访，拿走山芋的那位梁上君子。哎呀，难道他这回在光天化日之下从正门公然光临了不成？

"喂，这位是刑警，前些天那行窃的小偷抓住了，因此特来通知你出面的。"

主人这才似乎弄懂刑警来的目的。他低了头，对着那小偷郑重地鞠上一躬。他大概觉得小偷比那虎藏长得更加仪表非凡些的缘故，便贸然断定了他就是刑警。小偷定然大吃了一惊,但又不便声明:"我是小偷!"只好佯作不知,依旧袖手而立。而且,他戴了手铐的,也不方便拿出手来。若是正常人,见了这番景象,也该明白个七八分的。但我家主人非比寻常,他有个毛病,就是特别怕见官吏跟警察,对于官府衙门的威势十分恐惧。而从理论上看来,警察之类乃是大家花钱雇来的门卫而已,对此他也一清二楚的。但一到实际之中,便又显得唯唯诺诺、格外小心。主人的老爷子曾是昔日城郊的里正,习惯了面对上司点头哈腰,所以,命中注定这种秉性又传给了他的儿子。真是可怜之极。

刑警觉得主人挺滑稽,便笑着说:"明天上午九点以前,请到日本堤分署来一趟。对啦,失盗物品都有些啥?"

"失盗物品嘛……"主人刚开口,却已浑然忘却,只记得有多多良三平的山芋。山芋嘛,提不提的,倒也没啥,他心里这么想着。但既然开口说了"失盗物品嘛……",下边词穷总有些不成体统。别人家失盗,自己当然说不清楚,而自己家里失盗,却不能明确回答,便会成为尚未成年的证据。于是主人斩钉截铁地说:"失盗物品有……山芋一箱。"

此时,小偷似乎觉得非常滑稽,俯下头去,将脸埋到衣领里边。

迷亭哈哈大笑,说:"几只山芋,何足惜矣。"

只有刑警格外认真:

"山芋大概弄不回来了。其他物品差不多都齐了。好啦,来看一下就清楚了。还有,发还时要一张收条的,别忘了带上印章。一定要在九点以前来,到日本堤分署,就是浅草警察署管区里的日本堤分署。那,再见啦!"

刑警独自说完,便走了。小偷也跟着出门,他因为手被铐着,伸不出来,不能关门,门便一直敞着。主人虽然惶恐,却又显出不满,鼓起腮帮,砰的一声关了那门。

"啊哈哈!你很尊重刑警呢!你要总是那么谦恭,倒也是个好人。而你只对刑警毕恭毕敬,便不好办。"

"但别人特意跑来通知的。"

"来通知又怎么啦?那是他的工作!平平常常接待一下,就足够了呢!"

"但也不是寻常工作呀!"

"当然不是寻常工作,是侦探之类叫人非常讨厌的工作,比那寻常工作还要低劣的!"

"你说这种话,会惹麻烦的!"

"哈哈哈!那就不骂刑警了吧!不过,你尊敬那刑警,还说得过去,至于你尊敬小偷,可就让人有些吃惊了!"

"谁尊敬小偷了?"

"你呀!"

"我何曾与小偷有过瓜葛?"

"何曾?你不是对那小偷还深鞠一躬了吗?"

"啥时候?"

"就刚才,低三下四的。"

"你胡说八道!人家是刑警呢!"

"刑警有那样儿的吗?"

"正因为是刑警,才有那样儿的嘛!"

"真是顽固不化!"

"好,先问你,刑警到别人家里,有那样袖着手,直挺挺站着的吗?"

"刑警也不一定就不袖手哇。"

"你那么凶狠,我可有些害怕呢。你向他鞠躬之时,他可是站着始终未动呢。"

"刑警嘛,也有那样儿的。"

"真够自信的,再怎么说,你也不会听的。"

"当然不会听的!你只是嘴上说着什么小偷小偷的,你又没见过那小偷进来时的情景，只是凭空认定，嘴硬而已。"

至此，迷亭彻底绝望，觉得主人已是无可救药，竟一反常态默默无语起来。主人却以为难得把迷亭说服一回，竟自扬扬自得。在迷亭看来，主人的价值因一味嘴硬而一落千丈。而在主人看来，因了自己坚持己见，便觉得高出迷亭一等。人世之间，此类怪事比比皆是。有人认为固执己见便是胜利，而在这胜利之中，本人的人格却大为贬值。奇怪的是，顽固者总以为至死也要保全面子，但他做梦也没有想到，后人会报之以轻蔑，无人愿意理睬。真是幸福之极。这种幸福据说称为"猪的幸福"。

"不管怎样，明天你要去一趟吧？"

"当然去！叫我九点以前到，我八点钟就动身。"

"学校那边怎么办？"

"停课嘛！学校算什么！"主人甩过来一句，凶狠狠的。

"真了不起！停课可以吗？"

"当然行！我们学校发月薪，不会扣我工资的，没关系。"主人坦率之极。说他滑头也够滑头，说他天真也够天真。

"行，你去。可你认识路吗？"

"哪里认识呢！坐车去，该没事儿吧？"主人怒气冲冲。

"你是'东京通'，连我那静冈的伯父也要让你几分，佩服佩服！"

"你就佩服去吧！"

"哈哈哈！日本堤分署啊，可不是寻常之处呢！在吉原的！"

"什么？"

"在吉原哪。"

"就是那个妓馆区吉原吗？"

"对呀，东京只此一处。怎么？想去见识见识？"迷亭又捉弄起主人来。

主人刚一听到吉原时，似乎犹豫了一下。"怎么会在那种地方！"但忽然又改变主意，多此一举地虚张起声势来："吉原也好，妓院也罢，既然说了要去，就一定要去！"

蠢人总是在这些事情上意气用事。

迷亭只说了句："啊，很有意思的。去看看！"

掀起一大波澜的刑警事件，至此告一段落。其后，迷亭依旧废话连篇。到了日暮时分，他说："回的太晚，伯父要发火的。"于是径回家去了。

迷亭走后，主人草草吃罢晚餐，仍旧回到书房，开始袖手冥思起来：我所钦佩而欲仿效的八木独仙，按迷亭的说法，似乎并无值得学习之处。不仅如此，他所倡导的学说乃不合常理。正如迷亭所说，当属疯癫之列。何况他有两个徒弟，皆属地地道道的疯人。十分危险！随便接近，自己难免要被牵扯进去。读其文章，惊叹之余，原以为定是远见卓识之人的天道公平，真名叫立町老梅，竟然是个纯粹的疯子，现生活在那巢鸭精神病医院。迷亭的话，纵然是些夸大之词，但他在那疯人院内声名狼藉，以天道之主宰而自居，这些恐怕都是事实？自己有时候，说不定也有那么一点毛病的。所谓同气相求、物以类聚。既然那般钦佩狂人之说——至少，对那狂人文字表示过同情——则自己离那疯癫的边缘已经相去不远了！好，即便不算同类，但既然房屋枇比，以狂人为邻，比室而居，便难保有一天不会洞穿间壁，同聚一堂，促膝欢谈的。这便麻烦！的确，回头一想，这一向来对自己的脑力作用，感到非常之吃惊，真是奇而又奇，怪上加怪。且不谈一勺脑浆的化学变化，且说意志运动而为行为之所，声音化为言辞之处，无不有失中庸，简直不可思议！虽然舌上无甘泉，腋下少清风，却牙根有恶臭，筋头有疯气，真是无可奈何！越来越难办了！兴许自己已俨然一疯人？幸而尚未伤人，未曾危及社会，因此才未被逐出市内，依然做着东京居民。它非同于"消极""积极"之类，必先自脉搏检查。而脉搏无异变。头部有热？倒也并非上火。但总有些让人提心吊胆。

如此，拿那疯人与自己相较，将那类似之点一一算来，便觉难逃疯人圈子。全是方法不对。自己总以癫狂为标准，尽力将自己扯向癫狂一边，所以便有这番结论。若以健康之人为准，再把自己放到他们一起，考察之下，说不定会得出相反的结论。因此，必须先从近处着手。第一，今日来过的那位身着礼服的伯父如何？心置何处？……这也有些怪异。第二，寒月怎样？他从早到晚，揣了饭盒，只一味磨那玻璃球，也是一丘之貉。第三，迷亭？此人向以恶作剧为天职，乃是快活疯子。第四，金田夫人？她那毒恶秉性，完全不合常情，定是纯粹的疯子。第五，该是金田了。我与金田从未谋面，但仅从他对老婆毕恭毕敬、一副琴瑟和谐的样子看来，便可以认定他必属非凡人物无疑。非凡乃是疯人的别名，因此，可以和疯子划到一起。然后，还有很多。落云馆的各位君子。从年龄而言，才是萌芽状态。但在狂躁一点上，却是风靡一世的豪杰之徒。一一列举出来，大多属于同类。这样反倒心里有底了。或许，整个社会便是疯人的混合体。疯子们聚到一起，互相交锋，互相扭打，互相仇视，互相对骂，互相争夺。所有这些化为一个整体，就像细胞一样，产生又分裂，分裂后又再产生，这便是社会吧。其中便有明些事理的、通情达理的，他们反倒成了障碍，于是便建起疯人院来，把他们关进去，不再让他们出来。这样，关在疯人院里的便成了正常的人，而院外的倒成了些疯子了。而当他们组成一个群体，有了势力，便成了健全的人。大疯子滥用了金钱与势力，役使了众多的小疯子，随意胡来，却被人称为"杰出的人物"，这种事情屡见不鲜。简直莫名其妙！

以上，将主人当晚于茕茕孤灯之下深思熟虑时的心理作用作了如实描述。主人头脑之不清，由此也显得一清二楚，尽管他蓄了恺撒式的八字胡，却是个连正常人与疯子都区分不清的傻瓜。不仅如此，他特意提出这一问题，诉诸自己的能力，却终于没能得出什么结论，便半途而废了。无论做什么，他都不具备彻底思索的脑力。其结论之渺茫模糊，如同他那鼻孔之中喷出的"朝日"牌青烟一般难以捉摸。这正是他的理论之中唯一的特色，必须记住的。

我是猫，也许会有人质疑：一只猫，怎能把主人的内心描述得如此细致？这点小事，于猫而言，算不了什么！我懂得解心术。什么时候学的？这种多余的问题最好别问。不管怎样，反正我懂得的。当我趴到人们的膝头，便将柔软的毛发轻轻贴到人们的肚皮之上。于是，便如电光石火一般，他们的心理状态便非常鲜明地跃入了我的慧眼之中。前几日，主人温柔地抚摸着我的头，竟忽然冒出古怪念头来："剥下这张猫皮来，做件坎肩，一定很暖和的。"当时我立即察觉了出来，不禁一阵毛骨悚然。真是可怕！当晚主人脑子里泛起的上述思想，便因为这些原因而有幸向各位报告，对此，我感到无上光荣。不过，正当想到"简直莫名其妙！"之时，主人却酣然大睡起来。到了明天，原来想到哪儿了，他定会忘得一干二净的。今后，如果主人再度就疯狂而思之时，定要重复一遍，从头想起的。那样的话，便不能保证他是否又按原来的思路，得出这样的结论来："简直莫名其妙！"然而，不论他重复思考多少遍，也不论他沿了几条思路去冥思苦想，最后只"简直莫名其妙！"这一句还算可靠。

十

"喂，已经七点啦！"女主人隔了隔扇喊道。

主人不知是醒了，还是接着在睡，只背了脸，并不搭腔。

不搭别人的腔，乃是主人的习性。他只在必须开口时，才"嗯"一声。就连这声"嗯"，也不那么容易发得出来。人如果连答话都嫌麻烦，也许别有情趣，但这种人却没法能讨女人喜欢的。现在，就连一起生活的妻子都不大看重于他，至于其他人，则可想而知了，这样说当无大错。常言道：被父母兄弟抛弃的人，又岂能得到形同路人的妓女的关爱？主人既然连妻子都吸引不了，又怎能得到世间普通淑女的垂青？倒无必要在此之时将主人在异性中毫无魅力的老底暴露无遗。而主人则喜欢把事情想错，硬要编出理由来，说自己之所以不讨妻子的喜欢，全在于他自己流年不吉。这便是他的糊涂之源。为促其觉醒，我不过出于好心，附带说说而已。

既然在主人指定的时间提醒他时间已到，而主人却无视这一提醒；既然他背着脸，嗯都不嗯上一声，于是女主人便断定错在夫而不在妻。她摆出一副"迟到了我可不管"的神情，扛起扫帚跟掸子往书房走去。

一会儿，只听得书房里稀里哗啦一阵乱响。每日千篇一律的清扫工作开始了。清扫目的究竟是为了运动，还是为了游戏？不对清扫负责的我便无须过问，只装作不知便是。但像女主人这样清扫法，却不能不说它毫无意义。怎么毫无意义呢？因为它不过是为清扫而清扫而已。掸子往拉窗上一晃，扫把往榻榻米上一划，便表示清扫结束。至于清扫的原因与结果，则丝毫不负责任。所以，干净的地方每日都干净，而有垃圾的地方、积满灰尘的地方便永远堆满垃圾、尘土不去。自古便有告朔饩羊①，如此，不去打扫许还好些。但是，即便打扫，也于主人无益。而女主人却为了这无益而日日不辞辛苦地去清扫，这正是她了不起的地方。女主人跟清扫，因为多年的习惯，已经成为机械式的联想模式，紧紧相连。尽管如此，清扫的效果却丝毫没有，正如女主人一如她出生以前一样，正如未发明扫把与掸子之前的往昔一般。想来这二者的关系，便如形式逻辑学里命题中的名词一样，不拘内容如何，却结合到了一起。

　　我与主人不同，生来便习惯于早起。因此，此时，肚里已经唱起空城计来。连家人都还没有用餐，以我这猫的身份，在家人尚未用餐之前，毕竟是吃不上早餐的。这正是猫的可悲之处。或许，那鲍鱼汤正腾腾地冒起诱人的香味呢。一想到这，便再也按捺不住。明知虚幻渺茫而仍抱了幻想的时候，只有把这份希望放在心头，一动不动、平心静气的，才是上策。但我却不行，一定要试试心愿是否合乎实际。就连那些尝试起来注定要失败的事情，也要亲眼见到希望最后破灭时才会放过。我再也忍受不住，便往厨房爬去。先看了看灶后的鲍鱼壳，果然不出所料，昨晚舐尽之处，在从天窗照进来的初秋阳光下边悄无声响地闪烁着奇异的光。

　　女仆已经把煮好的米饭倒进饭桶，正在炭炉上的锅里搅拌着。锅的周围流出来的米汤，干巴巴地结成几条长长的印子，有的看上去像糊上了一层吉野纸②。饭菜俱已做好，我想可以让我吃些东西了吧。此时此刻，还客气什么，纵然不能如我所愿，也不会损失什么，于是

---

① 告朔饩羊：原指鲁国自文公起不亲到祖庙告祭，只杀一只羊应付一下。后比喻照例应付，敷衍了事。

② 吉野纸：奈良县吉野出产的一种纸，以楮蟠制成，极薄而柔软。

索性催促快吃早饭。即使我是个吃闲饭的，但却一样知道饿的。主意一定，便娇气十足、如诉如怨地喵喵而叫。而女仆却全然不理。女仆生来便棱角分明，不谙人情，这些我早已理解，而叫得动听，唤起她的同情，正是我的手段。然后，我又试着喵呜喵呜地叫了几声。我相信那叫声充满了悲壮之感，定能唤起天涯游子的断肠之情。

女仆却处之恬然。这女人也许是个聋子。而聋子是做不了女仆的，大概只对猫叫声充耳不闻吧。世上有所谓色盲者，即使色盲者本人认为自己的视力如何如何好，但让医生一看，却是个视力不全。那么，这位女仆，大概便是声盲？声盲也是不全。残缺不全还那么大的架子！夜半时分，有时有事想要出去，她却从不给我开门。有时将我放将出去，却又不让进屋。即便夏天，夜里的露水也于身体很是有害，何况秋霜？在那屋檐之下彻夜等待日出，那份难受劲儿简直不敢想象。前些日子里，我被关在门外，甚至遭受到了那野狗的袭击，眼见万分危急之时，好歹跑到一个库房顶上，吓得抖了一夜。这一切，全因为那不谙人情的女仆。面对这样的女人，纵然叫得如何动听，都不可能会有任何的反应。而所谓饿极抱佛脚，贫极盗心起，爱极情书成。此时此刻，做什么都会干劲十足的。

"喵呜啊、喵呜啊"地叫第三声时，为了引起女仆注意，便特意用了复杂一点的叫法。我坚信自己声音美妙，不亚于贝多芬的交响曲。但对于女仆似乎毫无影响。她突然跪下，掀开一块盖板儿，从里面抓出一根四寸来长的硬木炭来，在炭炉角上嘭嘭地敲成三截，木炭粉弄得炭炉周围一团漆黑。有些好像还飞进了菜汤里边。女仆是个不太讲究这些的女人，她直接从炭炉后边将那三截炭塞了进去。终究不肯倾听我的交响曲的。无奈之中，便打算悄然回到客厅里去，从洗澡间旁边经过时，却见三个女孩正在热火朝天地洗脸，好不热闹！

说是洗脸，两个大的才上幼儿园，第三个还只能跟在姐姐后边当尾巴，所以，还不能叫正式的洗脸和灵巧的化妆。那最小的竟从水桶中拽出块抹布来，在脸上不停地擦来擦去。用抹布洗脸，心情大约好不到哪里去。然而，每当地震来临，摇来晃去时，她便要嚷嚷："好玩儿，好玩儿！"因此，用抹布洗洗脸之类的小事，便不足为奇了。说不定她比那八木独仙要大彻大悟一些。长女到底是长女，能以姐姐自居，只见她咚的一声丢开自己的漱口杯子：

"宝宝！那是抹布！"说着便去夺那抹布。

宝宝自然充满自信，绝不会轻易服从姐姐的。

"讨厌！巴布！"说着，又抢回了那块抹布。

"巴布"一词，是什么意思，又源于何处，便无人知晓了。只是这位宝宝每当脾气大发之时，便要用的。

此时，抹布被这姐妹俩一拽一拉，含水最多的中间便滴答滴答地滴起水来，毫不客气地滴到宝宝的脚上。要是只滴在脚上，许还能忍受，却竟滴了不少在膝盖那里，弄得湿漉漉的。宝宝这会儿还穿着元禄花布衫。元禄花布衫是啥玩意儿？那以后才从别人那里听说，凡中型花样都叫元禄花布衫的，至于是谁讲的，已经不知道。

"宝宝，看把花布衫弄湿了，快撒手，听话。"

姐姐说得很俏皮。而在前不久，她还是经常把"元禄"跟"双六"游戏弄混的万事通呢。

提到花布衫，干脆再顺便啰唆几句。这孩子老爱说错话，常常把人弄得稀里糊涂。什么"着火啦，只迸祸（火）星""去欲查谁(御茶水)女子学校去"把财神爷跟彩婶摆到一起。有次她说："我可不是菁街①出生的。"仔细一问，才知道是把"菁街"与"后街"搞混了。主人每每听到这些说错的话便要笑起来，于是，自己去了学校，教起英语时，才把比这更滑稽的错误一本正经地教给那些学生吧。

宝宝——我却不这么叫她，总是称她为宝贝——见花布衫湿了，便哭起来："花布布凉凉！"

---

① 菁街：日文表记为"菁店"，由卖稻草及其制品的店铺而产生出的地名。江户时代常用于胡同名，这里可能指牛込神乐坂上附近的地名。

花布衫太凉，可不得了。于是，女仆从厨房里直奔而出拿起抹布给她擦起来。

混乱之中比较冷静的要算老二寸子。她背对了大家，打开从架上滚下来的香粉瓶，正在不停地搽着粉。她把先伸进瓶中的手指往鼻尖上用劲一抹，立刻便有一道竖的线条出现。于是，鼻子便稍稍轮廓分明起来。接着又用那手指往脸上摩擦起来。于是脸颊上出现了一团白的。好不容易打扮停当，女仆这时走了进来，刚刚擦过宝贝的花布衫，这回又顺手给寸子把脸蛋也擦了。寸子稍稍显出些不快来。

我从旁看过这番情景，便从客厅来到主人的卧室，悄悄望一眼里面，看主人起床了没有。但却不知道主人的头在哪儿，只见到一只脚背高高的八寸半大脚从被子的一角露了出来。他大概讨厌一把头露出来就会被人吵醒，这才把头缩了进去，就像一只小乌龟一般。这时，已将书房打扫完毕的女主人，又扛了扫帚跟掸子过来，跟刚才一样，站在门口喊一声："还没起呀？"

说完，她站了一会儿，看着那个不见人头的被窝。这回还是没有回答。女主人又跨进两步，把扫帚往地上一顿，再次催促道："还没起呀？我说。"

主人此时已经醒来。正因为醒了，为了防备妻子的袭击，整个脑袋钻进了被窝里头。他大概以为只要不露出头来，别人就会放过他，存了这份侥幸心理而酣然大睡，绝对不可饶恕。第一次喊他，女主人是在门口。心想至少相距有六尺之远，稍稍可以放心。而扫帚咚地一顿却只离他三尺来远，便稍稍受了些惊吓。尤其第二声"还没起呀？我说。"无论从距离还是音量来说，都充满了远超过前次的气势，直逼进被窝里头。他这才明白已经不行，便小声地"唔"了一声。

"是九点钟以前去吧？再不快点，会赶不上的。"

"你不说我也知道，这就起来。"

答话从被子边上传出，真乃奇观。女主人因为经常上他的当，以为他会立刻起床，便放下心来，谁承想他却又酣然大睡起来。于是她觉着不可大意，便又继续催他：

"好啦，起来吧！"

都说过就起来，还一再催着起来起来的，便觉得厌烦。而于主人之类任性的人而言，便更加烦躁。于是，主人一把掀开蒙在头上的被子。只见他圆睁了双眼：

"吵死人啦！我说起来，就会起来的！"

"你是说起来，可就是没起嘛！"

"什么时候说过那样假话？！"

"什么时候都是！"

"胡说八道！"

"还不知道是谁胡说呢！"

女主人生气地把扫帚往地上一戳，站在枕头边上，真是威风凛凛。

这时，房后车夫家的孩子阿八突然哇地放声大哭起来。因为车夫家老婆吩咐过，只要这边主人一发火，阿八就必须大哭。也许，每次主人发怒时把阿八弄哭，他便能领些零花吧。而于阿八却是一件伤脑筋的事儿。有了这么个娘，终究要从早哭到晚才行的。假如主人能够稍稍对此有所察觉，节制一点火气，阿八的寿命也就会长些。然无论那金田如何恳求，车夫老婆做出这等糊涂事来，可说比那天道公平更要厉害。

如果只是在主人发怒之时哭一哭，还能从容而过。而金田却还雇了些附近的无赖，每当他们鼓噪"今户窑的狗獾子"之时，阿八也一定要哭。这回是不知道主人会不会发火，但预计他定会发火，于是才提前让阿八先哭起来的。这样一来，便全然弄不清楚到底主人是阿八，还是阿八是主人。若想嘲弄主人，也就毫不费事，只须将那阿八责骂一顿，便是轻而易举地猛打了主人一个嘴巴。据说，古时候在西方，处决罪犯时，如果罪犯逃出国境之外，而未能抓获之时，便要做偶人以代替那罪犯，再处以火刑。看来，金田公馆里头，也有通晓西方故事的军师，献上了这条锦囊妙计。无论落云馆，还是阿八他娘，对于毫无本领的主人而言，想必都颇为棘手的。除此之外的劲敌也形形色色，也许全街道里头都是他的劲敌。而这里与本文无关，容后逐步介绍。

听到阿八哭声的主人，眼见着一大清早便动起肝火来，他忽然起身，一下从被窝里坐起来。此时此刻，什么精神修养、八木独仙，全都无影无踪了。他坐起来，使劲搔头，那架式，好像要把头皮扒下来似的。于是，积累一月之久的头皮屑毫不客气地飞进脖颈跟睡衣领子里面，真是蔚为壮观。再看看胡须，一样令人吃惊。那胡须竟根根绷直着。仿佛那胡须也觉得，既然主人发怒，自己便不能无动于衷似的。于是，才根根动怒，朝四面八方迅猛挺进，此番情景，很值得一看。昨天在镜子前面，胡须还模仿了德意志皇帝陛下，排列得整整齐齐的，而一夜之间，所有训练皆付之流水，胡须又恢复本来面目，各自为政起来。正如主人一夜速成的精神修养一般，到了第二天，便如擦掉一般，消失得一干二净，与生俱来的野猪伎俩顿时暴露无遗。蓄了如此粗野胡须的粗野之人，却还没有被免职，仍然做着教师。想到此，方觉出日本之大。正因为天下之大，金田及其走狗，才作为人而通行于世吧！主人也似乎坚信这样一点，即只要他们仍作为人而通行于世，便没有理由免他的职。一旦紧急，可以往巢鸭精神病医院去张明信片，请教请教天道公平，自会明白。

这时，主人瞪圆了那双昨天我介绍过的混沌不清的太古之眼，一脸严肃地望着对面的柜子。柜高六尺，横着一隔两半，各装了一个滑动门。下边的柜子与棉被下角之间仅有咫尺之隔，从被子里坐起来的主人眼睛一睁开，视线便自然会落在那里。那糊上的花纹纸已经千疮百孔，从里面露出些奇奇怪怪的"肠子"来，"肠子"各式各样，有的是铅板印刷品，有的是手笔画，有的里朝外，有的反了过来。主人瞥见这些，不由自主地想要看看上边写了些什么。主人刚刚还恼羞成怒，恨不能把那车夫老婆抓了来，把她那鼻头往那松树上蹭几下。而现在却突然想要读这些废纸，简直不可思议。但是，于一个性格开朗而又脾气暴躁的人而言，却毫不足奇。这就如同小孩哭起来时，给他个豆馅儿饼，他便会破涕为笑一般。

主人从前寄宿在一个寺庙里时，一道隔扇之隔，住了五六个尼姑。尼姑本来便是恶作剧女人之中最喜欢恶作剧的女人。尼姑似乎摸透了主人的脾气，便敲着自己做饭的锅子，合着拍子唱起来："才闻乌鸦叫，却见乌鸦笑。才闻乌鸦叫，却见乌鸦笑。"听说主人特别讨厌尼姑，就是从此时开始的。不过，虽然尼姑讨厌，但却一语中的。主人时哭时笑，时喜时悲，远超出常人，但从无持续很久的情况。说得好听点，他是不够执着，心眼儿太活。把它译成白话说得简明些，便是没有深度、浅薄之极、固执己见、极难缠的那种人。既然是难缠的人，那么，对于他仿佛要跟人打架似的一跃而起之后，却又突然改变主意，看起滑动门上露出的"肠子"之举，自然会视之当然。

首先跃入眼帘的，是倒过来的伊藤博文①，再看上边，却是"明治十一年九月廿八日"字样。看来这位韩国统监，此时便已步步紧跟官府告示了。主人心想：不知大将现今官居何职？便在那些根本看不清的地方瞪了眼去找，竟发现了"大藏卿"②三个字。哎呀，真是了不得！如此双足指天，却也大藏卿矣！再稍向左一点，只见大藏卿正躺在那里睡着午觉呢。应该应该！倒立自然坚持不了多久。下边用了木板印刷，却只见"汝乃"两个大字，想再看看下文，偏巧没有露出来。下一行只露出"快速"两个字来。这句也想念念，但只露了这么点，便无从念起。如果主人是警视厅的侦探，纵然是别人的东西，他也会一把扯下来的。侦探里边，无人受过高等教育，所以，为了得到证据，便无所不为，真是让人难办。但愿他们稍稍客气斯文些。若不客气，事实便不让他们取证，该有多好！据说他们甚至常常罗织捏造

---

① 伊藤博文（1841—1909），曾四次担任日本首相（1885—1888，1892—1896，1898，1900—1901）。

② 大藏卿：明治十八年官制改革以前官职名，现为大藏大臣，即财政大臣。

了罪名诬陷百姓。平民百姓花钱雇了的人，竟反过来诬陷雇主，真是了不起的疯子。

主人又转眼看看正中间，却有"大分县"在翻着筋斗。连伊藤博文都在倒立，大分县翻翻筋斗便理所当然。看到这里，主人双手攥紧了双拳，高高指向顶棚。这是他预备要打哈欠了。

主人一声哈欠，犹如远处鲸鱼嚎叫，极尽转调之致。打完哈欠，慢慢腾腾换了衣服，去洗澡间洗脸去了。等待已久的女主人，急忙卷了被，叠好，开始一成不变地清扫起来。正如清扫一样，主人洗脸也是十年如一日的，一成不变。就和前些天介绍过的一样，依旧"哇、哇""咯、咯"个不停。一会儿，他梳好分头，将那洋手巾搭在肩上，然后驾临客厅，超然坐到长方形火盆旁边。提到长方形火盆，也许有的读者会想到这样一幅情景：榉树的鱼鳞状纹理跟全铜镶就的盆里子，刚洗过头发的阿姐，正半蹲半坐，将那长烟袋杆儿往那黑柿木炉边上轻轻磕着。然而我们苦沙弥先生的长方形火盆却绝没有那么气派。它极古雅，在外行，是根本看不出它的原材料的。长方形火盆本应擦得油光发亮，方显其身价不菲。而眼前这物件儿，原本就弄不清它到底是榉树、樱树，还是桐木，而且，几乎从未用抹布擦过。因而，阴沉沉的，极不显眼。这物件儿在哪里买的？根本记不起他曾花钱买过。也许会问："那就是别人送的？"但也不见有人送过。若还要追究下去："那么，便是偷来的不成？"这一点倒是不清楚。过去主人的亲戚之中有位老人，老人去世之时，曾求主人看过一阵房子的。后来主人独立门户，好像从老人那里搬走时，原来就视同己物的那只长方形火盆，便被他毫不客气地带了过来。稍稍显出些品质低劣来。细想起来，也许品质低下，但此类事件，在人世之上却是屡见不鲜。银行家们整天摆弄着别人的钱，慢慢地便把别人的钱看成了是自己的。公务员本是人民公仆，为便于做事，便委以一定权限，如代理人一般。但是，他们便借了这委任的权力，在办公的过程中，慢慢觉得成了自己的所有权，不容人民置喙。既然这种人充斥社会，便无法以长方形火盆事件来断定主人有小偷习性。若是主人有小偷习性，则天下人无不天性好偷了。

主人占据了长方形火盆的一边，靠近饭桌。而另外三面，则是刚才用那抹布洗脸的宝贝，要去"欲查谁"学校念书的敦子和那将手指伸进香粉瓶里的寸子。孩子们坐齐了，正在吃着早餐。主人公平地扫视一眼三个孩子。敦子那张脸的轮廓，很像进口洋铁打成的刀的护手。寸子因是妹妹，便多少有些姐姐的模样，就像那琉球漆漆成的椭圆形红盆儿似的。只有宝贝独放异彩，生了一张长脸。只不过是竖长形的脸，在外边并不少见。但这位宝贝却是一张横长脸。不管流行如何瞬息万变，横长脸形总不至于一夜流行起来。尽管是自己的孩子，而主人看着也不禁感慨系之。就这样儿，也得发育成长。岂止如此，其成长速度之快，大有禅宗庙宇里头的竹笋化为新竹之势。"又长大了！"主人每念及此，便如临追兵，提心吊胆起来。即便主人如何空漠，他也明白三位公主皆是女性这一事实。他也清楚，既是女儿，总有一天要把她们嫁出去的。他更知道，自己仅仅清楚而已，却没有本事怎么把她们嫁出去。虽是自己的孩子，却也感到头痛难办。既然难办，当时就不该生她们出来。但这便是人生！人生之定义无他，只须妄自捏造些无用之物来折磨自己，便已足够。

孩子们果然厉害。她们做梦也不会想到，父亲会对她们如此束手无策，只顾了快快乐乐地吃饭。不过，难以对付的是那宝贝。宝贝今年三岁。所以女主人想方设法，在宝贝吃饭时，给她弄了一套适合于她的小筷子小碗。但宝贝却并不买账，一定要去夺那姐姐的碗筷，硬要用那不好使的饭碗。看那大千世界，越是无能之辈，越是专横跋扈、任意妄为，一心要爬上那并不配做的官职。这种性格，早在孩童时期便已萌芽。既然根源如此之深，绝非靠教育和熏陶便能疗治，还是趁早断念的好。

宝贝将从别人手中夺来的硕大饭碗跟那大而长的筷子占为己有，大耍威风。因为她硬要用那自己没法使用的东西，用起来势必威风四

303

起。她首先将两根筷子根部捏在一起，使劲往碗底戳去。碗里盛了大半碗饭，上面涨满了酱汤。筷子一戳到碗底，原本勉强保持了平衡的，突然受到冲击，一下子倾斜了三十度左右。与此同时，那酱汤便毫不留情地洒向她的胸前。

但宝贝绝不会因这点小事而畏缩不前的。她是个暴君。这回又把那捅进碗里的筷子使劲儿从碗底往上一挑，同时，把小嘴凑向碗边，将挑上来的饭粒尽数收受，遗漏的饭粒与那黄色酱汤合而为一，齐声呐喊着扑向她的鼻尖、脸颊，再到下颏儿。扑空了的便尽数落到榻榻米上边，不计其数。这种吃法，简直太过莽撞。这里倒要忠告那有名人物金田及天下实权人物，待人若像宝贝使碗用筷一般，则进入诸公口中的饭粒必然少得可怜。并非以必然之势入口，而是犹豫之间误入他们之口的。还望三思。与老于世故的能干之人也很不相称的。

姐姐敦子被宝贝抢走了筷子跟饭碗，一直凑合着用那根本不好使的小筷子小碗。那碗原本太小，盛满一碗，一动筷，三两口便吃得精光。因此便频频往饭桶边跑。已经吃过四碗，现在该盛第五碗了。敦子揭开锅盖，拿起大的饭勺，望了一会儿。似乎正犹豫不定，吃，还是不吃？最后终于下定决心似的，瞅准了大约没有锅巴的地方用勺子盛起一勺，轻而易举。而将饭勺里的饭往碗里装时，没装进去的米饭便整块地落到榻榻米上边。敦子却不慌不忙，专心致志地将那米饭一一拾了起来。正在想她拾起来怎么办，却已见她尽数又扔回饭桶里边了。真有些不干不净呢。

当宝贝大展身手、挑起筷子之时，敦子刚好盛完饭。到底是做姐姐的，不忍心看那宝贝脸上乱七八糟的："哎呀，宝宝，你看你看，脸上全是饭粒粒呢！"说着，急忙去擦宝贝的脸。先去掉那些寄居于鼻尖之上的饭粒。还以为她会将去掉的饭粒丢掉，她却出人意料地将那饭粒一一塞进自己口中，真让人吃惊不小。然后开始擦拭宝贝的脸蛋。这里，饭粒成堆，两边脸上，数起来总有二十来粒吧。姐姐仔仔细细，拿一粒，吃一粒，终于将妹妹脸上的饭粒吃得一粒不剩。

刚刚还一直斯斯文文地吃着咸萝卜的寸子,此时突然从刚刚盛好的酱汤里边舀起一块煮烂了的红薯,一下丢入口中。各位读者也许知道,再没有比汤煮红薯更烫嘴的了。就连大人都怕不小心烫伤了嘴的。何况寸子之类,很少吃过红薯的,自然要狼狈不堪了。只见她"哇"的一声,便将那口中的红薯吐在了饭桌之上。其中有那么两三小片,不知怎么回事,竟滚到宝贝面前,恰到好处地停住了。宝贝本来就极爱吃红薯的。见自己爱吃的红薯跑到眼前,便迅速丢了筷子,拿手抓了过来,狼吞虎咽地大口吃起来。

将这一切看在眼里的主人却一言不发,只专心吃自己的饭,喝自己的汤,现正在用牙签剔着牙。看来,主人对女儿的教育采取的是绝对放任自流的方针。哪怕三位小姐立刻成为"绛紫式部""灰式部"①,哪怕三人不约而同地找了情夫私奔,大概主人也一样照吃他的饭,照喝他的汤,不动声色地在一旁观察的。真是无用之人。但是,看看当今世界上的有用之材,除了会撒谎骗人,先声夺人,虚张声势唬人,以及诈人坑人之外,都一无所长的了。连那些初中少年也都看样学样,以为不如此便不够神气似的,把那本该脸红的一切一一履行,以为如此便成未来绅士。这便不算有用之材。简直就是地痞无赖。我也算是日本一猫,多少也有些爱国之心。见到如此"有用之材",便恨不得立刻扑将上去。多此一人,国家就要衰败一分。有如此学生,是学校的耻辱;有如此人民,乃是国家的耻辱。尽管耻辱,社会上却充斥了这些游手好闲之辈,真让人难以理解。看来,日本人连猫的气概都没有,真是可怜!与这些地痞无赖一比,不能不叫人认为主人之类乃是大大的上等好人。他是那种没有出息的上等好人,是那种无能的上等好人,是不会卖弄小聪明的上等好人。

如此,以无用之人的方式平安无事地吃完早餐的主人,一会儿便

---

① 绛紫式部、灰式部:明治时期,华族女学校校长下田歌子曾倡导学生穿绛紫色裙裤,女学生们模仿"紫式部"(日本平安时期女作家,《源氏物语》的作者)的发音,称为绛紫式部。而灰式部则是指绛紫式部裙裤褪色后成为灰色。

换了西装,坐了车,往日本堤警察分署而去。他拉开格子门,问那车夫是否知道"日本堤"在哪里,那车夫只嘿嘿直乐。

"就是有妓院的吉原附近的那个日本堤呢。"

主人叮嘱一声,真有些滑稽可笑。

主人难得乘车出门。他走后,女主人照例吃过早餐,然后催促孩子们:

"好啦,该上学啦!要迟到的!"

小姐们却满不在乎,并未去做上学的准备:

"哎呀,今天放假呢!"

"哪会放假?快点!"女主人申斥似的说完。姐姐却不为所动:

"可老师昨天说过的,今天休息呢!"

至此,女主人大概觉得奇怪起来,便从柜子里头拿出日历来,翻过去一看,才发现上边是"皇室节日"几个红字。主人大概不知今日是节日,便往学校写了假条吧!女主人也不知道,说不定已把假条塞进了邮筒!至于迷亭,他是真的不知道,还是明明知道却佯作不知,这里便稍稍有些疑问。女主人为这一发现而大吃一惊,便说:

"那你们好好玩儿吧!"说着,一如往常,拿出针线来,做起针线活儿来。

此后半个小时,家中平安无事,没发生什么事件做我的创作素材。但突然来了个奇怪客人。这是一位十七八岁的女学生。穿一双歪了跟的皮鞋,拖着紫色裙裤,头发鼓起像一堆算盘珠子似的,她连声招呼都没打,便从后门进来了。

她是主人的侄女。好像是学校里的学生,常常在星期天来,和叔父大吵一通后便回去。她叫雪江。是位名字很动听的女孩。只是长相不如名字。只要出门走上几百米,必能碰上那样一副面孔。

"婶婶好!"说着,毫无顾忌地一脚踏进客厅,在针线盒边一屁股坐下来。

"哎哟,这么一大早的……"

"今天过大节，就想趁早上来看看，所以八点半就从家里赶来了。"

"是吗？有啥事吗？"

"没有。好久不见，就来看看。"

"别只看看呀！多玩一会儿吧！你叔叔马上就要回来了。"

"叔叔出门了？真新鲜！"

"哦，今天呀，他可去了一个不同寻常的地方喽！去警察那儿了。奇怪吧？"

"啊？出啥事了？"

"说是今年春天那小偷儿给逮住了。"

"去作证了？真是麻烦。"

"哪里！是归还失物呢。昨儿警察特意来了，说是失窃的东西，找到了，让去认领。"

"噢，是这样。否则，叔叔不会这么大早出门的嘛。要在平时，这会儿，该还在睡大觉吧！"

"论睡懒觉呀，没人能比得过你那叔叔的。而且呀，你要叫他，他还气哼哼的。今儿早上，本来他先跟我讲过，让在七点钟前一定叫醒他，所以便去喊他起来。他却钻进被子里边，就是不作声。我担心哪，就又叫他，他在被子边儿上不知咕哝了些啥，真是服了他！"

"他怎么就那么犯困呢？一定是神经衰弱吧？"

"是什么？"

"他爱乱发脾气呢。那样儿还在学校里头教书的吗？"

"哪里，听说在学校里很老实的呢！"

"这就更不好了。在家是英雄，出门是狗熊呢！"

"为什么这么说？"

"不为什么，反正在家是英雄，出门是狗熊呗！难道不是吗？"

"他可不光只是发脾气的！你叫他往右，他偏往左。你叫他朝左，他偏要朝右，总之不听别人的。是犟牛呢。"

"那是性情乖僻吧？叔叔就爱这样。所以，想叫他做什么，只须把话说反了，就会照你的意思办的。前些天我要他给我买把洋伞，我故意说不要不要的。他就说呀，怎么能不要呢？立刻便买给我了。"

"哈哈哈！真有你的！以后我也这么做。"

"那么做吧！否则要吃亏的。"

"前些天保险公司来人，劝他一定加入保险。还说了一大堆的理由，说什么这么这么有利，那么那么有好处的，都跟他讲了一个钟头呢，可他说什么也不肯加入。家里又没存款，又有三个孩子的，加入保险也叫人放心些。可他却根本不理不睬的。"

"是啊，万一出点什么事，可就不放心了。"

这话跟十七八岁的姑娘可不相称，像个家庭主妇似的。

"在一旁听他们谈判，可有意思呢。他说什么，当然，我并非否认有必要参加保险，正因为必要，保险公司才得以存在下来嘛。但既然没死，又有什么必要加入你的保险！真是嘴硬呢。"

"叔叔这么说的？"

"对。于是，公司那个人就说呀，人若不死，当然不需要保险公司。但是，人的生命既顽强又脆弱，所以，不定什么时候，便会碰上危险什么的。你那叔叔一听，便说什么，没关系，我决心不死的！简直蛮不讲理呢！"

"下了决心，也一样会死啊。我也决心考上的，可还是落榜了。"

"那保险员也这么说的，他说呀，寿命不是你自己自由安排得了的，下下决心便能长寿的话，那就谁都不会死了。"

"那保险员说得很对。"

"很对吧？可你叔叔就是不懂。偏要逞起威风，说什么，不，我绝不死！我发誓不死！"

"真有意思！"

"当然有意思，真是太有意思啦！他还说什么，把那保险金存到银行里去要好得多！"

"他有存款的？"

"哪有啊！他自己一死，全不顾别人的！"

"真让人担心。怎么会那样呢？常到这儿的人当中，也没谁像他这样儿的。"

"哪会有？他是无人能比的！"

"跟那铃木先生谈谈，叫他给叔叔提提建议。要像人家那么稳重，日子该快活多了呢。"

"可那铃木，在我们家不受欢迎的。"

"怎么全颠倒过来了！那么，那个怎么样？就是那个挺文静的那个？"

"你是说八木？"

"对，八木！他倒还没话说。不过，昨天迷亭来了，说了不少他的坏话，所以，不会有想象的那么容易。"

"行啦！那么文雅大方，沉稳持重。前一阵还在我们学校演讲过呢。"

"八木？"

"对。"

"八木是雪江你们学校的老师？"

"不，不是我们老师。不过，淑德妇女会请他去做过演讲呢。"

"很有趣？"

"这个嘛，也不是怎么有趣。可，那位先生是长一副长脸吧？而且还长了天父一般的胡须，所以，大家都很佩服地听呢。"

"他演讲，都讲了些啥？"女主人刚这么一问完，三个孩子在那走廊里听到雪江的说话声，一下子稀里哗啦地全闯了进来。刚刚大概一直在竹篱外的空地上玩儿来着。

"哎呀，是雪江姐姐来啦！"两个大的欢天喜地地大声嚷嚷。

"大家别吵啦！都给我安安静静坐下！你们雪江姐姐呀，要给你们讲有趣儿的故事呢。"女主人说着，把针头线脑的往角落里推。

"雪江姐姐,讲什么故事?我最爱听故事了。"敦子说。

"还是讲《咔嚓咔嚓山》①?"寸子问。

"宝宝也要讲故故!"最小的从两位姐姐之间将腿伸到前面。不过,她倒不是要听故事,她是想要由她来讲。

"什么?宝宝也要讲?"姐姐笑起来。

"宝宝待会儿再讲!先听雪江姐姐讲。"女主人哄着她说。可宝贝就是不听。

"讨厌嘛,巴布!"她大声吵着。

"哦,好啦好啦,那就先听宝宝讲。讲个什么故事呢?"雪江谦让起来。

"我讲,讲个,小朋友,小朋友,你到哪里去?"

"真有意思!接下来呢?"

"我、们去田里、割稻、去!"

"好!宝宝知道的可真多!"

"你要一赖,就不好!"

"哎呀!不是'赖',是'来'呢。"敦子插一句嘴。宝宝大呼一声"巴布"吓得姐姐不敢再说。但因为敦子中间插嘴,弄得宝贝一时忘了下边该说什么了。

"宝宝!讲完了?"雪江问。

宝贝说:"咳!下边不要再放屁了。噗、噗、噗的!"

"哈哈哈,真有你的!谁教你这些的?"

"女、仆!"

"那女仆可差劲!教她这种话!"女主人苦笑着。"好啦!这回呀,该轮到雪江啦!宝宝你要好好听哦!"

看来就连暴君也服从了,好长一段时间她都没有说话。

---

① 《咔嚓咔嚓山》:日本五大传说之一。讲述听了老爷爷讲的老奶奶被狗獾杀害的事后,兔子为老爷爷报仇的故事。

310

"那八木先生的演讲是这样的。"雪江终于开口,"从前,在一个十字路口,中间有座石头地藏菩萨像。可是,偏偏那地方车水马龙的,很是热闹,石像倒成了障碍。于是,街上很多人聚到一起,商量着怎么才能把那石像给弄到边上去。"

"那是真事儿吗?"

"是有点那个呢。关于这一点,他倒是啥也没说呢!这么着,大家商量了很久,这时,街上有个头号大力士说:'这有何难?看我来收拾收拾它!'说着,便一个人径直走到十字路口,光了膀子,大汗淋漓,使了大力去拉,可那石像却纹丝不动。"

"那地藏菩萨可真够沉的。"

"对。那人弄得精疲力竭,跑回家睡觉去了。于是,街上的人又开始商量。这时,街上最聪明的人说:'交给我吧,我来试试!'他往那多层方木盒里塞满了小豆馅儿糕,然后拿到地藏菩萨像前,说:'到这儿来!'说着拿小豆馅儿糕给它看。他以为地藏菩萨会馋涎欲滴,才用了小豆馅儿糕来引它上钩吧。可那石像却依然纹丝未动。那聪明男子才觉得这样不行。然后,他又把酒倒进葫芦里,一只手拎了,另一只手则端了酒盅,走到地藏菩萨像前,说:'喂,想喝一杯吗?想喝的话,到这儿来!'他前后逗弄了三个多小时,那石头地藏菩萨像一直未动。"

"雪江姐!那地藏菩萨肚子不饿吗?"敦子问。

"我想吃小豆馅儿糕!"寸子跟着说。

"聪明人两次失败,便又弄了些假币,说:'喂,想要吗?想要就过来拿呀!'他将那假币拿出又收起,可这一招也一样不灵。真是固执的地藏菩萨呢!"

"是呢,有点像你那叔叔呢。"

"对,就跟我叔叔完全一样呢。后来,那聪明人也厌烦了,丢下不管了。于是,到了后来,一个爱吹牛的走了出来,说:'看我来挪走它!请各位放心!'他大揽特揽,好像轻而易举似的。"

"那吹牛的,怎么做的?"

"很有意思呢。他弄了身警服穿上,安上假胡子,来到地藏菩萨像前,抖了抖威风,说:'喂喂喂!再不动,对你没好处的!我们警察可要管了!'可如今这世道,你装警察的腔调又有谁会理睬的?"

"说的是。那,地藏菩萨动了吗?"

"哪会动呢?跟叔叔一样的呢!"

"可你叔叔,他很怕警察的呢!"

"哦?是吗?叔叔那样儿还怕?那也没什么可怕的嘛。但是,那地藏菩萨就是一动不动,镇定自若的。这时,那吹牛的便勃然大怒起来,脱下警服,把那假胡子丢进字纸篓里,换身有钱人的衣服出来。按如今的说法,就是一副岩崎男爵①的神情呢,真是好笑!"

"岩崎的神情,究竟是什么神情呀?"

"就是摆摆架子,逞逞威风呗!然后,他什么也不做,什么也不说,只是叼了根长长的雪茄,围着地藏菩萨走着。"

"那又能怎样?"

"为了用烟雾将那地藏菩萨蒙住呢。"

"就跟说书的讲笑话一样!那么,到底把那地藏菩萨给蒙到烟雾里去了?"

"不行的!那是石头像呢!哄人差不多就行了。后来,他又扮起殿下来。真是无聊!"

"哦?那时就有殿下的?"

"有的吧?八木先生是这么讲的啊。确实是扮成了殿下的。尽管诚惶诚恐,可他还是扮了。一个吹大牛的,至少是不敬吧。"

"你说是殿下,是扮的哪位殿下呀?"

"哪位殿下?对哪位殿下,都一样不敬呢!"

---

① 岩崎男爵:岩崎弥之助(1851—1908),日本实业家,土佐人。三菱会社第二代社长,曾任日本银行总裁。

"对啊。"

"扮成殿下也没用。吹大牛的一筹莫展,最后只好认输,他说呀,凭我这点本事,拿那地藏菩萨没办法呢!"

"真是活该!"

"对,顺便惩治惩治他,该有多好!但街上的人们个个焦虑不安的,重又开始讨论起来。但再也没人出面,大家都给难住了。"

"就这样结束了?"

"还有呢。最后雇了一帮车夫、无赖,围了地藏菩萨一圈,吵吵嚷嚷的,说是只要捉弄捉弄地藏菩萨,让它在那里待不下去就行。于是他们昼夜交替轮流着在那里大吵大嚷。"

"真够辛苦的。"

"可尽管这样还是不管用,地藏菩萨真也够顽固的。"

"后来呢?"敦子热心地问。

"后来呀,不论每天如何吵闹,都不灵验。大家便都厌倦起来。可是车夫跟那些无赖,反正挣日薪的,干多少天都行,便高高兴兴地依然在那里吵着闹着。"

"雪江姐姐,日薪是什么?"寸子问道。

"日薪嘛,就是钱呀!"

"领了钱,做什么用呢?"

"领了钱呀,哈哈哈!寸子呀,真是烦你呢。婶子,你猜怎么着?他们没日没夜地吵呀吵的,当时街上有个叫'傻阿竹'的,是个傻子,啥也不知道,对谁都不理。这傻子见了这番热闹场面,便说:'你们吵什么呀?花几年工夫的,就动不了一尊地藏菩萨?真是可怜喽!'"

"这傻子了不得呢。"

"是位很了不起的傻子呢!大家听了这傻阿竹的话,都说:'什么事都要敢于尝试,反正他不行的,就叫阿竹试试!'于是大家便要傻子试试,傻子马上一口答应。他让那些车夫跟无赖退下:

'别那么吵吵闹闹地添乱,都给我安静下来!'说完,飘然来到地藏菩萨面前。"

"雪江姐姐,飘然,是傻阿竹的朋友吗?"关键时刻,敦子突发奇问。惹得女主人跟雪江一下大笑起来。

"不是,不是朋友。"

"那,是什么呀?"

"'飘然'呀,唉,跟你说不清。"

"'飘然',就是'跟你说不清'?"

"不是不是。这'飘然'呀,……"

"对。"

"我说,你认识多多良三平吧?"

"认识,给我们送过山芋的。"

"就是多多良那样儿的。"

"多多良就是'飘然'?"

"这,对,就是!那傻阿竹啊,他到了地藏菩萨前面,双手揣在怀里:'地藏菩萨!街上的人都要你移移地儿,你就请吧!'地藏菩萨立刻答应:'是吗?这样的话,何不早说呢?'于是,地藏菩萨便缓缓移动起来了。"

"真是个奇怪的地藏菩萨呢。"

"下边再讲一下那奇怪演讲。"

"还有啊?"

"对。然后八木先生他说呀,今日是妇女之会,我特意说了这个故事,因为我有一些想法的,这样也许很失礼。女人有个通病,就是做事往往不从正面找捷径,而是要绕很大的弯子。不光女人如此,当此明治时代,就连男子,也受了文明的弊害,多多少少也女人化起来。常常费些不必要的周折跟精力,还误以为这便是正确做法,是绅士必躬之方针。这些人便是文明束缚下的畸形儿。这一点不容置疑。只是作为女人,一定要记住我刚才讲过的那个故事。到了紧急关头,请一定要像那傻阿竹一样,直截了当地处理一切。如果诸位成了傻阿竹,那么夫妻之间,婆媳之间的纠缠瓜葛,肯定会减少三分之一的。人的主意越多,那主意就越是作祟,从而成为不幸之源,所以,平均而言,多数妇女都比男人不幸,全怪主意太多。做一个傻阿竹吧!这就是他的演讲。"

"呃?雪江姐姐,你是想要做傻阿竹吗?"

"讨厌!什么傻阿竹的!我才不要做呢。金田富子他们认为他讲话太没礼貌,恼羞成怒呢!"

"金田富子?就是对面巷子里那家的?"

"对,就是那个时髦小姐呢!"

"她也在雪江你们学校?"

"不是,只不过是妇女会,所以才去旁听的。真够摩登的,简直让人吓一跳!"

"可,都说长得挺有姿色呢。"

"普普通通!没有她自己吹得那么好。像她那么涂脂抹粉的,随便谁都显得好看的。"

"那么,要是雪江你也像她那样化化妆,该比那金田小姐漂亮几倍吧?"

"哎哟,看你说的!就饶了我吧。我哪知道!不过,那金田小姐太做作呢,尽管她有几个钱……"

"即便做作,有钱总是好事。"

"说的也是,她倒是变成傻阿竹挺合适的。老是摆臭架子,听说最近有个什么诗人送了她一本新诗集,她在众人面前大吹大擂的!"

"是东风吧?"

"什么?他送的?真是好事之徒!"

"不过,东风可是认真的。他自己倒是认为理所当然的。"

"因为有那种人在,便不好办。还有更有趣儿的呢!听说最近有人给她送了封情书呢!"

"哎哟，恶心！是谁呀？做出这种事来！"

"不知道是谁。"

"没写姓名？"

"姓名倒是写的一清二楚。但据说是个从未听说过的人。而且还是封好长好长的信，足有两米长哪。听说上边写了好多怪里怪气的词儿，什么'我对你朝思暮想，如同宗教家崇敬神灵一般''只要为了你，我愿是祭坛上的一只羔羊，受人宰割，将是我的无上光荣''心脏形如三角，三角中心插一丘比特箭。若是吹气之箭，便可中得头彩'，等等等等。"

"他是认真的？"

"当然认真啦。我的朋友当中，都有三个人看过那封信的。"

"真恶心！拿那种东西去炫耀于人。她要嫁给寒月的，这种事情闹到社会上去，可不大好呢。"

"有啥不好的，她倒得意的很呢。下次寒月来，告诉他一声吧。寒月对这些似乎一无所知呢。"

"这可难说。他成天往学校去磨玻璃球来着，大概不知道吧。"

"寒月真要娶她？真是可怜呢！"

"怎么就可怜了呢？人家又有钱，有什么事，也能有个依靠。不挺好吗？"

"姊姊说话总是钱呀钱的，真是俗气！比起钱来，爱情不更重要吗？没有爱，怎么能做夫妻？"

"对。那雪江你呢，想嫁到哪里去呢？"

"天晓得！啥都没有的。"

雪江跟她的姊姊就婚姻大事激烈舌战这会儿，虽然不懂却一直洗耳恭听的敦子突然开口说：

"我也想做新娘子！"

对于这一不顾后果的期望，就连充满了青春气息、理应深表同情的雪江都吃惊得说不出话来了。倒是女主人还算沉得住气，她笑

着问道:

"你想嫁到哪里去?"

"我呀,说实在的,我想嫁到'招魂社'①那里去,但我讨厌过那水道桥②,正不知该怎么办呢!"

女主人跟雪江听了这绝妙的回答,觉得非同小可,便没有勇气反问,只笑得前仰后合。这时,二女儿寸子跟姐姐商量起来:

"姐姐也喜欢招魂社?我也很喜欢呢。我们一起嫁到招魂社去,好不好?不好?不好的话就算了!那我可一个人坐车去啦。"

"宝宝也要去!"

终于,连宝宝也决定要嫁给招魂社了。如果姐妹三个一同嫁到招魂社,主人也一定会高兴无比吧!

这时,忽听车子声音在门外停住,接着传来一声充满朝气的问候:"您回来啦!"大概主人从日本堤警察分署回来了。车夫递出一只好大的包袱,主人叫女仆接过,然后悠悠来到客厅。

"啊,你来啦!"他跟雪江打过招呼,将随手拿着的一个酒壶似的玩意儿啪的一声丢到那出名的长方形火盆旁边。之所以说是酒壶似的,当然便指它不是纯粹的酒壶。但也不像花瓶,只不过是件怪模怪样的陶器而已。无奈之中暂时这么叫它。

"这酒壶真怪呢!这玩意儿,警察给的?"雪江扶起那倒下的玩意儿,问叔父道。主人望着雪江,自豪地说:

"怎么样?挺好看吧?"

"好看?这东西好看?难看死了呢。头油瓶儿,拿它回来干什么?"

"哪里就是头油瓶儿啦?说那种无趣的话,真不好办!"

"那,它是什么?"

"花瓶嘛!"

---

① 招魂社:指位于东京都千代田区九段的靖国神社,每至大祭,各种小摊及杂耍等摆起来,为当时孩子们想去的热闹场所。

② 水道桥:东京都千代田区北端神田川上的桥名。

"做花瓶的话，口儿太小，肚子又太胀。"

"那样才有意思呢！你也不识情趣，跟你那婶子一样，真是难办！"

说着，便自取了那头油瓶，把目光投向拉门那里。

"反正我不识情趣的。也不会从警察那里拿只头油瓶儿回来嘛。对不对，婶婶？"

女主人哪还管得过来他们，正打开了包袱，圆睁了双眼，清点着那些失盗物品。

"哎呀，真叫人大吃一惊呢，如今这小偷也进步不小。全拆洗过的。喂，过来看看！"

"谁会从警察那里拿头油瓶儿回来？因为等得无聊，在那一块地儿散步时偶然发现的呢。你们自然不懂的，这可是件稀罕物件儿！"

"稀罕过头了点儿。叔叔到底在哪块地儿散步来着？"

"哪块地儿？日本堤附近呗！还到吉原里头看了看。真是热闹！你见过那道铁门①没有？没有吧？"

"谁看那玩意儿！我可没有缘分去吉原那种下贱女人待的地儿！叔叔身为教师，竟去那种地方，真叫人吃惊！婶婶您说是不是？"

"嗳，是啊。好像数字不对啊。所有的都在这里？"

"只有山芋回不来。原来让我九点钟去，可是让人等到十一点，真不像话！所以呀，日本警察就是不行！"

"你说日本警察不行。我看啦，去逛那吉原就更加不行的。这种事传出去，您要被革职的！对不对，婶婶？"

"嗳，对吧。喂，我那条带子少了一块。我就觉着少点什么嘛！"

"腰带少一块的，就算了吧！我干等了三小时，宝贵时光糟蹋了半天。"

主人换上了和服，无动于衷地靠着火盆，望着那只头油瓶儿。女主人也觉得只好如此，便将那返还的物品收进柜子，然后回到自己坐

---

① 铁门：吉原的大门，今仅存大门遗址。

的地方。

"婶婶！叔叔说这只头油瓶是件稀罕物件儿呢！您看有多脏！"

"这玩意儿，你在吉原买的？唉！"

"你'唉'什么嘛！你又不懂！"

"虽然不懂，可这么只小瓶儿，不去吉原也到处都有的呢。"

"可没有啊！它可是件罕见之物哟！"

"叔叔真像那地藏菩萨。"

"小孩子家家，那么神气十足！近来女学生的嘴可真毒。应该读一读《女大学》①。"

"叔叔讨厌保险吧？女学生跟保险，哪个更讨厌？"

"保险，我可不讨厌它，保险很有必要。要虑及将来，谁都想加入的。而女学生，则是废物。"

"废物就废物吧！您又没有加入保险的！"

"下个月就加入！"

"肯定？"

"当然肯定！"

"就算了吧！什么保险不保险的！不如用那钱买点什么的好。是吧，婶婶？"

女主人只笑着。主人却认起真来：

"你呀，以为自己能活一两百年的，所以才说得那么轻松！等你理智再发达些看吧，你自然会觉得有必要加入保险的。下个月我一定要加入保险！"

"是吗？那可真是没办法。不过，您既然有钱在前些天给我买洋伞，说不定加入保险会更合算呢。人家一再不要不要的，可您偏要买下来。"

"你当时真的不想要？"

---

① 《女大学》：江户时代女子修身书。相传为贝原益轩所著。

"对呀，我才不要那破洋伞呢。"

"那你还给我好啦。正好敦子她要。你啥时候拿过来吧！今天带来了没有？"

"哎呀，太过分了！好不容易买把伞给我，还往回要！"

"你说不要，才让你还呀！一点都不过分的。"

"反正……"

"'反正'什么？"

"反正过分呗！"

"真笨！翻来覆去就那么一句。"

"叔叔不也是翻来覆去就那么一句吗？"

"你要翻来覆去的，我有什么办法。刚才你不是说不要伞的吗？"

"我是说过。不想要倒是不想要的，就是不想还给您。"

"真让人吃惊！又不明白，又嘴硬的，拿你没办法！你们学校不上逻辑学的吧？"

"您就拉倒吧！反正我没受教育！随便您说啦！让人家把东西还回来！就连外人也不会说出这种冷酷无情的话来的。您学点傻阿竹吧。"

"要我学什么？"

"要您学得正直些、坦率些！"

"你这笨丫头，真是固执！难怪考不上。"

"考不上也不跟叔叔您要学费的！"

雪江说到这里，不胜感慨似的，一掬清泪，潸然滴在绛紫色裙裤之上。主人迷惑不解，愕然不已，凝视着雪江的裙裤跟她那低垂的脸，好像要研究那泪水因了何种心理而来。这时，女仆把双红红的手从厨房伸进门内，说声："来客人了。"

"谁来了？"主人问。

"学校的学生。"女仆侧视着雪江那流满泪水的脸，回答道。

主人于是去了会客间。我为了搜集素材并研究人类，便尾随了主人来到走廊里。研究人类，如果波澜不惊，便毫无成就。平日里普通人便是普通人。因此,观其行,听其言,无不平平淡淡、庸庸碌碌。然而,一到紧要关头,这些平平常常便会突然由于某种奇妙而神秘的作用,一下子便会涌出些稀奇古怪的、莫名其妙的、异乎寻常的、标新立异的东西来。一句话,便是在我们猫类看来,一些值得日后三思的事件比比皆是。雪江的珠泪,便是这种现象之一。有着如此不可思议、深不可测之心的雪江,在她跟女主人说话时不过尔尔,但当主人回来一扔下那头油瓶儿,她立刻便像用气泵给一条死龙灌足了水一般,勃然色变起来。她那深不可测、巧妙精致、妙不可言、奇妙神秘的丽质妩媚便尽收眼底、一览无余。但她的丽质妩媚是天下女子所共有的那种,只是轻易不能表现出来,实属遗憾。不,倒是昼夜不停地在表现着,但却没有如此灼然显著,如此无拘无束。幸而我有一个动辄便要逆抚我的毛发的古怪主人,才得以欣赏到这出好戏。只是跟着主人,无论走到哪里,舞台上的演员肯定会不由自主地跟着表演的。得一滑稽如此之主人,虽猫命短暂,亦可得丰富阅历。真是谢天谢地!这回来位什么客人呢?

一看,却见来者年约十七八,是位跟雪江不相上下的书生。他大大的脑袋,头发剃得极短,都能看到底下的头皮了,脸正中一只蒜头鼻子盘踞其间,正坐在屋子的一角等待着。此人没有什么值得一提的特征,唯有颅骨巨大。剃成秃子,脑袋看上去还那么大,若要像主人那样蓄起长发来,定会引人瞩目吧。脑袋越是长成这副德性,越是胸无点墨的,这是主人的一贯主张。事实也许如此。但冷眼一看,却如拿破仑一般,蔚为壮观。穿着跟一般书生没什么两样,那碎白点花纹布看不出到底是萨摩产的,还是久留米或伊予产的。反正是碎白花纹布的夹袄,袖子很短,穿上还算合身,里头似乎既无衬衫,也无背心似的。虽说穿空心夹袄和光脚颇有气魄,但这个书生却让人觉得邋邋遢遢。尤其那榻榻米上明明显显地印着像小偷的三个拇指印子,责任全在那双赤脚。他在第四个脚印上正襟危坐,十分拘谨似的。如果他本来就为人拘谨,如此谨小慎微的坐法,便毫不足怪。但他这个推光了头、脑门发亮的粗汉却这般诚惶诚恐,便觉得有些不大协调。以路遇主人不施礼而引以为豪的他,即使同常人一样坐上半个小时,也一定会痛苦不堪的。那架式,俨然生得其所的谦恭君子、德高望重的长者一般,不论他自己如何苦不堪言,总之从旁观之,那副情景便滑稽可笑之极。在教室或运动场上那般吵闹不已,何以会有这么强大的自我约束力呢?这么一想,便觉得他既可怜又可笑。二人如此相向而坐,即便主人如何愚笨无知,对于学生,似乎还有几分威严。主人大约也很得意吧!正所谓积少成多。微不足道的学生若是大量纠集起来,也许会成为不可侮之团体,闹起抵抗运动或罢课之类来。也许这正是那种胆小鬼一喝下酒去便变得胆大包天起来的现象吧!仗了人多,有恃无恐而兴风作浪,不妨把这些看成是喝得烂醉如泥而失去理智之类。不然,那个与其说是诚惶诚恐,莫如说是无精打采地紧贴了隔扇的穿萨摩花纹布的家伙,不论主人怎么老朽,既被称为老师,就不可能轻视对方,也没有理由去轻视。

  主人把坐垫推过去,说声:"来,垫上!"那光头却僵在那里,只"啊"了一声,一动不动。眼前,开始褪色的印花布坐垫摆在那里,并未表示"请坐"之类。它的后边,鲜活的大头呆然而坐,滑稽可笑。那坐垫是专供人坐的,女主人可不是为了供人观赏才从市场买回来的。在坐垫而言,若非铺在地上让人们坐上去,便是败坏了它的名誉,就连让客的主人也会丢几分面子的。而一直目不转睛盯着眼前坐垫,让主人面子丢尽的光头小子却并非讨厌那坐垫。其实,除了为他爷爷做法事外,有生以来他很少往那坐垫上正正规规端坐过。所以,他早已开始两腿发麻,脚尖有些叫苦不迭了。尽管如此,他还是没有铺上那坐垫。任凭那坐垫在那里闲得无聊似的干等着,就是不拿过来垫上。尽管主人劝他:"请垫上!"但他就是不垫。真是难以对付的光头小子。客气如此,在人多之时客气一点该有多好!在学校里头客气一点该有多好!在公寓里头客气一点该有多好!在不该客气之处顾虑重重,而在该客气时却又毫不谦虚。不仅如此,反倒行为粗暴野蛮。真是品性恶劣的光头小子。

这时，身后的隔扇悄然开了。雪江将一碗茶恭恭敬敬地递给光头。要在平时，那光头定会嘲笑一声："哎呀！savage tea！"但是，面对主人一个都惶恐不及，眼前这位妙龄女郎偏又用了刚从学校里学来的小笠原派①敬茶法，很是矫揉造作地递到眼前，一时令那光头小子痛苦不堪。雪江拉上隔扇，这时，隔扇之外的她竟吃吃笑了起来。由此可见，即便同龄，也还是女子厉害。比起光头小子来，雪江则要胆气十足一些，尤其在刚刚气愤之下、一滴珠泪之后，这吃吃一笑便更加引人注目。

雪江退下以后，二人一时无话，憋在那里。主人忽然意识到，这简直是在做无言的修行，才终于开口说话：

"你，叫什么来着？"

"古井……"

"古井？古井什么？名字呢？"

"古井武右卫门。"

"古井武右卫门。对对，没错，挺长的名字呢。不是现如今的名字，是个过去的名字呢。四年级了吧？"

"不是。"

"那，三年级？"

"不是。是二年级。"

"在甲班？"

"在乙班。"

"乙班的话，是我管的吧。是吗？"主人感叹着。

其实，这个大头学生，从入学那天起，便引起了主人的注意，所以绝不至于会忘记的。不仅如此，他那大头，曾经令主人刻骨铭心，

---

① 小笠原派：足利义满时期小笠原长秀制定的武士礼法流派。此处转指死板的礼节。日本战前的女子学校在"礼仪"课时讲授该内容。

时常在他的梦里出现。而漫不经心的主人却没能把这大头与一个旧式姓名联系起来,也没能将这联系起来的东西与二年级乙班再联系起来。因此,当得知眼前这颗自己常常梦到的大头便是自己负责的那一班学生之时,不由得在内心里拍手称奇:"是吗?"然而,这个有着大头的、起了个古老名字的,而且还是手下的学生,究竟为了什么事情在此时登门而来,便完全不得而知了。主人原本没有人缘,所以,无论岁末年初,几乎从无学生接近他的。接近他的只有古井武右卫门这位堪称嚆矢的稀客而已。但不知来意如何,便让主人左右为难起来。他不可能只是到无趣若此的主人家来玩儿而已,而要是来要求主人辞职,应该更昂首挺胸一些才对。而这位武右卫门也不可能是前来商量他个人的什么私事。思来想去,主人还是闹不清。而看武右卫门那样儿,似乎连他自己都搞不清他到底为了什么而来。没办法,主人只好开门见山地问起来:

"我说,到我这儿来玩儿?"

"不是。"

"那,有事?"

"嗯。"

"是学校的事?"

"嗯,我想跟您说说,就……"

"噢。什么事呢?你说说看。"

而武右卫门却只眼睛盯了下面,什么也不说。本来,武右卫门作为初二学生来讲,还算长于辞令的。虽然头大,脑力不够发达,但要论起口才来,他在乙班却是个佼佼者。实际上,那个逼老师教他们"哥伦布"如何用日文来译,使主人大伤过脑筋的,便是眼前这位武右卫门。那般佼佼者式的人物,从一开始就忸忸怩怩的,像个口吃的结巴小姐似的,其中必有缘由。不能只单单理解成客气的。主人也有些觉得可疑起来。

"既然有话,那就快说吧。"

"事情不大好开口的……"

"不好开口？"主人说着，看一眼武右卫门的脸。但对方依旧低着头，便什么也看不出。主人不得已，便稍稍换了一下口气，温和地补充说：

"好啦，不管什么，说出来！没有外人听到的，我也不会外传的。"

"我可以说吗？"武右卫门仍然犹豫不决。

"可以啊！"主人顺口答道。

"那，我就说啦。"光头小子说着，猛一扬头，迷迷蒙蒙地望着主人。他的眼睛呈三角形。主人鼓起腮帮子，喷出一口"朝日"牌香烟的烟雾，稍稍扭过头去。

"其实是……出了件麻烦事儿。"

"什么事？"

"什么事？非常非常麻烦，我才来的。"

"哎呀！到底什么事嘛？"

"我原本没想要那么干的，可滨田老说什么'借给我吧，借给我吧！'的……"

"滨田？滨田平助吗？"

"是的。"

"你借给滨田房钱了？"

"哪里，怎么会借房钱给他？"

"那你借啥给他了？"

"把名字借给他了。"

"滨田借你的名字做什么？"

"送了封情书。"

"送了啥？"

"于是，我说，名字就算了，我当个送信的吧！"

"说得一点都不得要领。到底是谁，做了什么嘛？"

"送了封情书。"

"送情书？给谁？"

"这个，不好说出来的。"

"那，是你给某个女子送了情书？"

"不，不是我。"

"那，是滨田送的？"

"也不是滨田。"

"那，是谁送的？"

"不知道是谁。"

"一点都不得要领嘛！那就是谁也没送喽？"

"只名字是我的。"

"只名字是你的？真不知道你在说些什么！再说得有条理些！究竟收下情书的是谁？"

"一个叫金田的女的，住在对面胡同口的。"

"那个姓金田的实业家？"

"对。"

"那，你刚才说只名字是你的，到底怎么回事？"

"那户人家的女儿很是时髦，又挺傲气的，就去送情书给她。滨田说：'没名字不成的。那就写上你的名字吧。我的名字没劲，还是古井武右卫门这个名字好。'于是，就把我的名字借给他了。"

"那，你认识那家的女儿吗？常常交往吗？"

"根本没有交往，连面儿也没见过的。"

"真是胡来，竟然给一个连面都没见过的女子写情书。我说，你到底打的什么主意，竟做出这等事来？"

"只因为大家都说她人太傲气，又好摆臭架子，才要捉弄捉弄她的。"

"真是越来越不像话！那么，是把你的名字公然写上送过去的喽？"

"对。文章是滨田写的。我把名字借给他，然后由远藤连夜送到她家里去的。"

"那,是你们三人合伙干的了?"

"是的。可是,事后一想,觉得事情若是被人发觉,再被学校开除的话,就不好办了。所以很是担心,两三天都没睡着觉,每天都精神恍惚的。"

"干了一件荒唐的蠢事!那么,写的是'文明中学二年级古井武右卫门'吗?"

"不,校名没写。"

"没写校名嘛,只这一点还行。真要写上校名呀,那可就关系到文明中学的声誉了!"

"怎么办呀?会被退学吗?"

"会的呀。"

"老师!我那老爸是个很严厉的人,老娘又是后妈的,我要被退了学,可就麻烦了。真的会被退学吗?"

"所以说啦,不要胡来嘛!"

"我并没想要那么做,无意中却做了。能不能不开除我?"武右卫门竟苦苦哀求起来,那声音像要哭出来似的。隔扇后边,女主人跟雪江早已咯咯笑着。而主人却始终煞有介事一般,一再重复着:"会的呀。"真有趣儿。

我说有趣,也许有人会问:"什么东西那么有趣?"问的好!无论人或动物,自知之明乃是人生大事。只要能够做到有自知之明,人才真正作为人而比猫更受尊敬。到了那时自己也就不好再写这类混账文字,而会立刻停下笔来的。然而,正如自己无法知道自己鼻子有多高一般,人们对于自己的某些部分似乎也难以推断,于是,就连对了他们平日里轻蔑视之的猫,也会提出此类问题来。

人们尽管看起来神气活现,但仍有愚钝之处。口称"万物之灵",而扛了它四处招摇,却连这点区区小事都解决不了。而且还处之恬然,便令人捧腹了。他们扛了"万物之灵"的牌子,却嚷嚷着去问别人:"快告诉我我的鼻子在哪里,快告诉我!"如此,还以为他们会辞掉"万物之灵"不干呢,而看上去却是死也不肯松手的。矛盾之显而易见,他们竟能平心静气,倒也可爱。但必须忍受愚蠢。

此时的我,之所以对武右卫门、主人、女主人,还有雪江感起兴趣来,不单纯是因为外部事件的配合,以及它们之后再波及有趣之处。实际上,是因为配合后的反响在人们心头唤起了各自不同的音色。至少,主人对于这一事件莫若说是冷淡的。至于武右卫门的老爹如何严厉,他那老娘如何排斥冷淡他,主人都不大吃惊,也不可能吃惊。武右卫门之被退学,与他本人之被革职完全风马牛不相及。若是成千的学生被退学,做教师的也许会生活无着。而古井武右卫门一个人的命运不管如何变化,都与主人的朝夕无关。关系不深时,同情心便自然不浓。为了一个素不相识的陌生人而大皱眉头、声泪俱下或者唉声叹气,便绝非自然。我很难接受人类是如何仁慈,如何富于同情心的动物这一观点。不过是作为生而为人的赋税,才时时为了交际而滴下几滴眼泪,或者装出同情的样子来给别人看而已。正所谓伪装出来的表情。而实际上却是颇为伤神的一种艺术。善于弄虚作假的,人们称为"富于艺术良心的人",颇受世人珍视。因此,再没有比受人珍重者更靠不住的了。试一下便见分晓的。在这一点上,主人当属拙劣之流。拙劣,便不会被人珍重。因为不被人珍重,内心的冷漠便暴露无遗。他对那武右卫门反复说的那句"会的呀",从中便可见一斑。

诸位千万不要因为他的冷漠,而憎恶主人之类的好人。冷漠是人的本性,毫不掩饰才是正直的人。若是诸位此时再冷漠些,便不能不认为将人类估价得过高了。连正直都极度匮乏的人世之上,若是预期过高,则除非到了志乃跟那小文吾①从马琴小说②里头溜出来,《八犬

---

① 志乃跟那小文吾:后文出现的泷泽马琴的小说《南总里见八犬传》中的主人公。志乃即犬冢信乃,小文吾即犬田小文吾。
② 马琴小说:指泷泽马琴(1767—1848,日本江户末期小说家,别号曲亭马主人)的代表作《南总里见八犬传》。

传》①搬到左邻右舍里去的时候。否则,便是虚无缥缈的无理要求。

关于主人先说到这里。接下来看看饭厅里笑着的几个女人。他们一步跨过主人的冷漠,一跃而入滑稽之境而喜不自胜。于她们而言,令那武右卫门头痛心烦的情书事件,却如同佛陀带来的福音一般,令她们高兴无比。没有理由,只有高兴。硬要分析的话,便是武右卫门一苦恼,她们便高兴。诸位去问问那女人吧:"你是否觉得别人苦恼有趣儿才开心大笑?"被问者定会说那提问者是混蛋。即便不骂你混蛋,也会说你故发此问,侮辱了淑女品德。认为侮辱了她们,也许是事实,而她们取笑别人的烦恼,也一样是事实。这样,就好比事先声明一下:"请看,我现在要侮辱我自己的品德了,可不许说三道四噢!"就好比发表主张一般:"我是小偷,你可不能说我不道德。若是说我不道德,便是往我脸上抹黑,是对我的侮辱!"女人真是聪明绝顶,思维有条有理的。既然生而为人,那就不论被人踩在脚下、被踢被打,而且没人理你之时,便不仅要有平心静气的决心,并且,在被人啐一脸唾沫、被拉一身臭屎之后,还要被人大声嘲笑一番时,也必须高高兴兴的。否则,便无法与号称"聪明女人"的人往来的。

最后来看看武右卫门的心境。他乃是忧虑的化身。那颗伟大的头颅,就如同拿破仑那颗塞满野心的脑袋一般,塞满了顾虑与担心。那只蒜头鼻子不时翕张一下,全因为忧虑担心传到了脸部神经之上,条件反射一般,是一种无意识的动作。他就像吞下了一块枪弹般大小的糖块一般,肚里搁了块无可奈何的大疙瘩,几天来正束手无策,一筹莫展。烦恼苦闷之余,依旧没有什么好主意。便想,去班主任那里,兴许他能帮帮我的。于是才低垂了他那大头,前来拜访他所讨厌的主人之家。他平日里在学校里头,是那样百般嘲弄我家主人,煽动同学百般刁难主人,他此时似乎已将这些全然忘却。他似乎相信,即便如

---

① 《八犬传》:指《南总里见八犬传》。日本江户末期小说家泷泽马琴的代表作。1814年动笔,历28年始完成。共98卷。内容叙述代表仁、义、礼、智、忠、孝、信、悌的八个义士的事迹,带有传奇色彩。

何嘲弄和刁难过主人，但即为班主任，便肯定会为他分忧解愁的。真是头脑简单。班主任一职，并非主人爱做。校长任命之下，不得已才接受下来，就如同迷亭伯父的那顶大礼帽一般，徒有其名而已。徒有其名，便毫无办法。关键时刻虚名也能顶用的话，雪江便可以只用了名字去相亲了。

武右卫门不但一味任性，而且还从过高估计人类这一假定出发，认为别人必定善意待己的，他万没想到别人会嘲笑他。他到班主任家来，肯定发现了关于人类的一大真理。因了这一真理，将来的他，肯定会逐渐成长为一个真正的人的。到了那时，他也会对别人的烦恼冷漠视之吧？别人为难发愁时，他也会高声嘲笑吧？如此，天下将是未来之武右卫门们的吧？将是金田及其夫人的吧？我殷切期望武右卫门一刻不停，尽早醒悟，成为一个真正的人。不然，无论他如何忧虑烦恼，无论他如何后悔莫及，也无论他向善之心如何迫切，都不可能如金田一般获得成功。不，要不了多久，社会便会把他放逐到人类居住地以外去，而不只是被文明中学退学而已。

这样一想，便觉有趣。忽然格子门哗啦一声开了。从那拉门后边一下子露出半张脸来。

"先生！"

主人正在对了武右卫门重复着那句"会的呀"，忽听得门口有人叫他。心想是谁呢？抬头望去，却见那拉门后斜着探出来的半张脸，正是寒月。

"噢，请进！"主人只口中说着，身子却依然坐着没动。

"有客人？"寒月依旧只露着那半张脸，反问道。

"哎呀，没关系！快进来！"

"我呀，是邀您来了。"

"去哪里？又去赤坂？那边我可不去了。上次走了那么久，腿都累酸了。"

"今天没关系的。隔了这么久，出去走走吧？"

"去哪里呀？啊，进来呀！"

"想去上野，听听老虎的叫声。"

"真是无聊！你还是先进来吧！"

寒月兴许觉得离人太远谈不拢的，便拖了鞋，慢吞吞走了进来。他依旧穿着那条屁股后边打了补丁的灰色裤子。那并不是因为年深月久或者寒月的屁股太沉才磨破了的。据他自己辩解，是因为近来开始学骑自行车，裤子局部便摩擦多了一些的缘故。他做梦也没想到会在这里碰到给他未来夫人写过情书的情敌，他"噢，你好"地对那武右卫门稍稍点头打过招呼，便在靠近走廊的地方坐了下来。

"听了老虎叫声又有什么意思！"

"是啊，现在是不行。得先到处散散步，到了夜里十一点钟左右的时候，再去上野。"

"噢？"

"到那时候，公园里头古树森森的，那才叫绝呢！"

"是呢！比白天可要凄凉呢。"

"然后，尽量寻一处树木繁茂、连白天都少人走的地方走上一走，一定会在不知不觉中忘记自己是住在滚滚红尘的都市里头，那心情，就跟在山里头迷了路一样！"

"变成那种心情，又怎么样呢？"

"有了那份心情，再站上那么一会儿，就会忽然听到动物园里头的虎啸之声。"

"会有那么动听吗？"

"没问题，会的。那叫声，在理科大学①那里，白天都能听到的。当夜深阒寂、四野无人、阴气袭身、魑魅扑鼻之时……"

"魑魅扑鼻是咋回事？"

"不都这么说吗？在害怕的时候。"

---

① 理科大学：今东京大学理学部的前身。

"是吗？没大有人说的。那，然后呢？"

"然后，虎啸阵阵，把上野那老杉树上的树叶都快给震落下来了，真是厉害呢。"

"那也真够厉害的。"

"如何？不去冒冒险？一定会很快活的。我总觉得，不在半夜里听那虎啸之声，无论如何也算不得听过老虎啸叫声的。"

"是的呢……"主人如同对武右卫门的恳求冷淡视之一般，对寒月的探险也热情不够。

一直很羡慕地默默听着二人谈论老虎的武右卫门，忽然听得主人一声说："是的呢！"这才意识到自己的事情。复又问道：

"老师，我很担心呢，怎么办呀？"

寒月觉得奇怪，望向那大头。

我忽然想起什么，便暂且失陪，转到饭厅去了。

饭厅里女主人吃吃笑着，往那廉价的京都瓷碗里满满地斟上粗茶，然后搁到一个锑制茶碟上：

"雪江！麻烦你，把这个送去。"

"讨厌。"

"为啥？"女主人稍稍现出些吃惊的神情，脸上的笑容也消失不见了。

"没为啥。"雪江马上若无其事起来，目光落在旁边的《读卖新闻》上。

女主人开始跟她商量起来：

"哎哟！真是怪人呢！人家是寒月，没关系的。"

"可是，人家就是讨厌嘛。"她的视线始终不肯离开那《读卖新闻》。此时是一个字也看不进去的。但如果揭穿，说她并未看报，她又会哭起来的。

"有什么好害羞的！"女主人又满脸堆起笑来，故意把茶碗推到《读卖新闻》上边。

"哎哟！您可真坏！"雪江说着，想要把报纸从碗底下抽出，不料却碰翻了那茶碟，茶水毫不客气地流过报纸，淌进榻榻米的缝隙间去。

"你看你看！"女主人话音未落，雪江便喊一声："哎呀，不得了！"便向厨房奔去，大概是去拿抹布了吧？

于我而言，这出戏真有意思。

寒月却不知道这里发生的一切，正在那里怪话连篇。

"先生！拉门重新糊过了？谁给糊的？"

"女人糊的。糊得不错吧？"

"嗯，不错不错！是那位常来的小姐糊的吧。"

"对，她也帮了忙的。她还口出狂言，说能把纸拉门糊得这么好，便有了出嫁的资格的！"

"噢，是吗？"寒月说着，便凝视着那扇纸拉门来。"这边倒是糊得平整，可右角上的纸长了点，都出褶子了。"

"是从那地方开始糊的。一开始嘛，经验还少呢。"

"难怪，可就有些次了。你看这表面，都糊成了超越曲线，这用一般的函数是无法表示的。"

不愧是理学家，说起话来晦涩难解。

"是的呢。"主人含含糊糊地应对着。

这样下去，不管哀求到什么时候，都不会有什么希望的，武右卫门终于死心，突然将他那伟大的头盖骨顶到榻榻米上，于无声处暗表诀别之意。

"你要走吗？"主人问。

武右卫门一声不吭地趿拉了那双萨摩木屐，走出门去。真是可怜！如果丢下不管的话，说不定他会写出一篇《岩头吟》[①]来，再去

[①] 《岩头吟》：明治三十六年（1903）五月，第一高等学校学生藤村操（夏目漱石的门生）跳华岩瀑布自杀，死前曾以石头上的树枝写就遗书《岩头吟》。

跳那华岩瀑布的。究其根源,全是金田小姐的时髦跟傲气惹出的麻烦。如果武右卫门丧命,最好是化作幽灵,去缠住并杀了那金田小姐。那种女人,这个世界上少那么一两个的,男子绝不至于烦恼不已的。寒月可以另娶一个正经姑娘。

"先生,他是学生?"

"嗯。"

"头好大呀!会有学问吗?"

"学问可不能跟他的头来比,但常提些奇怪问题呢。前些日子,他让我把哥伦布译成日语,真是难以对付呢。"

"全怪他头太大,才提了那种多余的问题出来。先生又如何回答的?"

"嗯?我随便糊弄了一下,给译过去了。"

"不过,那也就算是翻译了。真了不起!"

"小孩子嘛,什么东西不给他译出来,便不相信你的。"

"先生也成了伟大的政治家呢。但看他刚才的神情,好像特别没精神的,不像会给先生出难题的那种呢。"

"今天他算是遇到难题了。真混!"

"怎么回事?只看了他一下,便觉得非常可怜呢。到底发生什么事了?"

"咳,干了桩蠢事呢!给金田小姐送了封情书的。"

"什么?就那大头?如今的学生,可真了不得。让人吃惊。"

"你也许会担心的……"

"没事没事。我一向不在乎的。不过,你说那大头写情书,真有些意外呢。"

"那个呀,他们是开了个玩笑。那金田小姐又时髦,又傲气的,他们三个人,就想捉弄捉弄一下她。于是,三个人便合伙……"

"三人合伙给金田小姐写情书?越说越离奇了呢。简直就是一份西餐三个人来吃嘛!"

"他们有分工的。一个写，一个送，一个出借名字。这个，刚才那个，便是借了名字的。他是最愚蠢的。他还说呢，从未见过金田小姐的面呢。怎么就干出这种蠢事来了的？"

"那可算得上这段时期的硕果呢，是杰作！那个大头，竟然写情书给女人，难道不是很有意思吗？"

"那可是大错呢。"

"怎么都没事儿的，对方可是金田呢。"

"话是这么讲，可你说不定要娶她的呀！"

"正因为说不定，才没关系的嘛。什么嘛，金田什么的，别理就是！"

"你倒是没关系，可……"

"怎么？金田那里也没事儿的！没关系没关系！"

"真要那样，倒也没啥。可他本人事后突然为良心所责，害怕起来了，于是诚惶诚恐地跑到我家里来，想要商量商量。"

"什么？就为这么点小事垂头丧气的？可见心胸多么狭窄。先生，您是怎么跟他说的？"

"他说肯定会被学校退学的，非常担心呢。"

"为什么会被退学呢？"

"因为做了那种不好的、不道德的事。"

"我说，还不至于就不道德了吧？没事儿。那金田小姐会引以为荣，四处炫耀的。"

"是吗？"

"反正很可怜的。虽然做出那种事来不大好，但是，害得人家那么提心吊胆的，会害了他的。他虽然头大一点，而相貌还不算丑。鼻子直抽动，挺招人喜欢的。"

"你也很像那迷亭了，说起话来轻轻松松的。"

"不，这是时代思潮。先生太传统了，所以，便把什么事情都解释得很复杂。"

"可是,也还是太蠢嘛!给一个素不相识的人乱送什么情书。简直缺乏起码的常识嘛。"

"调皮捣蛋,往往是因为缺乏常识。您就救救他吧!会积德的呢。看他那样子,会去华岩瀑布的。"

"是啊。"

"就那么做。若是再大一点、再懂事一点,便不会如此。怎么会干了坏事,反倒要装不知道的!若把这孩子退学,不把那些大一点的孩子通通逐出校门,便不公平的。"

"说的也是。"

"如何?去上野听虎啸去吧?"

"虎啸?"

"对,去听吧。其实,再过两三天,我便要回一趟家乡。不论去哪儿都不能奉陪的。今天来,是想一定要您一同去散散步的。"

"是吗?你要回去?有事吗?"

"对。有点事。不管怎样,还是出去吧。"

"好,那就走吧!"

"好啦,走吧!今天我请吃晚饭。然后运动运动,到上野时正好。"寒月一个劲地催着,主人也动了心,便一同出得门来。后边是女主人跟雪江肆无忌惮的一阵嘻嘻哈哈。

十一

壁龛之前,一张棋盘摆在中间,迷亭与独仙相对而坐。

"白下可不玩儿。输了的请客。好吧?"

迷亭一叮嘱,独仙便照例扯着他那山羊胡子,说:"那样子的话,好不容易玩一次高尚游戏,倒变得俗了。打赌之类会记挂着胜负,便没意思了。只有将胜败置之度外,以'云无心以出岫'①的心情,悠然下它一局,才能体味个中底蕴。"

"又来啦!棋逢如此仙风道骨之人,便有些棘手了。倒像《列仙传》中的人物呢。"

"弹无弦之素琴嘛。"

"拍无线之电报吧?"

"少废话,下吧!"

"你执白?"

"执啥都成。"

"不愧是仙人,倒挺大方的!你执白,按自然顺序,我便执黑喽,好了,谁先走都行。"

"黑子先走是规矩呢。"

"对。那我就让着你点儿。按棋谱从这里走吧。"

---

① 云无心以出岫:源出陶潜《归去来辞》。

"棋谱里头可没有那种走法呢。"

"没有也没啥。新发明的棋谱。"

我见识太浅,棋盘这东西是近来才见到的。越想越觉得这东西奇怪。一个不大的方盘上密密麻麻挤满了小格子,乱七八糟地摆些黑的白的棋子儿,令人眼花缭乱。然后就"赢了!输了""死了!活了!"的,下棋人黏汗如雨,吵吵嚷嚷着。面积大不过一尺四见方嘛!只须用猫的前爪一搭,也能搅它个乱七八糟的。引而结之,则为草庵;解之,则成荒野。便没必要摆弄那玩意儿。而袖手观战则要自在逍遥得多。一开始那三四十个子儿的摆法还不怎么碍眼,而一到决定胜负的关键时刻,哎呀!那情景才叫惨呢!黑白一片,密密麻麻的,都快要从棋盘上掉下来似的,你挤我,我挤你的。但也不能因为太挤,便叫它旁边的棋子儿躲开。虽然碍事,但也无权喝令前边的棋子儿让路。除了认命,一动不动地待在那里之外,毫无办法。

围棋是人发明的,若是人类的嗜好反映在棋局之上,则棋子拥挤不堪的命运正代表了人类心胸狭窄的本性。如果可以从棋子的命运推知人类的本性,则可以断言,人们喜欢自己把海阔天空的世界缩小,再玩些小小伎俩,划出自己的势力范围来,并固守了那片立足之地,不再越出雷池一步。总而言之,人类乃是硬要自寻烦恼的动物。

悠闲度日的迷亭跟富于禅机的独仙,不知怎么一下子心血来潮,偏在今日从那壁橱里拖出旧棋盘,玩起这种热得叫人透不过气来的游戏来。二人正好凑成一对,一开始,双方都还随心所欲,棋盘之上,黑白棋子自由自在,你来我往。但棋盘的大小有限。往那横竖格子上一着一着填下去,便任你如何悠闲自在,怎么富于禅机,也自然要穷途末路。

"迷亭,你下棋太野蛮!可没有从那儿进棋的规矩呢。"

"禅宗和尚下棋也许没这规矩。但'本因坊'[①]流派却有这规矩

[①] 本因坊:自安土桃山时代延续至昭和十三年(1938)的围棋本支。

的。没办法喽！"

"可，那是死棋呢！"

"'臣死且不避，况彘肩乎？'①先这么走一把！"

"好，来得好！'熏风自南来，殿角生微凉。'②这样跟了你，便平安无事了。"

"哎呀，跟过来了，算你厉害！我还以为你不跟呢。'跟吧！让你撞上八幡钟③！'我这么走，看你怎么办！"

"没什么怎么办不办的。一剑倚天寒！④——哎呀，麻烦！索性一下子，断掉你的后路！"

"哎呀呀！不得了不得了！你这一断，可要死棋了。我说，别开玩笑，让我悔一个子儿！"

"刚才可没说呢。到了这一步，不能再插进来的。"

"就让我一把！我说，你把这白子儿拿掉！"

"这一着也悔？"

"顺便把旁边那白子儿也拿掉！"

"你可真是厚颜无耻，喂！"

"Do you see the boy？⑤唉，咱俩谁跟谁呀！快别说那些客套话，拿掉！是生存还是毁灭的关键时刻呢。'刀下留人！'救命恩人要登场了！"

"我可不管那么多！"

"不管也没啥。你给我拿掉吧！"

"从刚才起，你都悔了六着了。"

"记性真好！下边将加倍悔棋的。所以叫你让的嘛。你也真够犟

---

① 臣死且不避，况彘肩乎？：源出《史记·项羽本纪》。
② 熏风自南来，殿角生微凉：源出《唐诗纪事》卷四十。
③ 八幡钟：指深川富冈八幡宫里的钟，江户时代曾用作报时钟。
④ 一剑倚天寒：无学祖元语。指置生死于度外的心境。
⑤ Do you see the boy？：模仿"你可真是厚颜无耻，喂！"的发音而造出的英文句子。

的。既是坐禅的，就该通情达理些嘛……"

"可是，不让这个子儿死的话，我可就要输了。"

"你不是从一开始就不在乎输赢的吗？"

"我是不在乎输赢，但也不希望你赢。"

"没想到，悟道了！还是'春风影里斩电光'！"

"不是'春风影里'，是'电光影里'呢。你给颠了个个儿。"

"哈哈哈哈！我还以为此时差不多都颠了个个儿呢。没想到还有几分清醒之处。那么，没办法了，我认命！"

"生死事大，人生转瞬即逝。你就认命吧！"

"阿——门！"迷亭这回往那似乎毫不相干之处啪地下了一子。

壁龛之前，迷亭和独仙杀得难解难分。而客厅门口，寒月跟东风并肩而坐。主人面色蜡黄，坐在一旁。寒月面前，放了三条鲣鱼干，光秃秃的，整整齐齐排列在榻榻米上，真是奇观。

这鲣鱼干出自寒月怀里，取出时还很热乎，因为光秃秃的，手心还能感觉到它是温温的。主人和东风都以奇怪的眼光盯着那鲣鱼干。寒月终于开口：

"四天前我才从家乡回来的。因为有很多杂事缠身，四处奔忙了一番，所以便没能到府上拜望。"

"用不着那么急急赶来嘛！"主人照例说些不招人喜欢的话。

"虽然不急着来也行，但不早点把这些礼品送给您，便不放心呢！"

"这不是鲣鱼干吗？"

"对，是我家乡的特产。"

"特产？东京好像也有的呢！"主人说着，拿起一个最大的，凑到鼻尖下闻起来。

"用鼻子是闻不出鲣鱼干的好坏来的。"

"比较大。就因为这个原因，才成为特产的吧？"

"好啦，您尝一尝！"

"尝是要尝的。可这条鱼前边怎么少点什么呀？"

"所以才不早些送来便放心不下呢。"

"那是为什么呀？"

"为什么？那是让老鼠给吃了呢。"

"这可危险。随便吃下去，会染上鼠疫的！"

"没事没事！只咬了那么一点点，没什么害处的。"

"到底在哪里让老鼠给咬的？"

"在船上。"

"船上？怎么回事？"

"因为没地方放，便跟小提琴一起塞进了袋子里面。上船那天晚上就让老鼠给咬了。只是咬了鲣鱼干的话，倒也没啥。可是，那老鼠却把小提琴也当成了鲣鱼干，把琴身都咬坏了一点呢。"

"真是冒失鼠！到了船上，就莫辨真假了？"主人说些莫名其妙的话，眼睛依然盯着那鲣鱼干。

"老鼠嘛，不管住哪里，总是冒冒失失的。所以我把鲣鱼干带到公寓，也还是被咬了。我觉得悬乎，夜里便把它塞进被窝里才睡下。"

"有些不洁呢。"

"所以，吃的时候，洗一洗吧。"

"光只洗一下的话，也没法弄干净的。"

"那就蘸些碱水，使劲儿搓一搓吧？"

"那把小提琴，你是搂着它睡的吧？"

"小提琴太大，搂着那玩意儿，是没法睡的……"

话音未落，对面迷亭也加入了进来，高声叫道：

"说什么？搂了小提琴睡觉？真是风雅呢！有首俳句咏的好，'春意正阑珊，唯觉心头忧郁起，手中琵琶沉。'①但这都是过去的事儿啦。明治时代的秀才若是不抱了提琴睡觉，便不能超过古人的。

---

① 春意正阑珊，唯觉心头忧郁起，手中琵琶沉：日本俳句诗人与谢芜村的作品。

'睡衣小且薄,漫漫长夜独厮守,我那小提琴。'这句怎么样?东风,新体诗里可以这么写吗?"

东风很是严肃地:"新体诗跟俳句可不同,不能那么一挥而就的。但一旦写成,便能生发出触及人们灵魂深处的美妙音调来。"

"是啊,这'亡灵'嘛,我还以为要烧些麻秆儿迎接才成呢,原来作作新体诗便能请来的。"迷亭把围棋丢到一边,还在嘲笑着。

"你说那么多废话,又该输了!"主人提醒迷亭。迷亭却满不在乎:

"我想赢也好,要输也罢,对方反正已成瓮中之鳖,手脚已施展不开的。我因为无聊,不得已才加入到你们小提琴这里来的。"

话音未落,对手独仙已经激动地大叫:"该你走了呢!一直在等着你哪!"

"什么?已经走啦?"

"当然走啦。早就走了的。"

"走哪儿?"

"斜着摆了颗白子儿。"

"对啊!这颗白子儿斜着这么一摆,我命休矣!这样子,我……我……我可就没辙了。无路可走了呢。我说,你再下个子儿,随便搁哪儿都成。"

"哪有那么下棋的?"

"'哪有那么下棋的?'你要这么说,我可就下了。那,在这拐角处拐一下,再放一子。寒月呀,你那小提琴太便宜,所以连老鼠都欺负它,要啃它呢。再多花点钱,买把好些的!我从意大利给你订购一把三百年前的古物来,好不好?"

"那请费心。顺便,付款一事也请一并代劳。"

"那种老古董,有什么用处!"什么都不知道的主人大喝一声,申斥着迷亭。

"你是把人里头的老古董跟小提琴里的古董等同看待了吧?即使

人里头的老古董,金田某某之类,如今依旧时髦的。至于小提琴嘛,自然是越古老越好的。我说独仙,你快点!倒不是那庆政①的台词儿,'秋日易短'呢!"

"跟你这种匆匆忙忙的人下棋真是痛苦。连想一想的工夫都没有。没办法,在这儿放个子儿,留个眼儿吧。"

"哎呀!终于让你活过来了。真是可惜!我生怕你往那里摆,才说了几句废话。煞费苦心,还是枉然啊!"

"当然哪!你哪是在下棋,是在蒙人呢!"

"这就是'本因坊派''金田派''当代绅士派'呀!我说苦沙弥!独仙到底去镰仓吃了咸菜的,不为物欲所动呢!真是佩服!棋下得不好,却胆气十足!"

"所以,像你那种胆小如鼠之辈,该向别人学着点。"

主人转过身去,刚一说完,迷亭便吐了一下那红红的大舌头,独仙却毫不在意,又催促起来:"喂!该你啦!"

"你什么时候开始学小提琴的?我也想学的,但是听说很难呢。"东风在问寒月。

"对。只学个大概的话,谁都会的。"

"同样是艺术嘛。我觉得,有诗歌兴趣的人,学起音乐来,定会进步很快的。是这样吧?"

"是那样的吧。你要学,肯定学得好!"

"你几时开始学的?"

"高中时。先生!我跟您讲过我学小提琴的经过吗?"

"没有。闻所未闻的。"

"高中时有老师教,才开始学的?"

"哪里,没老师,也没人指点的。自学呢。"

---

① 庆政:净琉璃《恋女房染分手纲》(吉田冠子、三好松洛共同创作,1751年在竹本座首场演出,是松门左卫门《丹波与作待夜小室节》的改编作品)中盲人乐师名。

"真是天才呢！"

"自学的不一定都是天才吧！"寒月板起面孔。被誉为天才还板面孔，也只有寒月了。

"那倒没什么。那你讲讲，你是怎么自学的？让我们参考参考。"

"讲讲无妨。先生，那我，就讲讲？"

"啊，讲吧！"

"如今，总有一些年轻人拎了个琴盒，在那大街上走来走去的，而在当时，高中生几乎没人搞西方音乐之类的。尤其我们那学校，简直就是乡下的乡下，朴实得很，就连穿麻里草鞋的人都没有的。学校里头嘛，拉小提琴的学生自然没有的……"

"他们那边好像在讲什么趣闻呢。独仙！这盘棋，到此为止吧！"

"可是，还有两三处没弄好呢！"

"没弄好就没弄好吧！适可而止的地方，就都送给你了。"

"话是那么说，我也不能白要啊。"

"看你一丝不苟的，不像个禅学家呢。那就一气呵成，下完这盘棋吧。……寒月好像讲得挺有趣儿的……就是那所高中吧？学生都光了脚上学的……"

"不是！"

"可我听说，学生都要光了脚做军事操练的，向右转、向左转的，把脚底都磨得很厚很厚的。"

"是吗？这都谁说的呀？"

"甭管是谁说的！我还听说呀，那带的饭盒是一个很大的饭团子，像个大柑子似的挂在腰上，就吃那玩意儿。说是吃，不如说是咬。然后，好像是说，会露出一颗梅干来。据说是为了看到那颗梅干，他们才专心致志一口口咬去周围那毫无咸味的饭粒的。真是生龙活虎！独仙，这故事好像很合你的心意呢。"

"质朴刚健，很有出息呢！"

"还有比这更有出息的呢！听说那里没有烟灰罐儿的。我一个朋友在那里供职时，想出去买个烟灰罐儿。结果呢，别说烟灰罐儿，就连可以称为烟灰罐儿的东西都没有的。他觉得奇怪，便问别人。人家若无其事地告诉他，烟灰罐儿嘛，到后边竹丛里砍一节竹子，谁都会做的。哪有必要拿它卖的。这也算得上是表现质朴刚健之风的佳话吧，独仙？"

"嗯，就算是吧。这里补个空眼儿吧。"

"好！空眼、空眼、空眼。齐了。我听了那番话呀，实在吃惊呢。在那种环境里，你自学小提琴，真是令人敬佩。《楚辞》里头说：'既茕独而不群兮。'寒月你简直就是明治的屈原呢！"

"我不想做屈原。"

"那就是二十世纪的维特①啦！什么？拿棋子儿来数？你也太一本正经了，不数，也注定是我输了。"

"不过，总得了结一下……"

"那你就数吧！我才不去数它。不一闻一代才子维特自学小提琴的逸事，便对不起列祖列宗的！先失陪了。"说着便离开，凑到寒月那里。独仙精心地拿了白子，填满了白空，再取了黑子，把黑空填满。寒月继续滔滔不绝：

"一地的风俗早已成就，而我家乡的人又极顽固。哪怕有一个软弱，便要说，这会在其他县的同学那里丢面子的，于是便随随便便地严加惩处，真是难以对付呢。"

"提到你那家乡的学生，真是不好说呢。到底为什么要穿那种素蓝色的和服裤裙呢？至少那副打扮便很滑稽。再加上也许由于海风扑面的缘故，个个黑黝黝的，男子倒没啥的，但是女人弄成那样儿，就有够惨的了。"

---

① 维特：德国作家歌德名著《少年维特之烦恼》中的主人公。

迷亭一掺和进来，中心话题便要离题万里的。

"女人也那么黑的！"

"那样也有人要吗？"

"可，家乡的人都那么黑的，没办法呢。"

"真是不幸！是不是，苦沙弥？"

主人喟然叹息一声："黑点好呢！稍白一点，一照镜子便要自高自大起来，那便不好。女人真是难以对付的呢。"

"那地方人的皮肤全都发黑，难道黑就不自高自大了？"

"总之，女人全是些没用的货！"

主人话未落音，迷亭便笑着提醒他："你说这种话，回头你夫人该不高兴的呢！"

"哪里，没事。"

"她不在家？"

"刚刚带孩子出去了。"

"难怪这么安静。去哪儿啦？"

"谁知道去哪儿了，随便出去走走呗。"

"嗯，是呢。你是单身，真是好啊！"

他这么一说，东风有些不高兴了。寒月只嘻嘻笑着。迷亭说：

"有妻室的人都这么说的。是不是，独仙？你大概也属于怕老婆一类吧？"

"呃？等等！四六二十四，二十五，二十六，二十七。还以为很狭窄，竟有四十六个眼儿呢。本想再多赢你的，可一凑起来，才十八子之差。你刚才说什么？"

"我说，你也怕老婆的吧？"

"啊？哈哈哈！没什么好怕的。我老婆呀，从来就爱我的。"

"那请恕我失礼了！这才是独仙嘛！"

"不止独仙一人的，那种例子多得很！"寒月代天下为人妻者行了辩护之劳。

"我也赞成寒月所说。我觉得,人要进入绝对境界,只有两条路可走:艺术跟恋爱。夫妇之爱便是其代表之一。所以,人哪,必须结婚,成就那份幸福,否则便要违背天意。我说,是不是这样,先生?"东风依旧一本正经,转过身来,对迷亭说道。

"高见!我这样儿,毕竟进不了那种绝对境界呢。"

"一娶老婆,就更进不了了。"主人哭丧着脸。

"总之,我等未婚青年如果不接触艺术的灵气,开拓向上之路,便无法了解人生深义。所以便想先从小提琴着手,这才请寒月谈谈经验的。"

"对对对,应该听一听维特先生讲讲小提琴。我说,快点讲!我不会打搅你的。"迷亭终于收起锋芒。

"向上之路,单靠小提琴是开拓不出来的。专心于游戏之类便能认识宇宙真理的话,便麻烦了。要想了解此中深义,非有悬崖撒手、死而复苏的气魄不可。"独仙煞有介事地、教训似的,说得头头是道。而东风却不知道禅宗的禅字为何物,所以,他看上去丝毫不为所动:

"呃?也许是那样。但我还是觉得艺术才象征了人们渴仰之最高境界,所以,我无论如何也不肯放弃的。"

"既然不肯放弃,那就满足你的愿望,让你听听我的小提琴经历吧!刚刚说过,我之开始学小提琴,很费了一番周折呢。光买琴就很发过一阵愁呢,先生!"

"会是那样的吧。连麻里草鞋都穿不上的地方,不可能有小提琴的。"

"不,有倒是有的。钱也早就攒够了,没什么问题。但是,就是买不了。"

"为什么?"

"地方太小,买下来,马上就会被人看到的。一被人发现,人们就会认为你臭美,然后再加以制裁。"

"自古以来天才都要受迫害的！"东风深表同情。

"又是天才！希望不要叫我什么天才了。然后呢，我每天散步路过那卖小提琴的商店门口时，没哪一次不在心里对自己说，把它买下来该有多好！把它抱在手上该是什么心情？啊，我要买！真想买！"

"有道理！"迷亭评论道。

"鬼迷心窍！"主人百思不得其解。

"你呀，到底是天才！"东风敬佩不已。

唯有独仙超然物外，只一心捻着胡须。

"那样的小地方，怎么会有小提琴呢？大家首先便会觉得可疑。想一想，便会觉得理所当然的。为什么这么说？因为那里也有女子学校的。女学生们的课程之一，便是要每天练那小提琴，所以自然便有小提琴。当然，没有好琴，只有勉强可以称得上是小提琴的而已。因此，店里重点也不在这上边，只将两三把一起挂在那里。我时常散步从那门前经过，那小提琴呀，经风一吹，或是店里的小伙计用手一碰，便要发出幻音来。一听到那声音，我这心都快要碎了一般，不知所措起来。"

"危险呢！见水发癫、见人发癫的，癫癫的种类多着呢，你因为是维特，便是发提琴癫了。"迷亭嘲笑一声。

"不，如果没有那么敏锐的感觉，便不可能成为艺术家的。真有天才气质！"东风愈发感慨万千。

"啊，也许真的是发癫了呢。光是那音色便不可思议的！从那时到现在，我拉了这么久，可从来没有拉出过那么美妙的音色来的。对了，怎么形容才好呢？毕竟难以用语言来表达的。"

"是否琳琅璆锵而鸣？"独仙搬出艰深难懂之词来，但谁都没有理会他。真是可怜。

寒月接着说："我每日散步从那门前经过，其间终于三度耳闻那灵妙之音。第三次时，便下了决心，非买下来不可！即令乡亲们如何谴责，外县人如何轻蔑看我。——好，就算铁拳制裁之下而一命呜呼，稍出差错而遭到退学处分，我也买定了！"

"这才叫天才呢！不是天才，不会这么痴迷的。我好羡慕你！多年来我千方百计，想要激起那份激情，但总是难以如愿。去音乐会时，尽量倾注了热情去听，但总是引不起兴趣来。"东风简直羡慕得不得了。

寒月说："引不起兴趣，才叫幸运呢！现在这么说起来好像心平气和似的，当时的那份痛苦简直都难以想象。然后呢，先生，我一狠心，便终于买了。"

"嗯？为啥？"

"正好是十一月，天长节①的前夜，乡亲们全去了温泉，准备住在外边，所以那里悄无一人。我声称有病，当天连学校都没去，就在家里躺着。我在床上，只念叨着一件事情，那就是，今天晚上一定要出去一下，把我那梦寐以求的小提琴买到手。"

"你装病，连学都不上？"

"完全如此。"

"确实有些天才呢。"迷亭也显出些折服的神情。

"我在被窝里露了头，便觉得日暮难待，无奈之中，只好把头缩进被窝，闭上眼睛等待。但还是不行。伸出头来，只见秋日骄阳洒满六尺拉门，毒辣无比。我不禁大光其火。这时，那拉门之上竟有一团影子，不时地在那秋风之中摇来晃去的。"

"是啥，那细长的影子？"

"涩柿子。剥了皮，晾挂在屋檐那里的。"

"哦！然后呢？"

"没办法，只好从被子里钻出来，拉开拉门，去走廊里拿了一只干的柿饼吃了。"

"好吃吗？"主人问话像个孩子似的。

---

① 天长节：指11月3日，明治天皇的生日。1948年改称天皇诞生日。

"好吃得很呢!那一带的柿子。东京人毕竟体会不到那种美味的。"

"别管柿子了。后来呢?怎么样了?"这回轮到东风发问了。

"后来,我又钻进被窝,闭了双眼,暗暗向神佛祈祷:快些天黑!快些天黑!大约过了三四个小时,心想这下该差不多了吧?便露出头来,哪知道那炎炎秋阳依然洒满了六尺拉门,火辣辣的。上边一团细长的影子,飘来荡去的。"

"这些你刚才讲过了。"

"有好几遍呢。然后我下床,拉开拉门,吃了一只干的柿饼,又钻进被窝,暗暗向神佛祈祷:快些天黑!快些天黑!"

"还不是刚才说的那些?"

"哎呀,先生呢!别那么急,听我讲啊!后来大约有三四个小时吧,我在被窝里忍呀忍的,以为这回该差不多了吧?便突然伸出头来,却见秋日骄阳依旧照在那六尺拉门之上,上边有团细长的影子摇来晃去的。"

"始终都是这一套吗?"

"然后我起床,拉开拉门,到走廊里,吃下一只干的柿饼……"

"又吃柿饼吗?你始终只吃那柿饼,还有完没完嘛!"

"我也着急呢!"

"听的人比你还急!"

"先生总是性急,这故事便讲不下去,让我很难办呢。"

"听的人也难办呢。"东风也暗地里鸣着不平。

寒月说:"诸位既然那么犯难,也没办法。那就讲个大概,结束算了。总之,我吃完了柿饼便钻进被窝;钻进被窝以后再出来吃,最后终于把吊挂在那屋檐下的柿饼吃得精光。"

"吃得精光,天也该黑了吧?"

"非也。因此我吃完最后一个柿饼,以为这下该差不多了,便伸出头来一看,却依旧是秋日骄阳洒满了六尺拉门……"

"我可受不了了！真的是没完没了呢。"

"连我这说话的人都觉得腻烦呢。"

"不过，既有如此耐心，差不多的事业都能有所成就的。若是都默不作声，只怕到了明天早上，那秋日骄阳依旧还是火辣辣的吧。你到底打算啥时候买那小提琴啊？"看来，连那迷亭也有些忍受不住了。只有独仙依旧泰然处之，就算他讲到明天早上、后天早上，那秋日骄阳再怎么火辣辣，他也丝毫不为所动。

寒月也从容不迫起来："您问我啥时候去买。只要一到晚上，我便会立刻出去买的。可遗憾的是，不管啥时候伸头去看，都是秋日骄阳火辣辣的嘛。咳！提起我当时的痛苦，毕竟不能与你们现在的焦急心情相提并论的。眼看着吃完了最后一个柿饼，太阳还没有落下去，便不由得落起泪来。东风呀，我实在是觉得好凄惨才哭的呢！"

"是那样的吧。艺术家本来就多情多恨的。所以，我同情你的眼泪。不过希望你能讲快一点。"东风乃是好人，应酬之中总是一本正经而又滑稽可笑。

"想讲的太多了。可那太阳老也不落，真是急死人呢！"

"老那样子，太阳总不落的，听的人也急死了，干脆别说了！"主人说道。看来主人终于忍受不住了。

"不说反倒让人犯难呢。眼看渐入佳境了。"

"那我们听！你就说'太阳已落'吧！"

"那好，您这要求太过无理，但您是先生，我就委曲求全，就当是太阳已落了吧！"

"那太好了。"独仙一本正经，惹得大家一阵哈哈大笑。

"终于进入黑夜。于是我便放下心来，松了口气，出了鞍悬村的宿舍。我向来讨厌熙熙攘攘之地，所以才特意避开交通方便的市区，在人迹罕至的寒村结成蜗牛草庐……"

"人迹罕至！夸张了点吧！"主人提出抗议。

"蜗牛草庐？也太夸张了。没有壁龛的四铺席半屋子，这么讲才是客观描写,很有趣的呢。"迷亭也表示不满。

只有东风在一个劲地夸他:"事实如何不用去管,语言倒是富有诗意,感觉不错!"

独仙却表情严肃,问道:"住在那种地方,上学一定很困难的吧?有几里路?"

"离学校才四五百米远。原本学校就在那样的寒村里的……"

"那么,学生差不多都住在那一带吧?"独仙却不答应。

"对,一般家庭都住了一两个的。"

"这样子还'人迹罕至'?"独仙迎头一击。

"对,如果没有学校的话,便全无人迹了。……那天晚上穿的,是土布棉袄,外穿铜扣学生制服外套。我非常谨慎地用那外套兜帽套在头上,尽可能不引人注意。正是柿树落叶时节,从我家到南乡大街①,铺满了一路的柿树叶子。每走出一步,都要发出沙沙的声响,令我提心吊胆,总觉得身后有人跟着似的。回过头去,只见东岭寺②那里森林茂密,在那黑暗之中更是黑黢黢一片。这东岭寺乃是松平家③的菩提寺,位于庚申山④麓,离我住的地方只有百米之距,是个极幽静的寺庙。森林上边,是星光明亮的浩浩夜空,那银河斜着横穿了长濑川⑤,银河的尾巴……对啦,尾巴大约流往夏威夷了……"

"夏威夷?太离奇了吧。"迷亭说。

"在南乡大街上终于走出两百米远,从鹰台町进入市内,再经古城町,拐过仙石町,沿了食代町,再依次穿过通町的一、二、三丁目,然后是尾张町,名古屋町,鱿鉾町,蒲鉾町……"

"不用穿那么多的町,你到底买了小提琴没有?"主人着急

---

① 南乡大街:作者虚构的地名。
② 东岭寺:作者虚构的寺庙名。可能指熊本市的泰胜寺。
③ 松平家:作者虚构的家族名。
④ 庚申山:龙田山,位于今熊本县熊本市内。
⑤ 长濑川:作者虚构的河流名。可能指流经熊本市内的白川。

地问。

"乐器店老板是金善,就是那个金子善兵卫,所以,路还远着呢。"

"远不远的,你就快买吧!"

"遵命!于是我来到金善商店,店内油灯亮得火辣辣的……"

"又是火辣辣!你那火辣辣,一两次是说不完的。总没有进展呢。"这回迷亭先发出了警告。

"不,这次的火辣辣,只有那么一次,用不着特别担心的。透过灯影一瞧,只见那小提琴映了秋夜灯火之光,那凹进去的琴身圆乎之处微微闪着冷冷的光,只有那紧绷的几根琴弦闪着银光,耀入我的眼帘……"

"讲得太好了!"东风赞不绝口。

"就是它,就是那把小提琴!这么一想,却突然心跳加快,双腿发颤起来……"

"哼!"独仙冷笑一声。

"我不由得冲了进去,从口袋里掏出荷包来,再从里面拿出两张五元钞票来……"

"终于买了?"主人问。

"本来想买来着,但是且慢,这正是关键时刻,莽莽撞撞,会坏事的。咳!还是算了吧!于是,关键时刻我又打消了买的念头。"

"哎呀!还是没买?不过一把小提琴嘛,也太能拖人了!"

"并不是要拖,只是没法买,没办法的!"

"为什么呀?"

"为什么?天才刚刚黑,来来往往的人很多嘛!"

"那有什么关系!就是有两三百人来来往往的,又有什么嘛!你真是奇怪。"主人怒气冲冲。

"普通人嘛,一千两千的也没啥。可是,有一些学生在那里,挽了袖子、拄着好大的棍子走来走去的,便不那么容易下手。其中有号称'沉淀党'的,总是沉淀在班上的最底层,还扬扬得意呢。但要论起柔道来,却是强悍无比。所以便不能冒冒失失地去碰那小提琴。不知会惹出什么样的麻烦来的。我虽然极想要那小提琴,但还是更珍惜生命一些的呢。与其拉那小提琴而被杀,不如不拉琴苟且偷生更好受些。"

"那么,终于没买,半途而废了?"

"不,买了。"

"你这人,真能叫人起急!要买便早些买,不买便不买就是了,早点决断不好吗?"

"嘿嘿嘿!世间万物并非那么如人所愿的!"寒月说着,冷冰冰地燃起"朝日"牌香烟,吞云吐雾起来。

主人觉得有些麻烦,突然起身,去了书房,却又拿出一册破旧的外国书来,一骨碌趴下开始读起来。独仙不知什么时候已跑到壁龛前边独自下起棋来。虽然是难得的趣话,但因为过于冗长而减少了一两位听众,剩下的只有忠于艺术的东风与那从来不惧冗长的迷亭了。

寒月大模大样,将长长的烟缕噗噗地喷将出来,然后又用了原来的语速继续滔滔不绝起来:

"东风,当时我这么想呢,黄昏时分到底不行的,但是,深夜前往的话,那金善老板又睡觉了,便更加不行。如果不在学生们散完步回家去了,而那金善老板又尚未睡觉之前去的话,煞费苦心的计划便要化为泡影。但要瞅准时间,便很困难。"

"对呀,是很困难呢。"

"于是,我把时间预定在十点钟左右。那么,从那时到十点钟那段时间,必须找个地方打发掉。回家一趟再来吧又太累。去朋友家里聊聊天,又有些于心不安,没意思。没办法,只好决定在市里散散步了。要在平常,溜达溜达,两三个小时不知不觉也就过去了。可那天晚上,却觉得时间过得非常非常之慢。有句话叫什么来着?一日三秋!便是指的这个吧?我算是感受至深呢。"

寒月似乎真的感受到了那种情景一般，特意望了望迷亭这边。

"古人也说：'焦急等待何其苦，暖炉望人归。'还说：'此身让人等，哪有等人苦！'那吊挂在那里的小提琴一定痛苦不堪了。而像个漫无目标的侦探一般，心神不安、张皇失措的你，一定会更加痛苦不堪的，萎靡不振如丧家之犬。对了，其实，再没有比无家可归的狗更可怜的了。"

"狗太残酷呢。还从未有人把我比作狗的。"

"听你的故事，觉得好像读过去的艺术家传记似的，实在是不胜同情。将你比作狗，全是迷亭先生的玩笑而已，别放在心上，快接着往下讲吧！"东风安慰道。即使东风不去安慰他，寒月自然也要接着往下讲的。

"然后，我经徒町穿过百骑町、从两替町出鹰匠町，在县厅前数完枯柳，再在医院旁边数那窗灯，在绀屋桥上吸完两支烟，再一看表……"

"到十点了？"

"可惜，还没到。我走过绀屋桥，沿河往东而行，有三个人在按摩。还有狗在叫个不停呢，先生！"

"秋夜长长河岸边，唯闻远处犬吠声。真有些故作姿态呢，你是个逃犯角色吧？"

"我做了什么坏事吗？"

"你正要做呢。"

"真是可怜！买小提琴成了坏事的话，音乐学校的学生便全是罪人呢。"

"只要做下别人不承认的事情，哪怕再好的事情，也是罪人的。因此，世界上再也没有比'罪人'更靠不住的了。耶稣如果生在那样的世界，也是罪人的。美男寒月若是在那种地方买小提琴，也便是个罪人。"

"那我只好认输，就做个罪人吧！罪人倒也没啥，可没到十点，便让人觉得难办。"

"再数一遍町名吧！如果这还不够，就来一次'秋日骄阳火辣辣'！若是如此还不够，再吃它三打涩柿饼！你讲多长时间我都会听下去的，就一直讲到十点钟吧！"

寒月默默一笑："给你抢了先，我只好认输。那就一步跳到十点钟吧！且说，到了原定的十点钟，我来到金善商店。已是夜寒时分，就连繁华的两替町都几乎杳无人迹，连对面传来的木屐声都显得落寞荒凉。金善商店已经关上大门，只留了个小便门，用拉门挡着，我以一种被狗尾随的心情，拉开拉门进去，有种毛骨悚然的感觉。"

这时，主人眼睛离开那本显得很脏的洋书，问道："喂，买小提琴了吗？"

"正要买呢！"东风回答。

"还没买？时间可够长的了。"主人自言自语道。接着又看起他的书来。

独仙默不作声，将那黑白棋子儿摆满了大半棋盘。

"我毅然决然地闯了进去，连头上的兜帽都没扯下来，劈头便说：'我要一把小提琴！'最前边那个小伙计，像要窥视我的脸似的，疑疑惑惑地答应一声，站起身来，将挂在那里的三四把小提琴全部摘了下来。问他多少钱，回答是五元二角！……"

"喂，哪有那么便宜的小提琴？该不会是玩具吧？"

"我问：'都一个价吗？'他说：'对，全一个价！做工结实精致呢。'于是我从荷包里掏出一张五元钞票和两角钱的银币，然后用准备好了的一个大包袱皮儿包了那小提琴。这时，店里的人都一声不吭，直盯了我的脸看。我的脸用了兜帽裹着，不可能看得清的，但总有些心烦意乱，恨不得立刻冲到大街上去。一会儿，总算把包袱塞进了大衣里边，出得店来，伙计们才齐了声大叫：'谢谢光临！'我不禁打了个寒战。来到大街上，四下一望，幸而无人。但往前走出一百来米，对面过来两三个人，口里吟着诗，那声音响彻整个街道。我心想不好,便拐过金善商店的一角往西,沿护城河畔到药王师路,从榛木村到庚申山麓,终于回到住处。回家一看,已是午夜,差十分两点。"

"走了一通宵呢。"东风觉得他很可怜,说道。

"终于买了。哎呀,真是千回百转,九十九道弯呢!"迷亭也松了一口气。

"下边才值得一听呢。刚刚讲的,才是序幕而已。"

"还有?真是不容易!一般人碰上你,都会筋疲力尽的。"

"筋疲力尽之类,不去管它,光只讲到这里,便等于画龙而不点睛。再说一点点吧。"

"当然随你往下说,听肯定会听的。"

"怎么样,苦沙弥先生,你也来听听吧?小提琴已经买好了呢,先生!"

"这回该是卖小提琴了吧?卖的话,还是不要听了。"

"还不到卖的时候呢。"

"那就更不用听了。"

"那不好办呢!东风,只有你一个人热心地听,让人有些泄气呢!咳!没办法,那就简单点,讲完算了。"

"别简单呀!慢慢来!很有趣的。"

"小提琴终于买到了手,现在最难办的便是放在哪里的问题。我那住处常有人来玩,随便挂起来或是立在什么地方,立刻会被人发现的。挖个坑埋起来又太麻烦。"

"对了,你是不是把它藏在天花板里了?"东风说得倒轻松。

"没天花板的,那是农家呢!"

"那一定难办了。那你把它塞哪儿了?"

"你猜塞哪儿了?"

"猜不出呢。防雨窗套里?"

"不对。"

"用被子包了,放进了壁橱?"

"不对。"

东风跟寒月正就小提琴的藏身之处一问一答的时候,主人跟迷亭也在不停地说着什么。

"这该怎么念?"主人问。

"哪儿?"

"这两行。"

"什么?Quid aliud est mulier nisi amjcitiæ inimica……①我说,这,不是拉丁文吗?"

"我知道是拉丁文,怎么念?"

"你平时不是说你会拉丁文的吗?"迷亭见大事不好,慌忙逃避。

"当然会。会念是会念的,但这两行到底是啥呢?"

"'会念是会念的,但这两行到底是啥呢?'你真厉害呢!"

"随便你说!你用英文给我译一下。"

"'给我'?口气好大呢。跟使唤勤务兵似的。"

"就做一会儿勤务兵吧!到底是啥?"

"喂,别管拉丁文什么的,还是先听听寒月的高论!现在正是关键时刻,渐渐到了会不会暴露的万分危急之时,我说,寒月呀,后来呢?"迷亭一下子又来了兴致,重又加入到"小提琴"听众行列中来。主人被无情地甩在了一边。寒月因此精神振奋,于是开始讲那小提琴的藏匿之处。

"最后终于把它藏在了一个旧的藤条箱子里。那只箱子是我临别家乡时奶奶送给我的,好像是她老人家嫁过来时的嫁妆。"

"那可是老古董呢,跟小提琴不大协调的。对不对,东风?"

---

① Quid aliud est mulier nisi amjcitiæ inimica:英国作家托马斯·纳西所著《蠢动的分析》中的句子,意为"妻子不是友情之敌,又是什么……"原文中的"amjcitiæ"当属"amjcitiae"之误。

"对,是有点不协调。"

"放在天花板里,不一样也不协调吗?"寒月抢白了东风一句。

"协调是不协调,但可以作成俳句呀,你就放心吧!'秋日空寂寂,藤条箱中密密藏,我那小提琴。'如何,二位?"

"先生今日很会作俳句呢!"

"岂止今日!随时都是满腹诗行的。我作俳句的造诣,连那故去的子规①先生都惊叹不已的!"

"你跟子规先生有过交往?"老实的东风直率地问。

"咳!虽然没有交往,但也始终通过无线电信肝胆相照过呢。"

迷亭胡诌一通,东风惊讶之下,不再作声。寒月却笑着继续往下说:

"藏小提琴的地方是有了,却又为怎么往外拿发起愁来。只是拿出来,背了人们的眼,欣赏欣赏的话,倒也不是做不到。但是,只欣赏欣赏又有什么用?不拉是没用的。而一拉便会出声,一出声,立刻就会被人发现的。一道木槿篱墙之隔,南临便住了沉淀党的头头,真是危险万分呢。"

"是不好办呢。"东风同情地附和一声。

"是啊,不好办。事实胜于雄辩。当年那小督局②就因为弄出声来,才被人发现了的。若是偷吃,或者炮制假币,还好办一点。音乐之类,是遮遮掩掩不了的。"

"只要不出声,怎么都成的。可……"

迷亭说:"且慢,说什么只要不出声之类,有时候呀,不出声也藏不住的呢。以前我们在那小石川的庙里自己生火做饭时,有个叫铃木藤的,极喜欢甜料酒。他拿了啤酒瓶子打来那酒,一个人高高兴

---

① 子规:指正冈子规(1867—1902),日本俳句诗人、和歌诗人。名常规。主张俳句革新。
② 小督局:中纳言藤原成范之女,由于高仓天皇的宠爱,便遭到平清盛的嫉恨,遂藏身于源仲国,因奏《想夫怜》而被发现。二十二岁时为平清盛所捕,削发为尼。因《平家物语》里有小督局一章而家喻户晓。

兴地喝了起来。一天,他出去散步,真不应该的是,苦沙弥偷喝了那酒……"

"我怎么会去偷铃木的酒喝?是你喝的吧?"主人突然大声说。

"哎呀,我以为你在看书,说说没关系的。原来你在听啊。对你这人,不能不防。眼观六路,耳听八方,便是说你的了。没错,说起来的话,我也喝了的。我是喝了,但露了马脚的可是你。二位,注意听!苦沙弥他原本不能喝酒的,但他觉得是别人的酒,便拼命痛饮,于是,哎呀真是不得了,满面涨得通红。简直目不忍睹的……"

"给我住口!连拉丁文都不会念,还……"

"哈哈哈哈!于是,后来藤先生回来了,摇了摇那啤酒瓶儿,却已是少了一大半。便断定有人偷喝了。他往四周这么一看,但见这位老先生蜷缩在那角落里,像用红陶土烧成的泥娃娃一般……"

三人不由得哄堂大笑起来。主人看着书,也在嗤嗤直乐。只有那独仙,似乎由于巧用玄机过度,显出些累来,于是伏在了棋盘之上,不知什么时候已经呼呼大睡起来。

"还有不出声而被人发现的事呢。我曾经去那姥子温泉,跟一位老头同住一间客房。他好像是东京一家绸缎庄的退休老板还是什么的。不过住在一起而已,管他是绸缎庄的还是估衣铺。但有一件事让我很伤脑筋。到姥子温泉后的第三天,我的烟抽光了。各位也许知道,那姥子温泉呀,不过是山沟沟里一幢房子而已,洗澡吃饭之外便一筹莫展的。在那里没了烟抽,是一场大灾难呢!越是没什么,便越想要什么。一发觉没有烟抽了,立刻便突然想抽起来。气人的是,那老头却是带了一包袂皮儿的烟来登山的,他拿出一点烟来,在我面前盘腿而坐,一口接一口地吸起来,一副'不想来一口吗'的神情。他只吸一吸,倒还能饶过他,后来他竟吐起烟圈来,竖着吐,横着吐,甚至躺着反过来吐。还像变戏法似的从那鼻孔吸进吐出的。他是在'炫嘴'来着呢!"

"你说什么?'炫嘴'?"

"称服装家具是讲'炫耀',而炫耀吸烟,自然是'炫嘴'了。"

"那么痛苦难受的,讨一支抽不就得了?"

"可是,我不能讨的。我也是条汉子的!"

"什么?讨也不能讨的?"

"也许讨得的。但我不能讨。"

"那你怎么办的?"

"不讨,偷!"

"哎呀呀!"

"那老头儿提条毛巾洗澡去了,我想:要吸就在此时!于是便专心致志地使劲吸了起来。哎呀,真是舒服。不大工夫,一声拉门声响,我吃惊之下,回头一看,却是香烟的主人。"

"他没洗澡?"

"正要进去洗时,发觉忘了带钱包,便顺走廊返回来了。谁会拿他的钱包?简直是侮辱人嘛!"

"你还有什么好说的?看你那偷烟的手段!"

"哈哈哈!那老头儿眼力不错,钱包的事暂且不管。老头儿拉开拉门,我一次抽足了忍耐两天之久的烟,只见整个房间里烟雾弥漫。所谓坏事传千里,真是字字真切!事情一下子便暴露无遗了。"

"老头儿说什么了没有?"

"到底姜是老的辣!他什么也没说,用白纸包了五六十支烟递给我,说:'对不起,若是不嫌弃这点粗烟的话,就请用吧!'说完,又去浴池了。"

"这便是所谓'江户情趣'吧?"

"不知道是'江户情趣'还是'绸缎庄情趣',但从此我与那老头儿便大大肝胆相照了一把,非常愉快地逗留了两个礼拜,然后才回来。"

"这两个礼拜,抽烟都是那老头儿请客吧?"

"对，是那么回事。"

"小提琴卖了没有？"主人终于合上书本，站起身来表示认输。

"没有呢。下边才有趣呢。正好赶上时机，请一饱耳福。顺便，还有那位在棋盘上午睡的那位，叫什么来着？对，独仙先生！……让他也一起听听！怎么样？那么睡对身体有害的。可以把他叫起来吗？"

"喂，独仙！起来、起来！要讲有趣的故事了。起来吧！都说你那睡法儿不好的！你太太会担心的呢。"

独仙"嗯"的一声抬起头来，一串口水顺了他那山羊胡子往下流着，如同蜗牛爬过的痕迹一般，闪闪发着光。

"啊，好困！'山上白云，倦怠如我。'啊，睡得好舒服！"

"你睡觉，大家都容忍了的。你起来一下怎么样？"

"该起来了！有什么好听的？"

"下边要把那小提琴……怎么办？苦沙弥？"

"怎么办？谁知道你要怎么办？"

"现在该是拉小提琴了。到这边来听！"

"还小提琴呀？真受不了你们！"

"你是拉'无弦之素琴'的，不会受不了的。而寒月呢，嘎嘎吱吱的，便要吵到五邻六舍，那才让人大大受不了呢。"

"是吗？寒月难道不知道拉琴而不让人听到的技巧吗？"

"不知道呢。如果有的话，倒想请教请教。"

"无须请教！只要六根清净，便会明白。"不知道他在说些什么。

寒月认定这是独仙睡得迷糊了而冒出的谵语，便故意不理他，继续自己的话题：

"好不容易想出一个主意。第二天是天长节，一大早便待在家里，将那藤条箱开了关，关了开的，整天都在心神不定的。终于天黑，当藤条箱底下蟋蟀嘶鸣之时，我毅然决然，将那琴跟弓拿了出来。"

"终于露面了。"东风道。

"胡乱拉的话,危险呢!"迷亭提醒说。

"我先拿起弓来,从锋刃到根部检查一遍……"

"又不是刀匠!"

"其实,这便是我的灵魂,当我心里这么想的时候,心情便如武士于长夜灯影之中将那磨得锋利的宝刀拔出刀鞘一般。我手中握了那琴弓,不禁颤抖不已起来。"

"真是天才!"东风说。

"真是疯子!"迷亭接着说。

"快点拉琴吧!"主人说。

独仙则露出一副无奈的神情。

"幸好,琴弓无可挑剔。然后我又把小提琴拿到油灯旁边,里里外外仔细审视起来,其间大约有五分钟的时间。请各位记住,这期间那藤条箱底下的蟋蟀一直在叫个不停的……"

"一切都替你记着呢,你放心拉就行了。"

"还不到拉的时候呢。幸而小提琴毫无瑕疵。这就让我放心了。于是,我猛地起身……"

"要去哪儿?"

"哦,安静一点,再听我讲一讲。像你这样,我说一句,你打一下岔的,叫人还怎么讲……"

"喂,各位!叫你们安静下来!嘘——"

"说话的只你一个呢!"

"嗯?是吗?对不起了!我洗耳恭听、洗耳恭听!"

"我将小提琴夹在腋下,就那么穿着草鞋出了草门,迈出去两三步。但是且慢……"

"啊,终于出去了。还以为什么地方停电了呢。"

"即使回去,也没有柿饼吃的。"

"各位如此插科打诨的,实在是遗憾之至。我还是对东风一个人说好了……好吧,东风。我迈出两三步后,又返了回去,把离开家乡时花三元两角钱买的红毛毯①披到头上,噗的一声吹灭油灯。唉,这下子真是漆黑一片,根本看不到草鞋在哪里了。"

"你到底要去哪里?"

"啊,请听我讲!过了一会儿,终于找到草鞋,来到外边,正所谓'星光明亮柿叶落,红毛毯下小提琴'。往右再往右地沿了慢坡而上,来到庚申山上。这时,东岭寺的钟声穿过我的毛毯,经了我的耳鼓,响彻我的颅内。你知道那是几点钟了?"

"那谁知道啊?"

"九点了。秋夜长长,就我一人走过那八百多米山路,爬到那个叫大平的地方。因为我胆子很小,要在平时一定会害怕得要死。可一旦专心致志起来,便变得不可思议。心里完全没有了怕与不怕,一心只想着要拉那小提琴,真是奇怪。大平位于庚申山南侧。天气晴好时登高远眺,那红松枝叶之间,山下城市尽收眼底。实乃风景绝佳之平地。对了,面积约有百坪。中间一块大约八铺席大的石板,北侧毗邻一个名唤"鹈沼"的池塘,池塘周围清一色三搂粗的樟树。因为是在山上,人居之所只有采收樟脑的一间小屋。即使白天,这池塘旁边也绝非心旷神怡之所。幸好,为了演习,工兵开辟了一条道路,攀登起来才没有那么费劲。一会儿,我总算来到那块大石之上,铺上毯子,然后坐上去。如此寒冷的夜晚,爬到这山上来,还是头一回。我坐在石板之上,稍微平静下来,周围的静寂开始慢慢袭上心头。此时此刻,让人觉得心乱的只有那份恐怖感觉。所以,只须祛除这种感觉,余下的便只剩那皎皎清冽的空灵之气。我茫茫然坐了二十来分钟,仿佛孑然一身,住在那用水晶造成的宫殿之中。而且,身居其中的我的

---

① 红毛毯:明治三十年左右曾在日本大为流行,从头上往下蒙下来,可达御寒目的。另外,"红毛毯"还是"乡巴佬"的代名词。

躯体,不,不只是躯体,我的心,我的灵魂,所有的一切都如同以琼脂做成,晶莹剔透,神奇而不可思议。我已分辨不清到底是自己置身于水晶宫中,还是那水晶宫存在于我的心中……"

"真意想不到呢!"迷亭一本正经地开着玩笑。接着,独仙说声:"真是奇妙境界!"脸上一副钦佩不已的神情。

寒月说:"如果这一状态长久持续下去,直到第二天早晨,都不会去拉那把难得的小提琴,定会坐在那块巨石之上的……"

"那地方有狐狸没有?"东风问。

"那种状况之下,我已分不清楚自己与别人,连是死是活都不知道,正在这时,身后那古池之中突然传来'嘎'的一声怪叫……"

"终于出来了。"

"那叫声传到远处,伴随了那强劲的秋风,掠过那满山遍野的林梢,令我一下子清醒过来……"

"我总算放下心来了!"迷亭故作如释重负状。

"大难不死乾坤新!"独仙使了个眼色。寒月却并不明白。

"我回过神来,朝四周一看,庚申山上静寂一片,连檐滴水那么点声音都听不到。哎呀,那刚才是什么声音呢?是人语,又太尖利;是鸟叫,又太大;是猿声,又……可这一带总不至于有猿猴吧?是什么呢?这个问题一出现在脑际,便想要得到解释。所以,刚刚还万籁俱寂的一切,乱七八糟、杂乱无章,犹如东京市民欢迎康诺特爵士①时的疯狂一般,在我的脑海里翻腾不已。一会儿,全身的毛孔突然张开,就好像往那多毛的腿上洒了烧酒似的,那号称勇气、胆力、辨别力、沉稳劲的客人,悉皆蒸发殆尽,心脏在那肋骨之下跳起了抓鼻舞来。双腿就像风筝的响笛一般开始摆动起来。这便叫人受不了。我迅速将那红毛毯从头往下一套,把小提琴夹在腋下,踉踉跄跄从那巨石

---

① 康诺特爵士(1883—1938),英国皇族,明治三十九年英国皇帝派他到日本赠给日本天皇勋章。

之上跳下来，一溜烟地沿了那八百米的山路直跑到山麓脚下。回到住处，便裹了被子呼呼大睡起来。现在想来，都觉得再没有比那更叫人毛骨悚然的了呢，东风！"

"然后呢？"

"然后就没了！"

"不拉小提琴了？"

"想拉也拉不成的呀！那一声'嘎'，就是你，也一定拉不了的。"

"总觉得你这故事有些美中不足。"

"你再怎么'觉得'，也是事实呢！是不是，各位？"寒月环视四座，一副得意的神情。

"哈哈哈！非常不错！能讲到这个程度，一定很苦心惨淡了一把。我还以为是男的桑德拉·贝罗妮①出现在东方的君子国了呢，因此，直到现在我一直都在认真洗耳恭听呢！"迷亭说完，还以为会有人要他讲解一下桑德拉·贝罗妮的，但却出人意料，根本没人问他。便不得不自己讲解起来。"桑德拉·贝罗妮月下抚竖琴，在森林里吟唱那意大利名曲。这一段正与你抱了小提琴爬那庚申山，有异曲同工之妙呢！只可惜的是，人家是惊了月上嫦娥，你却受了池中怪狸之惊。间不容发之际，出现了滑稽与崇高的巨大反差。你也一定很遗憾吧？"

"倒并不怎么遗憾的。"寒月却出人意料地冷静。

"都是你自己想到那山上拉什么琴，追求时髦，所以才受了惊吓。"主人这回加了严厉的批评。

独仙叹息一声："好汉竟向鬼蜮求生计，真是可惜！"

独仙说过的一切，寒月从未明白过一句的。不光寒月如此，其他人也一样不懂吧。

过了一会儿，迷亭话锋一转，说："那倒也是。我说寒月，近来还去学校磨那玻璃球吗？"

---

① 桑德拉·贝罗妮：英国小说家乔治·梅瑞狄斯同名小说中的女主人公。

"没有,前一阵回乡下去了,便暂时中止了。玻璃球儿嘛,我已经腻烦了。其实,目前正想放弃呢。"

"可是,你没磨成球儿,便当不了博士呢。"主人皱了皱眉头。

"博士?嘿嘿嘿!博士嘛,当不当的,也无所谓。"

"可婚事一拖,双方都不好办吧?"

"婚事?谁的婚事?"

"你的嘛。"

"我的?跟谁结婚?"

"那金田小姐嘛!"

"哦?"

"你哦什么?不是都订好了的吗?"

"订什么呀!四处散布那些话,还不由她自己!"

"这可有些不讲理了。我说,迷亭哪,那件事你也是知道的吧?"

"那件事,'鼻子'事件吗?那件事的话,就不只是你我知道了,是公开的秘密的,满世界的人都知道的呢。眼下便有《万朝》①等报社的人不断到我这里来问,几时才能荣幸地以《新郎、新娘》的标题将二位的照片刊载出来呀?东风早已作好鸿篇巨制《鸳鸯歌》。都等了三个月了。只因寒月尚未当上博士,便非常担心自己的心血之作会失去用武之地。对吧,东风?"

"还不至于那么担心吧?不过希望无论如何能把那篇满怀同情的作品公之于世。"

"你看你看,你做不做博士,严重的影响会波及四面八方,振作起来,去磨玻璃球儿吧!"

"嘿嘿嘿!让各位操心了,对不起。我不做博士,也没事的。"

"为什么?"

---

① 《万朝》:《万朝报》的通称。1892年11月1日创刊的日报。由黑岩泪香主笔,曾致力于翻译小说与文艺专栏,大正九年(1920)因黑岩泪香故去而停刊。

367

"为什么？我已经有了妻室的。"

"哎呀！真是厉害！什么时候秘密结婚的呀？这世道，可疏忽大意不得的！苦沙弥，你听到了吧？寒月他已经有老婆孩子了。"

"孩子还没有呢！结婚还不到一个月就生孩子的，可就有点那个了。"

"究竟何时、何地结婚的？"主人像个预审法官似的盘问道。

"何时？我回家乡时。人家早已在家里等着我呢。今日拿到先生您这里来的鲣鱼干，便是我结婚时亲戚们送的礼品。"

"只送了三条鲣鱼干贺喜？真是小气！"

"哪里！一大堆呢。只拿了三条过来的。"

"那，你家乡的女子，皮肤也是黑黑的吧？"

"是呀，黑乎乎的，跟我很般配。"

"那金田那里，你打算怎么办呢？"

"没想怎么办。"

"那有些说不过去吧？是不是，迷亭？"

"也不是什么坏事。嫁给别人也是一样。反正做夫妻嘛，不过是瞎子摸象而已。总之，本来无须瞎摸，却偏要特意去瞎摸一气，便是多此一举。既属多余，便谁碰上谁都无所谓的。可怜的只有作《鸳鸯歌》的东风呢！"

"唉，看来，《鸳鸯歌》可以转让给我了！到了金田家举行婚礼时，我会另作一首的。"

"到底是诗人，无拘无束的。"

主人还在想着金田的事："金田那里，拒绝掉了？"

"没有。不用拒绝的。我又没向她求婚，或表示过要娶她之类，所以，保持沉默就已足够。真的，保持沉默就够了呢。现在这个时候啊，人家早已雇了十几二十名密探在那里，我们的谈话，他们已经知道的。"

一听密探二字，主人立刻不高兴地宣布："哼！那就闭嘴！"但又似乎还嫌不够似的，又就密探问题大发起议论来：

"乘人不备，掏取别人钱包的是扒手；而乘人不备，窃取人心者乃是密探。神不知鬼不觉撬窗入室拿走别人物品者是小偷；而于不知不觉间诱人失言以探其心者也是密探。拿了砍刀扎在榻榻米上，勒索别人钱财的是强盗；借了言辞恐吓别人而强人所难的则是密探。因此，密探跟那扒手、窃贼、强盗本是一伙，一样顶风臭出四十里。若是要听了他们的，便惯坏了他们。绝不能屈从的。"

"没关系！纵然有一两千的密探在上风头列了队进攻，也没什么可怕的。我可是磨玻璃球的名人、著名理学学士水岛寒月呢！"

"真是令人佩服！到底是新婚学士，斗志旺盛！不过，我说苦沙弥呀，既然那密探跟那扒手、窃贼、强盗们同属一类，则雇佣密探的金田又跟什么人是同类呢？"

"熊坂长范那样儿的吧！"

"比作熊坂，太好了。'明明只见一长范，却是身首异处两长范'①呢。像对面小巷里那位放印子钱的长范，顽固不化，贪婪成性，活到多大都不会消失的。被那种人逮住，只有自认倒霉，会遭殃一辈子的。寒月，你可得当心点！"

"什么？好啊！就像那戏文里讲的，'哎呀呀，你这张狂的强盗！明知我的手段，好没记性！还敢闯将进来，定要叫你尝尝我的厉害！'"寒月泰然自若，用了"宝生流"②的腔调，大放厥词。

"说起做密探来，大凡二十世纪的人，似乎都有成为密探的倾向。原因何在呢？"独仙到底是独仙，他提出了一个与时局无关的超脱问题。

"是因为物价上涨的缘故吧？"寒月回答道。

"是因为不解艺术情趣吧？"东风回答。

---

① 明明只见一长范，却是身首异处两长范：日本谣曲《乌帽子折》的最后一句唱词。
② 宝生流：日本能乐五派之一，莲阿弥为复兴之祖。

"人类生了犄角，就像那金米糖①似的，棱角分明起来。"迷亭回答说。

轮到主人了。他煞有介事地发起如下议论来：

"这正是我思考了很久的问题。按我的观点，现代人的密探化倾向，原因当在自我意识太强。我称为自我意识，并不是独仙所说的什么'见性成佛''自身与天地共为一体'等等悟道之类的东西……"

"咳！真是越说越费解了。我说苦沙弥，既然连你都那般摇唇鼓舌、大论特论起来，如此看来，迷亭也当不揣冒昧，接下来将堂堂正正地发表一番对于现代文明的满腹不平。"

"随便你说！你又没什么可说的！"

"可是我有呢。而且多得很！你们前几日还将那刑警敬若神仙，今天却又把密探比作扒手、小偷，简直就是自相矛盾嘛！而我却始终如一，从父母未降生之前，直到现在，从未改变过自己的观点。"

"刑警是刑警，密探是密探。此前是此前，今天是今天。固执己见乃是欠发达之证。所谓下愚不移②，便是指你这样儿的。"

"真是毫不留情！密探要是如此正经，倒也有几分可爱之处。"

"我是密探？"

"因为你不是密探，才说你可以这么正直行事。我可不是要跟你吵架。好啦好啦，听听你的下文吧！"

"所谓现代人的自我意识，乃是指太过了解存在于自身与别人之间的截然不同的利害鸿沟。这一自我意识伴随了文明进步而日渐敏感。其结果是举手投足之处尽失天真自然。亨利③评论史蒂文生说：'每当他走进悬挂了镜子的房间，从那镜前走过时，若不照照自己的影子便不舒服。他就是这样一个一刻不忘自我的人。'这正好说出了今日世界之趋势。寝也自我，醒也自我，我字无所不在，于是，人的

---

① 金米糖：又说成"金平糖"，一种表面有小凸起的糖球。
② 下愚不移：源出《论语·阳货第十七》："子曰，唯上智与下愚不移。"
③ 亨利（1849—1903），英国诗人、评论家、剧作家。

行为举止,无不拘于小节,自我封闭。世间一切变得苦不堪言,恰如相亲时的男女一般挨过晨昏。'悠然自得''从容不迫'之类字眼,变得徒有其形,虚有其义。在这一点上,现代人全体密探化、盗贼化了。密探所为,乃是掩人耳目、只顾自己的营生,于是自我意识不移便不成的。而盗贼则念念不忘是否被人逮住或是被人发现,迫不得已,只好加强自我意识。因为现代人无论白天黑夜,都在盘算着是否对自己有利,于是万不得已之下,只得像密探与盗贼一样强化自我意识。整日里便贼眉鼠眼,鬼鬼祟祟,直至进入坟墓,一刻也不得安宁,这便是现代人的心理。是文明发出的诅咒。简直荒唐可笑!"

"哦,真是有趣。"独仙开口说。碰到此类问题,独仙是绝不退让的。"苦沙弥所说正合我意。古人要人们敬人忘我,而今人则要人们不要忘我,完全是天壤之别。从早到晚充满了自我意识。正唯如此,一天到晚便得不到片刻安宁,永远如同恐怖地狱一般。若问天下良药何在?则再无比'忘我'更奏效的良药了。所谓'三更月下入无我'①,便是吟咏这一最高境界的。今日之人,虽然对人热情,却有失自然。英人自吹的绅士气派之类的行为,竟也充满了个人意识。听说英国皇帝去印度游玩,与那印度的皇族一同进餐之时,那些皇族忘记了是在皇帝面前,竟用了本国吃法,用了手去到盘子里抓马铃薯来吃。接着便满面通红,羞愧难当,那英王便装没看见,也伸出两个指头到那盘子里抓起马铃薯来……"

"那就是英国情趣?"寒月问道。

"我听过这么一个故事。"主人补充道,"在英国,某军营里,一群联队军官宴请一名下士。吃完后,便端来了净手水,用了玻璃瓶装着。那名下士好像不谙宴会之类,竟将瓶子举到嘴边,将里面的水一饮而尽。接着,在座的各位军官也都争先恐后地举起洗指钵来,一

---

① 三更月下入无我:源出中国禅僧广闻和尚的诗句"三更月下入无何"。无何,即庄子所云之无何有之乡,理想国。

齐为下士的健康祝福。"

"还有这么一个笑话呢。"不甘寂寞的迷亭说道,"卡莱尔首度谒见英国女王时,因为他是个不谙宫廷礼节的怪人,所以竟突然说了声:'我可以坐下吗?'说着便扑通一声在椅子上坐定。于是,站在女王身后的众多侍从跟女官都窃笑起来。对了,不是笑起来,而是忍不住笑了起来。于是,女王便对了后面,暗示了一下,转眼之间,众多侍从跟宫女也都在椅子上一一落座,卡莱尔才得以保全面子。真是无微不至,恳切有加。"

"卡莱尔的话,即便大家都站着,也许他也满不在乎的呢。"寒月加上简单的评论。

"恳切待人者的自我意识倒挺不错。"独仙进一步说,"正因为有了自我意识,想要恳切待人便要费些周折。可悲呀!人们常说:随着文明的进步,杀伐之心便会消失,个人之间的交往便会变得平和,这种想法便大错特错。自我意识如此之强,怎会变得平和呢?是的,乍一看上去,倒是风平浪静、平安无事。而相互之间却极其痛苦。就如同相扑手在那相扑台上扭成一团而一动不动时一般无二吧?从旁观之,简直平静如水,但在相扑手内心,却在翻江倒海呢!"

"就说吵架吧!从前吵架是以暴力而行压迫之事,反倒无罪。但近来变得巧妙之极,个人意识便会越发增加。"这回轮到迷亭开口了,"培根①说过:'只有顺从自然,才能战胜自然。'眼前的争斗,正如培根所言。这便有点奇怪,与那柔道毫无分别了。以敌之力而灭敌……"

"或者跟水力发电一样吧。顺了水力,反倒能变水力为电力,发挥巨大作用……"寒月话音未落,独仙便接过话茬:

"我说呀,贫时为贫所缚,富时为富所缚,忧时为忧所缚,喜时为喜所缚。就这么回事。才子毙于才,智者败于智。苦沙弥之类容易

---

① 培根(1561—1626),英国哲学家。

上火之人，只须利用一下上火，立刻便一窜而出，受敌人的骗，上敌人的当……"

"对对对！"迷亭拍手叫起好来。苦沙弥笑嘻嘻地回答："如此也不会那么轻而易举呢？"于是大家笑成一团。

"你说，像金田那样儿的，会因何毙命呢？"

"老婆为鼻所毙，丈夫因罪孽而毙命，手下因做密探而毙命。"

"他女儿呢？"

"女儿嘛。他女儿我倒没见过，便不好说。……但无非穿死胀死，或者醉死之类吧。总不至于恋爱至死的。也许，会像那坐在墓碑上的老女人①一样，成为路倒也说不定的。"

"那样太过分了点。"东风因为给她献过新体诗，立刻提出异议。

"我说，'应无所住而生其心'这句话很重要。不达此境界，人们便要苦不堪言。"独仙一副只他领悟了的神情，喋喋不休着。

"别那么神气！像你这样儿的，说不定会在电光影里双足指天一命呜呼呢。"

"反正在这文明日益发达之时，我便讨厌生存。"主人开口说道。

"那你甭生气，死了算了！"迷亭立刻一语道破。

"我更讨厌死！"主人犟得有些莫名其妙。

"无人深思熟虑而生，却有人不苦恼而死。"寒月冒出一句冷冷淡淡的格言。

"就跟借钱时漫不经心，还钱时却痛苦不堪时一样。"此时能搭上腔的只有迷亭了。

"借债而不想还钱者是幸福的。同样，视死如归者也是幸福的。"独仙超然物外一般。

"按你所说，厚颜无耻便是大彻大悟喽。"

---

① 坐在墓碑上的老女人：相传由观阿弥改编的谣曲《卒塔婆小町》中的女主人公。

"对呀！铁牛面要有铁牛心，牛铁面要有牛铁心嘛。"

"那，你就是这种人的标本？"

"也不是那样。但以死为苦，却是人类发明了神经衰弱这一疾病以后的事呢。"

"的确如此。像你这样儿的，怎么看都像神经衰弱症出现之前的子民呢。"

迷亭与独仙你来我往，喋喋不休地说些莫名其妙的话。这会儿，主人却对了寒月跟东风不停地发泄着对于文明的不满。

"如何才能借钱不还，这是个问题。"

"哪有这种问题。借钱便非还不可的。"

"唉，我在辩论呢，别吱声，先听我说。正如如何才能借钱不还是个问题一样，怎么才能长生不死，也是个问题。不，曾经是个问题。炼金术便是如此。所有炼金术均告失败。人必定要死，这一点已是显而易见。"

"远在炼金术以前，这一点便已显而易见的。"

"唉，我在辩论呢，别吱声，先听我说。好不好？在明确了人必定死亡之时，第二个问题便出现了。"

"哦？"

"反正要死，该怎么死呢？这便是第二个问题。自杀俱乐部[①]便具有与这一问题同时产生的命运。"

"的确如此。"

"死是痛苦的。但欲死不能，便更加痛苦。神经衰弱的国民生比死要更加痛苦，因之，便以死为苦。并非厌死而以死为苦，而是担心如何才能一死。只是大抵都智力不足，便任其自然，听天由命，任由社会凌辱宰割。而与众不同一点的，便不会满足于社会上那种零刀碎割式的杀戮，必定要就死亡方式进行种种探索，然后提出一个最新最

[①] 自杀俱乐部：史蒂文生的小说《新阿拉伯夜话》（*The New Aradian Nights*）中的篇目名。

好的设想。因此,世界的未来趋势,必定是自杀者皆用了独创方式辞别人世。"

"那一定会骚动不安起来的。"

"会的。肯定会的。在阿瑟·琼斯①写的剧本里,有个总是主张自杀的哲学家……"

"他要自杀吗?"

"遗憾得很,他没有呢。不过,再过上一千年,人们一定会付诸实施的。而到了万年之后,一提到死,人们自然便会想到自杀,除此不会想到别的东西的。"

"那可不得了呢!"

"会的,一定会的!如此,自杀便随着大量研究的日积月累渐渐成为一门了不起的科学。在落云馆那样的中学里,便不再讲授伦理学,而改为讲授自杀学这门正式课程。"

"真是妙极了。我都想要去旁听了!迷亭先生,你都听到了?苦沙弥先生的高论呢!"

"听到了听到了!到那时,落云馆的伦理学老师会这么来讲:各位,千万不要墨守什么功德之类野蛮遗风。作为世界青年,各位首先应引起注意的义务便是自杀。然后,己所之好,可施于人。因此,将自杀推而广之,则他杀可矣!尤其前边那个穷措大珍野苦沙弥,看来他活得极痛苦似的,尽早杀掉他,乃是各位的义务。但是,今非昔比,当今乃是开明盛世,所以,不得采取那种舞刀弄矛或飞箭投枪之类卑劣手段。须得凭了高尚的讽刺技巧,于嘲弄之中置之死地。如此,对他本人乃是积德,于各位亦荣耀无比……"

"哎呀,这一课程很有意思呢。"

"还有比这更有意思的呢。当代警察以保护人民生命财产为主要目的。但到了那时,巡警便要抡了打狗棒,四处打杀天下公民……"

---

① 阿瑟·琼斯(1851—1929),英国戏剧家,作品有《马尔加及其失去的天使》《说谎者》等。

"为什么？"

"为什么？当今之人珍惜生命，所以靠了警察保护。而那时的国民活着便是痛苦，警察出于慈悲之心，才予以打杀的。而稍稍机灵点的，大体都已自杀。所以，要假警察之手打杀而死的只有那些忧心忡忡的窝囊废或者缺乏自杀能力的白痴、残废之类。于是那些想要被杀的便在门口贴一招贴。啊，只须写清：'有一男（或一女），愿杀。'然后贴好。警察在方便之时巡逻过来，按其意愿予以处理。尸首？同样也由巡警用了车去收理的。还有更有趣儿的呢……"

"先生的玩笑，好像永无止境呢。"东风钦佩不已。

独仙则关心起自己的山羊胡子来，慢条斯理地开了口：

"说是玩笑，也是玩笑；说是预言，也许便是预言。没彻底了解真理的人，动辄受眼前表象的束缚，想要把转瞬即逝的梦幻认定为恒久之事实；而稍微说的不同寻常一些，便立时成了玩笑。"

"燕雀安知鸿鹄之志哉？对吧？"

独仙显出一副首肯的神情，继续往下说：

"从前在西班牙有个叫科尔多瓦①的地方……"

"现在已经没有了吗？"

"也许有的。暂且先不去管它的今昔吧。那一带的风俗，是寺院晚钟一响，家家户户的女人都要出来跑到河里去游泳的……"

"冬天也游吗？"

"这一点便不大清楚。总之，是不分贵贱老幼，一律跳进那河里去。只是没一个男人掺和进去的，只在远处望着。只见那暮色苍茫的波浪之上，玉肌闪闪，于朦胧之中跃动不已……"

"真是富于诗意！可以写出一首新体诗来的！是什么地方？"东风一听说有裸体出现，便往前探了探身子。

"科尔多瓦呀！而当地的年轻人是不能同女人一道游的，可也

---

① 科尔多瓦：西班牙南部瓜达耳基维尔河畔的城市。

不许在远处看清她们的身影。他们觉得非常遗憾,便玩了一回恶作剧的……"

"呃?是什么恶作剧?"迷亭一听恶作剧几个字便欣喜雀跃起来。

"他们贿赂了寺院里的敲钟人,将以日落为准敲钟的时间提前了一个小时。而女人倒个个头脑简单:'哎呀,钟响了!'于是纷纷聚集河岸,只穿了小汗衫、小裤衩,扑通扑通地跳到水里。虽是跳了进去,但与往常不同的是,天还没黑。"

"没有'秋日骄阳火辣辣'吗?"

"而往桥上一看,只见站了许多的男人,在那里看呢。虽然不好意思,但也无可奈何。听说一个个羞得脸通红呢。"

"然后呢?"

"然后啊,人哪,只为眼前习俗所迷惑,便忘记了根本原理。所以,不当心些便不行的。"

"是啊,真是难得的教诲。关于被眼前习俗所迷惑的故事,我也来讲一个?前不久我读一本杂志,其中有篇讲骗子的小说。设若我在这里开了间书画古玩店。店内陈列了大家书画、名人用具。摆在那里的当然不是赝品,全是地地道道、毫不掺假的上等货。因为是上等货,自然卖价不菲。于是便有好奇的顾客过来,问这幅元信①的画儿多少钱?我说,标价六百,那就六百吧!那顾客便说,要倒是想要,只是手头没带那么多钱,很遗憾,只好作罢。"

"你肯定他会那么说吗?"主人照例不会装模作样。

迷亭佯装不知。"是啊!是小说嘛,我先交代过的。于是我就说,咳!钱算什么?您中意的话,就拿走吧!那顾客便犹豫不决起来,那怎么行?我却极爽快地说,那就分期付款吧!按月付,少付

---

① 元信:指狩野元信(1476—1557),日本室町后期画家,继承其父正信之水墨画风,并采用浓彩技法,集狩野派画风之大成。

点,时间长点,反正今后要仰望您照顾我们的生意呢。……别,您千万别客气。怎么样?每月十元?要不然,每月五元也成。后来我与那顾客经过几次磋商,终于将法眼①狩野元信的那幅画以六百元的价格成交。但要分期付款,每月十元。"

"跟读泰晤士的《百科全书》②似的。"

"那泰晤士的可是千真万确,而我所说则完全靠不住的。从此便要慢慢儿开始巧妙的欺骗了。你好好听着!每月十元,寒月你想想,六百元得要几年才能付清?"

"当然是五年吧?"

"不用说,是五年。那,独仙你说说,这五年的岁月,是长呢?还是短呢?"

"一即一切,一切即一。既短又长。"

"你说什么?是道德歌?真是缺乏常识的道德歌呢。你看,五年之间,每月付十元,所以对方要付六十次才行。但这里正是可怕的习惯所在。每个月重复一次同样的事情,这样重复六十次后,到了第六十一次便还想去付十元的。到第六十二次时又想付它十元。六十二次,六十三次……如此,随着重复次数的积累,一到期限便非要付它十元才心情舒畅的。人哪,看起来聪明,却惑于习惯,忘却根本,这便是一大弱点。抓住这一弱点,我将无数次得到十元的利益。"

"哈哈哈!是吗?总不至于那么难忘吧?"

寒月一笑,主人便稍显出些严肃来:

"不,那种事真的有呢。我就曾月月不算账,寄款偿还大学时期的贷款,最后,人家都谢绝再收呢。"他直言不讳,仿佛自己的丑事便是天下人的丑事一般。

"瞧,这种人眼前就有一个,可见千真万确!所以,刚才听了我

---

① 法眼:狩野元信的俗称。
② 泰晤士的《百科全书》:当时伦敦泰晤士出版社出版的《大英百科全书》曾以分期付款方式销售。

讲未来文明记，却嗤笑是开玩笑，这种人正是认为六十次可行，便认为毕生付款才是正当行为的家伙。尤其寒月、东风之类缺少经验的青年诸位，须牢牢记住我讲过的话，千万不要上当受骗！"

"遵命！分期付款一定以六十次为限。"

"我说，寒月呀，刚才所讲看似玩笑，其实很有参考价值的。"独仙对了寒月说。

"比如说，现在苦沙弥或者迷亭对你提出忠告：'你擅自与别人结婚之举，有欠妥当，快往金田家谢罪！'你该如何处置？你打算去谢罪吗？"

"谢罪一事恕难从命！若是对方向我道歉，则又另当别论。在我嘛，没有那个意思。"

"如果警察要你谢罪，又将如何？"

"恕不奉陪！"

"若是大臣、贵族呢？"

"那就愈发碍难从命了。"

"请看！今非昔比，人类巨变！过去的时代，凭了官衙的威风便能恣意妄为，随之而来的却是凭了官衙威风却不能为所欲为的时代。而当今之世，则任你是何等非凡的殿下、阁下，想要过分凌驾于人格之上是办不到的。说得严重一点，当今世界，对方越有权势，受压迫者便越觉得烦恼，并起而反抗。因此今世不同于往昔，竟然出现了一种新的现象，因了官衙威风，便事事难办。在古时的人们看来，今日世界之上，意想不到的事情却能畅通无阻的。世态人情的变迁真是不可思议！迷亭的未来记若说它是玩笑，也不过玩笑而已。但若说它是对这一问题的诠释，却又意味深长呢。"

"既然出现知己，便忍不住要讲讲这未来记的续篇了。正如独仙所说，当今世界，若还有人借了官衙威风，凭了两三百条竹枪横行霸道的话，便如同坐了轿子硬要去跟火车赛跑，完全是些时代落伍者中的顽固分子。是些不通人情世故的罪魁！是放印子钱的长范先生！

所以，对于他们，只须静观其变即可。我那未来记却并非应景之计的小问题而已，而是事关全人类命运的社会现象呢。仔细看清目下之文明趋势，预卜一下未来的发展形势，便能断定结婚之不可能。理由是这样的，刚才讲过，当今之世是以个性为中心的世界。在家长代表全家，郡守代表一郡，领主代表一诸侯国的时代，代表之外的人完全没有人格。即使有，也不被承认的。而这些一旦发生变化，则所有生存者都强调起个性来，见谁都一副'你是你，我是我'的神情。二人路途邂逅，则会'你小子是人，我也是个人呢！'地在内心里对骂一声，擦肩而过。个人已经变得如此强大。

"由于个人力量均衡增强，所以等于是个人力量平等减弱了。在人之害已难成这一点上来看，自己的确变得强大无比了。而在对他人不得随意干涉一点上来看，个人力量又明显较以前减弱了。强大自然皆大欢喜，而减弱下来则人人扫兴。所以，在固守了'他人丝毫不得犯我！'这一强大之处的同时，又硬要扩大一下'哪怕动别人半根汗毛也可'的弱小之处。如此一来，人与人之间的空间不复存在，生存起来便变得拥挤不堪。个个尽了可能地自我膨胀，直至胀得快要破裂，痛苦不堪地生存着。因为痛苦，便千方百计于人与人之间寻求空间。如此，人类自作自受，极端痛苦。痛苦之余，想出的第一个方案便是分家制。去到日本的山沟沟里头看看吧。一户一门的，一家人全挤在一户之内。因为他们没有值得强调的个性，即便有个性，也并不强调，如此也就一了百了。但于文明人而言，即便父母子女之间，如不任其自我扩张，都觉得吃了亏。因此，为了确保双方安全，便必须分家。欧洲那里因为文明发达，比日本更早实行了这一制度。但偶尔也有父母子女住一块儿的，但却是儿子向老子借钱要还利息，或是像别人一样交纳房租。正因为老子承认并尊重了儿子的个性，这一美风才得以成立。这一良好风气迟早要引进到日本来的。

"亲戚早已离去，老少今日别居，终于从压抑中解放出来的个性得以发展，随着个性发展而受到的尊敬之念也将无限扩展，所以，再不分离，便不会心情舒畅。而在父母兄弟皆已分离的今天，再无人要分手，因此，这最后的方案便是夫妻分居。按现代人的想法，因为在一起，所以是夫妻，但那却是极大的判断失误。为了住到一起，必须最大限度地达到个性相合上的满足。若在过去，倒没什么意见。什么'异体同心'哪，看上去好像是夫与妻两个，其实不过是一个而已。所以才宣称什么'白头偕老'，死了也要变成一丘之貉。真是野蛮呢。

"而在今天，这一套便行不通。因为丈夫始终是丈夫，妻子也总归是妻子。那妻子在女校里头穿了灯笼裙裤，锻炼出了坚强的个性，然后梳了西式发髻才嫁过来，怎么也不可能对丈夫百依百顺的。如果对丈夫百依百顺，那便算不得妻子，泥胎木偶而已。越是贤妻，个性便越是发展到惊人程度。越是发达，便越与丈夫合不拢。合不拢，便自然要与丈夫发生激烈冲突。因此，既名之为贤妻，便要从早到晚与丈夫闹起别扭。本是一件好事，但越是娶了贤妻，双方的痛苦程度便越是加深增多。夫妻之间就像水和油一般，有着截然界限，如果这一界限稳定沉着，始终保持在同一水平线上，还算说得过去。但这水和油是从各自一方发生作用，所以家庭便如同大的地震一般浮上沉下。至此，人们才渐渐开始明白过来，夫妻共居一室，对于双方都没有好处……"

"于是，夫妻便要分手？真令人担心呢！"寒月说道。

"要分手。一定要分手的！天下夫妻都要分开的。过去同床共枕便是夫妻，往后世人会把那些同居者视若没有夫妻资格之人的。"

"那么，我这种人就会被编入没有资格的那一类中去喽！"关键时刻，寒月竟将自己的爱情故事牵扯了进来。

"生于明治盛世有够幸运呢！因为写那未来记，头脑便比时代先迈出去了那么一两步，因此，从现在开始就过着独身生活的。人们吵吵嚷嚷着说我全是失恋的结果，等等。然而近视眼所见实在是浅薄得可怜！先不谈这些，还是接着谈未来记吧。当时，一哲学家从天而降,倡导破天荒的真理。其学说云:人乃个性之动物。灭却个性,将陷入灭绝人类的同样结果。要实现真正的人生意义,当不惜任何代价保持并发展这一个性。那种为陋习所缚,勉勉强强促成的婚姻,乃是有悖自然法则的野蛮风习。个性不发达的蒙昧时期的情况不得而知,而在文明昌盛的今天却依然沉沦于此类弊窦而恬然不顾,实在荒谬之极!在文明开化高峰的今天,两种个性应该以超常的亲密程度连接起来。尽管原因显而易见,那些毫无修养的青年男女便在一时的邪恶情欲的驱使之下,擅行合卺之礼,实在是道德败坏、违背人伦!我等为了人道,为了文明,为了保护这些青年的个性,不得不倾尽全力以抵制这一野蛮之风……"

"先生,这种学说我完全反对!"东风啪的一声以手心击一下膝盖,斩钉截铁地说道,"依我看,世界之上什么最为宝贵?再没有比爱与美更珍贵的了。给我们以慰藉,给我们以完美,给我们以幸福的,全仗了爱与美。使我们情操优美、品格高洁、富于同情之心的,也全仗了爱与美。当二者出现在现实世界,爱便演化为夫妻关系,美便体现在诗歌与音乐形式之中。因此我想,只要人类生存在地球表面,夫妻与艺术便绝不至于消亡的。"

"若是没有消亡,当然便好。但按刚才哲学家所说的那样,都要完全消亡的,你有什么办法?只好认命喽。什么?艺术?艺术也将归于与夫妻同样的命运。个性发展便意味着个性自由吧?而所谓个性自由不就是你我有别么?那艺术岂不没有可能存在了吗?艺术繁荣,是因为艺术家与欣赏者之间个性上达到了一致的原因吧?不管你是如何了不起的新体诗诗人,也不管你如何拼命努力,如果没有一个人读你的诗觉得津津有味,那对不起,你那新体诗除你自己之外,再也没有第二个读者的。你做多少篇《鸳鸯歌》也无济于事的,幸而你生于明治盛世,说不定普天之下都爱读你的诗呢?可……"

"哪里,还很不够呢!"

"现在都还不够,则等到了人文发达的未来,即那位大哲学家面世,主张什么'非婚论'时,可就谁都不会读的了。不,并非因为是你写的才没人去读,而是因为人人皆有自己独特的个性,便觉得别人所写的诗文没意思。现在,在英国等地,这一趋势,已经完全表现出来。当今英国小说家中最具个性的作品中,你倒读读梅瑞狄斯①的作品看看!你去看看詹姆斯②的小说!读者呢?少得可怜!当然要少的。那种作品,如果不是那种个性的人,读起来是不会感兴趣的,真没办法。这一趋势日渐发展,到了婚姻变得不道德之时,艺术也就完全灭亡了。是不是?等到了有一天,你写的东西我读不懂,我写的东西你看不了时,那你我之间,还有什么艺术可言呢?"

"说的也是。但凭直觉,我不会这么以为。"

"你凭了直觉便不那么以为。而我是凭了'曲觉'那么以为的。"

"也许是'曲觉'吧。"这回独仙开口说话了,"总之,越是给人以个性自由,人与人之间便越显出紧张来,这一点是肯定的。尼采炮制出超人之类来,便是因了这种紧张感无处发泄,万般无奈之下,才演化为哲学的。乍一看上去,仿佛是他的理想一样,但那不是理想,而是牢骚。悚缩于个性得到发展的十九世纪,邻居都无法放心大胆地翻翻身睡个囫囵觉,所以,那老兄才自暴自弃,信手涂鸦起来的。读那著作,与其说是痛快,毋宁说是可悲可怜。那不是勇猛精进之声,总觉得是怨恨痛恨之音。这也不奇怪。有时候乃是圣人一出,天下便翕然会于旗下,所以快活无比的。如果此类快事出现在现实之中,又何须劳那尼采靠了纸笔之力写到书上去?因此,无论是荷马③,还是Chevy Chase④,同样写超人性格,而给人的感觉却截然不同。写得欢快明朗,快活无比。这是因为本来就有快活事实,把这些

---

① 梅瑞狄斯(1828—1909),英国小说家。
② 詹姆斯:指亨利·詹姆斯(1843—1916),原是美国小说家,晚年入英国籍。心理主义文学先驱。主要作品有《一个妇女的画像》《鸽翼》《大使们》等。
③ 荷马:公元前800年左右的古希腊诗人。
④ *Chevy Chase*:英国最古老的叙事诗。

快活事实写到纸上,自然少了些苦涩之味。而尼采所处的时代,却不允许他做到这一点。没一个英雄问世的。即使有,也没有人捧他是英雄。从前只有一个孔子,因此他便很有势力,如今却有好些个孔子,有时说不定普天之下皆是孔子呢。因此,即便你对了众人说:我是孔子!也压服不了别人的。因为压服不了别人,于是便牢骚满腹,才一味在那书本之上卖弄他的超人哲学之类。我们因为渴望自由,而获得了自由。得到自由的结果,便是感觉到了不自由而烦恼不已。因此,西方文明似乎好些,但归根结底还是不行。相反,在东方自古以来讲求心灵的修行,还是那样正确。且看个性发展的结果,是大家都患了神经衰弱,在无法收拾之时,方才发现'王者之民荡荡乎'这句话的真正价值;方才明白不可小觑'无为而化'的说法。但等到了醒悟之时,却是为时已晚。宛如酒精中毒以后才明白'啊,若是不喝酒该有多好!'一般无二。"

"诸位所说,皆是些厌世哲学。但我这人很怪,虽是洗耳恭听了,却丝毫没有感觉的。这是怎么了呢?"寒月说道。

迷亭马上给他解释:"那是因为你新婚燕尔嘛。"

于是,主人突然说出如下一些话来:"娶了老婆,便认为女人好,简直大错特错!为供你们参考,我给你们读点有趣的东西听听。都好好听着。"说着,拿起先前从书房拿过来的那册旧书,说:"这是一本古书,而在那个时代,他们对女人的坏事了如指掌的。"

话未落音,寒月便叫了起来:"真让人吃惊!那是什么时候的书啊?"

"作者托马斯·纳西①,是十六世纪的著作。"

"越说越让人吃惊了。那时候就有人骂我的老婆了?"

"骂了形形色色各种女人的,其中也已经包括了你的妻子。所以,你就好好听吧!"

---

① 托马斯·纳西(1567—1601),英国作家。

"好，我听呢！真是谢天谢地！"

"书中说，应该先行介绍一下自古以来各位贤哲们的女性观。好了，都在听吗？"

"都在听呢！连我这光棍汉都在听呢！"

"亚里士多德说：女子既为无用之人，则娶大不如娶小，比起大而无用来，小而无用则忧患少些……"

"寒月之妻，大乎？小乎？"

"属大而无用之类呢。"

"哈哈哈！这本书有意思。好啦，往下念！"

"有人问：何为最大奇迹？贤者答曰：贞妇……"

"那贤者是谁？"

"没写名字。"

"定是个被女人甩了的贤者。"

"下边，出现了第欧根尼①。有人问：应于何时娶妻？第欧根尼答曰：青年尚早，老年既迟。"

"先生，他是在酒桶里思索的吧？"

"毕达哥拉斯②说：天下有三怕，曰火、水、女人。"

"希腊的哲学家们竟然出乎意料地说了些胡话呢。要我说呀，天下一切皆不足惧。入火而不焚，落水而不溺……"说到这里，独仙却词穷而止了。

"见女色而不乱吧？"迷亭立刻充当援兵。

主人接着迅速往下念：

"苏格拉底说：驾驭女人，堪称世上最大难事。狄摩西尼③说：欲困其敌，莫若以赠己之女为上策，以使其没日没夜，疲于家庭

---

① 第欧根尼（公元前404—前323），古希腊哲学家。犬儒派主要代表之一，主张"返归自然"。
② 毕达哥拉斯（公元前582—前500），古希腊数学家、哲学家。
③ 狄摩西尼（公元前383—前322），古代雅典演说家。

纠纷，不能自拔。塞内加①将妇女与无知视若世上之两大灾难。马可·奥勒留②说：女子之难于驾驭，正与船舶相似。普劳图斯③说：女人爱以绫罗装饰打扮，以饰其先天之丑，实为下策。瓦勒里乌斯④曾赠书某友，嘱咐说：天下万物，无不由女子偷偷完成。愿皇天垂怜，勿使君陷入彼之计谋。又说：女子为何物？岂非友爱之敌也？无以逃避之苦也？必然之灾也？自然之诱惑也？似蜜实毒也？设若弃置女人便非德，则必弃之源犹可谴而责之……"

"够了，先生！洗耳恭听了这么久咒骂我老婆的话，实在是再好不过。"

"还有四五页，顺便听听如何？"

"大致念一下就行了。该快到你夫人回来的时候了。"迷亭调侃道。

话音未落，忽听得夫人在那饭厅里喊着女仆："阿清！阿清呀！"

"这下可麻烦了！我说，你夫人在家啊！"

"嘿嘿嘿……"主人笑着，说声："有什么关系！"

"太太！太太！啥时候回来的？"

饭厅里鸦雀无声，无人回答。

"夫人，刚才念的，你都听到了？是吧？"

依旧没人回答。

"刚才念的不是你丈夫的想法，是十六世纪纳西的学说，你就放心吧。"

"不懂呢！"远处，女主人简单地回答道。寒月只嘻嘻笑着。

"我也不懂的。对不起啦！啊哈哈哈！……"迷亭毫无顾忌地纵声大笑起来。

---

① 塞内加（约公元前5—65），古罗马雄辩家、悲剧作家。
② 马可·奥勒留（121—180），古罗马皇帝，晚期斯多葛派哲学的主要代表之一。
③ 普劳图斯（公元前254—前187），古罗马喜剧作家。
④ 瓦勒里乌斯：1世纪末罗马历史学家。

这时，房门哗啦一声拉开，既没听到打招呼声，也没听到问里面是否有人，一阵沉重的脚步声响起。接着客厅的隔扇被人粗暴地拉开，露出一张脸来，却原来是多多良三平。

三平今日一反常态，洁白的衬衫、崭新的礼服，光这些便已让人有几分另眼相待，右手上还拎了用绳子扎绑着的四瓶啤酒，沉甸甸的。往那鲣鱼干旁边一搁，也不打声招呼，便扑通一声坐了下来，将两腿随便伸开，一副非凡的武士风度。

"先生的胃病，近来好些了吗？这样每天闷在家里，不成的。"

"不好不坏吧。"

"我只是没说而已，可是脸色不好呢！先生，脸色发黄呢。这段时期正好钓鱼的。去品川租条小船……上星期天我去过的。"

"钓到啥了没有？"

"啥也没钓上来。"

"没钓到，还有意思的？"

"我可告诉你，养我浩然之气呢！如何，各位钓过鱼吗？很有意思的，钓鱼什么的。在那辽阔的海面之上，驾上小舟，四处飘来荡去的……"三平对了所有的人，不管不顾地只顾自己说个不停。

"而我，却很想在小小的海面上驾一艘大船自由飘荡呢。"迷亭搭上了腔。

"既然垂钓，不钓些鲸鱼或是人鱼，可就没劲了。"寒月答道。

"能钓上那些玩意儿吗？文学家简直缺乏常识呢！"

"我不是文学家。"

"是吗？那你是干什么的？要成为我这样的商人，常识最重要的呢。先生，近来我的常识可丰富多了。在那种地方，待的时间一长，在那样的环境之下，自然而然便成那样了。"

"成什么样了？"

"就拿香烟来说吧，抽'朝日'牌或'敷岛'牌之类，便要掉价的。"说着，他拿出一支烟嘴带金箔的埃及香烟来，一口接一口地吸了起来。

"你有那么多钱摆阔吗?"

"钱倒是没有,但就会有的。抽一抽这种烟,那信誉可就不同了。"

"比起寒月磨那玻璃球来,这信誉倒来得舒适,无须费多少心思,算是'简便信誉'呢!"迷亭对寒月说罢,寒月正无言以对间,三平开了口:

"您就是寒月?终于没有做成博士?因为您没当博士,所以,我就要了。"

"博士?"

"不,那金田家的小姐呢。其实,我一直觉得很过意不去的。但对方一再求我娶她,才最终下了决心要娶她的。但我觉得情面上对不起寒月,心里十分不安呢。"

"请不必介意!"寒月说道。

主人则回答得含糊一些:"你想娶,便娶好了。"

"真是可喜可贺!所以说,不论养什么样的闺女,都不必发愁的。谁娶?刚才我就说过嘛,这不就有了一位英俊绅士做上了乘龙快婿吗?东风,新体诗素材有了,还不快写!"迷亭又跟平常一样得意忘形起来。而三平却又说:

"您就是东风?我结婚时,能不能为我写点什么?我马上就去铅印了,向四面八方散发出去,还望投到《太阳》①杂志社去。"

"好吧,那就写点吧!您几时要?"

"啥时都成。从现成的诗里选一篇也行。作为报答,举行婚宴时我请你去喝喜酒。请你喝香槟。我说,你喝过香槟吗?香槟很好喝的。苦沙弥先生,婚礼时我打算请个乐队来,把东风的作品谱成曲子演奏一下如何?"

---

① 《太阳》:明治二十八年(1895)由博文馆创刊的月刊杂志。昭和三年(1928)停刊。第一任主编为高山樗牛。

"随你的便!"

"先生,您能给谱谱曲吗?"

"胡说八道!"

"各位之中,可有人会谱曲的?"

"落榜的快婿候选人寒月可是个小提琴高手呢!你好好求求人家!不过,只有香槟,恐怕人家不会答应的。"

"说起香槟呀,四五元钱一瓶的便不好喝呢。我请大家喝的可不是那种便宜货。我说,为我谱上一曲如何?"

"好的,谱!给我喝两毛钱一瓶的,我也谱!若不然,白谱也成!"

"不能白白求你呀,会感谢你的。不喜欢香槟的话,这玩意儿怎么样?"三平说着,从上衣口袋里拿出七八张照片来,稀里哗啦地扔在榻榻米上边。有半身的,有全身的;有立着的,有坐着的;有穿了裙裤的,有穿了长袖和服的,还有挽了高岛田式发髻的。全是些妙龄女郎的照片。

"先生,候选人有这么多呢!我说,为略表谢意,我将从这些当中介绍介绍给寒月跟东风。这个怎么样?"说着,他拿出一张来,摆在寒月面前。

"不错!请一定费心介绍。"

"这个也不错吧?"三平又摆过去一张。

"这个也不错,请一定介绍给我。"

"介绍哪个?"

"哪个都行。"

"真是多情公子!这位是博士的侄女儿呢!"

"是吗?"

"这一位性情特好。年纪又小,才十七呢。如果娶她,会有上千元的陪嫁金的……这位是知事的女儿。"三平喋喋不休地说着。

"我不可能都娶回家吧?"

"都娶？那可太贪了点。你是一夫多妻主义者？"

"多妻主义倒不是。可我是个肉食论者。"

"无论什么都可以！把你那些东西收起来，好不好？"主人大声说道。于是，三平只好说：

"那，谁都不要了？"他一边叮问着，一边将照片一张张装回口袋里去。

"那啤酒，是怎么回事？"

"是我带来的礼品！为了提前祝贺，我在路口的酒店买来的，请喝点吧！"

主人拍拍手，叫来女仆，让她启了瓶盖儿。主人、迷亭、独仙、寒月、东风，他们五个毕恭毕敬地捧了杯子，对三平的艳福表示祝贺。

三平显得非常高兴：

"我想邀请在场的各位都参加我的婚宴。都肯赏光吗？我想会赏光的吧？"

"不去！"主人立刻回答。

"为什么？这可是我一生当中仅有的一次大典呢！不肯赏光，可有些冷酷无情呢！"

"不是冷酷无情。但是，我不去！"

"没有出门的衣服？短外褂、裙裤总还有吧？先生，偶尔去人群里走走也好的呢！介绍您认识些名流吧？"

"恕难从命！"

"可以治好胃病的呢！"

"治不好也没关系的。"

"如此顽固，也没办法。您怎么样？肯赏光吗？"

"我吗？一定要去的！如果可能，希望荣幸地做回媒人呢。'香槟飘香间，交杯换盏婚礼喧，春宵值千金。'什么？媒人是铃木藤？我想也会是他的。这太遗憾了，但也没办法。若有两个媒人，是不是太多了点?就算作为一般客人,我也要出席的呢。"

"您呢?"

"我吗?'一竿风月闲生计,人钓白苹红蓼间。'①"

"说的是什么呀?唐诗选吗?"

"我也不知道。"

"不知道?不好办呢!寒月会赏光的吧?老交情了嘛!"

"一定去。没听到乐队演奏我创作的曲子,会很遗憾的。"

"那当然!东风你呢?"

"是啊,倒是很想去,然后在二位新人面前朗诵一下我的新体诗。"

"太让人高兴了。先生,有生以来还没有如此高兴过的。所以,再饮一杯啤酒。"于是他咕嘟咕嘟地喝起自己带来的啤酒来,满面通红的。

短暂的秋日,转眼天黑。看一眼火盆里头散乱着的烟蒂,才发现炉火早已熄灭。逍遥自在的各位也似乎都已尽兴。"太晚了,该回啦!"独仙首先站起身来。接着,其他人一个个也口中说着:"我也回去!"于是,大家一齐来到门口。客厅就像说书场散了场一般,一时冷清起来。

主人吃完晚饭,便进了书房。女主人觉得有些冷,便紧了紧衬衫领子,缝起一件洗褪了色的便服来。孩子们并枕而眠。女仆去了澡堂。

看似悠闲的人们,若深入其内心深处,总是会发出一些悲凄之音来。虽说已经大彻大悟,独仙的双脚依然踩在大地之上。迷亭也许轻松逍遥,但世间并非如诗如画。寒月终于放弃磨那玻璃球,从家乡娶了老婆带过来。这一切才是理所当然的。但是这种理所当然的正常生活一过得太久,便一定会百无聊赖起来的。再过十年之后,东风也

---

① 一竿风月闲生计,人钓白苹红蓼间:漱石自己创作的汉诗。

会幡然醒悟，懊悔当初胡乱献诗之举吧！至于三平，便无以断定他会上山，还是下海。一生当中，他只须请人饮上几杯香槟，得意扬扬一下，也就够了。而铃木藤倒能在社会上摸爬滚打的，爬来爬去的便会沾些污泥。尽管沾了污泥，也比不去摸爬滚打的人要神气威风。

生而为猫来到人世，转眼已经两年。自以为还没有什么人能比得过我如此见多识广。然而前不久，有个叫卡提·穆尔①的素不相识的同类，竟突然高谈阔论起来，令我吃惊不小。仔细一打听，其实它在一百年前就已死掉。由于偶然的好奇心，为了吓唬我，才特意变了幽灵，从遥远的冥土赶来。还听说这只猫为了去见它妈，曾叼了一条鱼，作为母子相见时的见面礼。可在半路之上终于馋得受不住，便自己享用了。真是一只不孝之猫！它却又充满才气，并不亚于人类的。有时，它还作诗，令其主人惊奇不已。既然如此豪杰早在一个世纪以前便已出现，似我这般废物，莫如早早告别尘世，归卧那无所有之乡，该更好一些呢。

主人终将因胃病而死。金田老板贪得无厌，早已死了。秋叶几近凋零。死亡乃万物之报应，如果活着毫无用处，早早死掉也许要高明几分。按几位先生的说法，人的命运，皆归于自杀。稍不注意，猫也会投胎到这拥挤的人世之上的。真是可怖！于是觉得心情郁闷起来，还是喝点三平的啤酒，振作振作一下。

我来到厨房。房门在秋风中发出咯哒咯哒的响声，风从门缝那里吹进来。油灯不知什么时候已经熄灭。好像是个月明之夜，光影从窗子洒进房间。茶盘里并排放了三只玻璃杯子，有两只杯里还残留了半杯茶色的水。即便是开水，只要倒进玻璃杯里，也会让人觉得冰冷无比。更何况在这寒夜时分，清月映照之下，这杯液体静悄悄的，挨了一个灭火罐子，不及沾唇，便已寒意袭来，谁还想要喝它？但是，什么事都要敢于尝试！三平他们喝下之后，便满面通红，呼吸加快，

---

① 卡提·穆尔：德国小说家霍夫曼的小说《雄猫穆尔的生活观》中的主人公名。

燥热不已。猫要是喝下，也不会快乐到哪里去的。反正自己不知什么时候便要死的。万事都要趁着有生之年去完成。死了以后躺在墓地阴影之中"遗憾"声声，便后悔莫及也无济于事的。我毅然决然：喝点尝尝！便猛地将舌头伸将进去，吧嗒吧嗒几下一舔，不觉大吃一惊。舌尖竟如针扎一般。真不知人们缘何要喝这种腐烂发臭的玩意儿。在猫，是无论如何喝不下去的。不管怎样，猫与啤酒性情不合的。这可不行！我这么想着便想将舌头缩将回来。但又一想，人们不是常说"良药苦口"吗？他们一伤风感冒，便要皱了眉头喝些奇奇怪怪的东西。到底是喝了它能治好病？还是为了治病才要喝它？对此，过去我一直很纳闷儿。今天真是幸运，就用啤酒解决这一疑问吧！若是饮下以后肚皮之中变苦，便到此为止。但若像三平那样舒适快活得忘乎所以，则是空前的意外收获，可以去告诉附近的那些猫兄猫弟。咳！管它三七二十一！运气在天，决心一下，便又伸出舌头。睁着眼睛便难以痛饮，于是死死闭了双眼，重又吧嗒吧嗒地舔了起来。

  我一忍再忍，终于饮干一杯之时，怪事出现了。开始舌头还有些发麻，口中仿佛受了外部的压迫，痛苦不堪。但喝着喝着，便逐渐舒服起来。饮完一杯并未费多少周折。没事！于是，第二杯便轻而易举地下了肚。顺便还将撒到盘子里的啤酒也尽收腹中，盘子一如擦洗过一般。

  然后有好长一段时间，为了观察自身变化，我缩成一团，一动不动。渐渐的，身子开始发热，眼圈开始模糊不清，耳朵开始发烧。我想要唱歌了；我想要"我是猫，我是猫"地舞之蹈之；想要对了主人、迷亭跟独仙他们，大喝一声："见鬼去吧！"想要去挠那金田老板，咬破金田老婆的鼻子。我什么都能干得出的。最后，我跟跟跄跄地站起身来。站了起来又想东倒西歪地往前走。真有意思！我想出去！一到外边，便想打声招呼："月亮公主，晚上好！"真是愉快极了。

  所谓"陶然"，大概便指现在这副情形吧！这么想来，便信步而行，四处乱走。那种心情，既像散步，又不像散步的。我只顾随心所欲地移动起软绵绵的四足，却又不时觉得困倦不已，想要睡觉。完全不知道自己是在睡觉，还是在行走。我想要睁开双眼，但眼皮却沉甸甸的。事到如今也无话可说了。大海也好，高山也罢，我都不怕，只顾往前迈着那绵软无力的前爪。这时突然扑通一声。我猛然一惊，糟糕！究竟如何糟糕，我已无暇去想，只是仿佛意识到了，又仿佛没有意识到似的，然后便乱七八糟、一团模糊起来。

待到醒来，已是浮在水面之上。因为痛苦难受，便用了爪子乱挠一气。所挠之处全是水。只要一挠，便立刻潜入水里。没办法，便又用了后爪往上蹿，再用前爪去挠。只听得咕嘟一声响，才觉得有了点感觉。一会儿，头终于露了出来。我想看看这是什么地方。环顾四周，才发现自己掉进了一只大缸里边。这口大缸，到夏天时，还密密麻麻地长满了一种叫作"浮蔷"的水草。后来，乌鸦飞来，吃光了浮蔷，便在缸中洗澡。乌鸦一洗澡，缸里的水便浅了。水一减少，乌鸦从此便不再来。前不久我还在想："水太浅了，再看不到乌鸦了呢。"但无论如何也没想到，如今自己会代替了乌鸦在其中洗起澡来。

水面离缸沿约有四寸多。伸出爪子也够不着缸沿，跳了几下也没出得去。如果漫不经心，只会往下沉。在里面挣扎，也只有爪子挠那缸壁的声音在嘎吱嘎吱作响。挠到缸壁之时，身子好像浮起了一些，但那爪子一滑，立刻又沉了下去。沉下去太难受了，便又嘎吱嘎吱地一阵乱挠，这样几次三番地，便累得筋疲力尽了。尽管着急，但爪子却已渐渐不听使唤。终于，连自己也弄不清到底是为了下沉而挠缸，还是为了挠缸而下沉。

此时，虽然痛苦之极，却又在这样考虑：遭此苛责，全怪自己一心想要从水缸之中逃命出去。想要逃命，那是真的想要。但逃不出去，也是心知肚明的。我那脚不足三寸，就算浮上水面，可从那浮起之处再怎么努力伸出腿去，也无法够到五寸高处的缸沿。既然爪子无

法够到缸沿,你如何乱挠一气也好,心急如焚也罢,即使花上一百年,就算粉身碎骨,也是不可能出得去的。明知出不去,却还想着要出去,便太过勉强。硬性蛮干,所以才痛苦不堪。真是无聊!自寻烦恼,自找折磨,真是愚蠢之极!

"到此为止吧!该怎么办就怎么办吧!还是别再嘎吱嘎吱去瞎挠了吧!"这么一想,便放松了前爪、后爪、还有头和尾,听之任之,任其自然,不再抵抗。

渐渐变得舒服起来。闹不清是痛苦,还是高兴,也弄不清是在水中,还是在客厅。在哪里,如何去做,一切都已无关紧要。只是觉得舒服无比。不,就连是否舒服也已感觉不到。摘下日月、变天地为齑粉,我已进入不可思议的太平世界。我死了。因了死而得这份太平。太平是非死而不可得的。

南无阿弥陀佛!南无阿弥陀佛!万幸万幸!万幸万幸!

《我是猫》画者后记

画《我是猫》之前，我不曾识得夏目漱石其人，只在他的文里看到一只神通广大、才高识卓、思维敏锐的奇猫、神猫。这只猫眼睛里的世界，到处是狰狞的假笑，到处是尖酸刻薄的伪君子、假圣人。实际上，我觉得这只猫也不过是一只自作聪明的蠢猫。为此，它吃了很多不该吃的苦头，最后甚至跳进了自认为不会淹死自己的酒桶里，稀里糊涂地丢了性命。至此，书已读完，意犹未绝，脑海中不知为何竟出现了鲁迅的形象，同时也看到了他笔下那块"带血的馒头"。

忆起鲁迅和"带血的馒头"，便很自然地想到鲁迅书里的那些插图，其中大部分都是木刻版画。或许是鲁迅早年在东洋留学的缘故吧，又或是这种粗犷的画风更能反衬他那犀利又细腻的文风吧，木刻版画在鲁迅作品中一直都占有重要位置。因此，我觉得外表粗糙、寓意却深远的木刻画也同样适合夏目漱石的《我是猫》。

猫在浮世绘中造型百变，可塑性极强。（注：猫，并非土生土长于日本。据说唐时为保护遣唐使船上的佛经免受老鼠侵害，猫才从中国随船漂洋过海到达日本。不知道是防治鼠害为其增添了神圣光环，还是因为它毛茸茸的，摸起来手感极佳，猫很快成为贵族所宠爱的对象。从日本江户时代开始，以猫为主的绘画占比越来越重，浮世绘中常常可以见到猫的身影。浮世绘中的猫，要陪女人和孩童玩耍、要吃饭洗澡，还要化作神仙妖怪……有时猫会变成广为人知的故事中的角色，造型百变，以人的形象出现在画中。实际上，这种看似很有趣的画作往往蕴藏着更加深层的含义。）我不敢说熟知日本的绘画，但至少是不陌生的。歌川国芳是日本的画猫高手、爱猫达人。明治维新时期，日本颁布新政，很多被贴上"奢靡""享乐"标签的职业被压制。在这种背景下，猫在画里扮演了各种神秘角色。歌川国芳将画中人物的身份模糊化，以猫代替其身，反而引发了观者对于画中主角身份的好奇。谁又会真正将它们看作是猫呢？猫逐渐被拟人化之后，更符合人们的"玩趣之心"，这样顽皮且充满奇思妙想的画作也因展现了当时平民百姓的日常生活而广受欢迎。

夏目漱石所写的《我是猫》应该也是在这个大环境下产生的文艺作品，所以我给本书绘制插图，实际上是在成书一百一十多年后，经历一场心灵的回归与碰撞。那个资本主义兴起、西学东渐、东方固有价值观与西方价值观冲撞的时代，作家幻想中"则天去私"的乌托邦，变成了猫眼中的世界。我从书中众多富有哲理的文字中，浓缩几句，拿来绘图。

"凡安乐，必得经历困苦"，道出了身与心的背离。我们岂不既羡慕物欲横流的生活，又讨厌这些生活带给我们的枷锁？

凡安乐，必得经历困苦

"我的眼珠不过时大时小而已，而人类的评骘却完全颠倒黑白。颠倒黑白倒也无妨，因为事物本来就有两面有两端。只须拍拍两端，令那黑白变化呈现于同一事物之上，正是随机应变之处。"我们人类岂不也是为了那么一点蝇头小利，不遗余力地颠倒黑白、颠倒自己的本性？这岂不就像那五花大绑下风中飘荡的猫儿？

"看那大千世界，越是无能之辈，越是专横跋扈、任意妄为，一心要爬上那并不配做的官职。这种性格，早在孩童时期便已萌芽。"我们在现实社会，实在应当保持矜持，时刻反思自己是猫还是虎——狐假虎威终究会要我们付出应有的代价。

我笔下所画的笑猫,大家都觉得猥琐可怕。岂不知,那正是我们在夜深安眠、还给世界一片安静之后,猫儿无聊地寻欢作乐时表现出的精神满足和对人性的嘲笑啊!

我对书中的猫有我自己的感悟。我认为人和猫一样,不可自作博学多识,去褒贬荷马、毕达哥拉斯、孔子、陶渊明和尼采等数不清的名人。不要用名人给自己脸上贴金,不要像画中的猫儿一样去触碰不该触碰的黏黏胶。

《我是猫》文风繁复细腻,为此我特意选择了这种黑白分明的画风,就是希望读者在烦琐的猫世界里感到麻木的时候,看到一张简洁直白的画面,给大脑吹进一丝清凉,从而顺利地继续阅读下去。

通过阅读《我是猫》,我希望大家能够理解书中的哲思。切记:酒桶里也能淹死猫,别犯聪明人常犯的低级错误!

我希望猫就是猫,猫应该是可爱的猫。

二〇二〇年春写于一步堂
大东沟

经典新读
中央编译名著精选

书 名	作 者	译 者
海底两万里	[法]儒勒·凡尔纳	陈筱卿
钢铁是怎样炼成的	[苏联]奥斯特洛夫斯基	吴兴勇
昆虫记	[法]法布尔	陈筱卿
猎人笔记	[俄]屠格涅夫	力 冈
简·爱	[英]夏洛蒂·勃朗特	宋兆霖
童 年	[苏联]高尔基	郭家申
名人传	[法]罗曼·罗兰	陈筱卿
绿山墙的安妮	[加]蒙哥马利	姚锦镕
鲁滨孙漂流记	[英]丹尼尔·笛福	唐荫荪
格列佛游记	[英]斯威夫特	白 马
汤姆·索亚历险记	[美]马克·吐温	姚锦镕
老人与海	[美]海明威	张炽恒
假如给我三天光明	[美]海伦·凯勒	陈 才
傲慢与偏见	[英]简·奥斯丁	罗良功
飘（上下）	[美]玛格丽特·米切尔	黄健人
月亮和六便士	[英]毛 姆	王晋华
瓦尔登湖	[美]梭 罗	王光林
小王子	[法]圣埃克苏佩里	柳鸣九
爱的教育	[意]亚米契斯	夏丏尊
泰戈尔诗选	[印度]泰戈尔	冰 心 吴 岩
欧仁妮·葛朗台	[法]巴尔扎克	郑克鲁
培根随笔集	[英]弗兰西斯·培根	蒲 隆
了不起的盖茨比	[美]菲茨杰拉德	王晋华
居里夫人自传	[法]玛丽·居里	陈筱卿
伊索寓言	[古希腊]伊索	杨海英
人类的故事	[美]房 龙	白 马
少年维特的烦恼	[德]歌 德	杨武能
高老头	[法]巴尔扎克	许渊冲
《套中人》契诃夫短篇小说选	[俄]契诃夫	李辉凡
《羊脂球》莫泊桑短篇小说选	[法]莫泊桑	柳鸣九
《最后一片叶子》欧·亨利短篇小说选	[美]欧·亨利	张经浩
神秘岛	[法]儒勒·凡尔纳	陈筱卿
红与黑	[法]斯当达	罗新璋
雾都孤儿	[英]查尔斯·狄更斯	黄水乞
大卫·科波菲尔（上下）	[英]查尔斯·狄更斯	董秋斯
莎士比亚喜剧集	[英]莎士比亚	朱生豪
莎士比亚悲剧集	[英]莎士比亚	朱生豪
巴黎圣母院	[法]维克多·雨果	李玉民

书 名	作 者	译 者	
悲惨世界（上中下）	[法] 维克多·雨果	李玉民	
福尔摩斯探案全集（上中下）	[英] 柯南·道尔	姚锦镕	涂小榕
约翰·克里斯托夫（上中下）	[法] 罗曼·罗兰	许渊冲	
基督山伯爵（上中下）	[法] 大仲马	李玉民	陈筱卿
列那狐的故事	法国动物故事	罗新璋	
青　鸟	[比] 莫里斯·梅特林克	郑克鲁	
小鹿斑比	[奥地利] 费利克斯·萨尔登	杨曦红	
快乐王子	[英] 王尔德	蔡荣寿	
绿野仙踪	[美] 莱曼·弗兰克·鲍姆	张炽恒	
吹牛大王历险记	[德] 拉斯伯	邵灵侠	
柳林风声	[英] 格雷厄姆	杨静远	
尼尔斯骑鹅旅行记	[瑞典] 塞尔玛·拉格洛芙	石琴娥	
木偶奇遇记	[意] 科洛迪	刘月樵	
小飞侠彼得·潘	[英] 詹姆斯·巴里	杨静远	
一千零一夜	阿拉伯民间故事集	郅溥浩	
安徒生童话	[丹麦] 安徒生	叶君健	
爱丽丝漫游奇境	[英] 刘易斯·卡罗尔	黄健人	
格林童话	[德] 格林兄弟	杨武能	
森林报	[苏联] 维·比安基	沈念驹	姚锦镕
苦儿流浪记	[法] 埃克多·马洛	唐珍	
秘密花园	[美] F.H.伯内特	李文俊	
海　蒂	[瑞士] 约翰娜·斯比丽	邵灵侠	
王子与贫儿	[美] 马克·吐温	张友松	
希腊神话	[德] 施瓦布	高中甫	
格兰特船长的儿女	[法] 儒勒·凡尔纳	陈筱卿	
八十天环游地球	[法] 儒勒·凡尔纳	陈筱卿	
《野性的呼唤》杰克·伦敦小说精选	[美] 杰克·伦敦	石雅芳	雨宁
《百万英镑》马克·吐温中短篇小说选	[美] 马克·吐温	张友松等	
包法利夫人	[法] 福楼拜	许渊冲	
茶花女	[法] 小仲马	李玉民	
呼啸山庄	[英] 艾米莉·勃朗特	宋兆霖	
双城记	[英] 查尔斯·狄更斯	宋兆霖	
汤姆叔叔的小屋	[美] 斯托夫人	李自修	
安娜·卡列尼娜（上下）	[俄] 列夫·托尔斯泰	力冈	
堂吉诃德（上下）	[西班牙] 塞万提斯	刘京胜	
战争与和平（上中下）	[俄] 列夫·托尔斯泰	董秋斯	
局外人	[法] 阿尔贝·加缪	柳鸣九	
金银岛	[英] 罗伯特·斯蒂文森	张友松	
白鲸（上下）	[美] 赫尔曼·梅尔维尔	罗山川	
罗生门	[日] 芥川龙之介	高慧勤	
我是猫	[日] 夏目漱石	罗明辉	
人间失格	[日] 太宰治	杨伟	